ARNALDUR INDRIÐASON
Eiseskälte

Bisher erschienene Titel des Autors:

Die Kommissar-Erlendur-Reihe:

1. Menschensöhne (im E-Book erhältlich)
2. Todesrosen (im E-Book erhältlich)
3. Nordermoor
4. Todeshauch
5. Engelsstimme
6. Kältezone
7. Frostnacht
8. Kälteschlaf
9. Frevelopfer
10. Abgründe
11. Eiseskälte

Duell
Nacht über Reykjavík
Schattenwege
Tage der Schuld

Die Flóvent-Thorsson-Reihe:

Der Reisende
Graue Nächte

Thriller:

Gletschergrab
Tödliche Intrige
Codex Regius

Die Konráð-Reihe:

Verborgen im Gletscher
Das Mädchen an der Brücke
Tiefe Schluchten

Titel in der Regel auch als Hörbuch erhältlich

ARNALDUR
INDRIÐASON

Eiseskälte

ISLAND KRIMI

Aus dem Isländischen von
Coletta Bürling

lübbe

Dieser Titel ist auch als Hörbuch und E-Book erschienen.

Die Bastei Lübbe AG verfolgt eine nachhaltige Buchproduktion. Wir verwenden Papiere aus nachhaltiger Forstwirtschaft und verzichten darauf, Bücher einzeln in Folie zu verpacken. Wir stellen unsere Bücher in Deutschland und Europa (EU) her und arbeiten mit den Druckereien kontinuierlich an einer positiven Ökobilanz.

FSC
www.fsc.org
MIX
Papier | Fördert gute Waldnutzung
FSC® C014496

Vollständige Paperbackausgabe
der bei Bastei Lübbe erschienenen Hardcoverausgabe

Titel der isländischen Originalausgabe: »Furðurstrandir«
Originalverlag: Forlagið, Reykjavík

Für die deutschsprachige Ausgabe

Titelmotive: © shutterstock.com: Mumemories | Stephanie Frey
Umschlaggestaltung: FAVORITBUERO, München
Satz: hanseatenSatz-bremen, Bremen
Gesetzt aus der DTLDocumenta
Druck und Verarbeitung: GGP Media GmbH, Pößneck
Printed in Germany
ISBN 978-3-404-18920-5

2 4 5 3 1

Sie finden uns im Internet unter:
luebbe.de
Bitte beachten Sie auch: lesejury.de

Hauch werde, mein Lied,
in den Binsen beim Styx,
sing ihnen Linderung
und schläfre Wartende ein.
Snorri Hjartarson

Eins

Ihm ist nicht mehr kalt. Ganz im Gegenteil, eine seltsame Hitze breitet sich in seinem Körper aus. Es war ihm so vorgekommen, als sei bereits alle Wärme aus seinem Körper gewichen, doch nun scheint sie in Hände und Füße zu strömen, und auch im Gesicht überläuft es ihn heiß.

Er liegt ausgestreckt in der Finsternis, seine Gedanken sind verworren und ungereimt, er kann kaum noch zwischen Schlafen und Wachen unterscheiden, kann sich nicht konzentrieren, um seinen Zustand zu begreifen. Das Bewusstsein kommt und geht. Ihm geht es nicht schlecht, es ist ein angenehmes Gefühl von Schläfrigkeit. Träume drängen auf ihn ein, Erscheinungen, Klänge und Orte, die ihm bekannt und auch wieder fremd vorkommen. Sein Geist schlägt seltsame Kapriolen und jagt mit ihm ein ums andere Mal vor und zurück durch Vergangenheit und Gegenwart, durch Zeit und Raum. Er hat keine Kontrolle über diese Streifzüge des Geistes. Eine Zeit lang sitzt er im Krankenhaus am Bett seiner Mutter, die im Begriff ist, ihn zu verlassen. Im nächsten Moment herrscht tiefe Finsternis, und es kommt ihm vor, als befände er sich immer noch auf seinem Lager auf dem Fußboden des verlassenen Hofs, der einmal sein Zuhause war.

Und gleichzeitig weiß er, dass es sich um eine Sinnestäuschung handeln muss.

»Weshalb liegst du hier?«

Er richtet sich halb auf und sieht, dass jemand in der Tür steht.

Ein Reisender hat den Weg in sein Haus gefunden. Doch er versteht seine Frage nicht.

»Weshalb liegst du hier?«, fragt der Fremde wieder.

»Wer bist du?«, fragt er.

Er kann das Gesicht des Mannes nicht erkennen, er hat nicht gehört, dass er hereinkam, er sieht ihn nur schemenhaft und hört ihn nur wieder und wieder dieselbe unerträgliche Frage stellen.

»Weshalb liegst du hier?«

»Ich bin hier zu Hause. Wer bist du?«

»Ich möchte heute bei dir übernachten, wenn ich darf.«

Der Mann sitzt neben ihm auf dem Boden und hat ein kleines Feuer entfacht. Er spürt die Wärme in seinem Gesicht und streckt die Hände in Richtung der Glut. Nur ein Mal zuvor ist ihm so kalt gewesen.

»Wer bist du?«, fragt er den Mann ein weiteres Mal.

»Ich bin gekommen, um dir zuzuhören.«

»Mir zuzuhören? Wer ist bei dir?«

Er spürt, dass sie nicht alleine sind. Irgendjemand folgt diesem Mann, jemand, den er nicht sehen kann.

»Wer ist bei dir?«, fragt er wieder.

»Niemand«, antwortet der Fremde. »Ich bin allein unterwegs. War hier dein Zuhause?«

»Bist du Jakob?«

»Nein, ich bin nicht Jakob. Seltsam, dass diese Wände noch stehen. Aber das Haus ist sicher.«

»Wer bist du? Bist du Bóas?«

»Mein Weg hat mich hier vorbeigeführt.«

»Warst du schon einmal hier?«

»Ja.«

»Wann?«

»Vor vielen Jahren. Als noch Menschen in diesem Haus lebten. Was ist aus ihnen geworden? Weißt du, was aus den Menschen in diesem Haus geworden ist?«

Er liegt in der Dunkelheit und kann sich vor Kälte nicht bewegen. Er ist wieder allein, das Feuer ist verschwunden, auch der verlassene Hof ist verschwunden. Dunkelheit und Kälte umschließen ihn, und die Wärme an Händen und Füßen und im Gesicht schwindet wieder.

Irgendwo hört er erneut das Scharren.

Es nähert sich aus tiefer, kalter Ferne, steigert sich, und bald folgen ihm gellende Angstschreie.

Zwei

Er stand in einem Geröllhang beim Urðarklettur und beobachtete, wie der Fuchsjäger sich langsam näherte. Sie tauschten ein paar höfliche Grußworte im Nieselregen aus. Ihre Worte durchschnitten die Stille, als würden sie aus einer anderen Welt kommen.

Seit Tagen hatte sich die Sonne nicht gezeigt. Die Fjorde waren in Nebel eingehüllt, und laut Wettervorhersage würde es in den nächsten Tagen zu einem Kälteeinbruch mit Schneefällen kommen. Die Natur bereitete sich auf den Winterschlaf vor. Der Fuchsjäger fragte ihn, was er hier oben in den Bergen mache, wo sich sonst nur alte ausgefuchste Kerle wie er herumtrieben, um den Fuchsbestand im Rahmen zu halten. Er antwortete ausweichend, erklärte, aus Reykjavík zu kommen. Der Jäger sagte, er habe schon gesehen, dass sich auf dem verlassenen Hof da unten am Fjord jemand aufhalte.

»Das war wahrscheinlich ich«, sagte er.

Der Fuchsjäger stellte keine weiteren Fragen und sagte, er sei ein Bauer hier aus der Gegend und ganz allein unterwegs.

»Wie heißt du?«, fragte er.

»Erlendur.«

»Mein Name ist Bóas«, sagte der Mann und sie gaben sich die Hand. »Hier oben in den Spalten und Klüften treibt sich ein Tier herum, das sich auf Schafe verlegt hat. Das Biest richtet immer mehr Schaden an.«

»Ein Fuchs?«

Bóas strich sich übers Kinn. »Neulich habe ich beobachtet, wie er um den Schafstall herumgeschlichen ist. Er hat auch eins von meinen Lämmern gerissen und die anderen Tiere verschreckt.«

»Treibt er sich hier oben herum?«

»Ich habe gesehen, wie er in diese Richtung gelaufen ist. Ich habe ihn zweimal gesehen, und ich glaube, ich weiß, wo sein Bau ist. Bist du auch auf dem Weg nach oben? Dann können wir gerne ein Stück zusammen gehen, wenn du möchtest.«

Erlendur zögerte, nickte dann aber zustimmend. Der Bauer schien zufrieden zu sein, wahrscheinlich freute er sich über Gesellschaft. Über der einen Schulter trug er die Jagdflinte, über der anderen eine Munitionstasche und einen abgewetzten Lederbeutel. Bóas ging auf die siebzig zu, er war ein kleiner Mann mit raschen Bewegungen. Er trug eine dunkelgrüne abgetragenen Wetterjacke und eine Regenhose in derselben Farbe, aber keine Kopfbedeckung. Das dichte Haar fiel ihm in die Stirn und verdeckte manchmal die wachsamen Augen. Die schiefe, flache Nase machte den Eindruck, als hätte er sie sich vor langer Zeit einmal gebrochen und nicht richtig behandeln lassen. Durch den ungepflegten Bart konnte man den Mund nur sehen, wenn er etwas sagte. Das geschah aber ziemlich häufig, da er gesprächig war und gerne seine Ansichten über alles Mögliche zwischen Himmel und Erde zum Besten gab. Doch er bemühte sich, Erlendur nicht zu sehr mit Fragen darüber zuzusetzen, was er in den Bergen wollte oder warum er sich in Bakkasel aufhielt.

Erlendur hatte sich im alten Wohnhaus des verlassenen Hofs seiner Eltern einquartiert. Das Dach war zwar noch vorhanden, aber es war an einigen Stellen undicht, und die Balken waren morsch. Im ehemaligen Wohnzimmer hatte er eine Ecke gefunden, in der es trocken blieb, auch wenn es draußen regnete und stürmte und der Wind um die kahlen Wände heulte. Sie schützten immer noch gut vor dem Wetter, und die kleine Gaslampe, die er mitgebracht hatte, verströmte ein wenig Wärme. Er verwendete sie nur sehr sparsam, damit die Gaskartusche so lange wie möglich reichte. Die Lampe spendete ein fahles Licht, und ringsherum war es dunkel wie in einem Sarg.

Irgendwann war der Hof mit seinen Ländereien in den Besitz einer Bank gelangt. Erlendur hatte keine Ahnung, ob jemand ihn gekauft hatte und wem er inzwischen gehörte. Bisher hatte sich aber nie jemand beschwert, wenn er während seiner Aufenthalte in den Ostfjorden auf dem verlassenen Hof wohnte. Viel Gepäck hatte er nicht dabei. Mit seinem Mietwagen, einem kleinen, blauen Jeep, hatte er die Auffahrt zum Haus nur mit Mühe bewältigen können, denn der ehemalige Weg war so gut wie nicht mehr vorhanden. Alles war überwuchert, auch dort, wo früher nie etwas gewachsen war. Es gab fast überhaupt keine Anzeichen mehr dafür, dass hier einmal Menschen gelebt hatten. Die Natur arbeitete langsam, aber sicher daran, den Ort wieder in seinen ursprünglichen Zustand zurückzuverwandeln, dachte er.

Die beiden Männer stiegen höher hinauf in die

Berge. Die Sicht verschlechterte sich ständig, und schließlich waren sie ganz von milchweißem Nebel eingehüllt. Feiner Sprühregen legte sich über die Vegetation, sodass sie Spuren im Gras hinterließen. Der Jäger lauschte auf Vogellaute und versuchte, auf dem feuchten Boden die Fährte seines Feindes auszumachen. Erlendur folgte ihm schweigend. Er hatte nie einem Fuchs vor dem Bau aufgelauert, hatte nie ein Tier erlegt und niemals in Flüssen oder Seen geangelt und erst recht nicht Jagd auf größeres Wild wie Rentiere gemacht. Es hatte ganz den Anschein, als könne Bóas seine Gedanken lesen.

»Du hast es nicht so mit dem Jagen?«, fragte er und schickte sich an, eine Pause einzulegen.

»Nein, das kann man nicht gerade behaupten.«

»Ich bin damit aufgewachsen«, erklärte Bóas und öffnete seinen Lederbeutel, holte seinen Proviant heraus, Roggenbrot und Lammpastete. Er reichte Erlendur eine Scheibe Brot und schnitt dazu ein Stück von der Pastete ab.

»Aber heutzutage bin ich eigentlich nur noch hinter Füchsen her«, sagte er. »Um den Bestand in Grenzen zu halten. Dieses arme Geschöpf macht immer mehr Ärger, wenn man es so ausdrücken darf. Ich hab ja nichts gegen den Fuchs, er hat genau dasselbe Recht auf Leben wie alle anderen Kreaturen. Aber von den Schafen muss man ihn fernhalten. Alles muss irgendwie im Gleichgewicht sein.«

Sie aßen das Roggenbrot mit der Lammpastete, von der Erlendur annahm, dass Bóas sie selbst gemacht hatte. Sie schmeckte köstlich zum Brot. Er selbst hatte keinen Proviant dabei. Eigentlich wusste er noch nicht einmal genau, wieso er der unerwarteten Einladung des Fuchsjägers, ihn zu begleiten, gefolgt war. Vielleicht verspürte er einfach ein gewisses Bedürfnis nach Gesellschaft, denn er hatte seit Tagen keinen anderen Menschen gesehen, und es kam ihm so vor, als sei das auch bei Bóas der Fall.

»Und was machst du so in Reykjavík?«, fragte Bóas.

Erlendur zögerte.

»Verdammt, warum bin ich nur immer so neugierig«, sagte der Bauer sofort.

»Nein, ist schon in Ordnung«, erwiderte Erlendur. »Ich bin bei der Polizei.«

»Das klingt nicht gerade nach einer Arbeit, die Spaß macht.«

»Nein. Oder doch, manchmal.«

Sie setzten ihre Wanderung fort, und Erlendur gab sich Mühe, im Heidekraut nicht zu fest aufzutreten. Ab und zu bückte er sich und strich mit der Hand über die niedrige Vegetation. Er überlegte, ob er den Namen Bóas aus seiner Jugend kannte, doch er konnte sich nicht darauf besinnen. Es war natürlich kein Wunder, dass er sich nicht an die Namen der Menschen aus der Gegend erinnerte, schließlich hatte er nur kurze Zeit hier gelebt. Gewehre waren ein seltener Anblick in seinem Elternhaus gewesen. Doch er erinnerte sich dunkel daran, dass tatsächlich einmal ein Mann mit einer Flinte zu Besuch gekommen war. Er hatte mit seinem Vater gesprochen und dabei flussabwärts gedeutet. Er erinnerte sich auch an einen Onkel mütterlicherseits, der einen Jeep besessen und Rentiere gejagt hatte. Er führte Jäger aus Reykjavík zu den Gebieten, wo sich die Tiere aufhielten, und versorgte die Familie hin und wieder mit Rentierfleisch. Es wurde in der Pfanne gebraten und schmeckte gut. An einen Fuchsjäger konnte er sich aber nicht erinnern, und auch nicht an einen Bauern namens Bóas, denn alle Verbindungen zu seiner Heimat brachen ab, nachdem die Familie weggezogen war.

»In Fuchsbauen kann man die unglaublichsten Dinge finden«, erklärte Bóas, der nun wieder unverdrossen ausschritt. »Zu fressen haben sie immer genug. Manchmal wagen sie sich sogar bis runter zum Strand und sammeln dort tote Vögel, Muscheln und Krebse auf. Die Welpen ernähren sich von Krähenbeeren und der ein oder anderen Waldmaus. Mit etwas Glück findet der Fuchs auch ein totes Schaf oder ein Lamm. Und es gibt eben auch immer wieder welche, die sich auf lebende Tiere verlegen. Dann ist es aus mit dem Frieden, und Bóas muss den Übeltäter finden und töten, auch wenn ihm das kein Vergnügen bereitet.«

Da Erlendur nicht wusste, ob der Bauer jetzt einfach nur laut dachte, beschloss er, zu schweigen. Sie gingen weiter über weiches Beerengesträuch, in das sie tief einsanken. Er trat in die Fußstapfen des Jägers und genoss die feuchte Kühle im Gesicht. Er kannte sich zwar in den Bergen aus, verließ sich aber bei diesem Weg voll und ganz auf den Jäger. Deshalb wusste er nun nicht mehr genau, wo sie sich befanden. Der Bauer marschierte sicher und unbeirrt voran. Er redete viel, und es schien ihm gleichgültig zu sein, ob sein Begleiter ihm folgen konnte oder nicht.

»Hier hat sich natürlich einiges verändert durch die Bauarbeiten«, sagte er, hielt an und zog ein Fernglas aus dem Lederbeutel. »Die Natur hat sich verändert. Das schlaue Füchslein hat das natürlich auch spitzgekriegt. Vielleicht traut er sich wegen der Fabriken und dem ganzen Schiffsverkehr nicht mehr runter zum Strand. Wer weiß das schon? Jetzt sind wir bald da.« Dann steckte er das Fernglas wieder in die Tasche.

»Ich habe die Baustelle gesehen, wo die Aluminiumhütte entsteht«, sagte Erlendur.

»Dieses Monstrum!«, schnaubte Bóas.

»Ich war auch oben im Hochland beim Staudamm, ich hab noch nie so ein riesiges Bauwerk gesehen.«

Er hörte, wie sich Bóas griesgrämig etwas in den Bart murmelte, während er weiter bergan stapfte. Dass die das zugelassen haben, glaubte Erlendur zu verstehen, aber er war sich nicht sicher. Er blieb Bóas auf den Fersen und musste darüber nachdenken, wie es geschehen konnte, dass ein derart riesiges Aluminiumwerk in Reyðarfjörður errichtet wurde. Er dachte an die überdimensionalen Frachter, die mit den Baumaterialien für das Kraftwerk und die Industrieanlage am Kai von Reyðarfjörður anlegten. Es war ihm vollkommen unbegreiflich, wie eine skrupellose Firma im fernen Amerika es geschafft hatte, einen friedlichen isländischen Fjord und die unberührte isländische Bergwelt in Besitz zu nehmen und völlig umzukrempeln.

Drei

Bóas blieb mitten in einem Geröllhang stehen und bedeutete Erlendur, das ebenfalls zu tun. Er ging wie der Fuchsjäger in die Hocke und starrte in den Nebel.

Es verging eine ganze Weile, ohne dass sich etwas rührte, doch dann sah er auf einmal den Fuchs in fünfzehn Meter Entfernung. Er starrte die beiden Männer mit aufgestellten Ohren an. Bóas griff so vorsichtig nach seiner Flinte, dass es kaum wahrzunehmen war, doch schon das war zu viel für den Fuchs, er schoss davon und war im nächsten Augenblick im Nebel verschwunden.

»Armes Biest«, sagte der Fuchsjäger. Er erhob sich, schulterte die Flinte und marschierte weiter.

»Ist das der Übeltäter?«, fragte Erlendur.

»Ja, das ist er. Ich kenne die Fuchsbaue hier in der Gegend wie meine Westentasche, und ich glaube, wir sind ganz nahe dran. So ein Bau wird von einer Generation nach der anderen benutzt, und einige sind schon ziemlich alt, ja, ziemlich alt, das kann ich dir sagen, auch wenn sie vielleicht nicht direkt aus der Eiszeit stammen.«

Sie gingen weiter, eingehüllt vom Schweigen der Natur, bis sie zu einem kleinen, aus Steinen aufgeschichteten und mit Moos getarnten Unterschlupf kamen. Bóas sagte, Erlendur solle sich hier ein bisschen ausruhen. Der Wind stehe günstig, er wolle noch ein Stück weiter, um die Lage zu erkunden. Erlendur setzte sich ins Moos und wartete geduldig auf die Rückkehr des Jägers. Er versuchte, sich zu erinnern, was er über den isländischen Fuchs wusste. Er galt als erster Landnehmer und war am Ende der Eiszeit vor zehntausend Jahren auf die Insel gekommen. Erlendur hatte das Gefühl, dass Bóas dem Tier viel Respekt entgegenbrachte, er schien Mitleid mit ihm zu haben und sprach über ihn wie über einen alten Freund. Trotzdem ging er zum Angriff über, wenn es die Notwendigkeit erforderte, und tötete den Fuchs und seine Nachkommen, als sei es eine Tätigkeit wie jede andere.

»Das arme Biest ist da, wir müssen nur ein wenig Geduld haben«, sagte er, nachdem er zurückgekommen war und sich neben Erlendur gesetzt hatte. Er nahm Gewehr und Munition von der Schulter, legte den Lederbeutel neben sich und holte einen Flachmann heraus, den er Erlendur reichte. Der trank einen Schluck und verzog das Gesicht. Bóas brannte offensichtlich schwarz, allerdings weder mit besonders viel Ehrgeiz noch mit Geduld.

»Was ist eigentlich dabei, wenn Höfe verlassen werden?«, fragte Bóas und nahm den Flachmann wieder entgegen. »Das Land war verlassen, bevor wir Menschen hierherkamen, warum sollte es nicht wieder in seinen ursprünglichen Zustand zurückkehren dürfen, wenn die Menschen verschwinden? Wieso muss das Land an irgendwelche Spekulanten verschachert werden, nur um eine ganz natürliche Entwicklung aufzuhalten? Kannst du mir das sagen? Menschen kommen und gehen. Gibt es etwas Natürlicheres?«

Erlendur schüttelte den Kopf.

»Sieh dir den armen Hvalfjörður an, der liegt ja sozusagen bei dir vor der Haustür«, sagte Bóas. »Da stehen zwei Monster rum, die rund um die Uhr Gift über das Land spucken! Für wen? Für irgendwelche wahnsinnig reichen Ausländer, die wahrscheinlich nicht einmal wissen, wo Island auf der Landkarte zu finden ist! Die wollen keine Kohlekraftwerke bei sich vor der Tür, also holen sie sich den Strom billig bei uns!«

Er reichte Erlendur noch einmal den Flachmann, doch der nippte diesmal nur vorsichtig daran. Anschließend zog Bóas ein sorgfältig in einer Plastiktüte verpacktes Bündel aus dem Beutel, das einen fürchterlichen Gestank verbreitete, als er es auswickelte. Es war vergammeltes Fleisch, das er in hohem Bogen in Richtung des Fuchsbaus warf. Dann wischte er sich die Hände im Moos ab und lehnte sich zurück, das Gewehr griffbereit neben sich.

»Der wird das schon bald wittern«, erklärte Bóas.

Eingehüllt von Nebel und Nieselregen saßen sie eine ganze Weile schweigend da, doch dann ergriff Bóas wieder das Wort.

»Du kannst dich natürlich nicht an mich erinnern«, sagte er.

»Sollte ich das?«, fragte Erlendur hustend.

»Nein, unwahrscheinlich«, sagte Bóas. »Du warst ja auch völlig daneben damals. Deine Eltern kannte ich eigentlich kaum, wir hatten nichts miteinander zu tun.«

»Was meinst du? Wieso war ich völlig daneben?«

»Damals«, sagte Bóas, »als wir nach dir und deinem Bruder gesucht haben.«

»Warst du dabei?«

»Ja, ich war dabei. Bei der Suche waren alle dabei. Ich habe davon gehört, dass du manchmal hier in deine alte Heimat kommst, in Bakkasel haust und in die Berge steigst. Dass du hier herumirrst wie ein Spuk und da unten in dem verlassenen Haus schläfst. Du glaubst immer noch, dass du ihn finden kannst.«

»Nein, das tu ich nicht. Reden die Leute darüber?«

»Wir alten Kerle erzählen uns manchmal die alten Geschichten hier aus der Gegend, und dabei ist auch die Sprache darauf gekommen, dass du wieder in die Berge hinaufsteigst. Und es stimmt, wie ich sehe.«

Erlendur verspürte keine Lust, einem Unbekannten Rechenschaft über sein Tun und Treiben oder Auskunft darüber zu geben, wie er sich sein Leben eingerichtet hatte. Hier war er aufgewachsen, und er kam zurück in seine Heimat, wenn er das Bedürfnis danach verspürte. Er unternahm lange Wanderungen und fand es angenehmer, auf dem verlassenen Hof zu sein, als in einem Hotelzimmer zu hocken. Manchmal zeltete er, manchmal legte er seine Matratze in eine trockene Ecke im Haus.

»Kannst du dich an die Suche erinnern?«, fragte er.

»Ich kann mich daran erinnern, wie sie dich gefunden haben«, sagte Bóas, ohne seine Blicke von dem Köder abzuwenden. »Ich war nicht in der Gruppe, doch es sprach sich schnell herum, und wir waren unheimlich froh. Wir waren überzeugt, dass wir deinen Bruder auch finden würden.«

»Er kam um.«

»Ja, so war es wohl.«

Erlendur schwieg.

»Er war etwas jünger als du«, sagte Bóas.

»Ja, zwei Jahre. Er war acht.«

Daraufhin schwiegen sie lange, dann schien Bóas etwas zu bemerken. Erlendur fiel nichts auf, nahm aber an, dass es etwas mit den Vögeln zu tun haben musste, da Bóas ihre Bewegungen aufmerksam beobachtete. Nach einiger Zeit wurde der Jäger wieder ruhiger. Bóas bot ihm eine weitere Scheibe Roggenbrot mit Lammpastete an und dazu das entsetzliche Gesöff aus dem Flachmann. Der Nebel hüllte sie ein wie weiße Daunen. Ab und zu hörte man irgendwo Vogellaute, ansonsten herrschte ringsum Stille.

Er konnte sich nicht an einzelne Mitglieder der Suchmannschaft erinnern. Er kam wieder zu sich, als sie ihn auf dem schnellsten Wege hinunter ins Tal trugen, er war völlig durchgefroren und unterkühlt. Er konnte sich an die warme Milch erinnern, die man ihm unterwegs eingeflößt hatte. Dann war er wieder bewusstlos geworden, kam erst wieder zu sich, als er in seinem Daunenbett lag und der Arzt neben ihm stand. Er hörte unbekannte Stimmen im Haus und wusste, dass etwas Schreckliches passiert war, aber nicht was. Doch dann kam ihm die Erinnerung wieder. Seine Mutter drückte ihn an sich und sagte ihm, dass sein Vater am Leben sei, er habe mit allerletzter Kraft den Weg zum Hof gefunden. Nach seinem Bruder würde immer noch gesucht, und alle seien zuversichtlich, dass er bald gefunden werden würde. Sie fragte ihn, ob er ihnen helfen könnte, ob er den Leuten von der Suchmannschaft genauere Hinweise geben könnte. Er konnte sich aber an nichts anderes erinnern als an den tobenden Schneesturm, der ihn schlug und peitschte und immer wieder zu Boden warf, bis er zum Schluss nicht mehr die Kraft hatte, noch einmal aufzustehen. Er sah, dass Bóas seinen Griff um die Flinte verstärkte. Der Fuchs tauchte aus dem Nebel auf und näherte sich vorsichtig dem Köder. Schnuppernd schlich er geduckt ein paar Schritte näher. Noch bevor Erlendur Zeit hatte, Bóas zu fragen, ob es wirklich notwendig sei, das Tier zu töten, hatte der Jäger bereits geschossen, und der Fuchs lag am Boden. Bóas stand auf und holte den Kadaver.

»Ein Schluck Kaffee gefällig?«, fragte er, als er mit seiner Beute wieder in den Unterschlupf zurückkehrte. Er holte eine Thermosflasche aus seinem Beutel, von der er zwei Becher abschraubte. Er reichte Erlendur einen der Becher mit dampfendem Kaffee und fragte, ob er Milch wolle. Erlendur sagte, er tränke seinen Kaffee schwarz.

»Da muss Milch rein, ohne schmeckt er nicht«, sagte Bóas und kramte in seinem Lederbeutel, fand aber nicht, was er suchte.

»Mist noch mal«, sagte er, »ich hab die Milch vergessen.«

Dennoch trank er einen Schluck Kaffee und fand ihn offensichtlich ungenießbar. Er blickte sich verärgert um, klopfte alle Taschen seiner Wetterjacke ab, so als hätte er den Milchbehälter dort hineinstecken wollen, es aber vergessen. Schließlich blieben seine Blicke an der toten Füchsin hängen, die ganz in der Nähe lag.

»Das ist wohl hoffnungslos«, sagte er schließlich, befühlte die Zitzen des Tieres, aber auch da war nichts zu holen.

Vier

Erlendur ging mit langsamen Schritten auf ein Haus in Reyðarfjörður zu. Er bemerkte eine Frau am Fenster, die ihn anstarrte. Es hatte ganz den Anschein, als hätte sie schon den ganzen Tag dort gesessen und auf ihn gewartet, obwohl er sich nicht angemeldet hatte. Er war sich auch nicht sicher, ob es richtig war, was er da tat. Sein Wissensdrang war aber stärker als der Zweifel.

Beim Abstieg aus den Bergen hatte Erlendur Bóas nach einer Geschichte gefragt, die er als Kind gehört hatte und die ihn seitdem nicht mehr losließ. Auch seine Eltern kannten die Geschichte, so wie seinerzeit die meisten anderen Leute in der Gegend. Vielleicht war diese Geschichte auch einer der Gründe dafür, dass er wieder in die Ostfjorde gekommen war.

»Du bist zur Polizei gegangen?«, hatte Bóas ihn gefragt. »Regelst du den Verkehr?«

»Ich war eine Zeit bei der Verkehrspolizei, aber das ist lange her«, hatte er geantwortet. »Ich weiß nicht, ob du schon davon gehört hast, aber heutzutage wird der Verkehr dort mit Ampeln geregelt.«

Bóas grinste. Er hatte sich den Fuchs über die Schulter geworfen, und seine Jacke war blutverschmiert, ebenso seine Hände, auch wenn er versucht hatte, sie im feuchten Moos abzuwischen. Er sei eigentlich davon ausgegangen, über Nacht in den Bergen bleiben zu müssen, sagte er, aber da alles so reibungslos geklappt hatte, war er der Meinung, dass sie die bewohnten Gebiete noch vor Einbruch der Dunkelheit erreichen könnten.

»Du hast dein Leben lang hier gewohnt, nicht wahr?«, fragte Erlendur.

»Ich habe nie davon geträumt, woanders hinzugehen«, antwortete der Fuchsjäger. »Es gibt keine besseren Menschen in ganz Island als hier.«

»Dann kennst du wohl auch die Geschichte von der Frau, die über die Irrlichtscharte nach Reyðarfjörður gehen wollte und dabei spurlos verschwand.«

»Ich glaube schon«, sagte Bóas.

»Sie hieß Matthildur«, sagte Erlendur. »Sie war allein unterwegs.«

»Ich weiß, wie sie hieß.«

Bóas blieb stehen und sah Erlendur an.

»Was hast du gesagt, was du da bei der Polizei machst?«

»Ich untersuche Kriminalfälle.«

»Was für Fälle?«

»Unterschiedlich. Schwere Verbrechen, Mord, Gewaltverbrechen.«

»Also den ganzen menschlichen Sumpf?«

»Man kann es so ausdrücken.«

»Auch Vermisstenfälle?«

»Ja.«

»Kommen sie häufig vor?«

»Nein, im Grunde genommen nicht.«

»Die Geschichte von Matthildur wird in Vergessenheit geraten, wenn wir Alten nicht mehr sind«, sagte Bóas.

»Ich habe sie zuerst in meinem Elternhaus gehört«, sagte Erlendur. »Meine Mutter kannte die Frau ein wenig, und ich fand die Geschichte immer ...«

Er suchte nach dem richtigen Wort.

»Mysteriös«, schlug Bóas vor.

»Interessant«, sagte Erlendur.

Bóas legte seine Beute ab, richtete sich auf und blickte hinunter ins Tal, wo man durch den Nebel hindurch den Ort sehen konnte, der direkt am Fjord lag. Sie waren inzwischen fast wieder unten beim Urðarklettur angekommen. Es war wesentlich kühler und auch schon ziemlich dunkel geworden. Bóas warf sich das tote Tier wieder über die Schulter. Erlendur hatte ihm angeboten, es nach unten zu tragen, aber Bóas hatte das abgelehnt, er wollte nicht, dass sich noch andere mit Blut beschmierten.

»Du interessierst dich natürlich für so etwas Schreckliches«, sagte er und meinte damit die Vermisstenfälle.

Er sprach eher mit sich selbst und schwieg eine ganze Weile, bevor er weiterging, über Geröllhalden und Strauchheiden hinweg nach unten stieg.

»Du kennst dann sicher auch die Geschichte von den britischen Soldaten, die hier im Zweiten Weltkrieg in Bergnot geraten sind«, sagte er. »Sie gehörten zu den Besatzungstruppen in Reyðarfjörður.«

Erlendur sagte, dass er in seiner Jugend von diesen Ereignissen gehört und später nachgelesen habe, was damals passiert war, doch Bóas war nicht davon abzubringen, die ganze Geschichte noch einmal aufzurollen, denn er ließ sich keine Gelegenheit entgehen, eine gute Geschichte zu erzählen.

Ein Trupp von etwa sechzig Soldaten, alles junge Briten, wollte von Reyðarfjörður aus über die Irrlichtscharte nach Eskifjörður gehen, war dabei aber von einem Unwetter überrascht worden. Der Bergpass war stark vereist und unpassierbar gewesen, doch anstatt umzukehren, stiegen sie höher hinauf ins Tungudalur, von wo aus sie über die Eskifjarðarheiði absteigen wollten. Das alles geschah in der zweiten Januarhälfte. Unterwegs verschlechterte sich das Wetter weiter, überdies war es inzwischen stockfinster. Sie hatten ihr Ziel eigentlich noch im Hellen erreichen wollen.

Abends hatte dann der Bauer von Veturhús im Inneren des Eskifjörður, der auf dem Weg zu seinem Pferdestall gewesen war, plötzlich vor einem Soldaten gestanden, der völlig durchfroren und entkräftet war. Trotzdem konnte er sich irgendwie noch verständlich machen, und der Bauer begriff, dass da noch viele andere in Gefahr schwebten. Ein paar Männer vom Hof machten sich mit Laternen auf den Weg, um nach ihnen zu suchen. Am Rand der Heuwiese fanden sie noch zwei Teilnehmer an der Expedition. Dank des Einsatzes der Leute von Veturhús konnten nach und nach weitere Soldaten zu Tal gebracht werden, zum Schluss waren es achtundvierzig. Der sintflutartige Regen hatte sämtliche Flüsse im Tal anschwellen lassen, dass sie unpassierbar geworden waren, doch um in den Ort zu kommen, musste man die durchqueren. Ein paar Soldaten hatten es mit knapper Not über die beiden Arme der Þverá geschafft, doch dann standen sie vor der tosenden Eskifjarðará und konnten nun weder vor noch zurück. Man hörte ihre Hilferufe von Veturhús aus. Vier von ihnen erfroren am jenseitigen

Ufer. Einige Soldaten gelangten unter größten Strapazen bis in den Ort.

Bei Anbruch des nächsten Tages hatte sich das Wetter etwas gelegt. Der Bauer ging mit einem Unteroffizier aus der Truppe ins Eskifjarðardalur, wo sie weitere Soldaten fanden. Einige lebten noch, andere waren tot, darunter auch der Führer des Trupps. Eine Leiche wurde am Fjordufer gefunden, man nahm an, dass er beim Versuch, die Eskifjarðará zu überqueren, von den Wassermassen mit ins Meer gerissen worden sei. Doch alle, die zu der Truppe gehört hatten, wurden schließlich gefunden, tot oder lebendig. Dieser tödliche Kampf mit den erbarmungslosen Naturgewalten war lange in aller Munde, und jeder wusste, dass es noch viel schlimmer hätte ausgehen können, wenn nicht die Leute von Veturhús so schnell und unerschrocken reagiert hätten.

»An die britischen Soldaten erinnern sich hier noch viele, aber kaum jemand an Matthildur«, sagte Bóas, der mit der Füchsin auf der Schulter vor Erlendur herstapfte. »Aber sie verschwand ebenfalls in diesem Unwetter. Ihr Mann sagte später aus, sie habe nach Reyðarfjörður hinübergewollt, und zwar auf dem gleichen Weg wie die Soldaten, über die Irrlichtscharte. Sie kannte die Strecke, denn sie ging sie nicht zum ersten Mal. Man fragte die Soldaten nach ihr, aber keiner war ihr unterwegs begegnet.«

»Hätten sie ihr denn begegnen müssen?«, fragte Erlendur.

»Sie waren zur selben Zeit in demselben Gebiet und in demselben Unwetter unterwegs. Sie kamen zwar aus entgegengesetzten Richtungen, aber sie hätten sich aller Wahrscheinlichkeit nach begegnen müssen. Doch natürlich kämpften dort alle um ihr Leben, an etwas anderes konnten sie vermutlich nicht denken. Die Soldaten wurden allesamt gefunden, viele lebend, andere tot, und von ihr fand man nicht die geringste Spur. Als sich herausstellte, dass sie nicht in Reyðarfjörður angekommen war, wurde eine Suche organisiert, aber da war bereits viel Zeit verstrichen, seit sie sich auf den Weg gemacht hatte.«

»Was hat ihr Mann dazu gesagt?«

»Weiter nichts, als dass ihre Mutter in Reyðarfjörður lebte und Matthildur entschlossen gewesen war, über die Irrlichtscharte zu gehen, denn sie glaubte, die Route zu kennen. Ihr Mann behauptete, dass er versucht habe, sie davon abzubringen, sie habe aber nicht auf seine Worte gehört. Er hat es so ausgedrückt, dass es wohl vorherbestimmt gewesen sei, dass sie sterben musste.«

»Weshalb ist er nicht mit ihr gegangen?«

»Das weiß ich nicht. Aber dass sie sich auf den Weg gemacht hat, davon hat er erzählt, noch bevor etwas über die britischen Soldaten bekannt wurde. Er wusste also nicht, dass sie ebenfalls dort unterwegs waren.«

»Hat er damals gleich gesagt, dass sie verschollen war?«

»Nein, nur, dass sie sich auf den Weg gemacht hätte.«

»Hat das etwas zu bedeuten?«

»Die Soldaten hätten ihr doch begegnen oder sie zumindest sehen müssen. Na ja, genau kann man das natürlich nicht wissen, wenn das Unwetter bereits hereingebrochen war. Als ihre Angehörigen in Reyðarfjörður befragt wurden, ob sie sie an diesem Tag erwartet hätten, fielen sie aus allen Wolken. Ihren Aussagen zufolge wussten sie nichts davon, dass sie zu Besuch kommen wollte, weder an diesem Tag noch an irgendeinem anderen.«

»Wieso hat sie eigentlich nicht versucht, sich von einem Boot oder Auto nach Reyðarfjörður mitnehmen zu lassen?«, fragte Erlendur. »Damals gab es doch schon eine ganz passable Straße zwischen Eskifjörður und Reyðarfjörður.«

»Angeblich wollte sie unbedingt zu Fuß über die Berge. Genau wie die Engländer übrigens. Bei denen war ja wohl trotz Krieg nicht sonderlich viel los, und die Wanderung sollte mal etwas anderes sein, eine kleine Abwechslung in dieser langweiligen einsamen Gegend. Sie hatten auch gar nichts Besonderes in Eskifjörður vor. Bei gutem Wetter ist das eine schöne Wanderung über die Berge, das weißt du sicher. Außerdem hat damals nichts darauf hingedeutet, dass ein Unwetter im Anmarsch war.«

»Sie hatte also schon vorher mit ihrem Mann darüber gesprochen, dass sie sich diese Wanderung in den Kopf gesetzt hatte?«

»Ja.«

»Hat sie auch mit anderen darüber gesprochen?«

»Davon weiß ich nichts. Wahrscheinlich nicht.«

Sie blickten hinunter auf den Ort, der friedlich am stillen Fjord kauerte.

»Was glaubst du eigentlich, was damals passiert ist?«, fragte Erlendur.

»Ich weiß es nicht«, entgegnete Bóas. »Ich habe keine Ahnung.«

Als Erlendur ein paar Mal geklopft und ziemlich lange darauf gewartet hatte, dass die Frau am Fenster darauf reagieren würde, öffnete er die unverschlossene Tür und trat unaufgefordert ein. Er wusste nicht, weshalb die Frau nicht zur Tür gekommen war, überlegte, ob sie dazu vielleicht nicht imstande war. Er fand die Tür zum Wohnzimmer, wo die Frau immer noch unbeweglich am Fenster saß. Auf seinen Gruß reagierte sie nicht, sondern starrte weiter zum Fenster hinaus.

Er ging ein paar Schritte auf sie zu und wiederholte den Gruß. Sie wandte sich zu ihm um und sah mit wütender Miene zu ihm hoch.

»Ich habe dich nicht hereingebeten«, sagte sie.

»Entschuldige«, sagte er. »Ich hätte mich anmelden sollen.«

»Was willst du von mir?«

»Ich gehe schon wieder, ich bitte um Verzeihung.«

Ihm war klar, dass er zu weit gegangen war. Man durfte nicht einfach ein fremdes Haus betreten und in das Privatleben anderer Menschen eindringen. Sie war nicht zur Tür gekommen, also hätte er verschwinden und sie in Ruhe lassen müssen. Die Frau war sehr klein, sie saß auf einem Kissen. Wahrscheinlich um die achtzig, dachte er. Die scharfen, stechenden Augen, denen nichts entging, blickten Erlendur forschend an. Sie hatte ein Fernglas in der Hand.

»Ich denke nicht daran, dieses Haus zu verkaufen«, sagte sie. »Das habe ich euch schon oft genug gesagt. Oft genug. Ich denke nicht daran, ins Altersheim zu gehen. Ich will all diese Veränderungen hier nicht. Macht, dass ihr mit eurem ganzen Mist wieder nach

Reykjavík kommt! Ich will nichts mit euch Alubonzen zu tun haben!«

Er drehte sich in der Tür um.

»Ich will kein Haus kaufen«, sagte er. »Und mit dem Aluminiumwerk habe ich überhaupt nichts zu tun.«

»Ach, und wer bist du dann?«

»Ich würde gern mit dir über deine Schwester Matthildur sprechen.«

Die Frau sah ihn lange an. Es hatte ganz den Anschein, als hätte sie diesen Namen seit Jahrzehnten nicht gehört, und ihr war anzusehen, wie seltsam sie es fand, dass ein völlig Fremder in ihr Haus eingedrungen war, der Matthildurs Namen kannte.

»Man hat keine Ruhe vor diesen Leuten aus Reykjavík, die hier alles aufkaufen wollen«, sagte sie schließlich. »Ich dachte, du wärst einer von denen.«

»Nein, das bin ich nicht.«

»Man erlebt heutzutage viel Sonderbares.«

»Das will ich dir gern glauben.«

»Und wer bist du dann?«

»Ich komme aus Reykjavík und bin bei der Polizei. Ich habe Urlaub und …«

»Wieso weißt du von meiner Schwester?«, unterbrach ihn die alte Dame.

»Ich habe von ihr gehört.«

»Wer hat dir von ihr erzählt?«, fragte die Frau schroff.

»Ich habe schon in meiner Kindheit von ihr gehört«, antwortete Erlendur. »Und dann vor Kurzem, als ich mit einem Fuchsjäger oben in den Bergen ins Gespräch kam. Er heißt Bóas. Ich weiß nicht, ob du ihn kennst.«

»Und ob ich den kenne, den habe ich unterrichtet,

als er noch ein kleiner Knirps war, der frechste Junge in der ganzen Schule. Wieso fragst du mich nach Matthildur?«

»Wie gesagt, ich habe schon in meiner Kindheit von ihr gehört. Dann habe ich Bóas nach dieser Geschichte gefragt, und ...«

Erlendur wusste nicht so recht, wie er es formulieren sollte, woher sein Interesse an einer Frau rührte, die vor so langer Zeit in dieser Gegend gelebt hatte und die ihn im Grunde genommen gar nichts anging. Er war ein Fremder, er hatte nichts mit ihrer Familie zu tun und hielt sich nur alle Jubeljahre für kurze Zeit in den Ostfjorden auf. Er hatte zwar beinahe bis zu seiner Konfirmation hier gelebt, kannte aber die Menschen nicht mehr, hatte zu niemandem Kontakt gehalten und war erst als Erwachsener hierher zurückgekehrt. Sein ganzes Leben hatte sich in Reykjavík abgespielt, ob er wollte oder nicht.

Ein Teil seiner Geschichte und seines Lebens war jedoch für alle Zeiten mit diesem Landesteil verbunden, ein schicksalhaftes, gnadenloses Ereignis in seiner Jugend, das Zeugnis von unbarmherzigen Naturgewalten und Menschen ablegte, die ihnen ohnmächtig ausgeliefert waren.

»... ich interessiere mich für Menschen, die bei Unwettern um ihr Leben kämpfen mussten«, sagte er unumwunden.

Fünf

Die alte Dame war nun wie ausgewechselt. Sie fragte ihn nach seinem Namen, er stellte sich vor und erklärte, er sei nur für ein paar Tage in den Ostfjorden. Die Frau gab ihm die Hand, sagte ihm, dass ihr Name Hrund sei. Erlendur sah, wohin ihr Blick durchs Fenster ging, und er begriff, dass sie nicht ihn angestarrt oder auf ihn gewartet hatte, sondern sie verfolgte offenbar ganz genau mit, wie die überdimensionalen Strommasten in der Nähe des Ortes errichtet wurden, die den Strom über die Berge zum Aluminiumwerk leiten sollten, das etwas weiter fjordauswärts aus dem Boden gestampft wurde. Sie bot ihm an, Platz zu nehmen, und er ließ sich auf einem alten, knarrenden Sofa nieder. Die kleine zierliche Frau setzte sich auf einen Sessel ihm gegenüber. Es schien nun eine Art von Vertrautheit zwischen ihnen zu herrschen, und sie begann, ihm Fragen zu stellen. Er versuchte, ihr zu erklären, woher sein Interesse an den Schicksalen von Menschen rührte, die durch plötzliche Wetterstürze in Bergnot gerieten und dabei umkamen, aber nie gefunden wurden. Sie hörte ihm aufmerksam zu. Langsam, aber sicher tastete er sich zu dem schlimmen Unwetter im Januar 1942 vor, in dem Matthildur verschollen war und in dem auch die britischen Soldaten mit den Naturgewalten gekämpft hatten, einige vergeblich.

Hrunds Eltern waren Ende der Zwanzigerjahre von einem kleinen Hof im Skagafjörður nach Reyðarfjörður gezogen, sie hatten vier Töchter. Der Vater stammte aus den Ostfjorden und hatte den Hof eines Verwandten übernommen, verstand aber so gut wie nichts von Landwirtschaft und war Bóas zufolge ziemlich versoffen gewesen. Er starb wenige Jahre später infolge eines Unfalls. Hrunds Mutter hatte zunächst allein für ihre Töchter gesorgt und mit Unterstützung von hilfsbereiten Nachbarn den Hof wieder in Schwung gebracht. Sie heiratete einen Mann aus der Gegend und sorgte gut für ihre Töchter. Die beiden ältesten gingen nach Reykjavík, und Matthildur heiratete einen Seemann in Eskifjörður. Sie hatten bereits einige Jahre zusammengelebt, aber keine Kinder bekommen, und dann verschwand Matthildur eines Tages bei dem Unwetter spurlos. Hrund war die jüngste Tochter, sie hatte ebenfalls geheiratet und immer in Reyðarfjörður gelebt.

»Alle meine Schwestern sind tot«, erklärte sie. »Mit denen in Reykjavík hatte ich nur wenig Kontakt, und zwischen ihren Besuchen vergingen immer viele Jahre. Wir haben uns manchmal geschrieben, aber sonst war da nicht viel. Nur der Sohn meiner Schwester Ingunn kam als junger Mann wieder zurück in die Ostfjorde, er lebt jetzt in einem Seniorenheim in Egilsstaðir. Ich habe aber keine Verbindung zu ihm. An Matthildur habe ich nur gute Erinnerungen, ich war im Konfirmationsalter, als sie verschwand. Sie galt als die Hübscheste von uns, du weißt, was die Leute so reden.

Vielleicht, weil sie so jung ums Leben kam. Es war ein schwerer Schlag für die Familie, das kannst du dir wahrscheinlich vorstellen.«

»Soweit ich weiß, hatte sie damals vor, ihre Mutter hier in Reyðarfjörður zu besuchen«, sagte Erlendur.

»Ja, das hat Jakob, ihr Mann, jedenfalls behauptet. Sie wurde von dem gleichen Unwetter überrascht wie die britischen Soldaten. Von denen hast du wahrscheinlich auch gehört?«

Erlendur nickte.

»Die Suche nach Matthildur blieb erfolglos, obwohl alles unternommen wurde, um sie zu finden, sowohl hier auf der Seite von Reyðarfjörður als auch drüben in Eskifjörður, von wo aus sie losgegangen war. Aber gefunden wurde sie nie.«

»Bei diesem Unwetter gab es gewaltige Mengen von Niederschlag«, sagte Erlendur. »Alle Flüsse waren enorm angeschwollen. Einen der englischen Soldaten, die damals umkamen, hatte die Eskifjarðará bis zum Meer mitgerissen.«

»Das war natürlich bekannt, und daher sind die Suchmannschaften auch die ganze Strandlinie abgegangen. Vielleicht wurde sie aber weiter ins Meer hinausgespült. Das haben wir immer für die wahrscheinlichste Erklärung gehalten.«

»Es wurde fast wie ein Wunder angesehen, dass so viele Soldaten überlebten«, sagte Erlendur. »Vielleicht glaubte man, mehr Barmherzigkeit könne man von den höheren Mächten nicht erwarten. Wusste eigentlich überhaupt jemand davon, dass sie sich auf den Weg nach Reyðarfjörður gemacht hatte? Ich meine, außer ihrem Ehemann?«

»Ich glaube nicht. Sie hatte niemandem etwas von ihrem Vorhaben erzählt.«

»Hat jemand gesehen, dass sie sich auf den Weg machte? Ist sie unterwegs noch irgendwo eingekehrt oder hat jemand beobachtet, wie sie sich an den Aufstieg zur Irrlichtscharte machte?«

»Jakob hat sie zuletzt gesehen, als sie sich von ihm verabschiedete. Er sagte, dass sie gut ausgerüstet gewesen sei, sie hatte Proviant mitgenommen und damit gerechnet, den ganzen Tag unterwegs zu sein. Und sie hatte sich früh genug auf den Weg gemacht, um rechtzeitig und noch im Hellen in Reyðarfjörður anzukommen. Deshalb war wahrscheinlich kaum jemand unterwegs, der sie hätte sehen können. Und sie hatte auch nicht vor, irgendwo haltzumachen.«

»Die Soldaten haben ausgesagt, dass sie ihr nicht begegnet sind.«

»Das stimmt.«

»Obwohl sie auf derselben Strecke unterwegs war wie sie.«

»Ja. Aber bei dem Wetter konnte man wohl kaum die Hand vor Augen sehen.«

»Und deine Mutter hatte überhaupt nicht mit ihr gerechnet?«

»Bóas hat dir anscheinend das ein oder andere erzählt.«

»Er hat mir nur aus seiner Sicht gesagt, was vorgefallen ist.«

»Jakob war ...«

Hrund sah zu dem Fenster hinaus, an dem sie tagaus, tagein mit dem Fernglas zur Hand auf ihrem Kissen saß. Es wurde dunkel, und der Himmel wurde von der Flutlichtanlage auf der Baustelle des Aluminiumwerks erleuchtet. Ein rätselhaftes Lächeln umspielte ihre Lippen.

»Diese modernen Zeiten sind schon sonderbar«, sagte sie, wie um das Thema zu wechseln. Sie begann, über diese sonderbaren Zeiten zu sprechen und über die Umwälzungen, mit denen sie nichts anfangen konnte, über diese Riesenbaustelle beim Aluminiumwerk, den Staudamm bei Kárahnjúkar mitten im Hochland, die Schlucht des Gletscherflusses, die man zerstört hatte, und den Stausee oberhalb, den größten von Menschenhand geschaffenen See in Island. Ihr war nicht anzuhören, dass sie alldem irgendetwas Positives abgewinnen konnte.

Erlendur musste unwillkürlich an das Gespräch denken, das er mit Bóas auf dem Weg ins Tal geführt hatte. Er hatte ihm von den Gerüchten erzählt, die aufgekommen waren und die mit den Menschen weiterlebten, die sich noch an Matthildurs Verschwinden erinnern konnten. Die meisten allerdings sahen inzwischen das Gras von unten wachsen oder waren steinalt und verwirrt, hatte Bóas gesagt.

»Jakob Ragnarson hatte es nicht leicht«, erklärte Hrund und kehrte damit zurück zu den Ereignissen in der Vergangenheit.

»Wieso nicht leicht?«, fragte Erlendur.

»Die Zeit verstrich, und verschiedene Geschichten kamen in Umlauf. Unter anderem die, dass Matthildur ihn in den wenigen Jahren, die er nach dem Unglück noch zu leben hatte, wie ein Spuk verfolgt habe. Was für ein Schwachsinn! Als wäre meine Schwester zu einem Geist, zu einer Wiedergängerin geworden.«

»Und wie habt ihr über das Ganze gedacht? Die Familie? Gab es einen Grund, Jakobs Version der Geschichte anzuzweifeln?«

»Hier wurde nie etwas untersucht«, entgegnete Hrund. »Aber weil sie nie gefunden wurde, kam natürlich der Verdacht auf, dass Jakob etwas zu verbergen hatte. Dass Matthildur vor ihm geflüchtet war, trotz des Unwetters. Dass sie niemals vorgehabt hatte, über die Berge nach Reyðarfjörður zu gehen und er sie einfach in das Unwetter hinausgetrieben hatte. Dieser Bóas hat dir das alles bestimmt ausführlich erzählt.«

Erlendur schüttelte den Kopf. »Davon hat er nichts erwähnt. Was ist eigentlich aus Jakob geworden? Kam er nicht bei einem Schiffbruch ums Leben?«

»Ja, er ist ertrunken und wurde in Djúpivogur begraben, ein paar Jahre nach Matthildurs Tod. Sein Boot kenterte in einem schrecklichen Sturm im Eskifjörður, sie waren zu zweit an Bord, und beide kamen um.«

»Und das war dann das Ende der Geschichte?«

»Ja, wahrscheinlich«, sagte Hrund. »Matthildur wurde nie gefunden. Jahre später kam ein Junge oben in den Bergen ums Leben, der auch nie gefunden wurde. Das Leben in diesem Land ist kein Zuckerschlecken.«

»Nein«, sagte Erlendur, »das stimmt.«

»Willst du vielleicht, dass ich dir etwas über diese Geschichte erzähle?«

»Nein, darum geht es mir nicht.«

»Es hieß, dass Matthildur Jakob nie in Ruhe gelassen und ihn zum Schluss in den Tod getrieben hat. Sie soll auch schuld an dem Schiffbruch gewesen sein. Kompletter Unsinn natürlich. Isländer mögen nichts lieber als Geistergeschichten, und sie machen sich einen Spaß daraus, welche zu erfinden. Es ging sogar so weit, dass einer der Sargträger behauptete, er hätte Jakob jammern hören, als sein Sarg in die Erde gesenkt wurde. Unglaublich, was die Leute so reden. Und das war noch lange nicht alles.«

»Irgendwann kam mir eine Geschichte mit einem Engländer zu Ohren«, sagte Erlendur.

»Ja, darüber wurde auch geklatscht. Sie soll ein Techtelmechtel mit einem von diesen englischen Soldaten gehabt, heimlich mit ihm das Land verlassen und sich so dafür geschämt haben, dass sie nie wieder etwas von sich hören ließ.«

»Und danach ist sie angeblich bald gestorben?«

»Ja, es hieß, sie sei gestorben, kurz nachdem sie Island verlassen hatte. Man hat sich bei den Besatzungssoldaten erkundigt, die hier waren, aber die wussten von gar nichts. Es ist ja auch absurd. Vollkommen absurd.«

»Sind noch irgendwelche Verwandte oder Freunde von Jakob am Leben, mit denen ich reden könnte?«

»Viele sind es nicht. Er kam seinerzeit aus Reykjavík und lebte eine Zeit lang bei seinem Onkel mütterlicherseits in Djúpivogur, aber der ist schon lange tot. Vielleicht solltest du versuchen, mit Ezra zu sprechen. Er war Jakobs Freund.«

Sechs

Um ihn herum ist es dunkel und kalt, Gedanken drängen auf ihn ein, Bilder von Menschen und Ereignissen, und er kann nichts dagegen tun. Er ist im gleichen Augenblick überall und nirgends.

Er liegt in seinem Zimmer und spürt, wie ihn nach der Spritze eine seltsame Ruhe überkommt. Er wehrt sich zunächst dagegen, aber es nützt nichts. Es ist ein Gefühl, als würde das Blut aufhören zu fließen, und seine Gedanken verflüchtigen sich wie im Nebel.

Der Arzt sagt ihm, was er vorhat, aber er hört kaum etwas davon. Er sträubt sich dagegen, setzt sich nach Leibeskräften zur Wehr, bis er festgehalten und wieder ins Bett gezwungen wird. Der Arzt bespricht etwas mit der Mutter, sie stimmt mit einem Kopfnicken zu. Er sieht die Spritze in der Hand des Arztes, spürt einen schmerzhaften Stich im Arm, und langsam wird er ruhiger.

Seine Mutter setzt sich zu ihm auf die Bettkante und streichelt ihm die Stirn. Sie sieht unendlich traurig aus, und er will alles tun, um das zu ändern.

»Kannst du uns etwas über deinen Bruder sagen?«, flüstert sie.

Er hat geringfügige Erfrierungen an Händen und Füßen, aber sie verursachen ihm keine Schmerzen. Er kann sich nur noch erinnern, wie er in den Armen eines Angehörigen der Suchmannschaft zu sich kam, der versuchte, ihm warme Milch einzuflößen. Die Männer hatten sich beim Tragen abgewechselt, um ihn so schnell wie möglich ins Warme zu bringen. Seine Mutter trägt ihn das letzte Stück, bis der Arzt ihn in Empfang nimmt, ihn untersucht und die Erfrierungen behandelt. Er erfährt, dass sein Vater am Leben ist. Wieso sollte er das nicht sein?, denkt er. Er erinnert sich an nichts. Er sieht die fremden Menschen, die im Haus sind, Männer mit Funkgeräten und langen Stöcken, die sie vor dem Haus abgestellt haben; Leute, die ihn ansehen, als sei er ein Geist. Nach und nach kehrt das Bewusstsein zurück, und in seiner Erinnerung fügt sich das, was passiert ist, seit sie sich auf den Weg gemacht hatten, bruchstückhaft zusammen; zuerst verworren und lückenhaft, doch schließlich das ganze Bild. Er greift nach dem Arm seiner Mutter.

»Wo ist Beggi?«, fragt er.

»Er war nicht bei dir«, antwortet sie. »Wir suchen weiter an der Stelle, wo man dich gefunden hat.«

»Ist er noch nicht wieder zu Hause?«

Seine Mutter schüttelt den Kopf.

Da hält es ihn nicht mehr im Bett. Er bäumt sich auf und will hinaus, aber seine Mutter hindert ihn daran. Das macht ihn nur wilder, er kann sich losreißen, läuft auf den Flur und steht dem Arzt und den zwei Männern gegenüber, die ihn hinunter nach Bakkasel getragen haben. Er will ihnen ausweichen, aber sie packen ihn mit festem Griff und versuchen, mit ihm zu sprechen, ihm gut zuzureden und ihn zu beruhigen. Seine Mutter nimmt ihn in die Arme und erklärt ihm, dass viele Leute unterwegs sind, um nach seinem Bruder Bergur zu suchen, dass er bestimmt bald gefunden werden und alles wieder gut wird. Doch er will nichts davon hören, er beißt und kratzt und versucht, zu seinem Anorak und seinen Stiefeln zu kommen. Er schlägt wie wild um sich, als sie ihn daran hindern, nach draußen zu kommen. Zum Schluss bleibt dem Arzt nichts anderes übrig, als ihm ein Beruhigungsmittel zu geben.

»Kannst du uns etwas über Beggi sagen?«, fragt seine Mutter noch einmal, als er wieder im Bett liegt und nicht mehr die Kraft hat, sich zu wehren. »Es ist wichtig für uns, mein Junge.«

»Ich hatte Beggi an der Hand«, flüstert er. »Ich habe ihn so lange festgehalten, wie ich konnte. Und dann war er auf einmal nicht mehr bei mir. Ich war allein. Ich weiß nicht, was passiert ist.«

»Ist das lange her?«

Er spürt, dass seine Mutter sich bemüht, ruhig zu sein. Die Anspannung ist enorm. Zwei von drei Familienmitgliedern sind aus dem schrecklichen Unwetter lebend zurückgekehrt, und der Gedanke, dass Bergur nicht zurückkommen könnte, ist unerträglich.

»Ich weiß es nicht«, sagt er.

»War es noch hell?«

»Ja, ich glaube schon. Ich weiß es nicht. Mir war so kalt.«

»Weißt du, in was für eine Richtung ihr gegangen seid? Bergauf oder bergab?«

»Nein, das weiß ich nicht. Ich bin immer wieder hingefallen, um mich herum war alles weiß und ich konnte überhaupt nichts sehen. Ich kann mich noch erinnern, dass Papa gesagt hat, wir müssten sofort umkehren. Aber dann war er verschwunden.«

»Es ist mehr als vierundzwanzig Stunden her«, sagt seine Mutter. »Ich gehe jetzt wieder in die Berge, mein Junge. Da oben werden alle Leute gebraucht. Du musst dich ausruhen. Alles wird gut. Wir finden Beggi. Mach dir keine Sorgen.«

Das Medikament tut seine Wirkung, und die tröstenden Worte seiner Mutter beschwichtigen ihn ein wenig. Er schläft ein, und für ein paar Stunden weiß er von nichts. Als er wieder aufwacht, ist es rings um ihn seltsam still, ein beklemmendes Schweigen hat sich über das Haus gelegt. Er hat das Gefühl, aus einem langen, schweren Albtraum zu erwachen. Dann weiß er plötzlich, dass das nicht so ist, denn ihm steht nur allzu lebhaft vor Augen, was in den letzten beiden Tagen passiert ist. Als er aufsteht und über den Flur geht, ist er immer noch benommen von den Medikamenten. Die Tür zum Schlafzimmer seiner Eltern ist geschlossen. Er öffnet sie, sein Vater ist allein im Zimmer und sitzt auf dem Bettrand. Er bemerkt seinen Sohn nicht, er sitzt nur bewegungslos da und starrt vor sich hin. Vielleicht schläft er. Es ist dunkel im Zimmer. Er weiß nichts darüber, wie sein Vater dem Unwetter entkam, wie er die letzten Meter auf allen vieren zurück nach Bakkasel gekrochen ist, mit Erfrierungen und ohne Mütze und wie von Sinnen nach dem Kampf gegen Schnee und Sturm.

»Suchst du nicht mit?«, fragt er.

Sein Vater antwortet ihm nicht, er starrt auf seine leblosen Hände. Er tritt näher heran, legt ihm eine Hand aufs Knie und wiederholt die Frage. Sein Vater scheint um Jahre gealtert zu sein. Die Falten in seinem Gesicht sind tiefer geworden. Der Glanz in seinen Augen ist erloschen, sie sind abwesend und kalt, sie schenken ihm keine Beachtung. Nie zuvor hat er seinen Vater so niedergeschlagen gesehen, so verzagt und einsam wie dort auf der Bettkante im dunklen Zimmer. Ängstlich und besorgt steht er vor ihm und versucht, sich mit armseligen Worten zu entschuldigen.

»Ich konnte nichts dafür«, flüstert er. »Ich konnte nichts machen.«

Sieben

Der alte Ezra saß in einem altersschwachen Holzschuppen, der auf abfallendem Gelände schräg unterhalb des Wohnhauses stand. Er klopfte Trockenfisch mit einem kurzstieligen Vorschlaghammer weich, als Erlendur eintraf.

Erlendur hatte zunächst ein paar Mal an die Haustür geklopft und war dann dem Geräusch der dumpfen Schläge nachgegangen, die aus dem Schuppen drangen, der irgendwann einmal aus Abfallholz zusammengezimmert und mit Wellblechplatten gedeckt worden war. An der Tür hing ein Stück Schnur, mit dem man sie festbinden konnte, doch als Erlendur dort eintraf, stand sie weit offen. Drinnen saß Ezra auf einem Hocker, den Hammer in der Hand. Mit der anderen Hand hielt er einen luftgetrockneten Schellfisch beim Schwanz gepackt, der auf einem Stein lag. Auf diesem Amboss wurde der gedörrte Fisch mit gleichmäßigen Schlägen platt und weich geklopft. Kleine Stückchen fielen dabei auf den Boden. Ezra schaute nicht von seiner Arbeit auf. Er bemerkte Erlendur nicht, der eine ganze Weile in der Tür stehen blieb und die Klopferei verfolgte. Ab und zu wischte sich Ezra mit dem Handrücken einen Tropfen unter seiner Nase ab, der sich sofort wieder neu bildete. Seine Fischerfäustlinge hatten zwei Daumen, und auf dem Kopf saß eine übertrieben große Ledermütze mit Ohrenklappen, die seine Wangen bedeckten. Unter seiner braunen Latzhose trug er einen Islandpullover. Ezra war unrasiert, und der struppige Bart gab eine dicke Unterlippe mit einer Narbe von einer alten Verletzung frei. Die Augenbrauen über den kleinen, feuchten Augen standen buschig ab. Ezra brummte etwas Unverständliches vor sich hin. Er war wohl auch früher nie ein schöner Mann gewesen, und nun im Alter war sein Gesicht mit dem langen Kinn und der kräftigen, großen Nase zudem noch wettergegerbt und faltig. Man sah ihm aber immer noch an, dass er einmal ein stattlicher Mann gewesen war.

Endlich ließ er den Hammer eine Weile ruhen, blickte hoch und sah Erlendur in der Tür stehen.

»Willst du Trockenfisch bei mir kaufen?«, fragte er mit alter heiserer Stimme.

»Hast du denn welchen übrig?«, fragte Erlendur, der sich ins neunzehnte Jahrhundert zurückversetzt fühlte.

»Ein bisschen habe ich immer auf Lager«, sagte Ezra. »Das meiste geht unten in den Laden, aber bei mir bekommt man ihn billiger.«

»Scheint mir ein ordentlicher Trockenfisch zu sein«, sagte Erlendur und trat einen Schritt näher.

»Und ob«, antwortete Ezra, der plötzlich etwas lebendiger zu werden schien. »Besseren als den kriegst du nirgends. Jedenfalls nicht hier in den Ostfjorden.«

»Du verwendest immer noch einen Hammer, um ihn durchzuklopfen?«

»Ich verarbeite ja nicht viel«, erklärte Ezra. »Es lohnt

sich nicht, dafür eine Maschine anzuschaffen. Ich bin sowieso bald hinüber. Im Grunde sollte ich schon lange tot sein.«

Die beiden einigten sich auf Menge und Preis und unterhielten sich eine Weile über das Wetter, den Fischfang, den Staudamm und den Bau der Aluminiumhütte, über die Ezra aber offensichtlich ungern redete.

»Von mir aus können die alles kaputt machen«, sagte er.

Hrund hatte Erlendur erzählt, dass Ezra sein Leben lang ein Einzelgänger gewesen war, er hatte nie geheiratet und ihres Wissens auch keine Kinder. Selbst die ältesten Leute konnten sich nicht erinnern, wie lange er schon im Ort lebte. Er hatte sich nie viel um andere gekümmert und nur ganz wenige sich um ihn. Er hatte an Land gearbeitet, war aber auch zum Fischen ausgefahren, meistens allein auf seinem Boot. Seine Kräfte hatten in den letzten Jahren nachgelassen, er ging auf die neunzig zu. Wohlmeinende Leute versuchten immer wieder, ihn im Altersheim unterzubringen, hatte Hrund gesagt, aber davon wollte er absolut nichts hören. Ezra sprach mit allen ganz unbefangen über seinen nahenden Tod, und immer betonte er, dass er sich darauf freue, sich seinem Schicksal zu stellen. Jahrelang hatte er alles Mögliche mit der Begründung abgelehnt, dass er sowieso schon mit einem Bein im Grabe stünde, dass das alles sowieso nur Zeitverschwendung sei. Hrund dagegen hielt sein Verhalten für die merkwürdigste Art von Faulheit, von der sie jemals gehört hatte.

Während Ezra weiter auf den Fisch eindrosch,

brachte Erlendur das Gespräch auf gefährliche Unwetter und Menschen in Bergnot.

»Ich habe so einige alte Geschichten über Menschen gehört, die hier in den Bergen bei Unwettern das Leben verloren haben«, sagte er.

»Ach, wirklich«, sagte Ezra. »Bist du Historiker?«

»Nein, ich interessiere mich einfach dafür«, entgegnete Erlendur. »Zum Beispiel habe ich etwas über britische Soldaten gelesen, die über die Irrlichtscharte wollten. Das ist wohl mehr als sechzig Jahre her?«

»Daran kann ich mich gut erinnern«, sagte Ezra. »Einige von ihnen habe ich sogar kennengelernt, alles unerschrockene junge Männer, die sich bei einem schlimmen Unwetter verirrt hatten. Einige kamen dabei um, aber sie wurden alle gefunden, viele lebendig, einige tot. Das ist keineswegs selbstverständlich, kann ich dir sagen.«

»Nein«, entgegnete Erlendur.

Ezra wischte sich mit dem Handschuh unter der Nase lang und fragte Erlendur, ob er einen Kaffee wolle, während sie den Fisch abrechneten. Erlendur nahm das Angebot an, und sie gingen zusammen hinauf zum Haus. In der Küche setzte Ezra eine altmodische Kaffeemaschine in Gang, die unter Rülpsen und Zischen Kaffee produzierte. Die Küche war ordentlich aufgeräumt, der Kühlschrank war alt und der Rafha-Herd vermutlich noch älter. Aus einem der beiden Küchenfenster blickte man auf das Fjordinnere und hinauf in die Berge oberhalb von Eskifjörður. Ezra holte zwei Tassen aus dem Schrank und goss den Kaffee ein, gab vier Zuckerstücke in seine Tasse und bot Erlendur ebenfalls Würfelzucker an, was der aber dankend ablehnte. Der Kaffee war stark und schmeckte gut. Nachdem sie eine Weile über die tragische Geschichte der Engländer geredet hatten, brachte Erlendur das Gespräch auf die junge Frau, die in derselben Unwetternacht verschwunden war.

»Das stimmt«, sagte Ezra sehr langsam. »Sie hieß Matthildur.«

»Wenn ich es richtig verstanden habe, warst du mit ihrem Mann Jakob befreundet.«

»Ja, wir beide haben so einiges zusammen unternommen. Damals.«

»Und du kanntest sie auch, du kanntest sie beide?«

»Oh ja.«

»Führten sie eine glückliche Ehe?«

Ezra hatte ruhig seinen Kaffee umgerührt, unterbrach aber jetzt diese Tätigkeit, schlug ein paar Mal mit dem Löffel gegen die Tasse und legte ihn auf den Tisch.

»Ich bin wohl nicht der Erste, mit dem du redest, nicht wahr?«, fragte er.

»Nein«, gab Erlendur zu.

»Was hast du noch gesagt, wer du bist?«

Erlendur hatte sich nicht vorgestellt und holte das jetzt nach. Er lebe in Reykjavík, stamme aber hier aus der Gegend und interessiere sich für Geschichten von tragischen Schicksalen in den Bergen, für Menschen, die nie gefunden wurden, von denen niemand wusste, was aus ihnen geworden war. Ezra sah ihn an. Ihm ging auf, dass er diesen Mann, der aus der Gegend stammte, vielleicht kennen könnte. Also erkundigte er sich genauer nach Erlendurs Herkunft und nach dessen Eltern. Erlendur sagte es ihm. Ezra erklärte, sich gut an Sveinn und Áslaug auf dem Hof Bakkaselshjáleiga erinnern zu können, den alle immer nur Bakkasel genannt hatten.

»Dann weißt du alles über mich«, sagte Erlendur. »Kannst du mir vielleicht trotzdem etwas mehr über Matthildur sagen?«

»Sie mussten hier wegziehen«, sagte Ezra und lehnte sich über den Küchentisch. »Sveinn und Áslaug. Sie konnten sich nicht vorstellen, weiter am Fuße dieser Berge zu leben, nicht nachdem das passiert war. Ich habe gehört, dass du manchmal nach Bakkasel kommst, um in die Berge zu gehen.«

»Das stimmt«, sagte Erlendur. »Ich bin einige Male dort oben gewesen.«

»Sind deine Eltern nicht beide hier auf dem Friedhof begraben?«

»Ja.«

»Grundanständige und ehrbare Leute«, erklärte Ezra und trank einen Schluck Kaffee. »Dein Vater hat hier an der Schule je nach Bedarf Musikunterricht gegeben, wenn ich mich richtig erinnere. Er spielte Geige. Schrecklich, was da passiert ist. Jemand hat behauptet, du wärst in Reykjavík zur Polizei gegangen. Fragst du deswegen nach Matthildur?«

»Nein«, sagte Erlendur. »Ich frage aus rein privaten Gründen, weil mich solche Fälle interessieren.«

Ezra starrte einige Zeit nachdenklich durch das Fenster hinauf zu den Bergen. Sie waren immer noch genauso von Nebel eingehüllt, wie Erlendur es vor ein paar Tagen dort erlebt hatte.

Erlendur war von Reykjavík in den Osten des Landes gefahren, ohne anzuhalten, so intensiv war das Bedürfnis gewesen, seine alte Heimat zu besuchen. Er hatte einen schwierigen Fall hinter sich, einen vermeintlichen Selbstmord in einem Ferienhaus am Þingvallavat und war damit in einer Sackgasse gelandet. Es hatte sich um einen Fall von Tod durch Unterkühlung gehandelt, und das hatte die Erinnerungen an seinen Bruder wieder heraufbeschworen.

»Bei Jakob wusste man nie so recht, wo man ihn hatte«, erklärte Ezra schließlich. »Ich verurteile niemanden, das steht mir ja gar nicht zu, da ich selber auch meine Fehler habe. Aber da war so etwas an Jakob, weshalb die Leute immer auf der Hut waren, wenn sie mit ihm zu tun hatten. Ich will es nicht Falschheit nennen, also falsch, nein, das war er nicht direkt, aber es war immer schwer zu sagen, woran man bei ihm war. Das wussten alle, alle kannten ihn. Hier kennt doch jeder jeden. Ich gehe davon aus, dass Reykjavík inzwischen so groß geworden ist, dass niemand niemanden mehr kennt.«

Erlendur nickte.

»Mit den Jahren kamen alle möglichen Geschichten in Umlauf«, fuhr Ezra fort. »Dass er sie aus dem Haus gejagt oder sie weggejagt haben soll und dergleichen. Die kennst du wahrscheinlich.«

»Teilweise, ja.«

»Und dann ist er hier im Fjord ertrunken, und damit war die Geschichte vorbei. Er hat nach dem Verschwinden von Matthildur nicht wieder geheiratet, sondern Trost im Alkohol gesucht, und dabei kam er ziemlich auf den Hund. Und dann passierte dieses Unglück, sein Boot kenterte. Zwei Menschen kamen ums Leben, sie konnten Jakob und seinen Kumpel an Land bringen. Das Boot zerschellte an den Klippen.«

»War das hier im Eskifjörður?«

»Nein, das war drüben auf der anderen Seite im Reyðarfjörður, bei völlig verrücktem Wetter. Sie versuchten, den Hafen zu erreichen, aber das Boot hatte einen Maschinenschaden und kenterte. Es war mitten im Winter.«

»Was Matthildur betrifft – hätte sie nicht eigentlich gefunden werden müssen?«

»Das weißt du wahrscheinlich besser als ich«, entgegnete Ezra und sah Erlendur aus seinen kleinen, feuchten Augen an.

Über Erlendurs Gesicht huschte ein Lächeln.

»Was meinen die Leute, was damals passiert ist?«, fragte er.

»Die Leute haben gar nicht groß nach Erklärungen gesucht. Sämtliche Flüsse hier waren über die Ufer getreten, das waren reißende Ströme. Denkbar, dass sie mit ins Meer gerissen worden ist. Du weißt bestimmt, dass einer der britischen Soldaten, der versucht hatte, durch den Fluss zu waten, schließlich am Strand gefunden wurde. Purer Zufall, dass sie ihn gefunden haben.«

»Davon habe ich gehört.«

»Vermutlich ist es ihr genauso ergangen«, sagte Ezra mit feuchten Augen. »Das ist für mich die wahrscheinlichste Erklärung.«

Acht

Erlendur trank einen Schluck von dem starken Kaffee, sah den alten Mann an und erinnerte sich an Hrunds Worte, dass er sein ganzes Leben lang allein gelebt hatte. Sicher wäre Erlendur auch selbst darauf gekommen, nachdem er das Haus gesehen hatte. Keine Frage, dass hier ein Einzelgänger hauste, das kannte Erlendur selbst nur zu gut. Die Einrichtung war alt, schlicht und schmucklos, und es fehlte alles, was ein Zuhause gemütlich machte. Eine Katze kam auf leisen Sohlen in die Küche und strich um Erlendurs Beine, dann lief sie unter den Tisch, sprang auf Ezras Schoß und rollte sich dort zusammen, behielt aber Erlendur mit wachsamem und forschendem Blick im Auge. Ezra strich ihr nachdenklich über das Fell.

»Jakob wurde also irgendwie schief angesehen?«, fragte Erlendur schließlich.

»So gesehen, ja«, antwortete Ezra zögernd und streichelte die Katze. »Wie bereits gesagt, da waren verschiedene Geschichten im Umlauf. Eigentlich haben die Leute gar nicht so viel darauf gegeben, auf diese Geschichten meine ich, aber sie blieben bis zu seinem Tod an ihm haften. Und wie ich höre, tun sie das immer noch«, fügte Ezra hinzu und sah Erlendur an.

»Und was glaubst du?«

»Ich? Ich weiß nicht, wieso das eine Rolle spielen könnte.«

»Wart ihr nicht befreundet?«

»Doch.«

»Wollte sie ihn verlassen?«

»Darüber weiß ich nichts.«

»Hast du ihn nicht danach gefragt?«

»Nein«, erklärte Ezra. »Das habe ich nicht getan. Und mir ist nicht bekannt, dass irgendjemand anderes das getan hätte, dazu gab es ja gar keinen Grund.«

»Ich habe auch gehört, dass sie ihm nach ihrem Verschwinden keine Ruhe gelassen haben soll«, sagte Erlendur. »Hast du eine Ahnung, was dahintersteckt?«

»Das ist natürlich nur dummes Geschwätz. Dazu muss man an Gespenster glauben. Das wirst du als aufgeklärter Mensch doch wohl kaum tun. Eines ist aber richtig, er war nach diesen Vorfällen nicht mehr derselbe. Er veränderte sich völlig und vermied den Umgang mit anderen Menschen. Vielleicht fühlte er sich irgendwie verantwortlich. Vielleicht verfolgte ihn aber auch nur die Erinnerung an sie. Aber dass sie nach ihrem Verschwinden in seinem Haus herumgespukt und ihn durch den Schiffbruch in den Tod gezogen haben soll, das ist purer Unsinn. Weibergeschwätz.«

»Meinst du damit, dass sie das Boot zum Kentern gebracht haben soll?«

»Darauf lief eine von den Geschichten hinaus. Da siehst du, wie ernst man so was nehmen kann.«

Erlendur nickte zustimmend. Solche Gerüchte wurden zwar immer wieder in die Welt gestreut, doch die wenigsten nahmen sie wirklich ernst. In früheren Zeiten hatten die Menschen aber häufig an so etwas geglaubt. Das war auch wenig verwunderlich in einem Land, in dem jahrhundertelang die einzige Zerstreuung darin bestanden hatte, sich Geschichten zu erzählen, in denen Elfen und Trolle, Schutzgeister und Steine mit Zaubermacht unsichtbare Fäden zwischen Mensch und Natur knüpften. Damals lebten die Menschen in viel größerer Nähe zur Natur, ihre ganze Existenz hing von ihr ab. Die Ehrfurcht vor dem Land und den Mächten und Kräften, die ihm innewohnen, durchzieht viele Volkssagen wie ein roter Faden. Wegen dieser Ehrfurcht nahmen die Menschen auch die Warnungen ernst, die Naturmächte niemals zu unterschätzen. Und davon handelten vielfach auch die Schilderungen und Berichte über Menschen in Bergnot und ihre tragischen Schicksale. Erlendur las sie immer wieder, viele konnte er auswendig.

»Wie fandest du es, wenn die Leute so über Jakob redeten?«

»Ich kümmere mich nicht um das Gerede der Leute.«

»Seid ihr zusammen aufgewachsen?«

»Nein, ich stamme nicht von hier. Er übrigens auch nicht. Wir waren etwa gleich alt, er war nur zwei Jahre älter als ich. Und er kam aus Reykjavík, aber darüber hat er nicht viel gesprochen.«

Sie schwiegen.

»Ist das genug Fisch für dich?«, fragte Ezra nach einer Weile, während er die Katze streichelte, die plötzlich hochschreckte. Sie sprang mit einem Satz von seinem Schoß und schoss so blitzartig aus der Küche, dass Erlendur überzeugt war, sie müsse eine Maus gesehen haben.

»Ja, vielen Dank, das reicht mir«, sagte Erlendur und stand auf. »Ich habe dich wahrscheinlich viel zu lange aufgehalten.«

»Das ist schon in Ordnung«, entgegnete Ezra.

»Da gab es doch auch dieses Gerücht, dass sie sich mit einem britischen Soldaten eingelassen hat und mit ihm außer Landes gegangen ist?«

»Ja, ich weiß, aber das ist alles blanker Unsinn. Matthildur war kein Soldatenflittchen, das ist völlig ausgeschlossen.«

Erlendur war bereits auf dem Weg nach draußen, als sein Blick auf einen kleinen Gegenstand fiel, der zwischen allen möglichen anderen Dingen auf dem Kühlschrank neben der Tür lag. Er starrte eine ganze Weile darauf, dann trat er einen Schritt näher und sah es sich genauer an. Es war einmal ein kleines Spielzeugauto gewesen, das gut in eine Kinderhand hineinpasste, inzwischen war die Farbe abgeblättert, die Räder fehlten, das kleine Chassis auch. Auf dem Kühlschrank stand nur die leere Karosserie.

»Wo hast du das her?«, fragte Erlendur und starrte wie gebannt auf das Spielzeug.

»Ich hab's gefunden«, sagte Ezra.

»Wo?«

»Warte mal, das war, glaube ich, bei einem Fuchsbau. Wahrscheinlich da oben am Harðskafi.«

»Am Harðskafi?«

»Ja, ich meine schon. Es ist schon ewig her, ich kann mich nicht mehr genau erinnern. Es liegt seitdem hier herum, ich wollte es nicht wegwerfen. Warum, weiß ich nicht. Ich fand es komisch, so etwas bei einem Fuchsbau zu finden.«

»Weißt du noch so ungefähr, wann das gewesen sein könnte?«

»Mein Gott, das ist so lange her«, entgegnete Ezra. »Vielleicht irgendwann um 1980, ich kann mich nicht genau erinnern. Ich habe wahrscheinlich da oben Füchsen aufgelauert, damals wurde man dafür noch anständig bezahlt. Jetzt lacht sich der Fuchs ins Fäustchen.«

Erlendur starrte immer noch auf das Spielzeug.

»Darf ich es mir ansehen?«

»Ansehen?«, entgegnete Ezra. »Aber selbstverständlich. Das hier ist kein Museum.«

Erlendur nahm das Spielzeug in die Hand und betrachtete es von allen Seiten.

»Du kannst es auch gern behalten«, sagte Ezra, der bemerkt hatte, dass der Anblick eines solch unscheinbaren Gegenstands seinen Gast derart berührte. »Ich kann nichts damit anfangen. Und es ist ja auch ganz egal, ich sterbe sowieso bald.«

»Macht es dir wirklich nichts aus?«

»Bestimmt nicht, du darfst es gerne behalten.«

»Du hast wohl nicht noch etwas anderes bei diesem Fuchsbau gefunden?«, fragte Erlendur und ließ das Spielzeug in seiner Jackentasche verschwinden.

»Nichts, woran ich mich erinnern könnte.«

»Hast du eine Idee, wie es dort hingelangt sein könnte?«

»Entweder hat der Fuchs es irgendwo aufgesammelt, oder ein Vogel hat es sich geschnappt und bei dem Bau fallen lassen. Möglicherweise war da aber auch jemand unterwegs, der es verloren hat. Das ist wirklich schwer zu sagen.«

»Und es war am Harðskafi?«

»Ja, da bin ich mir ziemlich sicher.«

»Ich danke dir«, sagte Erlendur, der aus dem Gleichgewicht geraten war. Er verließ das Haus wie in Trance, setzte sich ins Auto und fuhr los. Im Rückspiegel sah er, dass Ezra vor die Tür getreten war und ihm nachblickte. Er dachte an Bóas' Worte: In Fuchsbauen kann man die unglaublichsten Dinge finden.

Neun

Erlendur blieb in seinem Wagen sitzen, bis es dunkel wurde. Er rauchte einige Zigaretten und hatte die Scheibe an der Fahrerseite einen Spalt geöffnet, damit der Rauch abziehen konnte. Ezras Trockenfisch lag auf dem Beifahrersitz, aber er verspürte keinen Appetit darauf. Er war zum Meer hinuntergefahren und hatte zugesehen, wie der Tag in nächtliche Dämmerung hinüberglitt. Er beobachtete ein riesiges Transportschiff, das in den Reyðarfjörður einfuhr, und dachte darüber nach, welch gewaltige Veränderungen die Schwerindustrie für das Leben der Menschen hier mit sich brachte. Überall schossen Häuser und Geschäfte aus dem Boden, neue Straßen entstanden, der ersehnte Aufschwung war da. Er hatte mit Bewohnern des Orts gesprochen, die eine völlig andere Einstellung als Bóas und Hrund hatten, sie waren überaus zufrieden mit dieser Entwicklung – Verkäufer, Hafenarbeiter oder die Jungs an der Tankstelle, alle Nachfahren von Menschen, die seit Generationen in den Ostfjorden gelebt hatten. Vor ihren Augen verwandelte sich plötzlich alles so rasant, dass man kaum folgen konnte. Hier ging doch alles den Bach hinunter, sagten sie, jetzt brechen neue, bessere Zeiten an. Neue auf jeden Fall, hatte er geantwortet.

Dann musste er wieder an Matthildur denken und an die britischen Soldaten, die in derselben Nacht in denselben Bergen um ihr Leben gekämpft hatten. In der Irrlichtscharte, die unpassierbar geworden war. Dort hatte ihr Ausflug in die Berge eine ganz andere Wendung genommen als erwartet, dort waren Soldaten in ihren Tod gegangen. Sie kannten Island nicht, sie kannten sich nicht mit dem Wetter aus. Statt umzukehren, stiegen sie weiter hinauf, sie wollten nicht kapitulieren vor diesem unbekannten Land, wohin der Krieg sie verschlagen hatte. Doch dann hatten sie sich noch vor Tagesanbruch geschlagen geben müssen.

Matthildur hatte sich besser ausgekannt, doch auch sie hätte sich besser nie auf den Weg gemacht. Es gab viele Berichte über Menschen, die sich weigerten, den Tatsachen ins Auge zu sehen, und sich wider alle Vernunft und trotz der warnenden Ratschläge anderer nicht von einer Reise abhalten ließen. War das auch die Geschichte von Matthildur gewesen? Häufig genug sah es zu Beginn einer solchen Unternehmung nicht so aus, als sei Gefahr im Verzug, meist waren Wetter und Schneeverhältnisse gut und die Tagesetappe angemessen oder sogar relativ kurz. Vertrauensvoll zogen diese Menschen los. Und mitten auf der Strecke begegnete ihnen der Tod. Vielleicht war das tatsächlich Matthildurs Geschichte gewesen.

Nach dem, was Ezra gesagt hatte, war sie in guter körperlicher Verfassung gewesen, hatte sich gut auf diese Wanderung vorbereitet und hatte genug Proviant dabei, um unterwegs mindestens ein Mal Rast machen zu können. Sie hatte sich morgens früh von ihrem Mann verabschiedet und war unerschrocken aufgestiegen. Zur gleichen Zeit traten die britischen Soldaten jenseits der Berge ihren Marsch an. Vermutlich hatten sie sich erkundigt und erfahren, dass der kürzeste Weg durch die Irrlichtscharte führte. Doch dann brach das Unwetter mit Windstärken über sie herein, die sie nie zuvor erlebt hatten. Die Soldaten verloren einander aus den Augen, und danach kämpfte jeder allein ums Überleben. Matthildur hatte sich wohl in derselben Lage befunden, und möglicherweise hatte sie sich entschlossen, umzukehren, doch dazu musste sie zurück über den Fluss, und der hatte sie dann vermutlich mit ins Meer gerissen. Das war vielleicht der Grund dafür, dass ihre Leiche nie gefunden worden war.

Es konnte aber auch sein, dass sie sich nie auf den Weg über die Berge gemacht hatte.

Diese Idee war sicher nicht neu. Sowohl Bóas als auch Hrund hatten etwas in der Art angedeutet, auch wenn sie sich dabei nur auf Gerüchte berufen konnten. Aber sie waren mit ihren Andeutungen nicht auf taube Ohren gestoßen. Erlendur vertrat seit Langem die Theorie, dass sich hinter solchen Geschichten über tragische Unfälle in den Bergen vermutlich das ein oder andere Verbrechen verbarg. Vor einigen Jahren war er mit einem Leichenfund in Grafarholt befasst gewesen, als dieses neue Viertel am Rande von Reykjavík entstand. Ein Ehemann und Vater war ermordet und ganz in der Nähe des Hauses vergraben worden. Seine Ehefrau, die jahrelang seine Gewalttätigkeit hatte erdulden müssen, behauptete, er sei bei einem Unwetter verschollen, er hätte zu Fuß über die Berge nach Selfoss gehen wollen, und sie hatte angeblich seitdem nichts mehr von ihm gehört. Seinerzeit hatte keine Ermittlung stattgefunden, man war sich sicher, dass er in den Bergen umgekommen war, und er wurde für tot erklärt. Jahrzehnte später wurden seine sterblichen Überreste ganz in der Nähe des Hauses gefunden, in dem die Familie gelebt hatte, und die Wahrheit kam ans Licht.

Erlendur drückte eine weitere Zigarette aus, griff in seine Jackentasche und zog das Fundstück hervor, das einmal ein Spielzeugauto gewesen war, und stellte es auf das Armaturenbrett. Er hatte gezögert, es sich genauer anzusehen, denn er war sich völlig im Unklaren, ob es etwas bringen würde. Er starrte lange auf das arg mitgenommene Spielzeug, dessen ursprüngliche Farbe nicht mehr zu erkennen war. Er konnte sich nur zu gut erinnern, wie es vor langer Zeit einmal ausgesehen hatte, glänzend und leuchtend rot. Das Auto hatte weiße Räder und kleine Scheiben gehabt, und Kinderaugen konnten drinnen Sitze und ein winziges Lenkrad erkennen. Es hatte Bergur gehört. Erlendur konnte sich gut an den Tag erinnern, an dem es nach Bakkasel gekommen war. Sein Vater hatte in Seyðisfjörður bei einer Tanzveranstaltung gespielt, und als er wieder nach Hause kam, hatte er beiden Brüdern ein Spielzeug mitgebracht. Erlendur sammelte Zinnsoldaten, er bekam einen neuen für seine Sammlung, der eine Flinte mit Bajonett geschultert hatte. Der Soldat war ganz in Grün gekleidet, nur die Stiefel waren schwarz, und man konnte sogar die bleichen Gesichtszüge erkennen. Erlendur besaß sorgfältiger gearbeitete Zinnsoldaten als diesen. Die fahle Gesichtsfarbe war auch an den Helm geraten, die Hände waren grün wie die Uniform, und er konnte kaum aufrecht stehen. Bergur bekam das Auto und schloss es sofort ins Herz, klein und glänzend, wie es war, und mit allem Drum und Dran, sogar einem Lenkrad. Erlendur war zwar ganz zufrieden mit seinem Soldaten und stellte ihn ganz vorn in seiner Truppe auf, aber dennoch versetzte es ihm einen Stich, wenn er an Beggis Auto dachte.

Erlendur zündete sich eine weitere Zigarette an, inhalierte tief und betrachtete die Überreste des Spielzeugs auf dem Armaturenbrett. Seine Gedanken gingen zurück in die Vergangenheit, unterdessen glitt der riesige Frachter auf dem Fjord vorbei. In der herbstlich dunklen Abendstimmung erinnerte er an einen glitzernden Weihnachtsbaum, der diesem abgeschiedenen Ort neuen Wohlstand verhieß.

Er hatte versucht, Beggi dazu zu bewegen, das Auto gegen den Zinnsoldaten einzutauschen, aber für Beggi kam das überhaupt nicht infrage. Daraufhin hatte er ihm sogar drei Zinnsoldaten für das Auto angeboten, doch Beggi schüttelte nur den Kopf, spielte weiter mit seinem kleinen roten Auto, ließ es kaum aus den Augen. Als Erlendur einmal versuchte, es in die Hand zu nehmen, um es sich genauer anzusehen und damit zu spielen, verlangte Beggi es sofort zurück. Sie stritten sich normalerweise nicht, nur dieses eine Mal. Erlendur warf ihm das Auto zu, aber Beggi griff daneben, und es fiel auf den Boden. Beide waren erschrocken und untersuchten es ganz genau, ob es beschädigt worden war. Trotz weiterer verlockender Angebote gab Beggi sein Auto nicht her, und Erlendur musste sich damit abfinden.

Er drückte die Zigarette aus. Er hatte den Motor ausgeschaltet, und es war kalt und klamm im Auto geworden. Die Feuchtigkeit hatte sich an den Scheiben niedergeschlagen, sodass man nicht mehr hinaussehen konnte. Erlendur strich sich in dem schweren Zigarettenqualm hustend über die Lippen. Er konnte nicht mit Sicherheit sagen, ob dieses Auto wirklich einmal das Spielzeug von Beggi gewesen war. Das ließ sich nicht feststellen, und niemand wusste das besser als er. Wenn dieses verwitterte Stück Metall, das Ezra bei einem Fuchsbau am Harðskafi gefunden hatte, jedoch einmal das glänzend rot lackierte Auto von Bergur gewesen war, dann handelte es sich um das erste Indiz, das im Zusammenhang mit dem Schicksal seines Bruders je zutage gekommen war.

Der Streit zwischen ihnen hatte zwei Wochen vor den schicksalhaften Ereignissen stattgefunden.

Damals hatte er Bergur noch um sein Auto beneidet.

Zehn

Er hat sich in das Elternschlafzimmer geschlichen, weil er dort auf Trost und Hilfe hoffte, aber sein Vater reagiert überhaupt nicht. Er sitzt auf der Bettkante und rührt sich nicht, kalt und fern und schweigend – so war er manchmal. Eine Weile vergeht.

»Es wird alles wieder gut«, sagt Erlendur schließlich vorsichtig.

Jetzt ist er sehr viel ruhiger als vorhin, als er sich noch mit Zähnen und Klauen wehrte und wieder hinauf in die Berge wollte. Die Zehen und Finger schmerzen ein wenig wegen der Erfrierungen, aber sonst fühlt er sich wohl, eisiger Sturm und Schnee haben ihm nichts anhaben können.

Sein Vater hat einen schwierigen Charakter, sodass er manchmal nicht wagt, ihn zu stören. Auch Beggi weiß das. Die Brüder spüren, dass ihr Vater hin und wieder seine Ruhe braucht, dass er allein sein will, ohne all den Lärm und den Trubel, der von Kindern ausgeht. Dann zieht er sich in die gute Stube zurück, in die sie nur selten hineindürfen, und spielt auf seiner Violine. Außerdem besitzt er zwei Mundharmonikas, und er kann auch auf ganz anderen Instrumenten wie beispielsweise auf dem Akkordeon spielen. Hin und wieder engagiert man ihn für Gesellschaften, manchmal für Tanzveranstaltungen, wo er nicht besonders gern spielt, denn betrunkene Menschen sind ihm zuwider. Sehr viel mehr Freude bereitet es ihm, auf der Orgel in der Kirche zu spielen, wenn er gebeten wird, für den Organisten einzuspringen. Er gibt auch etwas Musikunterricht in der Volksschule, auch das macht ihm viel Spaß. Er hat sogar so etwas wie ein kleines Ensemble ins Leben gerufen, in dem Leute aus verschiedenen Orten in den Ostfjorden zusammen spielen. Einer von ihnen ist Gitarrist, und Erlendur findet, dass er seinem Instrument sehr viel fröhlichere Töne entlockt als sein Vater der Geige. Der Mann mit der Gitarre hat aber auch ein kleines Schallplattengeschäft und weiß deswegen genau, was sich in der Musik gerade tut. Er spielt immer ganz aktuelle Sachen.

Seine Geige bewahrt der Vater in einem schönen Kasten im Elternschlafzimmer auf, und fast täglich begibt er sich mit ihr und den Notenheften ins Wohnzimmer. Er übt unterschiedlich lange, und manchmal dürfen die Jungen ihm zuhören. Meistens jagt er sie aber hinaus und macht die Tür zu. Wenn er das Instrument stimmt, um die Saiten zum Klingen zu bringen, wie er sagt, entstehen alle möglichen Misstöne, und die beiden halten sich die Ohren zu. Doch dann wird die Geige in seinen Händen spielerisch leicht, und er entlockt den Saiten mit dem tanzenden Bogen verwegene Intervalle. Das ganze Haus hallt dann wider von hellen, klaren Tönen. Doch dann wieder entströmen dem Instrument nur dunkle und melancholische Klänge, mit denen er seiner Sehnsucht nach mehr Elan und Wagemut Ausdruck verleiht.

Sein Vater hat starke Stimmungsschwankungen, es

gibt gute und schlechte Phasen. Erlendur lernt das mit der Zeit, aber erst sehr viel später versteht er, dass sein Vater manisch depressiv ist. Er versucht, seinen Söhnen Unterricht zu geben und ihnen die Welt der Musik zu erschließen, findet aber bald heraus, dass die Jungen kein besonderes Interesse daran haben, ein Instrument zu spielen. Sie kommen über die Anfänge nicht hinaus, ihnen fehlen das Verlangen und die Leidenschaft. Er zwingt sie zu nichts, weil er das für sinnlos hält, und hofft, dass sich bei ihnen das Interesse an Musik später einstellen wird.

Auch sein Vater war mit Akkordeonspiel und Chorgesang aufgewachsen, hatte schon in jungen Jahren eine Mundharmonika bekommen und wurde in die Musikschule in Akureyri geschickt. Damals war es nicht selbstverständlich, dass junge Männer eine solche Chance bekamen, denn das Leben war hart, und es sollte auch gar nicht lange dauern, bis er gezwungen war, seine Ausbildung abzubrechen und nach Hause zurückzukehren. Die meiste Zeit spielte er auf geliehenen Instrumenten, und sein Traum war es, einmal die Königin der Instrumente zu besitzen. Kurz nach Beggis Geburt hatte er genug zusammengespart, um eine gebrauchte Violine zu kaufen, die in Höfn im Hornafjörður zum Verkauf stand.

Die Menschen von Bakkasel sind nicht vermögend und können sich kaum irgendwelchen Luxus leisten. Wenn das Geld knapp ist, muss man erfinderisch sein. Die Landwirtschaft ist klein und wirft wenig ab, doch der Musikunterricht bringt zusätzliche Einkünfte. Auch die Mutter der Jungen trägt etwas zum Unterhalt bei, sie arbeitet in der Fischfabrik, wenn dort Leute gebraucht werden. Geschenke sind auf Weihnachten und Geburtstage beschränkt, aber in seinen guten Phasen kauft der Vater manchmal eine Kleinigkeit für seine Jungen, um ihnen eine Freude zu machen und sie für die schwierigeren Stunden zu entschädigen. Keine großartigen Geschenke, nur Kleinigkeiten, die nicht mehr als ein paar Öre kosten, aber in den Augen der Jungen sind sie kostbar, denn sie wissen, warum sie gekauft werden. In seinen schlimmsten depressiven Phasen verlässt der Vater das Schlafzimmer gar nicht. Dann darf kein Lärm im Haus gemacht werden. Mitten im tiefsten und dunkelsten Winter, um Weihnachten herum und nach der Jahreswende, wird sein Zustand besonders schlimm. Dann hat es fast den Anschein, als würde die Sonne nie wieder aufgehen. Ein langer, finsterer Tag nach dem anderen vergeht, die Geige im Kasten wird nicht angerührt, dort bleibt sie mit all den fröhlichen und traurigen Melodien.

Sein Vater weiß, dass einer seiner Söhne gerettet wurde, doch das reicht nicht, um seine Isolation zu durchbrechen und seinen Seelenschmerz zu lindern. Niemand weiß besser als er, was für ein Unwetter da oben in den Bergen tobt, er hat selbst um sein Leben kämpfen müssen, und er wurde mehr tot als lebendig bei der Scheune gefunden. Er reagiert überhaupt nicht auf Erlendur, der gekommen ist, um Hilfe zu suchen. Der jüngere Sohn wurde immer noch nicht gefunden, er kann an nichts anderes denken, als dass er tot ist.

Erlendur steht bei seinem Vater und spürt dessen Apathie. Also stimmt wahrscheinlich, was er bereits befürchtete, dass er etwas falsch gemacht hat. Er vermeidet es, darüber nachzudenken, was das gewesen sein könnte, er will hören, dass er sich irrt, dass er nicht anders handeln konnte. Doch sein Vater schweigt wie ein Grab, er antwortet nicht, er sieht seinen Sohn nicht einmal an. Offenbar tröstet es ihn in dieser entsetzlichen Situation auch nicht, dass Erlendur lebend gefunden wurde. Das Schweigen ist unerträglich, fast noch schlimmer, als zerschunden und durchfroren oben in den Bergen zu liegen.

»Verzeih mir«, sagt er so leise, dass es kaum zu verstehen ist. »Ich wollte nicht … Ich hätte nicht …«

Sein Vater hebt den Kopf und sieht ihn an.

»Was hast du da?«

»Den hast du mir geschenkt, das ist der Zinnsoldat«, sagt er und öffnet seine Hand, um ihn dem Vater zu zeigen. »Beggi hat ein kleines Auto bekommen.«

»Wovon redest du eigentlich?«

»Du hast mir den Soldaten geschenkt und Beggi das kleine Auto.«

»Wirklich?«

»Er hatte das Auto bei sich, als er mit uns losgegangen ist. Er hatte es in seinem Handschuh.«

Elf

Er lag fast die ganze Nacht wach in seinem warmen Schlafsack auf dem verlassenen Hof, der Schlaf hatte sich nicht einstellen wollen. Seine Gedanken waren um die Ereignisse an dem Tag gekreist, als sie mit ihrem Vater in die Berge gingen. Hin und wieder war er doch eingeschlummert, aber immer nur kurz, damit war keine Entspannung verbunden. Steif und übernächtigt stand er auf. Er versuchte, sich an der Gaslampe zu wärmen, aß drei Haferkekse und goss sich Kaffee aus der Thermoskanne in einen Plastikbecher. Den Kaffee hatte er an einem Kiosk im Ort bekommen, wo ihn ein aufgeweckter, etwas aufdringlicher junger Mann um die zwanzig bedient hatte. Es war bereits spät am Abend gewesen, der junge Mann hätte Erlendur gern in ein Gespräch verwickelt, doch damit kam er bei Erlendur nicht an.

»Bist du wegen des Aluminiumwerks hier?«, fragte er, denn es war nicht zu übersehen, dass Erlendur ortsfremd war.

»Nein«, sagte Erlendur kurz angebunden. »Ich hätte gern drei Schachteln Viceroy.«

Der Junge in verschlissenen Jeans und verwaschenem T-Shirt zog eine Schublade auf und legte die Schachteln auf die Theke.

»Arbeitest du vielleicht da oben am Staudamm?«, fragte er.

»Nein. Kannst du mir Kaffee für die Thermoskanne verkaufen?«

»Du kannst sie da drüben auffüllen«, sagte der Junge und deutete in eine Ecke, in der sich ein ziemlich schmieriger Tisch befand, auf dem eine Kaffeemaschine mit einer halb vollen Kaffeekanne stand. »Der ist umsonst. Was machst du denn so beruflich?«

Erlendur füllte seine Thermosflasche und bezahlte die Zigaretten. Der junge Mann beobachtete ihn dabei, und Erlendur merkte, dass sich weitere Fragen zusammenbrauten. Deswegen ging er schnell zur Tür.

»Bist du der Typ da auf dem verlassenen ...?«, hörte er den jungen Mann noch sagen, als er schon in der Tür stand.

»Einfaltspinsel«, murmelte Erlendur, als sie ins Schloss gefallen war.

Nach dem Frühstück fuhr er nach Egilsstaðir. Die Straße führte um den steil aufragenden Hólmatindur herum, und dann lag das im Bau befindliche Aluminiumwerk am Reyðarfjörður vor ihm. Die Arbeiten waren in vollem Gange, und er sah sich das eine Weile an. Dann führte ihn die Straße an der Fagradalsá entlang durch das Fagridalur, das schöne Tal, das seinem Namen alle Ehre machte. Er hatte keine Eile. Die Straße war schneefrei, und die morgendliche Stille wurde durch den regen Lastwagenverkehr in beide Richtungen empfindlich gestört. Kurze Zeit später traf er in Egilsstaðir ein.

Das Altersheim war problemlos zu finden, und er fragte nach dem Mann, den er treffen wollte, Kjartan

Halldórsson. Man verwies ihn an eine Angestellte, die ihn zu einem kleinen Aufenthaltsraum führte, wo ein Mann um die siebzig saß und sich Zeichentrickfilme im Fernsehen ansah. Das Mädchen beugte sich zu ihm hinunter.

»Besuch für dich, Kjartan«, flötete sie in hohen Tönen, als würde sie zu einem Kleinkind sprechen.

Der Mann richtete sich in seinem Sessel auf.

»Nanu«, murmelte er.

»Er möchte mit dir sprechen«, sagte sie.

Erlendur bedankte sich und begrüßte den Mann, der für sein Alter ziemlich gebrechlich und steif wirkte. Er hatte dichtes, graues Haar und knochige, abgearbeitete Hände. Sie unterhielten sich zunächst über dies und jenes, und Erlendur erfuhr, dass sein Gegenüber auf einem Auge kaum noch etwas sehen konnte.

»Ja, ich bin schon fast blind auf dem einen Auge«, sagte Kjartan.

»Schlimm«, entgegnete Erlendur, um irgendetwas zu sagen.

»Nein, es ist nur sehr hinderlich, weil sich die Sicht auf dem anderen Auge auch schon stark verschlechtert hat«, sagte Kjartan. »Sie hielten es für das Beste, mich hier ins Altersheim zu verfrachten, damit ich mir nichts zuleide tue. Ich kann kaum noch sehen, was da passiert.«

Erlendur nahm an, dass er von dem Fernseher redete. Sie unterhielten sich noch eine ganze Weile über seine Sehbehinderung, doch schließlich kam Erlendur auf sein eigentliches Anliegen zu sprechen. Wieder gab er vor, sich mit tragischen Unfällen in der Bergwelt der Ostfjorde zu befassen. Bei seinen Recherchen sei er darauf gestoßen, dass eine Verwandte von ihm, Matthildur mit Namen, im Januar 1942 in den Bergen zwischen Eskifjörður und Reyðarfjörður ums Leben gekommen sei.

Irgendwo lief ein Radio, und romantische Klänge über den Frühling im Vaglir-Wald drangen zu ihnen herüber.

»Ja ... Ja genau, das ist richtig«, sagte Kjartan, offenbar war er froh, jemandem helfen zu können, auch wenn es nicht um wichtige Dinge ging. »Sie war eine Tante mütterlicherseits, aber ich habe sie nie getroffen.«

»Du erinnerst dich also an dieses Ereignis?«

»Nein, das kann ich eigentlich nicht behaupten. Ich war noch ziemlich jung, als es passierte, und außerdem lebte meine Familie damals in Reykjavík. Aber natürlich habe ich davon gehört, da muss ich sieben oder acht gewesen sein. Meine Mutter war die Älteste von den Geschwistern. Sie ist schon als junge Frau nach Reykjavík gegangen, und dort bin ich auch zur Welt gekommen.«

»Ich verstehe.«

»Ich bin selber auch sehr früh von zu Hause weggegangen und habe eine Familie gegründet. Bin zur See gefahren, als wir noch fischen durften, wie wir wollten. Jetzt ist das nur noch was für die ganz Reichen.«

»Und du bist hier in die Ostfjorde gezogen?«

»Ja, meine Frau stammte von hier. Ich habe aber so gut wie keinen Kontakt zu meinen Verwandten gehabt, ich kenne sie kaum.«

»Matthildur kam in derselben Nacht ums Leben, als die britischen Soldaten in Bergnot gerieten«, sagte Erlendur.

»Ganz recht«, sagte Kjartan. »Das Wetter da oben in den Bergen war damals wohl grauenvoll. Man konnte sich angeblich nicht auf den Beinen halten. Ein mörderisches Wetter im wahrsten Sinne des Wortes.«

»Hat man lange nach ihr gesucht?«

»Ein paar Tage, soweit ich weiß. Aber es hat natürlich nichts gebracht.«

»Kannst du dich erinnern, ob deine Mutter sich irgendwann einmal zu diesen Vorfällen geäußert hat? Kannst du dich an irgendetwas erinnern?«

»Nein, ich glaube nicht.«

»Vielleicht hat sie auch sonst über Matthildur gesprochen? Wie es ihr ging? Wie die beiden Schwestern zueinander standen?«

»Sie hatten nicht so viel Kontakt – meine Mutter lebte in Reykjavík, und du weißt ja, wie seinerzeit die Verkehrsverbindungen waren.«

»Besitzt du vielleicht irgendetwas, was deiner Mutter oder den Schwestern gehörte und in irgendeiner Verbindung zu Matthildur steht?«, fragte Erlendur. Er hatte Hrund die gleiche Frage gestellt, doch sie konnte ihm nicht weiterhelfen. Sie konnte sich nur vorstellen, dass Matthildur vielleicht in Briefkontakt mit ihren Schwestern in Reykjavík gestanden hatte, aber Genaueres wusste sie nicht.

»Viel ist es wohl nicht«, sagte Kjartan nachdenklich.

»Weißt du, ob deine Mutter und Matthildur sich damals geschrieben haben?«

»Meine Schwester hat mir nach dem Tod unserer Mutter eine kleine Kiste mit Sachen von ihr geschickt und es mir überlassen, ob ich sie wegwerfen wollte. Da war alles Mögliche drin, Mietverträge und alte Rechnungen und Steuererklärungen. Ich glaube, es war auch ein Stapel Zeitungen darunter. Meine Mutter konnte nichts wegwerfen. Ich weiß nicht, weshalb meine Schwester mir das geschickt hat, ich konnte damit gar nichts anfangen. Es waren auch Briefe darunter, aber genau habe ich mir das nie angesehen.«

»Du hast sie nicht gelesen?«

»Nein, du lieber Himmel, für solchen Kram hatte ich nun wirklich keine Zeit, es gab genug anderes zu tun.«

»Gibt es diese Kiste noch?«

»Ich denke schon«, sagte der alte Mann. »Mein Sohn bewahrt das wenige auf, was ich besitze. Sprich einfach mit ihm. Hast du vielleicht vor, etwas über diesen Orkan zu schreiben?«

»Möglich«, sagte Erlendur.

Zwölf

Der Sohn von Kjartan hieß Eyþór. Es war schon Mittag, als Erlendur vor seinem Haus hielt. Er lebte in einer großen Villa nicht weit vom Gymnasium und war zum Mittagessen nach Hause gekommen. Er arbeitete bei einem Bauunternehmen, das für einen Teil der Konstruktionsarbeiten am Kraftwerk zuständig war. Erlendur sagte sein Sprüchlein über sein Interesse an tragischen Unfällen in den Bergen auf. Dann berichtete er, dass er gerade von seinem Vater komme, der ihm die Erlaubnis gegeben habe, sich den Inhalt einer alten Kiste anzuschauen, die Eyþór für seinen Vater aufbewahre.

Das Interesse des Sohnes war geweckt, er wollte gerne mehr über Erlendurs Nachforschungen wissen, ob er an einem Buch arbeite und Ähnliches mehr. Erlendur wich seinen Fragen geschickt aus, ohne direkt zu lügen. Eyþór sagte, er wisse eigentlich kaum, wozu er die alte Kiste noch aufbewahrte. Er hatte bereits einiges vom Krempel seines Vaters entsorgt, als der Alte ins Seniorenheim ging, und dorthin hätte eigentlich auch diese Kiste gehört. Irgendwann einmal hatte er hineingeschaut, aber nur Papierkram entdeckt. Bei der nächsten Aufräumaktion in der Garage würde sie dran glauben müssen.

»Und wie geht's dem Alten so?«, fragte Eyþór. Erlendur brauchte eine Weile, bevor er begriff, dass Eyþór seinen Vater im Altersheim meinte.

»Ganz gut, glaube ich«, sagte Erlendur.

»Er sieht sehr schlecht.«

»Ja, das hat er mir gesagt.«

»Ich bin schon seit Längerem nicht mehr bei ihm gewesen«, erklärte der Sohn. »So ist das eben, wenn man den größten Staudamm in Europa baut, da hat man kaum Zeit für anderes. Kannst du nicht heute Abend noch einmal vorbeikommen, ich bin sowieso schon zu spät dran.«

»Ich bin auf dem Weg nach Reykjavík«, sagte Erlendur auf gut Glück. »Dann muss ich es wohl auf später verschieben.«

Der Mann zögerte. Sein Handy klingelte. Er sah die Nummer und nahm das Gespräch nicht entgegen.

»Also gut, komm«, sagte Eyþór.

Die Kiste stand noch in der Garage, vergraben unter allem möglichen Kram, den Eyþór aus dem Weg räumen musste, Sommerreifen, Farbdosen und Gartengeräte. Er sagte, er habe keine Ahnung, was in der Kiste sei, und vor allem auch keine Zeit, um Erlendur beim Auspacken zuzusehen. Falls er Hilfe brauchen würde, sein Sohn sei zu Hause, er ginge aufs Gymnasium und habe gerade eine Freistunde. Erlendur bedankte sich für das Entgegenkommen, entschuldigte sich für die Störung und erklärte, er werde nicht lange brauchen.

Der Mann stieg in seinen Jeep, fuhr davon und ließ Erlendur bei der Kiste zurück. Das Garagentor stand offen, und es hatte angefangen zu regnen. Erlendur holte einen großen braunen Umschlag aus der Kiste, der Steuererklärungen von 1972–1977 enthielt, die er auf eine Werkbank legte. Als Nächstes kamen zwei sehr alte und viel benutzte Gesangbücher zum Vorschein, und er blätterte ein wenig darin, bevor er sie auf den Umschlag legte. Es folgten drei Bücher mit Erzählungen für die ganze Familie und dann ein ordentlicher Stapel vergilbter Zeitungen, größtenteils war es *Tíminn*.

»Was machst du denn da?«, hörte er jemanden hinter sich fragen, und er drehte sich um. Der Gymnasiast war offensichtlich wieder auf dem Weg in die Schule.

»Guten Tag«, sagte Erlendur. »Ich suche nach Berichten von Menschen aus den Ostfjorden, die in Bergnot geraten sind.«

»Hier in unserer Garage?«

»Eine handelt von deiner Großtante, die in den Bergen verunglückt ist.«

»Verunglückt?«

»Ja.«

»Im Auto?«

»Nein. Sie wollte zu Fuß über die Berge und ist bei einem Unwetter ums Leben gekommen.«

»Ach so.«

Der Gymnasiast wandte sich ab und schlenderte die Straße entlang, seine Hose hing so weit herunter, dass die Unterhose zu sehen war. Was wird nur aus der Menschheit werden?, dachte Erlendur, während er dem Jungen nachschaute, bis er um die Ecke verschwunden war.

Er fuhr damit fort, Zeitungen und Broschüren aus der Kiste zu holen, und schließlich stieß er auf ein paar handgeschriebene Briefe, die er überflog. Einige waren von den Schwestern, andere von deren Mutter oder von Freundinnen. Den letzten Brief an ihre Schwester hatte Matthildur drei Monate vor ihrem Verschwinden geschrieben. Sie schrieb über Neuigkeiten aus der Gegend und ging ziemlich ausführlich auf das Wetter ein, der Herbst war stürmisch gewesen, und nun würde bald der Winter Einzug halten. Sie freute sich auf Weihnachten und hatte angefangen, sich ein Kleid für die Festtage zu nähen. Auch die früheren Briefe waren sehr allgemein gehalten und verrieten nichts über Matthildurs Beziehung zu ihrem Mann Jakob. Erlendur wusste, dass das nichts zu bedeuten haben musste. Man brachte nicht unbedingt alles, was einem durch den Kopf ging, zu Papier und schickte es durch die Gegend.

Ich war mit Ninna zum Tanzen, hieß es in einem Brief, den sie drei Jahre vor ihrem Tod geschrieben hatte. *Wir haben uns gut amüsiert. Die Kapelle war von hier, sie haben alte und neue Schlager gespielt, und Ninna und ich haben fast die Sohlen durchgetanzt. Anfangs waren die Jungs viel zu schüchtern, um uns aufzufordern. Einer von ihnen hieß Jakob, und nach dem Tanzen haben wir lange miteinander geredet. Er lebt in Eskifjörður.*

Erlendur durchsuchte die Kiste bis auf den Boden, fand aber nichts, was ihm mehr über Jakob und Matthildur verraten hätte. Daraufhin begann er, alles wieder zurückzulegen, und zwar so, dass man kaum sehen konnte, dass sich jemand den Inhalt angeschaut hatte. Schließlich warf er auch noch einen Blick in die alten Zeitungen und blätterte sie rasch durch. Wieso Matthildurs Schwester das Parteiblatt der Bauernpartei aufbewahrt hatte, war ihm nicht klar. Mitten zwischen Meldungen von erbitterten politischen Auseinandersetzungen und irgendwelchen Resolutionen des Bauernverbands standen Berichte über die Lammzeit oder die Heuernte. In einem Exemplar stieß er auf die Nachricht über das tragische Schicksal der Besatzungssoldaten in Reyðarfjörður, und eine kleine eingerahmte Zeitungsnotiz besagte, dass Matthildur in derselben Nacht verschwunden war.

In einer viel späteren Ausgabe stieß er auf einen Nachruf über Jakob, den ein Freund von ihm, der Pétur Alfreðsson hieß, geschrieben hatte. Er ging mit ein paar Sätzen auf seine Herkunft und Familie ein, die aus Reykjavík und aus dem Hornafjörður stammte. Dann wurden wie üblich seine menschlichen Qualitäten hervorgehoben, und anschließend wurde darauf eingegangen, dass Jakob seine junge Frau bei einem verhängnisvollen Unwetter verloren hatte. Danach hatte er nie wieder geheiratet, und er hatte keine Kinder. Zum Schluss hieß es, dass er selbst ebenfalls bei einem Unwetter ums Leben gekommen sei, er habe mit der Sigurlína Schiffbruch erlitten, man habe ihn und seinen Kameraden nur noch tot bergen können. Die Leichen waren bis zur Bestattung im alten Eishaus in Eskifjörður aufbewahrt worden.

Es war nicht der Inhalt dieses Nachrufs, der Erlendurs Interesse weckte, sondern das Wort, das jemand mit einem dicken Bleistift quer darüber geschrieben hatte. Es war immer noch gut leserlich.

SCHEUSAL.

Dreizehn

Hrund saß wie zuvor an ihrem Fenster und blickte in das Tal, wo die Strommasten errichtet wurden. Jenseits des Hauses wurde der Himmel vom Widerschein der Flutlichter an der Baustelle der Aluminiumhütte erhellt, die aber selbst nicht zu sehen war. Hrund sah Erlendur vorfahren und zur Haustür kommen, und diesmal stand sie auf und öffnete ihm die Tür. Sie ging mit ihm ins Wohnzimmer und setzte sich wieder ans Fenster.

»Zu dieser Tageszeit ist es hier so schön«, sagte sie. »Wenn es Abend wird.«

»Da bin ich ganz deiner Meinung«, sagte Erlendur und ließ sich nieder. Hrund hatte noch kein Licht im Haus gemacht, sie saß in der Abenddämmerung am Fenster und hatte sich eine Decke um die Schultern gelegt. Licht und Schatten von den Straßenlaternen vor dem Haus fielen auf die Wand hinter ihr, und Erlendur betrachtete dieses Schattenbild eine Weile. Hrund schien gar nicht wissen zu wollen, weshalb er gekommen war. Es wirkte beinahe wie eine Selbstverständlichkeit, dass sie beide in ihrem Wohnzimmer saßen und gemeinsam schwiegen.

»Ich bin heute nach Egilsstaðir gefahren«, sagte Erlendur schließlich.

»Ach ja?«, entgegnete Hrund. »Möchtest du mir davon erzählen? Hol dir Kaffee, wenn du einen magst. Er ist in der Thermoskanne, und die Tassen sind im Schrank über der Spüle.«

Erlendur stand auf, ging in die Küche und holte sich eine Tasse Kaffee. Als er wieder ins Wohnzimmer kam, hatte Hrund sich umgedreht und sah ihn erwartungsvoll an.

»Ich vermute, du stellst Nachforschungen über Matthildur an«, sagte sie.

»Das ist richtig.«

»Dann hast du also meinen Neffen besucht«, fuhr sie fort. »Ist er nicht im Altersheim?«

Erlendur nickte.

»Ich habe nie Verbindung zu ihm gehabt. Irgendwie ist es nicht dazu gekommen.«

»So ist es häufig«, sagte Erlendur und musste an die Familie denken, die er selbst gegründet hatte. »Er ist ganz gut dabei, allerdings auf einem Auge fast erblindet. Er hat mir gestattet, dass ich mir den Inhalt einer Kiste anschaue, die deiner Schwester Ingunn gehört hat. In der habe ich alte Briefe und dergleichen gefunden.«

»Und, hat es dir irgendetwas gebracht?«

»Nein, viel war es nicht.«

»Ich habe leider keine Briefe von Matthildur, falls du auf der Suche nach so etwas sein solltest.«

»Nein, ich verstehe. Ich denke aber tatsächlich darüber nach, ob es nicht noch anderswo irgendetwas gibt, was von Matthildur stammt. Ich meine, etwas aus ihrem persönlichen Besitz. Es müsste doch zumindest irgendein Foto von ihr geben?«

»Über ihr Hab und Gut weiß ich nichts, aber ich habe ein Bild von uns Schwestern, ich muss es bloß finden«, erklärte Hrund. Sie stand auf und ging in ihr Schlafzimmer. Erlendur hatte ein schlechtes Gewissen, dass er sie wieder belästigte, aber andererseits glaubte er zu wissen, dass sie einsam war und ihr ein wenig Gesellschaft ganz guttun musste, auch wenn es nur seine war.

Hrund kam mit zwei Schuhkartons aus dem Schlafzimmer zurück, setzte sich zu ihm an den Tisch und begann, darin zu kramen.

»In den Fotoalben ist kein Bild von ihr«, sagte sie. »Und irgendwie hatte ich nie Lust, diese ganzen Bilder richtig zu sortieren. Mein Mann ist tot, habe ich dir das schon gesagt?«

»Nein«, sagte Erlendur. Von Bóas wusste er, dass sie Witwe war und zwei Söhne hatte, die zum Studium nach Reykjavík gegangen waren und seitdem nur noch selten zu Besuch kamen.

»Hier sind ein paar Fotos von meinem Mann, die hatte ich schon fast vergessen. Und hier sind wir vier Schwestern bei der Heuernte.«

Sie reichte Erlendur ein Schwarz-Weiß-Foto, dem man sein Alter ansehen konnte. Die Rückseite war ganz vergilbt, und außerdem war es fleckig, so als hätte jemand Kaffee oder etwas in der Art darübergegossen. Die vier Schwestern standen auf einer Heuwiese, alle kerzengerade und mit Rechen bewaffnet, mit denen sie das Heu gehäufelt hatten. Die Sonne strahlte vom Himmel herunter, und die vier strahlten in die Kamera, alle in Kleidern und zwei von ihnen mit Kopftüchern. Sie hatten sich Seite an Seite für den Fotografen aufgestellt, und man sah ihnen an, wie ungetrübt fröhlich sie an einem längst vergangenen Sommertag gewesen waren.

»Unsere Mutter hat das Foto gemacht«, sagte Hrund. »Die Kamera gehörte ihrem zweiten Mann. Ich bin das Nesthäkchen da ganz links, ich war so viel jünger als die anderen. Und daneben ist Ingunn mit dem Kopftuch, und neben ihr steht Matthildur. Und ganz rechts, das ist die gute Jóhanna.«

Das Foto war nicht sehr deutlich, aber Erlendur konnte doch ungefähr die Gesichtszüge von Matthildur erkennen. Ihre Augen lagen tief, und etwas wie Entschlossenheit lag in ihrer Miene. Erlendur drehte das Bild um, weil er hoffte, dass jemand vielleicht eine Jahreszahl auf die Rückseite geschrieben hatte, doch das war nicht der Fall.

»Das Bild ist wahrscheinlich etwa acht Jahre vor ihrem Tod gemacht worden«, erklärte Hrund, die seine Gedanken zu lesen schien. »Das war irgendwann während der Weltwirtschaftskrise.«

»Ingunn und Jóhanna gingen nach Reykjavík, haben sie sich gemeinsam dazu entschlossen?«

»Nein, zuerst ging Jóhanna, und Ingunn ist ihr dann gefolgt. Das war kurz nachdem dieses Foto gemacht wurde. Damals hat sich alles so rasant schnell geändert. Gerade waren wir noch alle vier zusammen zu Hause, alles war lustig und voller Leben. Und im nächsten Moment waren wir in alle Himmelsrichtungen verstreut, sozusagen im Handumdrehen – und es wurde nie wieder, wie es war.«

»Kannst du dich an eine Freundin von Matthildur erinnern, die Ninna genannt wurde?«, fragte Erlendur.

»Ja, ich erinnere mich an sie. Ein sehr nettes Mädchen. Ich glaube, sie lebt sogar noch, das solltest du überprüfen. Sie heißt Ninna, sie wurde nicht nur so genannt.«

»Hat sie die ganze Zeit hier in den Ostfjorden gelebt?«

»Ja, das hat sie. Matthildur und sie waren eng befreundet, von Kindheit an.«

»Vielleicht werde ich mal bei ihr vorbeischauen«, sagte Erlendur und erhob sich. »Ich möchte wirklich nicht, dass du dir wegen meines Geschwätzes die ganze Nacht um die Ohren schlagen musst.«

»Das ist schon in Ordnung«, entgegnete Hrund. »Ich habe doch sowieso nichts vor. Ich verstehe bloß nicht, wieso du dich so für Matthildur interessierst. Sie ist doch eine völlig Fremde für dich. Willst du ein Buch schreiben?«

»Nein«, sagte Erlendur lächelnd. »Daraus wird kein Buch. Nur eine Frage noch. Kannten sich Ingunn und Jakob, bevor Matthildur und er ein Paar wurden?«

»Ingunn und Jakob? Wieso fragst du danach?«

Erlendur überlegte, ob er ihr von Matthildurs Brief erzählen sollte und von dem Wort SCHEUSAL, das über Jakobs Nachruf gekritzelt worden war, den er in Ingunns Kiste gefunden hatte. Es war keineswegs sicher, ob sie es selbst geschrieben hatte, das konnte auch jemand anderes getan haben. Vielleicht war es auch gar nicht ihre Zeitung gewesen, jemand anderes konnte sie ihr zugeschickt haben.

»Es war bloß so ein Einfall von mir«, sagte er. »So hübsch, wie ihr wart, hattet ihr doch bestimmt viele Verehrer.«

»Was hast du herausgefunden?«, fragte Hrund, die sich mit Erlendurs beschwichtigenden Worten nicht zufriedengab.

»Gar nichts«, beeilte er sich zu sagen, denn er merkte, dass sich das Verhalten der alten Dame urplötzlich geändert hatte.

»Du ... du kramst doch nicht etwa in unserer Familiengeschichte herum?«, fragte sie.

Erlendur war klar, dass diese Unterhaltung eine unangenehme Wendung zu nehmen drohte, und er war sich nicht sicher, ob und wie er sich da herauslavieren konnte. Nach der schlaflosen Nacht verspürte er jetzt Müdigkeit. Er war den ganzen Tag unterwegs gewesen, und mit seiner Konzentrationsfähigkeit stand es nicht mehr zum Besten.

»Nein, natürlich nicht«, sagte er, hörte aber selbst, wie wenig überzeugend er klang.

»Ich möchte dir klipp und klar sagen, dass mir deine Herumschnüffelei absolut nicht gefällt. Ich lege keinen Wert darauf, dass du zu mir kommst und mich nach meinen Nächsten ausfragst wie ... wie jemand von der Polizei. Das kommt überhaupt nicht infrage.«

»Nein, selbstverständlich nicht«, erwiderte Erlendur. »Entschuldige, wenn ich dir auf irgendeine Weise zu nahe getreten ...«

»Was willst du hier eigentlich?«, unterbrach ihn Hrund, die jetzt ziemlich böse klang. »Was willst du über meine Familie herausfinden? Und was zum Kuckuck hat das mit Bergnot und Vermissten zu tun?«

»Nichts«, sagte Erlendur, »gar nichts. Du hast bloß selber die Gerüchte erwähnt, die damals über Jakob in Umlauf waren, zum Beispiel, dass Matthildur ihm nach ihrem Tod keine Ruhe gelassen haben soll.«

»Ich habe dir ausdrücklich gesagt, dass es sich nur um Gerüchte handelte. Nimmst du so etwas wirklich ernst? Uralte Klatschgeschichten?«

»Nein, aber ...«

»Ich glaube nicht an Gespenster und dergleichen.«

»Ich auch nicht.«

»Vielleicht ist es besser, wenn du gehst.«

Erlendur verabschiedete sich hastig, setzte sich in sein Auto und fuhr davon, ohne zurückzublicken. Doch er wusste, dass sie bereits wieder am Fenster saß, und stellte sich vor, dass Blitze aus ihren Augen schössen.

Er hielt ein weiteres Mal oberhalb der riesigen Baustelle an. Die langen Hallen für die Schmelzöfen waren schon relativ weit hochgezogen, und ein Heer von Arbeitern schuftete rund um die Uhr im Wettlauf mit der Zeit. Die grellen Flutlichter erleuchteten das abendliche Dunkel, alles wirkte unwirklich, fremd und unnatürlich. Die unablässigen Bauarbeiten und der mit ihnen verbundene Lärm standen in scharfem Kontrast zum Schweigen der Natur, zum engen Fjord, zum stillen Meer und den Bergen, die sich mit ihren weißen Schneekappen im Wasser spiegelten.

Vierzehn

Wieder überkommt ihn dieses seltsame Gefühl, als würde er auf dem verlassenen Hof in seiner Ecke auf dem Boden liegen und jemand verfolge ihn. Das können nur Fantasiegebilde sein. Er weiß, dass er sich nicht mehr in dem Haus befindet, er hat es verlassen. Sonst könnte er nicht die Sterne am Himmel sehen.

Vielleicht sind auch sie nur Fantasiegebilde.

Er blickt zur Tür, sieht aber nur schwärzeste Finsternis. Er streckt die Hand aus und spürt die Feuchtigkeit an der rauen Wand. Er tastet nach der Taschenlampe, die er mitgebracht hat, und schaltet sie ein. Der schwache Strahl wirft ein geisterhaftes Licht auf seine Umgebung, die türlose Öffnung, dort wo der Eingang war, die kaputten Fenster, durch die ein kalter Wind hereinbläst, die Decke, die an einigen Stellen heruntergebrochen ist. Er spürt die Nähe von jemandem, den er nicht sehen kann.

»Wer ist da?«, ruft er, doch es kommt keine Antwort.

Er steht auf, tastet sich vor, der Lichtkegel der Taschenlampe weist ihm den Weg. Er sieht keine Anzeichen dafür, dass der Reisende noch hier ist, der hier in der Tür gestanden und ein Feuer auf dem Fußboden entfacht und mit ihm gesprochen hat, als seien sie alte

DIE COLD-CASE-REIHE
VON SCHWEDENS NEUER
TOP-KRIMIAUTORIN
ES ERMITTELT TESS HJALMARSSON:
EMPATHISCH, HARTNÄCKIG, KLUG
TINA FRENNSTEDT
COLD CASE
SPIEGEL Bestseller-Autorin
DAS VERSCHWUNDENE MÄDCHEN
KRIMINAL ROMAN
lübbe
Band 1
TINA FRENNSTEDT
COLD CASE
SPIEGEL Bestseller-Autorin
DAS GEZEICHNETE OPFER
KRIMINAL ROMAN
lübbe
Band 2
TINA FRENNSTEDT
COLD CASE
SPIEGEL Bestseller-Autorin
DAS GEBRANNTE KIND
KRIMINAL ROMAN
lübbe
Band 3
Erscheint im Frühjahr
2023 als Taschenbuch
lübbe

DIE AUTORIN: TINA FRENNSTEDT

Sie ist eine der renommiertesten Kriminalreporterinnen Schwedens.

DER PERFEKTE ORT, UM DIE REIHE ZU LESEN:

Weit weg von Südschweden, während man sich aber gleichzeitig genau dorthin sehnt. Oder alleine in einem Haus am Meer, in einer dunklen, stürmischen Winternacht, in der der Strom ausgefallen ist …

WAS IST SCHÖNER: DEN LETZTEN SATZ ZU ENDE GEBRACHT ZU HABEN ODER DAS FERTIGE BUCH IN DEN HÄNDEN ZU HALTEN?

Ich würde sagen, Zweidrittel des Buches vollendet zu haben. Dann weiß man, dass man auf der richtigen Spur ist und fängt an, den Text auszuweiten, indem man lustige Dialoge oder spezielle Details hinzufügt.

WER DIE REIHE LIEST, FÜHLT SICH NACH DER LETZTEN SEITE …?

Hungrig nach mehr und nach dem nächsten Buch! Und glücklich, weil man eine neue Lieblingspolizistin gefunden hat und nicht abwarten kann, sie wiederzutreffen. Man möchte unbedingt noch mehr spannende, von der Realität inspirierte Cold-Case-Ermittlungen lesen.

Erfahren Sie mehr unter luebbe.de/coldcase

Bekannte. Alles das ist verschwunden, trotzdem kann er sich der seltsamen Idee nicht erwehren, dass sich das alles erst noch ereignen wird.

Sein Lager dort, wo einmal die Sofaecke im Wohnzimmer gewesen war, besteht aus einer dünnen Matratze, einem Schlafsack, zwei Decken und seinem Rucksack, den er sich unter den Kopf schob. Daneben stehen seine ausgetretenen Wanderschuhe und eine Mülltüte für seine wenigen Abfälle. Er hat kaum Gepäck dabei, und er hält Ordnung um sich herum. Das Haus ist zwar nur noch ein steinernes Relikt, es bietet kaum noch Schutz vor Wind und Wetter, aber der Respekt vor der guten Stube steckt in ihm, so wie er ihm eingeimpft wurde, als das hier noch das Haus seiner Familie war.

»Ist da jemand?«, ruft er leise.

Das Haus antwortet mit dem Heulen des Windes und einer quietschenden Tür, die gerade noch in ihren Angeln hängt, und mit zwei knarrenden Wellblechplatten, die sich aus einem unbegreiflichen Starrsinn heraus immer noch an die Dachkante krallen. Er geht zum Eingang und richtet den Strahl der Taschenlampe hinaus auf den Hof, dann geht er wieder zurück in das, was einmal die Küche war. Der Lichtkegel der Taschenlampe wird immer schwächer, um ihn herum wird es immer finsterer. Der Strahl beleuchtet flackernd ein paar leere Schrankregale. Der Küchentisch hatte beim Fenster gestanden, von dort hatte man den Schafstall und die Scheune im Blickfeld, und darüber die Berge. An diesem Tisch hatte jeder Tag morgens begonnen und abends geendet.

»Ist da jemand?«, flüstert er.

Von der Küche geht er über den kurzen Flur zu den Schlafzimmern, zu dem der Eltern und dem der Brüder. Das elterliche Zimmer kann er nicht betreten, dort ist beim Türrahmen die Decke eingestürzt. Da drinnen hatte sein Vater gesessen, untröstlich, nachdem er es unter Aufbietung aller Kräfte wieder zurück zum Hof geschafft hatte, mehr tot als lebendig nach den Strapazen, die er durchgemacht hatte. Begleitet von dem Gedanken an seine beiden Söhne, die den Naturgewalten schutzlos ausgeliefert waren. Für ihn stand fest, dass sie keine Überlebenschance hatten. Nur er wusste, was für ein Unwetter in den Bergen tobte, und er hatte kapituliert. Er hatte schlimme Erfrierungen im Gesicht und starrte vor sich hin, als sich die Männer im Haus einfanden, die sich auf die Suche machen wollten.

»Ist da jemand?«, flüstert er erneut, doch wieder kommt keine Antwort. Das Licht der Taschenlampe wird immer schwächer, fängt an zu flackern. Er schlägt mit der Lampe in seine flache Hand, für einen Augenblick leuchtet sie wieder heller. Die Batterien sind wohl so gut wie leer. Er geht zu dem Zimmer, wo sie als kleine Jungen schliefen, und richtet den Lichtstrahl dorthin, wo einstmals die beiden Betten an den Wänden standen, dazwischen ein kleiner Nachttisch, und davor ein Bettvorleger, damit sie nicht auf den kalten Fußboden steigen mussten. An der Wand ein Schrank für ihre Kleider.

Jetzt herrscht dort Finsternis.

Ihm wird klar, dass niemand außer ihm im Haus ist. Diese Nähe von jemand anderem, die er gespürt hatte – sie ist nur Täuschung gewesen. Also kehrt er um, geht an der Küche vorbei durch den Flur zurück ins Wohnzimmer, die Taschenlampe hat den Geist aufgegeben. Er versucht es noch einmal mit einem kräftigen Schlag in seine flache Hand, und ein schwacher Strahl fällt auf die Wand gegenüber. Der Schatten eines Menschen gleitet über die düster beleuchtete Wand, und er sieht für Sekundenbruchteile einen Mann, der ihm den Rücken zukehrt, mit gesenktem Kopf, scheinbar hat er aufgegeben. Dieser Anblick bringt ihn so aus der Fassung, dass er die Taschenlampe fallen lässt. Sie erlischt.

Er bückt sich, tastet nach ihr, findet sie wieder. Dreimal schlägt er mit ihr auf den Fußboden, dann endlich leuchtet sie wieder, das Zimmer wird einen Moment lang in Licht getaucht. Er nutzt den Moment, bevor sie endgültig erlischt, und sieht sich um, doch der Mann ist verschwunden.

»Was willst du von mir?«, flüstert er in die Finsternis hinein.

Um ihn herum ist es kalt, er hat die Augen halb geschlossen. Er weiß nicht, wie lange es her ist, seit dieses unkontrollierbare Zittern aufgehört hat. Er fühlt seine Arme und Beine nicht, empfindet keine Kälte mehr. Er weiß, dass er bald einschlafen wird, obwohl er dagegen ankämpft. Er will bei Bewusstsein bleiben, solange er kann, aber seine Kräfte schwinden. Er weiß noch, dass er die Sterne sah, als er im Schnee lag.

Durch die Eiseskälte hindurch spürt er, wie ihm die Sinne schwinden.

Fünfzehn

Erlendur fuhr langsam auf den Hof zu. Er sah, dass Bóas aus dem Haus getreten war und ihn erwartete. Er hatte ihn bislang noch nicht besucht, denn Bóas war ein Fremder, auch wenn er ihn bei der Fuchsjagd ein Stück begleitet hatte. Trotzdem hatte er das Gefühl, als hätte er noch etwas mit Bóas zu besprechen, dem Bauern, der versucht hatte, einer toten Füchsin Milch abzupressen.

Bóas hatte den kleinen blauen Jeep, den er einige Mal in Bakkasel gesehen hatte, schon von Weitem erkannt, als er die Auffahrt hochfuhr, und war hemdsärmelig und in Pantoffeln vor die Tür getreten, um Erlendur in Empfang zu nehmen. In seinem Mundwinkel klemmte eine kurze Stummelpfeife. Erlendur stieg aus, und die beiden gaben sich die Hand.

»Ich kann nicht verstehen, wie du es auf dem verlassenen Hof aushältst«, sagte Bóas und ging mit ihm ins Haus. »Die Nächte sind doch jetzt schon richtig kalt.«

»Ich beklage mich nicht«, entgegnete Erlendur.

»Ich versteh mich nicht darauf, Gäste zu bewirten, du bekommst also nur einen Kaffee bei mir«, sagte Bóas. Seine Frau war zu Besuch bei Verwandten in Egilsstaðir, und es war Bóas anzuhören, dass ihm nicht sonderlich viel an dieser Verwandtschaft lag.

Sie ließen sich in der ordentlichen Küche nieder.

Bóas stellte zwei Tassen auf den Tisch, goss Kaffee ein und gab einen ordentlichen Schuss Milch in seine, bis der Kaffee hellbraun wurde und die richtige Temperatur hatte. Anschließend nuckelte er an seiner Pfeife und machte seiner Empörung über Staudämme und Aluminiumwerke und die verfluchten Kapitalisten Luft, die die Politiker zum Narren hielten.

»Hast du etwas Neues über Matthildur herausgefunden?«, fragte er dann ganz direkt, so als würde Erlendur offiziell in einem Vermisstenfall ermitteln, der mehr als sechzig Jahre zurücklag.

»Nein, nichts«, sagte Erlendur und zündete sich zur Gesellschaft eine Zigarette an. »Da kann sich auch nichts Neues ergeben. Sie ist in diesem Unwetter umgekommen. Dergleichen ist doch schon häufig genug passiert.«

»Oh ja, ganz sicher«, sagte Bóas und trank einen Schluck seines milchigen Kaffees. »Dergleichen ist schon häufig genug passiert.«

»Hast du vielleicht ihre Schwestern gekannt? Zwei sind nach Reykjavík gezogen. Eine lebt noch, und zwar in Reyðarfjörður.«

»Hrund kenne ich natürlich ganz gut«, entgegnete Bóas. »Eine grundanständige Person. Hast du dich mit ihr unterhalten?«

Erlendur nickte.

»Aha, du hast also doch Interesse.«

»Ist dir jemals etwas über die Ehe von Matthildur und Jakob zu Ohren gekommen? Waren ihre Schwestern damit einverstanden?«

»Was hast du herausgefunden?«, fragte Bóas, der sich nicht scheute, seine Neugier offen zu zeigen.

»Nichts«, sagte Erlendur.

»Du sagst mir natürlich nicht die Wahrheit«, entgegnete Bóas. »Nein, ich kann mich nicht erinnern, so etwas gehört zu haben. Waren sie nicht mit der Ehe einverstanden? Wer hätte denn etwas dagegen haben sollen? Und weshalb?«

»Ich frage dich, weil ich es nicht weiß«, sagte Erlendur. »Kennst du einen Mann namens Pétur Alfreðsson? Er ist sicher schon tot.«

»Ja, an den kann ich mich erinnern. Ein Seemann, er ist schon lange tot. Was ist mit ihm?«

»Pétur hat in *Tíminn* einen Nachruf auf Jakob geschrieben, den einzigen, von dem ich weiß. Ich hab das in der Bibliothek in Egilsstaðir nachgeprüft. Er beschrieb ihn als einen Menschen mit vielen Vorzügen und erwähnte auch, dass er einige Jahre zuvor seine Frau verloren hatte.«

»Aha.«

»Hatte dieser Pétur Kinder?«

»Ja, meines Wissens drei. Eine Tochter lebte in Fáskrúðsfjörður, und das tut sie vermutlich immer noch. Sie hat da irgendwie in der Kommunalpolitik mitgemischt. Die anderen sind, glaube ich, nach Reykjavík gezogen, ich habe seit Jahren nichts von ihnen gehört.«

»Kennst du eine Frau namens Ninna? Sie heißt so, sie wurde nicht nur so genannt, sondern so getauft. Sie war Matthildurs Freundin, und sie hat sie in einem Brief erwähnt. Sie gingen zusammen zu einer Tanzveranstaltung, wo Matthildur Jakob kennengelernt hat.«

»Ich kann mich nicht an eine Ninna erinnern«, sagte Bóas. »Soll sie in Eskifjörður gelebt haben?«

»Das weiß ich nicht. Wahrscheinlich ist es auch

völlig unerheblich, ihr Name tauchte nur ein Mal in einem Brief auf. Möglicherweise weiß sie aber mehr über die Zeit, als Jakob und Matthildur ein Paar wurden. Ich habe übrigens auch mit Jakobs damaligem Freund Ezra geredet.«

»Du hast ja eindeutig nicht das geringste Interesse an diesem Fall«, sagte Bóas grinsend. »Wahrscheinlich sollte ich dich lieber fragen, mit wem in dieser Gegend du nicht geredet hast. Womöglich ist es mir zu verdanken, dass du Lunte gerochen hast.«

»Kennst du Ezra?«

»Ezra ist schon sehr alt und körperlich am Ende. Man sieht es ihm nicht an, was für ein Teufelskerl er einmal war, stark und beherzt, so sagte man früher über gestandene Männer. Er ist nie jemandem etwas schuldig geblieben.«

Es war dem Fuchsjäger anzumerken, dass er Ezra bewunderte. Bóas richtete sich auf und ließ sich lang und breit darüber aus, dass Männer von Ezras Schlag, gestandene Kerle mit Mumm in den Knochen, am Aussterben waren. Er war zu Lande und zu Wasser ein Jäger von Gottes Gnaden gewesen, gegen ihn hatten weder Füchse noch Rentiere, Schneehühner oder Graugänse eine Chance gehabt, ebenso wenig wie der Kabeljau oder der Schellfisch.

»Wie hat er dich empfangen?«, fragte Bóas.

»Sehr gut«, sagte Erlendur. »Und er hat mir ausgezeichneten Trockenfisch verkauft.«

»Niemand verarbeitet den Fisch besser als er«, sagte Bóas. »Hat er sich zu dieser wahnsinnigen Baustelle geäußert?«

»Nein.«

»Das dachte ich mir. Ich habe wirklich keine Ahnung, wie er dazu steht. Er spricht nicht viel über sich selbst, dieser Ezra. Das war noch nie sein Ding.«

»Ist er mit Jakob zum Fischen gefahren?«, fragte Erlendur.

»Das weiß ich nicht, da müsste ich mich erkundigen. Ezra hat sich in seinem Leben mit vielem befasst. Er war auch eine Zeit lang Aufseher im alten Eishaus. Soweit ich weiß, hat er dort schon während des Krieges angefangen zu arbeiten.«

Erlendur zögerte eine ganze Weile, bevor er ein anderes Thema anzuschneiden wagte. Er wusste nicht, ob es richtig war, das ins Spiel zu bringen, denn er war sich gar nicht mehr so sicher, ob ihm überhaupt noch daran gelegen war, die Spuren zu finden, nach denen er so lange gesucht hatte. Bóas sah, dass etwas in Erlendur vorging, aber er sagte nichts. Schließlich holte Erlendur das kleine Auto, das Ezra bei einem Fuchsbau am Harðskafi gefunden hatte, aus der Jackentasche.

»Du hast gesagt, dass man die unglaublichsten Dinge bei einem Fuchsbau finden könnte«, sagte er.

»Das ist richtig«, entgegnete Bóas.

Erlendur zeigte ihm das Spielzeug.

»Das hat Ezra oben am Harðskafi gefunden. Mein Bruder hat ein ganz ähnliches Spielzeug besessen.«

»Was du nicht sagst«, erwiderte Bóas.

»Weil du das gesagt hast und weil du selbst Füchse jagst und die Bergwelt da oben so gut kennst, würde ich dich gerne fragen, ob du jemals etwas Ähnliches gefunden hast, vielleicht auch Reste von Kleidung oder so etwas.«

Bóas nahm das Spielzeug in die Hand.

»Glaubst du, dass es deinem Bruder gehört hat?«, fragte er.

»Das muss nicht sein. Ich weiß nur, dass er ein ähnliches Auto gehabt hat, das ihm mein Vater geschenkt hatte. Ich wollte fragen, ob du vielleicht für mich Ausschau nach so etwas halten könntest. Nicht heute oder morgen, sondern irgendwann, wenn du das nächste Mal wieder hinter einem Fuchs her bist. Vielleicht könntest du dich dann bei dem Bau umsehen.«

»Nach so etwas wie dem hier?«, fragte Bóas.

Erlendur nickte.

»Oder nach Überresten«, sagte er.

»Knochenresten?«

Erlendur nahm das Spielzeug wieder an sich und steckte es in die Jackentasche. Er hatte immer versucht, diesen Gedanken zu verdrängen, denn jedes Mal, wenn er daran dachte, sah er die Überreste eines Lamms vor sich, das er einmal in den Bergen gefunden hatte. Es war überall angefressen gewesen, Raben hatten ihm die Augen ausgehackt.

»Würdest du dich mit mir in Verbindung setzen, wenn du so etwas findest, egal, wie unbedeutend es sein mag?«

»Da käme wohl das ein oder andere infrage«, sagte Bóas. »Das heißt, wenn es sich um das Spielzeug deines Bruders handelt. Er könnte es draußen bei sich zu Hause verloren haben, und dann wurde es möglicherweise von einem Raben geklaut, der damit in die Berge geflogen ist, und dann hat der Fuchs es gefunden. Oder er hat es bei sich gehabt, als er verschollen ist, und der Fuchs hat das Teil und dann wohl auch ihn gefunden.«

»Ich weiß, dass er das Spielzeug bei sich hatte«, sagte Erlendur.

»Wieso weißt du das?«

»Ich weiß es. Würdest du dich mit mir in Verbindung setzen, wenn du etwas findest?«

»Natürlich, selbstverständlich«, sagte Bóas. »Bisher ist mir nirgendwo etwas in der Art aufgefallen, wenn dir das etwas hilft.«

Sie saßen noch eine Weile schweigend beisammen, doch dann lehnte Bóas sich vor und fragte:

»Was hoffst du eigentlich, da oben zu finden?«

»Nichts«, sagte Erlendur.

Als Erlendur wieder auf den verlassenen Hof zurückgekehrt war, ließ er sich bei seiner Gaslampe nieder und nahm sich den Nachruf auf Jakob vor, den er aus der Kiste in Egilsstaðir mitgenommen hatte. Er las den Artikel noch einmal sehr sorgfältig durch und hielt bei der Stelle inne, wo vom Eishaus in Eskifjörður die Rede war. Dort stand, dass die Leichen der Bootsinsassen, die ertrunken waren, im Eishaus aufbewahrt worden waren, und er erinnerte sich an das, was Bóas über Ezra gesagt hatte. Möglicherweise hatte Ezra damals schon im Eishaus gearbeitet, die Leichen in Empfang genommen und bei ihnen gewacht.

Sechzehn

Tags darauf fuhr Erlendur gegen Mittag nach Fáskrúðsfjörður. Der Weg führte ihn zunächst wieder durch den Ort Reyðarfjörður und dann fjordauswärts am Berg Reyðarfjall entlang und um ihn herum. Er hätte durch den neuen Tunnel fahren können, der im Spätsommer eröffnet worden war, aber er zog die alte Strecke am Fjord entlang vor. In der Nacht war es plötzlich kälter geworden, der Schnee lag bis hinunter in die Täler und es schneite immer noch. Die Straßen waren glatt und schwer befahrbar. Mit dem ersten Schnee hatte sich Stille über den Fjord gelegt, Häuser und Landschaft wirkten fremd und weich.

Falls eine Kälteperiode einsetzte, musste man mit zunehmendem Wind und Schneeverwehungen rechnen, und Erlendur wusste, dass er dann nicht länger in Bakkasel bleiben konnte. Das Haus bot keinerlei Schutz gegen Wetter und Wind, der Schnee würde ungehindert eindringen und sich in den Ecken fangen, da konnte er ebenso gut unter freiem Himmel auf dem Hofplatz kampieren. Wahrscheinlich war es am besten, wieder nach Reykjavík zurückzukehren. Es reichte im Grunde genommen für dieses Mal, denn nun hielt der Winter Einzug. Erlendur war aber unschlüssig, er hatte das Gefühl, noch etwas erledigen zu müssen, auch wenn er nicht wusste, was es war.

Erlendur fuhr zur Tankstelle und füllte den Tank. Dann ging er in die Raststätte nebenan und erkundigte sich bei dem Mädchen an der Kasse, ob es eine Gréta Pétursdóttir kenne. Obwohl in der Raststätte drei Mädchen bedienten, hatten sie alle Hände voll zu tun. Lkw-Fahrer und Arbeiter drängten sich dort, und zwei Männer im Anzug beugten sich über einen Laptop. Erlendur hatte gelesen, dass der Verkehr durch den neuen Tunnel, der jetzt Fáskrúðsfjörður mit Reyðarfjörður verband, alle Erwartungen übertraf. Dazu wollte er nicht beitragen, deswegen hatte er die alte Strecke genommen.

»Nein, aber warte mal«, sagte das Mädchen, »ich erkundige mich.«

Sie quetschte einen ordentlichen Streifen Senf auf einen Hotdog und reichte ihn einem Kunden über die Theke hinweg, rechnete im Kopf zusammen, was er zu bezahlen hatte, und rief dann nach ihrer Kollegin, um zu fragen, ob sie Gréta kenne. Als sie die Antwort hörte, wusste sie sofort, nach wem Erlendur gefragt hatte. Sie kassierte das Geld von ihrem Kunden, wandte sich Erlendur zu und sagte:

»Entschuldige, ich habe sie mit einer anderen Gréta verwechselt. Die Gréta, die du meinst, arbeitet im Schwimmbad.«

Erlendur nickte und bedankte sich. Er kurvte im Schneetreiben durch den Ort, bis er das Schwimmbad gefunden hatte. Fáskrúðsfjörður hatte nur ein Hallenbad, und als er das Gebäude betrat, schlug ihm ein leichter Geruch von Chlor entgegen. An der Kasse saß eine recht korpulente, grauhaarige Frau um die sechzig, sie las Nachrichtenseiten im Internet. Aus dem Bad drang das Kreischen von Kindern in die Eingangshalle, was Erlendur gleich mit Schule und Schwimmunterricht verband.

»Einmal?«, fragte die Frau und sah vom Bildschirm hoch. »Gréta« stand auf einem kleinen Namensschild.

»Wie bitte?«, fragte Erlendur.

»Willst du nicht ins Schwimmbad?«, fragte die Frau.

»Nein, das will ich nicht«, sagte Erlendur. »Ich bin auf der Suche nach Gréta Pétursdóttir.«

»Das bin ich.«

Erlendur stellte sich vor und teilte ihr wahrheitsgemäß mit, dass er sich für tragische Unfälle in den Bergen interessierte. Er sei auf die Geschichte von den britischen Besatzungssoldaten aus Reyðarfjörður gestoßen, die in den Bergen oberhalb von Eskifjörður von einem Orkan überrascht worden waren. In diesem Zusammenhang habe er auch von Matthildur gehört, einer jungen Frau aus Eskifjörður, die in derselben Nacht in den Bergen umgekommen sei. Sie sei mit einem Jakob Ragnarsson verheiratet gewesen, einem Freund ihres Vaters Pétur, der einen Nachruf auf diesen Jakob geschrieben habe.

Die Frau hörte Erlendur ruhig zu, während er ihr die Zusammenhänge schilderte. Erlendur merkte jedoch bald, dass sie ihm nicht ganz folgen konnte.

»Was hast du gesagt, wer du bist?«, fragte sie.

»Ich interessiere mich nur für alte Geschichten hier aus der Gegend«, entgegnete Erlendur und wiederholte geduldig die ganze Geschichte über Matthildur, Jakob und Pétur. Endlich schien der Frau etwas zu dämmern. Sie bediente ein paar Kinder, die ins Schwimmbad wollten, und ein paar andere, die aus den Umkleidekabinen zurückkamen. Als es etwas ruhiger wurde, fragte sie Erlendur, ob sie ihm einen Kaffee anbieten dürfe, was er gerne annahm. Dann setzte sie sich mit ihm an einen kleinen Tisch in der Eingangshalle. Sie bat einen Mann in weißen Hosen und weißen Clogs, sie an der Kasse abzulösen, dabei gestikulierte sie und verwendete seltsame Ausdrücke.

»Er ist Pole«, sagte sie zur Erklärung.

»Ach so«, sagte Erlendur. »Hier arbeiten wohl viele Ausländer?«

»Nicht nur hier, sondern überall, auch in Reykjavík. Man kriegt vor lauter Ausländern hier bald kein Bein mehr an die Erde. Ich glaube, ich weiß, wovon du sprichst«, sagte die Frau und trank einen Schluck von dem dünnen Kaffee. »Das ist natürlich alles vor meiner Zeit passiert, deswegen weiß ich nicht, inwieweit ich dir behilflich sein kann. Komisch, dass du auf mich gekommen bist«, fügte sie hinzu.

»Kannst du dich an diesen Jakob erinnern?«, fragte Erlendur.

»Nur ganz vage, ist der nicht so um 1950 ums Leben gekommen? Da war ich noch klein. Mein Vater hat aber häufig über ihn gesprochen. Sie waren beide Seeleute und gut befreundet, sie arbeiteten oft zusammen. Ich glaube, ich besitze diesen Nachruf, von dem du redest. Mein Vater hat einige geschrieben und sie aufbewahrt. Erschien er nicht in *Tíminn*?«

»Ja. Waren sie im gleichen Alter?«

»Ja. Mein Vater war vielleicht etwas jünger, aber

nicht viel. Er hat oft darüber gesprochen, wie Jakob umgekommen ist. Es war bei einem fürchterlichen Unwetter. Die Menschen standen am Ufer und konnten nicht viel mehr tun, als die beiden Männer, die an Bord gewesen waren, schließlich an Land zu holen.«

»Die Leichen wurden dann zur Aufbewahrung ins Eishaus gebracht, wenn ich es richtig verstanden habe. In Eskifjörður.«

»Ja, so war es. Sie wurden bereits ein oder zwei Tage nach dem Unfall beerdigt, hat mein Vater mir gesagt. Es ging alles sehr schnell über die Bühne. Beide waren alleinstehend, soweit ich mich erinnern kann.«

»Hat dein Vater jemals diese Matthildur erwähnt?«

»Ja, aber nicht oft.«

»Hat er vielleicht auch über die Ehe von Matthildur und Jakob gesprochen?«

»Die Ehe von Matthildur und Jakob? Daran kann ich mich nicht erinnern. Damals kamen aber etliche Gerüchte auf, doch mein Vater hat nichts darauf gegeben. Irgendetwas in der Art, dass sie herumgespukt wäre und diesen Schiffbruch verursacht hätte.«

»Was meinst du, wieso diese Gerüchte aufkamen?«

»Was weiß ich, ist das nicht einfach typisch isländisch? Dieses ewige Gerede über Gespenster, Elfen und Trolle. Das ist doch alles auf dem gleichen Mist gewachsen.«

»Ja, das ist es vermutlich.«

»Und diese Matthildur wurde nie gefunden, das hat natürlich den Gespenstergeschichten Auftrieb gegeben.«

»Ja, das hat sicher etwas damit zu tun«, sagte Erlendur, der nur wenig auf Zufälle oder Aberglauben gab.

»Du glaubst an gar nichts, nicht wahr?«, sagte Gréta und berührte das silberne Kreuz, das sie um den Hals trug.

»An sehr wenig«, sagte Erlendur.

Das Geschrei der Kinder hatte nachgelassen. Erlendur konnte durch eine Tür in die Schwimmhalle blicken, wo eine junge Frau am Beckenrand kniete und den Kindern das Rückenschwimmen beizubringen versuchte.

»In früheren Zeiten haben nicht alle schwimmen gelernt«, sagte Gréta, nachdem Erlendur den Kindern eine Weile zugeschaut hatte. »Ich erinnere mich, dass Papa gesagt hat, dass Jakob nicht schwimmen konnte.«

»Hat er sonst noch etwas über Jakob erzählt?«

»Ich weiß noch, dass er gesagt hat, Jakob sei einmal in genau die Situation geraten, vor der er sich immer am meisten fürchtete. Dann hat mein Vater diese Zeilen aus den Passionspsalmen von Hallgrímur Pétursson zitiert.«

»Welche Zeilen?«

»Ach, wie war das noch?« Gréta musste eine Weile überlegen. *»Das, was am meisten er mied, das Schicksal ihm dann doch beschied.«*

»Und das hat er auf Jakob bezogen?«

»Ja. Der Mann litt an Klaustrophobie. Ich weiß gar nicht, ob man dieses Wort damals überhaupt schon gekannt hat, aber so wie mein Vater das beschrieb, fällt mir kein anderes Wort ein. Es durfte nicht einmal eine Tür zugemacht werden, wenn er irgendwo war. Mein Vater hatte keine Ahnung, weshalb er so war, aber seine größte Angst im Leben bestand darin, eingeschlossen zu werden. Zu ersticken oder was weiß ich.«

»Was meinst du damit, dass er einmal in diese Situation gekommen ist?«

»Ja, zumindest ein Mal. Er und Papa haben schon in jungen Jahren zusammengearbeitet. Das war in Reykjavík. Sie hatten für ein paar Monate Arbeit im Schlachthof. Da haben sie sich kennengelernt. Das war damals während der großen Krise. Jakob arbeitete in der Räucherkammer.«

»Wo Fleisch geräuchert wurde?«

»Ja. Und einmal wurde er in der Räucherkammer eingeschlossen.«

»Tatsächlich?«

Gréta nickte.

»Papa sagte mir, dass irgendeiner von den anderen Mitarbeitern ihm einen Streich spielen wollte, jemand, der nicht wusste, wie er war.«

»Wahrscheinlich hat niemand das gewusst.«

»Nein, sicher nicht. Da drinnen in der Kammer ist er vollkommen außer sich geraten, sagte Papa. Als sie die Tür endlich wieder aufgeschlossen haben, hat er sich auf den Nächstbesten gestürzt und wollte ihn umbringen. Sie mussten ihn zu mehreren überwältigen und festhalten. Er hatte ganz blutige Hände, weil er wie verrückt an der Tür gekratzt hatte. Papa sagte, sie wäre aus Stahl gewesen.«

»Ein ziemlich übler Streich.«

»Mein Vater hatte so etwas noch nie erlebt, und Jakob hat nie darüber sprechen wollen. Papa hat irgendwann versucht, ihn zu fragen, was eigentlich mit ihm los sei, aber er konnte nichts aus ihm herausbekommen.«

»Wusste dein Vater etwas über das Verschwinden

von Matthildur?«, fragte Erlendur. »Hat er darüber geredet?«

»Nein, darüber wusste er nichts. Das war einfach ein schrecklicher Unfall.«

»Weißt du, wie Jakob darauf reagiert hat?«

»Er war wohl vollkommen am Boden zerstört«, erklärte Gréta. »Natürlich fand da eine Suche statt, man suchte sowohl nach den britischen Soldaten als auch nach ihr. Jakob hat selbst daran teilgenommen, auch mein Vater und alle, die dazu imstande waren. Mein Vater hat ihn nach diesem tragischen Ereignis sehr häufig besucht. Er hatte das Gefühl, dass Jakob ganz verändert war. Er war schrecklich reizbar und aufbrausend, und der Umgang mit ihm war schwierig. Er war irgendwie ein anderer Mensch geworden.«

»Man hat mir gesagt, dass man Jakob nicht über den Weg trauen konnte«, sagte Erlendur, der sich an Ezras Worte erinnerte.

»Davon weiß ich nichts. Mein Vater hat nie so über ihn gesprochen.«

»Dieser Vorfall hat ihn natürlich sehr mitgenommen«, sagte Erlendur. »Kennst du übrigens eine Frau namens Ninna?«, fragte er unvermittelt. »Falls sie noch lebt, müsste sie ziemlich alt sein. Ninna ist übrigens ihr Taufname. Ich finde sie nicht im Telefonbuch.«

»Ich kenne eine Ninna, die lebt hier im Altersheim«, sagte Gréta. »Da hab ich mal gearbeitet. Ich weiß nicht, ob es die Frau ist, nach der du fragst, auf jeden Fall ist sie steinalt.«

Siebzehn

Es schneite immer noch, als Erlendur vor dem Seniorenheim von Fáskrúðsfjörður hielt. Er blieb noch im Auto sitzen, zündete sich eine Zigarette an und sah zu, wie der Schnee träge vom Himmel rieselte, denn es ging immer noch kein Wind. Er nahm sich ausgiebig Zeit für seine Zigarette.

Er dachte an die Wanderungen, die er seit seiner Ankunft unternommen hatte, vom Inneren des Eskifjörður aus an den Hängen entlang hoch in die Berge. Seine alten Wanderschuhe waren zwar abgenutzt, taugten aber immer noch, und zum Schutz gegen Wind und Wetter trug er eine Regenhose und einen wetterfesten Anorak. Außerdem hatte er immer seinen Rucksack dabei. Als er Bóas beim Urðarklettur traf und sich ihm anschloss, war er gerade auf einer solchen Tour gewesen. Meist ging er frühmorgens los und kehrte abends wieder zurück, aber es kam auch vor, dass er im Freien übernachtete und sich zum Schlafen ins Moos legte, allein mit den Vögeln. Dann legte er sich auf den Rücken und den Kopf auf den Rucksack, blickte zum sternenübersäten Nachthimmel hinauf und dachte über die Theorie nach, dass das All sich immer weiter ins Leere hinein ausdehnte. Er genoss es, mit den Sternen über sich an Größenordnungen zu denken, die völlig unbegreiflich waren. Dann kam sein Geist zur Ruhe und er verspürte eine Weile Linderung, wenn er an die größeren Zusammenhänge dachte.

Er hatte auch schon früher gern im Heidekraut oder im weichen Moos gelegen, den Vögeln gelauscht und zum Himmel hochgestarrt. Er konnte sich gut daran erinnern, als er zum ersten Mal in die Ostfjorde zurückgekehrt war, nachdem die Familie von dort weggegangen war. Es war nach dem Tod seines Vaters gewesen, der sich gewünscht hatte, in der Heimaterde begraben zu werden. Er und seine Mutter flogen mit dem Sarg nach Egilsstaðir, von wo aus er auf einem offenen Lastwagen nach Eskifjörður gebracht wurde. Damals war die Strecke noch eine holperige Schotterstraße gewesen, und er erinnerte sich noch ganz genau daran, wie erbärmlich er diesen Transport gefunden hatte. Er und seine Mutter saßen in der Führerkabine und mussten das Geschwätz des Fahrers über sich ergehen lassen, der äußerst redselig war, und aus dem Radio dudelte Musik. Er hätte ihn am liebsten um etwas mehr Rücksichtnahme und Mitgefühl gebeten, aber seiner Mutter schien es gleichgültig zu sein. Es war mitten in der Woche gewesen, und die Beerdigung war nur einmal im Radio angekündigt worden. Zu der kurzen Trauerfeier hatten sich nur wenige Menschen aus der Gegend eingefunden, und es hatten keine Nachrufe in den Zeitungen gestanden. Zum Schluss standen er und seine Mutter allein am offenen Grab auf dem Friedhof. Ein weißes Kreuz mit einer schwarzen Metallplatte wartete darauf, in die Erde gerammt zu werden.

»Gott segne dich«, hörte er seine Mutter flüstern.

Später war er mit seiner Mutter zu ihrem ehemaligen Zuhause in Bakkasel gefahren, das seit ihrem Fortgehen verlassen war. Das Haus wies schon damals Anzeichen des Verfalls auf, die Haustür stand offen und Fenster waren zerbrochen, auch Schafe waren im Haus ein und aus gegangen. Seine Mutter ging zunächst wie in Trance von einem Zimmer ins andere. Das Leben, das sie dort gelebt hatte, schien einer anderen Welt anzugehören. Der Welt von gestern. Er bewunderte die Stärke, die sie seit dem allzu frühen Tod ihres Mannes an den Tag gelegt hatte. Sie hatte die Beerdigung ganz in seinem Sinne arrangiert und auch auf dem Weg in den Osten keine Träne vergossen, den geschwätzigen Fahrer nicht zurechtgewiesen. Sie hatte einfach schweigend auf dem Friedhof gestanden und geflüstert: Gott segne dich. Doch als sie ihren Rundgang durch das Haus beendet und den Verfall gesehen hatte, da kam die Erinnerung an die Zeit zurück, als sie dort alle zusammengelebt hatten, und sie schien plötzlich zu begreifen. Nun war es, als würde die Schutzmauer einstürzen, die sie um sich errichtet hatte.

»Was ist hier geschehen?«, flüsterte sie.

»Komm, lass uns gehen«, sagte er.

»Ich schaffe es nicht«, sagte sie so leise, dass es kaum zu verstehen war.

»Komm.«

In dieser Nacht, als seine Mutter sich schlafen gelegt hatte, stieg er in die Berge hinauf. Es war eine helle Sommernacht, und am Fuße des Harðskafi legte er sich nieder und blickte zum Himmel empor.

Er war ein Kind gewesen, als sie fortgezogen waren, und damals, als er so viele Jahre später zurückgekehrt war, hatte das nicht nur angenehme Gefühle bei ihm geweckt. Auf dem verlassenen Hof erinnerte er sich an vieles, was er vergessen oder verdrängt hatte – oder versucht hatte zu verdrängen. Im Innersten wusste er, dass er diesen Ort gemieden hatte. Es vermieden hatte, an ihn zu denken oder dort hinzugehen. Die Sommernacht gewährte ihm keine Linderung. Ganz im Gegenteil, sie warf ein noch helleres Licht auf all das, was bei dieser Rückkehr so überaus schmerzlich und schwierig gewesen war. Im größeren Zusammenhang der Dinge spielte es zwar seiner Meinung nach kaum eine Rolle, aber er war überzeugt davon, dass es ihm nie beschieden sein würde, ein glücklicher Mensch zu sein.

Erlendur drückte eine weitere Zigarette im Auto aus und sah den Schneeflocken zu, die zur Erde fielen und ein Versprechen auf einen neuen Anfang zu geben schienen – und im Stillen verfluchte er sämtliche tragischen Schicksale, wo auch immer sie sich ereigneten.

Ninna war fünfundachtzig, eine äußerst kleine und zierliche Frau. Sie war in ihrem Zimmer und las in der Bibel. Erlendur hatte eine Aushilfskraft nach Ninna gefragt, denn er wollte es möglichst vermeiden, mit irgendwelchen Verwaltungsmenschen zu reden und ihnen Erklärungen geben zu müssen, wer er war und was er von Ninna wollte. Das Mädchen sagte ihm, wo Ninnas Zimmer sei, und er hatte keine Probleme, es zu finden.

»Wer bist du?«, fragte Ninna mit klarer Stimme, als Erlendur ihr Zimmer betrat.

»Mein Name ist Erlendur, und ich würde mich gerne ein wenig mit dir unterhalten«, antwortete er.

»Ich bekomme selten Besuch«, erklärte Ninna. Sie

saß mit offenem grauem Haar auf dem Bettrand, die Bibel in der Hand. »Da kam allerdings neulich so ein Mädel und faselte was von alten Methoden in der Landwirtschaft, für die sich das Nationalmuseum interessiert, das wollte sie irgendwie aufnehmen. Ich habe dem armen Ding gesagt, dass ich nicht das geringste Interesse an solchem Geschwätz hätte, und im Nationalmuseum hätte ich nichts verloren! Da könnte sie mich hinverfrachten, wenn ich krepiert bin!«

»Ninna, ist das nicht ein ziemlich seltener Taufname?«, fragte Erlendur, um sich weiter vorzutasten und die Frau ein wenig besser kennenzulernen. Sie hatte sich nicht mit irgendwelchen Erinnerungsstücken umgeben, es standen weder Fotos von Anverwandten noch irgendwelcher Nippes herum. An der Wand hingen zwei alte Nachdrucke, und auf dem Nachttisch stand ein halb leeres Wasserglas.

»Das ist mir doch egal«, erklärte die alte Dame und klappte die Bibel zu. »Was willst du von mir, junger Mann?«

Erlendur kam zu dem Schluss, dass Süßholzraspeln hier unangebracht sei.

»Ich befasse mich mit dem, was in der Schicksalsnacht im Januar 1942 geschehen ist, als die britischen Soldaten auf dem Weg nach Eskifjörður bei einem Unwetter in Bergnot gerieten. Kannst du dich daran erinnern?«

»Selbstverständlich.«

»In derselben Nacht kam eine Frau ums Leben, von der ich glaube, dass sie deine Freundin war.«

»Das war Matthildur. Ja, die arme Matthildur. Weißt du etwas über sie?«

»Nein, nicht wirklich.«

»Matthildur war eine wunderbare Frau«, erklärte Ninna. »Wir waren eng befreundet, und ihr Verschwinden war ein schwerer Verlust. Einige behaupteten, sie hätte sich das Leben genommen, aber das war meiner Ansicht nach blanker Unsinn.«

»Tatsächlich?«, fragte Erlendur, dem dieses Gerücht bislang noch nicht zu Ohren gekommen war.

»Sie haben behauptet, sie wäre freiwillig ins Meer gegangen, sie hätte sich nie auf den Weg über die Berge gemacht, denn dort hätten die britischen Soldaten ihr begegnen müssen. Völliger Blödsinn. Diese Soldaten haben nicht die Hand vor Augen gesehen und hatten außerdem keine Ahnung, wo sie sich befanden. Ja, das war eine von den Klatschgeschichten, und dies hatte weder Hand noch Fuß.«

»Dass Matthildur sich umgebracht hätte?«

»Das hätte sie nie und nimmer getan. Sie hatte überhaupt keinen Grund dazu, nicht den geringsten. Ich kannte sie gut. Einfach Schwachsinn.«

»Und was glaubst du, was passiert ist?«

»Ist sie nicht in diesem Unwetter umgekommen? Dergleichen ist doch in diesem Land schon öfter passiert.«

»Kanntest du ihren Mann Jakob gut?«

»Wir waren zusammen tanzen, da haben sie sich das erste Mal getroffen. Er kam aus Reykjavík, hatte aber einige Zeit in Djúpivogur gelebt. Sie kannten sich kaum, als sie heirateten.«

»Was für ein Mensch war er?«

»Ich war immer der Meinung, dass sie einen Besseren verdient gehabt hätte«, erklärte Ninna. »Das habe ich aber nie gesagt, weder zu ihr noch zu ihm. Das ging mich nichts an. Auch nicht diese Sache, von der sie da plötzlich erfahren hat. Sie war meine Freundin, ich verurteile sie nicht. Ich hab mir selber auch ein ziemlich verkorkstes Subjekt angelacht, aber ich möchte trotzdem nicht schlecht über meinen Viggó sprechen.«

Ninna blickte ihn mit ihren alten Augen an.

»Am schlimmsten ist es, wenn diese Nichtsnutze anfangen zu trinken«, sagte sie.

Erlendur musste innerlich lachen.

»Sie hat plötzlich von einer Sache erfahren?«, fragte er.

»Ja.«

»Von welcher Sache denn?«

»Dass sie beide denselben Mann hatten.«

»Von wem sprichst du?«

»Matthildur und Ingunn. Ich meine, nicht gleichzeitig. Matthildur hat ihn erst später kennengelernt.«

»Moment mal, ich weiß nichts davon, dass Jakob ihre Schwester kannte«, sagte Erlendur, der sich an den Brief von Matthildur an Ingunn erinnerte.

»Jakob und Ingunn waren schon so gut wie ein Paar, aber dann war es ganz plötzlich vorbei. Matthildur hat mit mir darüber gesprochen, wie sehr Ingunn dagegen war, dass sie diesen Mann heiratete, aber damals war Ingunn schon in Reykjavík. Ich glaube, dass sie wegen dieser Affäre mit Jakob weggezogen ist. Aber was weiß ich schon? Das ging mich doch nichts an.«

Scheusal hatte jemand mit großen Buchstaben über Jakobs Nachruf gekritzelt, den Ingunn aufbewahrt hatte. Es war keineswegs sicher, dass Ingunn das geschrieben hatte, in jedem Fall aber zeugte das Wort von Wut und Hass. Und wenn man Ninnas Worten Glauben schenken durfte, war die Wahrscheinlichkeit nicht gering. Ingunn und Jakob hatten sich gekannt, bevor sie nach Reykjavík ging, um ein neues Leben zu beginnen, und dann hatte das Schicksal es so gewollt, dass Jakob ihre Schwester heiratete.

»Wusste Matthildur von der Beziehung zwischen Ingunn und Jakob?«, fragte Erlendur.

»Von wegen wusste! Nein, das kam alles erst ans Licht, nachdem sie geheiratet hatten. Da kam dann auch ans Licht, welche Früchte die Beziehung hervorgebracht hatte.«

»Früchte?«

»Es wurde alles geheim gehalten, aber ich wusste es. Vielleicht auch noch ein paar andere. Ingunn zog fort und kam nur ganz selten wieder zurück.«

»Du wusstest was?«

»Ich wusste von dem Kind«, sagte Ninna. »Ingunn hat ein Kind von Jakob bekommen. Matthildur war außer sich, als sie davon erfuhr. Vollkommen außer sich.«

Achtzehn

Ingunn hatte den Vater des Kindes nicht angegeben und niemandem von ihrem Zustand erzählt. Als sie herausfand, dass sie schwanger war, entschloss sie sich, nach Reykjavík zu gehen. Sie spielte mit dem Gedanken an eine Abtreibung und bekam auch die Adresse von jemandem, der so etwas durchgeführt hätte, aber im letzten Moment entschied sie sich anders. Sie nahm eine Arbeit in der Fischfabrik an und hatte es sehr schwer als alleinstehende Mutter, doch dann lernte sie einen Mann kennen, der Vorarbeiter bei einer Reederei war. Sie heiratete ihn und bekam weitere drei Kinder mit ihm. Sie blickte nie zurück, und solange Jakob noch am Leben war, vermied sie es, nach Reyðarfjörður oder überhaupt in die Ostfjorde zu fahren.

Als sie ihm kurz vor ihrem Weggang nach Reykjavík gesagt hatte, dass sie ein Kind von ihm erwartete, wies Jakob es rundheraus von sich, der Vater zu sein. Ingunn hatte einen Sommer lang in Djúpivogur gearbeitet, dort hatte sie ihn kennengelernt und gegen Ende des Sommers einmal mit ihm geschlafen. Sie war in ihn verliebt und hielt ihn für einen anständigen Mann, doch das Gegenteil stellte sich heraus. Nachdem er mit ihr geschlafen hatte, kühlte sein Interesse merklich ab, und schließlich erklärte er ihr unmissverständlich, sie solle damit aufhören, ihm nachzustellen. Damit war ihre Beziehung zu Ende, noch ehe sie richtig begonnen hatte. Als sie zu ihm ging, um ihm zu sagen, dass sie schwanger von ihm war, wurde er wütend und sagte, sie würde nie beweisen können, dass das Kind von ihm sei, nannte sie ein Flittchen und erklärte, nichts mehr mit ihr zu tun haben zu wollen. Sie solle sich bloß nicht unterstehen, ihm das Kind anzuhängen. Das waren seine letzten Worte.

Ingunn war zutiefst getroffen und verzweifelt, zog es aber vor, zu schweigen. Sie hatte oft davon gesprochen, nach Reykjavík zu gehen und eine Zeit lang dort zu arbeiten, deswegen überraschte es niemanden, als sie dieses Vorhaben schließlich in die Tat umsetzte. Ihr gesamter Besitz passte in einen Koffer. Und einige Monate später kam dann ihr Sohn zur Welt, dem später ihr Mann ein guter Vater wurde.

»Matthildur wusste das alles«, sagte Ninna und sah Erlendur scharf an. »Ich habe die Geschichte von ihr gehört. Ingunn hatte ihr von alldem aber erst erzählt, als es bereits zu spät war. Zunächst hat sie überhaupt nicht reagiert, als Matthildur und Jakob sich zusammentaten, sie hat sich bestimmt nicht getraut. Man kann sich ja vorstellen, wie nahe ihr das gegangen sein muss. Vielleicht hat sie es einfach nicht wahrhaben wollen, als sie von dieser Beziehung hörte, und vielleicht hat sie gehofft, dass nichts daraus werden würde. Jedenfalls hat sie sich erst viel später überwunden und ihrer Schwester einen Brief geschrieben, in dem sie Matthildur von Jakob berichtete.«

Ninna sah zum Fenster hinaus in den herunterrieselnden Schnee.

»Ich bin nicht mit dieser Geschichte hausieren gegangen, und ich hoffe, du wirst das ebenfalls nicht tun«, sagte sie. »Auch wenn ich eigentlich gar nicht weiß, wer überhaupt noch Interesse an diesen alten Geschichten über Menschen haben könnte, die nur so wenige kannten und an die sich niemand mehr erinnert.«

»Matthildur hat diese Nachricht vermutlich schwer getroffen«, sagte Erlendur.

»Jakob hatte ihr nie etwas über diese Beziehung zu Ingunn erzählt, das war ja wohl auch nicht zu erwarten. Er war auch nie im Elternhaus der Schwestern gewesen, und dieses Techtelmechtel zwischen ihnen hatte in Djúpivogur stattgefunden. Ich könnte mir vorstellen, dass es ein schwerer Schock für Ingunn gewesen ist, als sie erfuhr, wen Matthildur geheiratet hatte.«

»Und für Matthildur, als die Wahrheit herauskam, nicht wahr?«

»Sie war am Boden zerstört, das hat sie mir selbst gesagt. Sie hat Jakob zur Rede gestellt, und er hat nicht geleugnet, Ingunn gekannt zu haben, die Vaterschaft stritt er aber nach wie vor ab.«

»Hätte das Matthildur zu einer Verzweiflungstat veranlassen können?«

»Meinst du, dass sie sich deswegen hätte umbringen wollen? Ich glaube, das ist ausgeschlossen. So war sie nicht veranlagt. Den Brief von ihrer Schwester hat sie ein Jahr vor ihrem Tod bekommen, sie hatte also genug Zeit, sich von dem Schock zu erholen. Ich glaube aber, dass sie vorhatte, ihn zu verlassen.«

»Sich von Jakob scheiden zu lassen?«

»Ja.«

»Wegen dieser Sache?«

»Etwas anderes fällt mir nicht ein.«

»Kam kein anderer Grund infrage?«

»Das ist der einzige, von dem ich weiß.«

Ninna verstummte und blickte lange auf ihre abgearbeiteten Hände. Sie seufzte und begann, gedankenverloren an ihrem grauen Haar zu zupfen, anscheinend eine alte Angewohnheit, wenn sie ihren eigenen Gedanken nachhing. Die Zeit verstrich, Stille herrschte im Seniorenheim. Das Schneetreiben draußen hatte zugenommen, man konnte kaum noch die nächsten Häuser erkennen. Ninna beobachtete durch das Fenster, wie der Schnee fiel, aber eigentlich schien es, als blicke sie durch den Schnee, die Häuser und die Berge hindurch.

»Ob ich das nächste Frühjahr wohl noch erleben werde?«, fragte sie gedankenverloren.

Erlendur wusste nicht, wie er darauf antworten sollte. Er hätte gerne gesagt, dass sie es selbstverständlich erleben würde, aber das wäre eine völlig aus der Luft gegriffene Behauptung gewesen.

»Reicht es nicht langsam?«, sagte Ninna. »Es reicht mir mit diesen langen Wintern.«

»Glaubst du, dass Ingunn den Brief geschrieben haben könnte, um die Beziehung zwischen Jakob und Matthildur zu zerstören? Um sich an ihm zu rächen?«

»Wie kommst du denn darauf?«

»Sie hat irgendwo anders geschrieben, dass er ein Scheusal sei. Anscheinend war ihr Hass auf ihn groß.«

»Möchtest du den Brief sehen?«

»Hast du … Weißt du, wo er ist?«

»Matthildur hat ihn mir gezeigt und mich gebeten, ihn aufzubewahren. Sie glaubte vielleicht, dass Jakob ihn finden und vernichten könnte. Ich habe den Brief immer noch. Er liegt in der untersten Schublade in der Kommode dort drüben. Hol ihn doch bitte, mir fällt das Gehen so schwer.«

Erlendur stand auf. In der Kommode lag ein hölzernes Kästchen mit geschnitzten Verzierungen, das er Ninna brachte. Sie öffnete es und kramte in Fotos und Papieren, bis sie das gefunden hatte, was sie suchte. Sie stellte das Kästchen zur Seite, hielt den Brief in der Hand und betrachtete lange die Anschrift, bevor sie ihn Erlendur reichte.

»Ich habe ihn die ganze Zeit aufbewahrt«, sagte Ninna.

Er öffnete den Umschlag vorsichtig und nahm den Brief heraus, ein handgeschriebenes Blatt in schöner Schrift, datiert in Reykjavík, etwa ein Jahr vor Matthildurs Tod.

Meine liebe Matthildur!

Über das, was ich dir sagen muss, habe ich noch nie mit irgendeinem Menschen gesprochen, und nur wegen der ganz besonderen Umstände, in die wir hineingeraten sind, breche ich nun mein Schweigen. Du warst sicher erstaunt, weshalb ich so gegen eine Verbindung zwischen Jakob und dir war. Ich fürchte, dass das, was ich dir sagen muss, sehr unerfreulich ist. Ich hoffe, du verzeihst mir.

Ich weiß nicht, wie ich es in Worte fassen soll, am besten sage ich ganz direkt: Jakob ist der Vater meines ältesten Sohnes. Er streitet das ab, aber es ist die Wahrheit. Es passierte in Djúpivogur, als ich dort den Sommer über gearbeitet habe. Ich habe ihm gesagt, dass ich schwanger von ihm war, aber er hat meine Worte angezweifelt und mich beschimpft, hat mich eine Dirne genannt. Die Worte, die er gebraucht hat, werde ich ihm nie verzeihen können. Deswegen bin ich nach Reykjavík gezogen. Hier habe ich meinen Mann kennengelernt, Halldór ist ein überaus guter Mensch, und ich bin sehr glücklich mit ihm. Ich habe weder euch, meinen Schwestern, noch unserer Mutter gesagt, was damals passiert ist. Doch inzwischen ist unsere Schwester Jóhanna meine Vertraute, und sie hat mir sehr geholfen. Jakobs Sohn ist ein ausgelassener kleiner Bursche, und er sieht seinem Vater etwas ähnlich.

Du weißt, dass ich kein Mensch bin, der andere mit übler Nachrede anschwärzen möchte, aber ich muss dir einfach die ganze Wahrheit sagen. Jakob hat mir alles Mögliche angedroht, und ich hatte Angst vor ihm. Ich habe auch gehört, dass er eine Frau in Höfn, mit der er ebenfalls ein Verhältnis hatte, geschlagen hat. Mir hat er gesagt, dass er alle möglichen Klatschgeschichten über mich in Umlauf bringen würde, wenn ich ihn nicht in Ruhe lassen würde. Und das hat er auch getan, bevor ich wegging. Er hat mir Gewalt angedroht und Worte verwendet, die ich nicht zu Papier bringen kann.

Meine liebste Matthildur, du kannst dir gar nicht vorstellen, wie mir zumute war, als ich erfuhr, dass ihr beide ein Paar wart, ich habe meinen Ohren nicht getraut. Und vielleicht habe ich viel zu lange gezögert, dir die ganze Wahrheit zu sagen. Wahrscheinlich schäme ich mich immer noch dafür, dass ich mich von ihm habe verführen lassen, ich kann es mir immer noch nicht verzei-

hen. Ich wünschte, ich könnte dir einen guten Rat geben, aber ich weiß nicht, was ich sagen soll. Vielleicht hat er sich ja geändert, auch wenn ich nicht recht daran glauben kann.

Liebe Matthildur, es tut mir so leid, dass ich dir das sagen muss, aber Jakob ist kein ehrlicher Mensch. Er ist kein guter Mensch. Verzeih mir diesen schrecklichen Brief.

Deine Schwester
Ingunn

Erlendur faltete das Blatt wieder zusammen, steckte es vorsichtig in den Umschlag und reichte ihn Ninna.

»Hat sie Jakob diesen Brief gezeigt?«, fragte er.

»Ja, selbstverständlich hat sie das getan«, antwortete Ninna. »Und er hat alles weit von sich gewiesen, wie ich dir gesagt habe. Er hat alles abgestritten, immer.«

»Matthildur hat damals vor einer schwierigen Entscheidung gestanden, nicht wahr?«

»Sehr wahrscheinlich.«

»Wollte sie ihn verlassen?«

»Ich glaube, sie hat gesehen, dass es keine andere Lösung gab.«

»Aber vielleicht wollte sie nicht auf die Art und Weise weggehen, wie sie es dann tat.«

»Darüber weiß ich nichts.«

»Wenn ich es richtig verstanden habe, hatte Jakob hier im Osten keinen sonderlich guten Ruf«, sagte Erlendur. »Glaubst du, dass es wegen dieser Sache sein könnte? Dass sich etwas herumgesprochen hatte?«

»Ich habe wirklich keine Ahnung«, sagte Ninna. »Aber ich bin jetzt müde. Du solltest gehen.«

»Dieser Sohn von Ingunn und Jakob, wo befindet er sich?«

»Er hat hier in den Ostfjorden gelebt. Soweit ich weiß, ist er halb blind und lebt im Altersheim in Egilsstaðir. Er wurde nach dem Vater der Schwestern Kjartan getauft.«

»Kjartan Halldórsson?!«, sagte Erlendur und dachte an den Mann, der ihm gestattet hatte, sich die Kiste anzusehen, die seiner Mutter gehört hatte.

»Ja, den Vatersnamen bekam er von seinem Stiefvater Halldór«, erklärte Ninna. »Ingunn wollte nicht, dass ihm der Name von Jakob anhing. Kennst du ihn?«

»Eine Frau, die ich kenne, hat mich an ihn verwiesen. Und jetzt weiß ich auch, weshalb.«

Neunzehn

Als die Wolkendecke wieder aufreißt, erinnert er sich daran, einmal etwas über eine ganz einfache Methode gegen Unterkühlung gelesen zu haben. Er kann sich aber nicht daran erinnern, dass er sie je angewandt hätte. Trotzdem hat er das Gefühl, als habe er es schon mehr als einmal gemacht.

Er versucht, den kleinen Finger und den Daumen zusammenzubringen, aber es gelingt ihm nicht. Er versucht es noch einmal. Die Hand ist völlig starr, in den eiskalten Fingern ist kein Leben mehr. Er kann nicht einmal einen einzelnen Finger bewegen, geschweige denn, zwei zusammenbringen. Das Signal ans Gehirn erfriert irgendwo auf dem Weg durch den Arm. Er kann sich, sosehr er sich auch anstrengt, nicht mehr daran erinnern, in welchem Stadium der Unterkühlung es noch hätte möglich sein sollen.

Es gab da drei Stadien, das weiß er noch, denn er hat viel über Hypothermie gelesen, um das Phänomen zu begreifen. Zunächst führt Unterkühlung zu einem todesähnlichen Zustand und mit nachlassender Gehirntätigkeit zu langsamem Entschlafen.

Er weiß zwar noch, dass ein Wärmeverlust von ein, zwei Grad unkontrollierbares Zittern und Taubheit bis in die Finger zur Folge hat, aber ihm ist nicht klar, ob er diese Stufe bereits überschritten und die nächste erreicht hat. Darüber denkt er die ganze Zeit nach, während er sich unablässig abmüht, eine so einfache Bewegung wie das Zusammenführen von Daumen und kleinem Finger auszuführen. Er weiß, dass sich die Adern in der obersten Hautschicht zusammengezogen haben, um weniger Wärme nach außen abzugeben, denn der Körper reagiert auf Wärmeverlust, indem er die Wärmeabgabe so weit wie möglich reduziert. Eine der Reaktionen war Gänsehaut.

An die Gänsehaut erinnert er sich, aber es kommt ihm so vor, als sei das bereits viele Wochen her.

Er erinnert sich auch an das merkwürdige Gefühl, als er sich unbedingt die Kleider vom Leib reißen wollte. Aber er weiß auch nicht, wie lange das her ist. Er bildet sich ein, dass dieses Gefühl mit dem Übergang vom ersten zum zweiten Stadium der Hypothermie verbunden ist. Es war ihm wie ein plötzlicher Hitzeschauer vorgekommen, der in die Haut und bis in die Extremitäten vordrang, auf eine ganz seltsame Weise war ihm plötzlich heiß geworden. Er weiß nicht, ob ihm tatsächlich warm geworden war oder ob ihm das Gehirn nur etwas vorgegaukelt hatte. Er hatte von Fällen gelesen, in denen sich Menschen im Zustand der Hypothermie die Kleider vom Leib rissen, weil sie das Gefühl hatten, vor Hitze zu ersticken. Er wusste auch von zwei Theorien in Bezug auf solche Hitzeschübe. Zum einen die, dass der Bereich des Gehirns, der die Körpertemperatur regelt, nicht mehr funktionsfähig ist und missverständliche Signale an die Haut weitergibt. Die andere Theorie lautete, dass die Muskulatur, die die Adern zusammenzieht, um dem Wärmeverlust entgegenzuwirken und die Blutzufuhr zu den wichtigsten Organen zu sichern, unter anderem zum Gehirn, einfach unkontrolliert nachgibt. Dann dringt das Blut wieder in die äußeren Hautschichten vor, was die Betroffenen als plötzlichen und unerklärlichen Hitzeschub empfinden.

Auf der zweiten Stufe der Hypothermie ist die Körpertemperatur um bis zu vier Grad gesunken, Lippen, Ohren und Finger nehmen eine bläuliche Färbung an.

Auf der dritten Stufe sinkt die Körpertemperatur unter 32 Grad Celsius. Dann hört das Zittern auf, Hirnfunktion und Sprachfähigkeit sind stark eingeschränkt und Schläfrigkeit stellt sich ein. Die Haut wird am ganzen Körper blau, Denken und Wahrnehmung sind stark beeinträchtigt. Organversagen ist die Folge, der Organtod tritt ein, der Hirntod jedoch wird durch die Kälte verzögert, die Zellen und das Hirngewebe sterben langsamer ab und werden entsprechend nicht so schnell beschädigt.

Er hat viele Berichte über die Erforschung von Kälteresistenz gelesen und in den vergangenen Tagen selbst herausgefunden, wie unberechenbar der menschliche Körper reagieren kann. Er hat auch schon mit eigenen Augen gesehen, wie der Überlebenswille eines Menschen den Rahmen der ihm angeblich gesetzten Grenzen sprengen kann. Und er hat von Menschen gelesen, die in diesen nördlichen Breiten im tiefsten Winter in Seenot gerieten und trotz lebenswidrigster Umstände überlebten. Oder von Menschen, die man bei höllischer Kälte im isländischen Hochland längst aufgegeben hatte, die aber trotzdem mit dem Leben davonkamen. Und er weiß jetzt, dass das keine Lügen oder Übertreibungen waren.

Noch einmal versucht er, mit dem Daumen den kleinen Finger zu erreichen, aber es ist unmöglich. Er spürt seine Hand überhaupt nicht mehr, er kann auch nicht sehen, ob sie bereits blau ist oder Erfrierungen aufweist.

Einiges von dem, was er über Kälteresistenz weiß, über die Fähigkeit des Menschen, auch unter schwierigsten Bedingungen zu überleben, hat er im Zusammenhang mit dem Vermisstenfall gelernt, dem er seit seiner Ankunft in den Ostfjorden nachgegangen ist. Parallel zu dem, was er über die Menschen in dieser Gegend in Erfahrung gebracht hat, über ihre seltsamen familiären Beziehungen, ihre Lügen, ihre Freundschaften und über das Schicksal von Matthildur, hat sich auch sein Wissen über Hypothermie erweitert.

Gerade noch hat er das Sternenmeer am Nachthimmel sehen können. Jetzt sieht er nichts mehr.

Er weiß, dass er sich das Scharren, das er von unten aus der Erde zu hören glaubt, nur einbildet. Und der ferne Klagelaut, der an seine Ohren dringt, kommt aus seinem eigenen Inneren. Er weiß, woher diese Geräusche kommen, er fürchtet sie nicht.

Sein Bewusstsein trübt sich wieder.

Dann bedrängen ihn andere Laute. Seine eigenen Worte aus ferner Vorzeit, mit denen er seitdem leben muss, Worte, die er nie hätte sagen dürfen.

So unbedeutende Worte.

So ungeheure Worte.

Zwanzig

Er fuhr den gleichen Weg zurück, den er gekommen war, und vermied ein weiteres Mal den neu eröffneten Tunnel zwischen Fáskrúðsfjörður und Reyðarfjörður. Die Straße war tief verschneit und noch schwieriger zu befahren als mittags, doch sein kleiner Jeep hatte keine Probleme auf der Strecke, die an den gefährlichen Hängen von Vattarnes vorbeiführte. Irgendwo unterhalb der Straße befand sich Manndrápsgil, eine Schlucht, in der, wie der Name besagte, Menschen in den Tod gestürzt waren.

Der Tag ging zur Neige, und bei dem anhaltenden Schneetreiben warfen die Flutlichter an der Baustelle des Aluminiumwerks nur eine schummrige Beleuchtung über den Fjord. Kurz überlegte er, ob er wirklich jetzt sofort zu Hrund fahren sollte, solange ihm die Informationen, die er von Ninna erhalten hatte, noch frisch in Erinnerung waren, und befand, dass die Sache keinen Aufschub duldete. Er fuhr vor ihrem Haus vor, doch diesmal saß sie nicht wie gewohnt am Fenster.

Er stieg die Stufen zum Haus hinauf und klopfte an, wartete eine Weile und klopfte dann noch einmal. Hrund schien nicht zu Hause zu sein. Er traute sich nicht, ein weiteres Mal unaufgefordert einzutreten, stattdessen ging er um das Haus herum und versuchte, durch die Fenster hineinzusehen. Nirgendwo Licht, nirgends regte sich etwas. Als er wieder bei der Haustür angelangt war, drückte er die Klinke hinunter, die Tür war nicht verschlossen. Er öffnete sie vorsichtig, trat einen Schritt in die Diele hinein und rief nach Hrund, erhielt aber keine Antwort. Er machte die Tür hinter sich zu und ging ins Wohnzimmer, wo ihr Stuhl am Fenster stand. Auf einmal hatte er das Gefühl, zu weit zu gehen, es war vielleicht besser, wieder zu gehen. Wahrscheinlich war Hrund nur kurz zum Einkaufen gefahren und konnte jeden Augenblick zurückkommen, und er wollte auf keinen Fall im Haus sein, wenn sie eintraf. Also ging er wieder zurück und hatte die Haustür schon geöffnet, als er sich noch einmal umdrehte und in den Flur blickte, an dessen Ende die Küche lag. Durch das Fenster fiel etwas Licht von der Straße herein, und er sah eine Hand – Hrund lag in der Küche auf dem Boden. Mit wenigen Schritten war er bei ihr, sie lag auf der Seite, die Augen geschlossen. Er tastete nach ihrer Halsschlagader und spürte einen schwachen Puls. Im nächsten Moment griff er zu ihrem Telefon und gab die Nummer des Notrufs ein. Er holte eine Decke aus dem Wohnzimmer, die er über sie breitete, ansonsten vermied er jegliche Berührung. Sie schien das Bewusstsein verloren zu haben. Bei seinem Eintreffen war die Tür zwar nicht offen, aber unverschlossen gewesen. Aber er hatte keine Anzeichen dafür bemerkt, dass ein anderer zum Haus gekommen war.

Hrund gab ein schwaches Stöhnen von sich. Erlendur kniete bei ihr nieder.

»Was ist passiert?«, fragte er.

Hrund öffnete die Augen und blickte sich um.

»Wie fühlst du dich?«, fragte er.

Sie versuchte aufzustehen, aber er befahl ihr, liegen zu bleiben und auf den Krankenwagen zu warten, den er angefordert hatte, er müsse jeden Moment eintreffen. Als er sie fragte, ob sie Schmerzen hätte, im Kopf oder in der Herzgegend, schüttelte sie schwach den Kopf.

»Zucker«, flüsterte sie.

»Sprich lieber nicht«, sagte Erlendur. »Du hast hohes Fieber. Wo finde ich Zucker?«

»Im Schrank ...«

Erlendur stand auf.

»Ich muss wohl ... ins Krankenhaus.«

Erlendur holte ein Stück Zucker aus der Küche und ein Kissen vom Sofa, das er ihr unter den Kopf legte. Dann ging er zum Fenster und hielt Ausschau nach dem Krankenwagen. Seiner Meinung nach konnte es nicht allzu lange dauern. Es waren so viele Menschen auf dieser Baustelle, da musste doch auch ein Krankenwagen vor Ort sein, auch wenn sich das Bezirkskrankenhaus in Neskaupstaður befand.

Hrund lag immer noch in derselben Stellung, als er zurückkam. Sie bat ihn, ihr hochzuhelfen. Er wusste nicht so recht, was er tun sollte, vielleicht war es besser, wenn sie still liegen blieb. Schließlich half er ihr aber doch auf die Beine, und sie setzte sich auf einen Stuhl in der Küche.

»Ich hätte es wissen müssen. Zuerst meint man, dass eine Grippe im Anzug ist, aber dann kommt es schlimmer. Schon bei der geringsten Verletzung artet das bei mir in eine Blutvergiftung aus.«

»Der Krankenwagen kommt sicher bald. Kann ich bis dahin noch etwas für dich tun?«

»Wieso kommst du eigentlich immer hierher?«, fragte sie leise und kurzatmig. Sie schien sehr geschwächt zu sein.

»Vielleicht solltest du dich lieber hinlegen, bis sie kommen«, schlug Erlendur vor.

»Sag du mir, was du herausgefunden hast. Oder hast du etwa deine Nachforschungen eingestellt?«

»Nein«, gab Erlendur zu.

»Nein, das hätte ich auch nicht von dir gedacht. Also, was hast du herausgefunden?«

»Gibt es irgendjemand hier im Ort, den ich verständigen sollte?«, fragte Erlendur. »Der Krankenwagen muss gleich da sein. Irgendwelche Verwandten vielleicht?«

»Die sind alle von hier fort.«

»Freunde?«

»Dazu ist noch genug Zeit genug. Sag mir lieber, was du in Erfahrung gebracht hast.«

Scheinwerfer erhellten das Haus, und blaues Licht zuckte über die Wände. Der Krankenwagen war eingetroffen. Erlendur ging zur Tür, um die Leute in Empfang zu nehmen, zwei Sanitäter in dicken Overalls mit phosphoreszierenden Markierungen folgten ihm in die Küche.

»Mal wieder der Zucker?«, fragte einer der beiden Hrund.

»Ach, ich mach euch immer nur Ärger«, stöhnte sie und versuchte aufzustehen.

»Ganz ruhig«, sagte der Mann. »Hast du dich regelmäßig gespritzt?«

»Ich glaube, ich habe da eine Entzündung im Bein. Ich hab mich vorgestern verletzt, als ich gegen die Backofentür gestoßen bin, und dann ist es immer schlimmer geworden. Ich kam erst wieder zu mir, als der da mich gefunden hat«, sagte Hrund und zeigte auf Erlendur.

Die Männer holten die Trage aus dem Wagen, legten Hrund darauf und transportierten sie zum Krankenwagen. Es hatte aufgehört zu schneien, und sie blickte hoch zum sternenklaren Himmel, bevor die Bahre in den Wagen geschoben wurde. Erlendur stand daneben und sah zu, wie die Sanitäter die Hecktüren schlossen, einstiegen und losfuhren. Der Krankenwagen war noch nicht weit gefahren, als Erlendur sah, dass die Rücklichter angingen. Der Wagen setzte zurück. Einer der beiden Männer stieg aus und kam auf ihn zu.

»Darf ich fragen, wer du bist?«

»Spielt das irgendeine Rolle?«, fragte Erlendur.

»Sie fragt, ob du mit ihr kommen würdest.«

»Wirklich?«

»Platz ist genug«, sagte der Mann.

»Na schön«, sagte Erlendur. Er kletterte hinten in den Krankenwagen und setzte sich neben Hrund, die anscheinend eingeschlummert war.

Als das Auto losfuhr, öffnete sie die Augen und sah ihn lange und forschend an.

»Wieso kannst du es nicht bleiben lassen?«, fragte sie.

»Was bleiben lassen?«

»Geister aufzuwecken, die dich nichts angehen.«

»Möchtest du, dass ich damit aufhöre?«, fragte Erlendur.

Hrund schwieg eine Weile.

»Sobald ich im Krankenhaus bin, verpassen sie mir Antibiotika«, sagte sie schließlich. »Und zwar in so heftiger Dosierung, dass sämtliche Bakterien im Körper gekillt werden. So kriegen sie das in den Griff, sonst würde ich sterben. Eigentlich könnte es mir ja auch egal sein. Ich bin alt und verbraucht, und außerdem habe ich diese Krankheit. Ich wüsste nicht, wer mir nachtrauern würde. Trotzdem ist es keine angenehme Vorstellung. Nicht für mich. Selbst wenn man so alt und so krank ist – das Leben ist trotzdem irgendwie so, dass man sich nicht davon trennen möchte. Höchst ungern.«

Der Krankenwagen geriet heftig ins Schleudern und hopste unsanft über eine Schneewehe, die quer über der Straße lag. Erlendur verlor das Gleichgewicht, und seinem Gefühl nach fehlte nicht viel, und er wäre zur Hintertür hinauskatapultiert worden.

»Entschuldigt bitte«, rief der Fahrer nach hinten, »die Straße ist verdammt glatt.«

»Weshalb gehst du der Sache mit Matthildur nach?«, fragte Hrund. »Was hast du herausgefunden?«

»Weshalb hast du mir nicht von Ingunn und Jakob erzählt?«

»Das ging dich doch gar nichts an«, erklärte Hrund. »Weswegen rührst du diese alten Sachen auf? Warum dürfen die Leute nicht ruhig in ihrem Grab liegen?«

»Ich habe nicht vor, jemanden auszugraben«, entgegnete Erlendur.

»Mit wem hast du gesprochen?«

»Mit Matthildurs Freundin.«

»Mit Ninna?«

»Ja.«

»Was weißt du? Ich möchte gerne wissen, was du in Erfahrung gebracht hast.«

»Nichts, worüber du nicht ohnehin schon informiert bist, glaube ich«, sagte Erlendur. »Ingunn hat niemandem davon erzählt, dass sie ein Kind von Jakob hatte, und er hat abgestritten, dass er der Vater ist. Dieser Sohn ist der Mann, zu dem du mich in Egilsstaðir geschickt hast. Als Ingunn erfuhr, dass Matthildur Jakob geheiratet hatte, schrieb sie ihrer Schwester einen Brief und gestand ihr alles. Ein Jahr später kam Matthildur um.«

»Du bist doch ganz schön vorangekommen«, sagte Hrund.

»Manchmal habe ich das Gefühl …«, begann Erlendur.

»Ja?«, sagte Hrund, als er mitten im Satz abbrach.

»Ach, ich weiß nicht, ob mein Gefühl stimmt oder nicht, dass du auf meiner Seite stehst und mir bei meiner Suche nach Antworten auf die Spur geholfen hast. Aber du bist irgendwie sehr zwiespältig in deinen Reaktionen. Du willst es dir vielleicht selbst nicht eingestehen, aber du hast das Bedürfnis, dich querzulegen und gegen mich zu wehren. Vielleicht weil du es insgeheim für unpassend hältst, dass ein Fremder in eurer Familiengeschichte herumschnüffelt. Meines Erachtens tust du aber nur so, als ob. Ich kann dich vollkommen verstehen. Vermutlich ist dir doch daran gelegen, mir weiterzuhelfen und mich dazu zu bringen, mich intensiver mit diesem alten Fall zu befassen. Du hast lange nach Antworten gesucht, und deiner Meinung nach ist es jetzt endlich an der Zeit, dass die Wahrheit ans Licht kommt. Und dazu würdest du gerne mich benutzen.«

»Was du nicht alles zu wissen glaubst«, sagte Hrund so leise, dass er es kaum hörte.

»Ich weiß jetzt zwar, warum du mich zu Kjartan nach Egilsstaðir geschickt hast, aber warum wolltest du, dass ich zu Ezra gehe?«

Einen Augenblick glaubte er, dass Hrund das Bewusstsein verloren hatte. Ihre Augen waren geschlossen, und über ihrem Gesicht lag ein seltsamer Friede. Die Sanitäter hatten eine blaue Decke über sie gebreitet. Sie kamen jetzt nur sehr langsam voran. Er wusste nicht, ob er ihnen Bescheid sagen sollte.

»Du hast gesagt, dass du bei der Polizei bist«, ließ sich Hrund auf einmal wieder vernehmen.

»Ja.«

»Ich habe immer ...«

Hrund holte tief Atem. Sie schien am Ende ihrer Kräfte zu sein.

»Was?«

»Ich war immer ... der Meinung, das Matthildurs Verschwinden ein Fall für die Polizei war.«

Einundzwanzig

Hrund schlummerte den Rest der Strecke. Der Krankenwagen hatte unterwegs keine weiteren Schwierigkeiten mehr. Als er beim Krankenhaus in Neskaupstaður vorfuhr, war es schon reichlich spät geworden. Erlendur folgte Hrund ins Krankenzimmer und blieb bei ihr, bis der Arzt kam. Er verordnete starke Antibiotika gegen die Entzündung im Bein. Schon der kleinste Kratzer konnte bei Hrund eine Infektion auslösen; wenn sie nicht gleich behandelt wurde, konnte es böse Folgen haben.

Der Arzt sagte Erlendur, dass Hrund jetzt unbedingt schlafen müsse. Da erst fiel Erlendur ein, dass er ohne Auto war. Er hatte überhaupt nicht darüber nachgedacht, wie er zurück zu Hrunds Haus kommen würde, wo sein Jeep stand. Er machte sich keine Hoffnungen, so spät am Abend noch von jemandem mitgenommen zu werden, und außerdem wollte er sich mit Hrund unterhalten, wenn sie am nächsten Morgen aufwachte. Also fragte er den Arzt nach einer Übernachtungsmöglichkeit im Ort, und der nannte ihm eine Pension ganz in der Nähe des Krankenhauses, die aber wegen des Bauprojekts meist überfüllt war.

Erlendur hatte jedoch Glück, er bekam ein Zimmer in der Pension, in der sich erschöpfte Ingenieure, hochgestimmte Handelsreisende aus Reykjavík, amerikanische Berater und chinesische Bauarbeiter einquartiert hatten. Einer der Ingenieure verwickelte ihn in ein Gespräch. Der Mann mittleren Alters wollte Erlendur unbedingt erzählen, dass er früher beim Bau von Lawinenschutzanlagen in den Westfjorden und in Siglufjörður gearbeitet hatte. Seine Familie stammte aus den Ostfjorden, und er redete von einem Hof in Familienbesitz, der, soweit Erlendur verstand, Strókahlíð hieß. Er regte sich über den ganzen Zirkus um den Staudamm und das Aluminiumwerk auf, und als er in diesem Zusammenhang anfing, irgendeine Geschichte über seinen Bruder zu erzählen, stand Erlendur auf und wünschte ihm eine gute Nacht.

Am nächsten Morgen ging er zurück ins Krankenhaus und besuchte Hrund, die in der Nacht gut geschlafen hatte und sich wesentlich besser fühlte als am Abend zuvor. Sie saß halb aufrecht im Bett. Das Bein mit der Verletzung war sorgfältig bandagiert.

»Die Medikamente tun ihre Wirkung«, sagte sie, als Erlendur sich zu ihr setzte. »Danke, dass du mir zu Hilfe gekommen bist. Ich Dummkopf hätte es eigentlich wissen und Maßnahmen ergreifen müssen. Ich bin wohl in der Küche ohnmächtig geworden. Ich kann mich kaum erinnern, was eigentlich passiert ist.«

»Es sah gar nicht gut aus«, sagte Erlendur.

»Du hättest mich aber nicht begleiten müssen.«

»Das war doch selbstverständlich.«

»Ich erinnere mich an einiges, worüber wir gestern Abend gesprochen haben, aber vielleicht nicht an alles.«

»Wenn ich dich richtig verstanden habe, hast du

den Verdacht, dass es andere Erklärungen für den Tod von Matthildur geben könnte als das, was Jakob seinerzeit behauptete.«

»Ja, das ist meiner Ansicht nach sehr gut möglich. Ich weiß, es ist schrecklich, so zu denken, aber ich habe dieses Gefühl schon seit Langem. Ich fand es immer merkwürdig, dass sie nie gefunden wurde. Die Engländer wurden alle gefunden, obwohl einige ziemlich weit vom Weg abgekommen waren. Ich war immer der Meinung, dass man sie auch hätte finden müssen.«

»Einer der Engländer wurde von der Eskifjarðará mit ins Meer gerissen.«

»Das hat mir natürlich auch zu denken gegeben. Vielleicht hat sie denselben Weg genommen und wurde nur weiter hinausgespült. Vielleicht ist sie ja in diesem Unwetter umgekommen.«

»Ich habe gestern lange mit Ninna gesprochen, und sie hat erwähnt, dass seinerzeit auch Vermutungen über einen Selbstmord angestellt wurden. Daran hast du nie gedacht?«

»Doch, aber das Problem bleibt. Weshalb wurde sie nicht gefunden? Darauf hat bisher niemand eine Antwort geben können. Und ich bezweifle im Grunde genommen, dass nach all den Jahren noch jemand eine Antwort finden kann.«

»Du hast keinen Kontakt zu deinem Neffen Kjartan in Egilsstaðir?«

»Nein. Er ist zwar der Sohn meiner Schwester, aber wir hatten nie wirklich Kontakt zueinander. Wir wissen voneinander, viel mehr nicht. Er ist natürlich nicht hier aufgewachsen, sondern erst als junger Mann hierhergezogen, und er hat immer sehr zurückgezogen gelebt. Ich habe auch keine Verbindungen zu Ingunns anderen Kindern. Soweit ich weiß, leben sie alle in Reykjavík.«

»Weshalb hast du mir nicht von Ingunn und Jakob erzählt?«

Hrund antwortete nicht gleich.

»Weshalb hätte ich das tun sollen?«, fragte sie schließlich.

»Ich dachte ...«

»Ich kannte dich überhaupt nicht. Dann hast du mir gesagt, dass du bei der Polizei bist, und da fing ich an, das Ganze in einem neuen Licht zu sehen. Aber ich war unschlüssig und bin überflüssigerweise wütend geworden, als du wieder auftauchtest. Ich hoffe, du verzeihst mir, dass ich dich so schäbig behandelt habe.«

»Da gibt es nichts zu verzeihen, ich bin hier nur zu Gast«, sagte er.

»Du kannst bestimmt verstehen, dass es schwierig für mich ist, darüber zu reden.«

Erlendur nickte.

»Du kennst die Geschichte von Ingunn und Jakob also gut?«, fragte er.

»Erst als ich älter wurde, habe ich verstanden, was sich da abgespielt hat«, sagte Hrund. »Unsere Mutter wollte am liebsten nicht darüber sprechen, sie hat es mir erst sehr viel später erzählt, und zwar halbwegs im Flüsterton. Da waren sowohl Matthildur als auch Jakob schon tot. Der Brief von Ingunn, in dem sie alles erklärte, hat Matthildur tief getroffen. Angeblich war das die Erklärung dafür, was später passiert ist.«

»Meinst du, dass sie vorhatte, Jakob zu verlassen?«

»Ich halte es nicht für ausgeschlossen.«

»Besteht die Möglichkeit, dass Ingunn in dem Brief die Unwahrheit gesagt hat?«

»Weshalb hätte sie das tun sollen?«

»Vielleicht, weil nicht Jakob der Vater war, sondern jemand anderes, den sie getroffen hat, ohne jemandem etwas davon zu erzählen.«

»Das halte ich für äußerst unwahrscheinlich. Ich habe diesen Brief allerdings nie gesehen, ich weiß nicht, wo er hingekommen ist.«

»Ninna bewahrt ihn auf«, sagte Erlendur. »Du solltest vielleicht mit ihr sprechen. Ingunn behauptet, dass Jakob der Vater ist.«

»Und du hast den Brief gesehen?«

Erlendur nickte.

»Ich bin mir ziemlich sicher, dass niemand anderes als Jakob infrage kam«, sagte Hrund. »Und dann hat er später unseligerweise Matthildur geheiratet. Es hat sich einfach so ergeben. So ist das im Leben, solche Dinge passieren.«

»Jakob muss deswegen kein schlechter Mensch gewesen sein«, sagte Erlendur. »Er hat Matthildur nicht betrogen. Die Beziehung zu Ingunn, wie auch immer sie gewesen sein mag, war vorbei, als er und Matthildur zusammenzogen. Jeder Mensch hat irgendeine Vorgeschichte.«

»Sicherlich.«

»Wenn Ingunns Vaterschaftsgeschichte nicht stimmte, hat sie vielleicht die Ehe aus anderen Gründen zerstören wollen.«

»Jakob hat sie nicht gut behandelt«, erklärte Hrund.

»Nein, darüber spricht Ingunn in diesem Brief.«

»Ich weiß nicht, was in dem Brief steht, aber er hat

ihr wohl seinerzeit alles Mögliche angedroht, als sie ihm sagte, dass sie ein Kind erwartete, und wollte, dass er es anerkennt. Er drohte ihr auch Gewalt an, wer weiß, vielleicht ist es ja sogar dazu gekommen. Er drohte damit, es allen zu erzählen, dass sie eine … dass sie sich wie eine ordinäre Prostituierte aufgeführt hatte. Ich weiß, dass sie nie darüber sprechen wollte, aber Mama glaubte, dass er sie auch körperlich angegriffen hat.«

In der Tür erschien eine Krankenschwester und fragte, ob Hrund etwas bräuchte. Hrund schüttelte den Kopf. Die Krankenschwester nahm das leere Wasserglas vom Nachtschrank und sagte, sie würde frisches Wasser bringen.

»Drück einfach auf die Klingel, wenn dir etwas fehlt«, sagte sie freundlich lächelnd.

»Meine Mutter hat ihn zur Rede gestellt, als Matthildur nicht gefunden wurde«, fuhr Hrund fort, nachdem die Frau gegangen war. »Sie hat Jakob rundheraus gefragt, ob er ihr etwas angetan hatte, und sie hat ihn auch gefragt, ob er Ingunn geschlagen hätte. Jakob hat alles abgestritten und behauptete, weder Ingunn noch Matthildur angegriffen zu haben. Dagegen ließ sich nicht viel sagen.«

»Matthildur muss doch schockiert gewesen sein, als sie herausfand, dass ihr Neffe der Sohn ihres Mannes war.«

»Ich weiß nur, dass Ingunn mit diesem Brief die Ehe ihrer Schwester zerstört hat«, sagte Hrund. »Vielleicht war das ja ihre Absicht.«

»Was meinst du damit?«

Hrund gab ihm keine Antwort.

»Was ist vorgefallen?«

Hrund sah ihn lange an. Auf dem Flur ging jemand mit klackernden Clogs entlang, und von draußen hörte man das laute Dröhnen eines Lastwagens.

»Was hast du vorhin damit gemeint, als du gesagt hast, das sei die Erklärung für das, was vorgefallen ist?«, fragte Erlendur.

»Was meinst du?«

»Du hast gesagt, dass der Brief Einfluss darauf hatte, was später passierte. Hast du damit das Verschwinden von Matthildur gemeint?«

»Nein«, sagte Hrund. »Das war noch später ... Matthildur hat sich Ezra zugewandt. Sie hatte eine Beziehung mit Jakobs Freund.«

»Mit Ezra?«

»Ja, Ezra. Sie haben sich heimlich getroffen. Hast du nicht mit ihm gesprochen?«

»Doch.«

»Hat er es dir gegenüber erwähnt?«

»Nein.«

»Das überrascht mich nicht«, sagte Hrund. »Er hat zu niemandem darüber gesprochen. Hat all diese Jahre geschwiegen und wird es wohl mit ins Grab nehmen.«

Zweiundzwanzig

Erlendur saß eine Weile stumm neben dem Bett und dachte über Hrunds Worte nach. Wieder klackerten die Clogs draußen auf dem Flur, doch das Dröhnen des Lastwagens draußen entfernte sich und wurde schwächer. Hrund strich über die weiße Bettdecke. Erlendur bemerkte, dass jemand ihr ein Buch mit braunem, abgenutztem Rücken gebracht hatte. Soweit er sehen konnte, hieß es: *Mensch und Erde*.

»Du möchtest bestimmt mehr wissen«, sagte Hrund nach langer Pause.

»Du bestimmst, wie es weitergeht«, sagte Erlendur. »So hast du es bislang ja auch gemacht.«

Soweit Hrund wusste, kannten Matthildur und Ezra sich schon, bevor der Brief von Ingunn eintraf. Ezra fuhr öfter mit Jakob zum Fischen, und sie hatten ein ganz gutes Verhältnis zueinander. Sie hatten sich einige Jahre zuvor in Djúpivogur kennengelernt, Hrund wusste nicht, unter welchen Umständen, denn beide wohnten schon vor dem Krieg in Eskifjörður. Ezra war unverheiratet, und Hrund war nichts darüber bekannt, dass er jemals eine Beziehung zu einer Frau gehabt hatte. Diesbezüglich schien Jakob über erheblich mehr Erfahrung zu verfügen.

Ezra war ein Einzelgänger und hatte nur wenig

Kontakt zu anderen Menschen. So war es damals gewesen, und so war es immer noch. Man wusste im Grunde genommen herzlich wenig über ihn, nur dass er aus dem westlichen Landesteil stammte. Bevor er Jakob in Djúpivogur kennenlernte, hatte er in Stykkishólmur und Borgarnes gelebt. Niemandem wäre es eingefallen, ihn genauer danach zu fragen. Das Seemannsleben verschlug ihn in die Ostfjorde, wo er sich niederließ und vor allem im Fischfang arbeitete.

Er war zwar ein Einzelgänger, der kaum über sich selbst sprach und seine Gefühle für sich behielt, sich so wenig wie möglich unter die Leute mischte, aber er war nicht schlecht angesehen. Er war tüchtig und hilfsbereit, wenn man sich an ihn wandte, und er führte in jeder Hinsicht ein ordentliches und maßvolles Leben. Er war kräftig gebaut, doch mit seiner niedrigen Stirn und den kleinen Augen konnte er nicht als schöner Mann gelten. Sein Gesicht war schon früh von Falten zerfurcht, und er hatte eine entstellende Narbe an der Unterlippe, von der man munkelte, er habe sie sich bei einer Schlägerei zugezogen. Nie wurde er danach gefragt. Irgendjemand hatte mal die Bemerkung fallen lassen, sein Gesicht sehe aus wie ein Türvorleger, den jemand in die Ecke getreten hatte. Vielleicht war das einer der Gründe, weswegen er so scheu und zurückhaltend gegenüber dem anderen Geschlecht war.

Bis er Matthildur traf.

Ihre Bekanntschaft begann, als Jakob und Matthildur ein Paar geworden waren. Ezra war wohl auf seine zurückhaltende Weise schon vorher auf sie aufmerksam geworden, aber er lernte sie erst kennen, als er und Jakob auf einem Dreitonner zum Fischen hinausfuhren, zu zweit oder zu dritt, wenn der Besitzer des Bootes mitfuhr, dem auch die Fischverarbeitung am Ort gehörte. Sigurlína hieß das Boot nach der Ehefrau des Besitzers. Sie liefen immer frühmorgens aus und kehrten am Spätnachmittag oder gegen Abend zurück. Wenn der Besitzer anderes zu erledigen hatte, waren die beiden allein an Bord. Ezra war meist schon vor Tau und Tag auf den Beinen. Er holte Jakob dann zu Hause ab, und sie gingen zusammen hinunter zum Kai. Matthildur war meist auch schon auf, und sie wechselten ein paar Worte miteinander, während Jakob sich anzog. Dann machten sie sich auf den Weg, und Matthildur stand auf der Schwelle und blickte ihnen zum Abschied nach. Jakob sah sich nie nach ihr um, doch Ezra warf manchmal unauffällig einen Blick über die Schulter zurück. Das Bild von Matthildur in der Tür begleitete ihn aufs Meer.

Irgendwann einmal, als sie gerade wieder einliefen, erklärte Jakob, er müsse für ein paar Tage nach Djúpivogur, um dort etwas zu erledigen. Er äußerte sich nicht darüber, was er vorhatte. Er sagte Ezra nur, dass er in den nächsten Tagen allein mit dem Bootsbesitzer ausfahren müsse. Wie immer wachte Ezra am nächsten Morgen früh auf, und als er an Jakobs Haus vorbeiging, sah er, dass Matthildur auch schon auf den Beinen war. Jakob hatte sich sehr früh auf den Weg gemacht, und sie war aufgestanden, um sich von ihm zu verabschieden, hatte dann aber nicht wieder einschlafen können. Die Tür stand auf, und wie gewohnt wechselten sie ein paar Worte.

Auch am nächsten Tag nahm Ezra den gleichen Weg an Jakobs und Matthildurs Haus vorbei. Die Haustür stand offen, so als würde sie auf ihn warten. Sie kam hinaus und begrüßte ihn, sie unterhielten sich und er verweilte ein wenig länger als sonst. Matthildur wusste genauso wenig wie Ezra, was Jakob in Djúpivogur zu erledigen hatte. Er hatte manchmal davon gesprochen, einen Anteil an einem Boot kaufen zu wollen, vielleicht ginge es um so etwas. Ezra nickte zustimmend, denn Jakob hatte auch ihm gegenüber einmal erwähnt, ob sie nicht zusammen einen solchen Anteil kaufen sollten. Darauf war Ezra nie eingegangen, denn er hatte keinerlei finanzielle Rücklagen. Mensch, wir können doch einen Kredit aufnehmen, hatte Jakob gesagt. Was glaubst du wohl, wer Leuten wie uns etwas leihen würde?, hatte Ezra geantwortet.

Matthildur stand immer noch an der Tür, und Ezra fragte sie, ob er ihr vielleicht irgendetwas mitbringen könne, doch Matthildur brauchte nichts.

»Aber danke für das Angebot«, sagte sie.

Am dritten Morgen hielt er sich noch etwas länger bei ihr auf, sodass der Bootsbesitzer schon wütend war, als er endlich am Kai erschien und sie auslaufen konnten. Matthildur war noch nicht wach gewesen, als er zum Haus kam, und er hatte sich eine ganze Weile dort herumgedrückt, bis er drinnen ein Geräusch gehört hatte. Dann hatte er leise angeklopft. Eine spärlich gekleidete Matthildur öffnete die Tür und lächelte ihn an. Sie wechselten nur ein paar Worte.

»Ich habe gestern Abend ein bisschen Verpflegung für dich zurechtgemacht«, sagte Matthildur dann und reichte ihm ein Päckchen. »Ich finde es so lieb von dir, dass du morgens immer nach mir schaust.«

Er nahm das Päckchen verblüfft entgegen.

»Das wär doch nicht nötig gewesen«, sagte er.

»Ach, das ist doch bloß eine Kleinigkeit«, erwiderte sie und lächelte unwillkürlich, weil er so verwundert war.

»Ganz herzlichen Dank«, sagte er und steckte den Proviant in seine Tasche. »Ist Jakob nicht morgen wieder da?«, fragte er.

»Ja, er wollte heute Abend zurückkommen«, sagte Matthildur, »und morgen wieder mit dir ausfahren.«

Auch am vierten Tag ging er wieder an Matthildurs Haus vorbei. Von Jakob hatte er nichts gehört, ging aber davon aus, dass er am Abend zuvor heimgekehrt war. Deswegen klopfte er in der gewohnten Weise an, wenn er Jakob abholte. Er blickte hinunter zum Kai und hoffte, dass der Nebel, der über dem Fjord lag, sich im Lauf des Morgens lichten würde. Die Tür ging auf, Matthildur erschien, und er sah sofort, dass irgendetwas passiert war. Sie hatte geweint.

»Was ist los?«, fragte er. »Ist etwas vorgefallen?«

Sie schüttelte den Kopf.

»Ist Jakob etwas zugestoßen? Ist er bei dir?«

»Nein«, sagte sie. »Er ist nicht bei mir, und ich habe keine Ahnung, wo er ist.«

»Wollte er nicht schon gestern Abend zurück sein?«

»Doch, aber er ist nicht gekommen, und ich habe keine Ahnung, wann er wiederkommt.«

Sie war erregt, ging in die Küche und holte einen Brief, den sie ihm vor das Gesicht hielt.

»Hast du das gewusst?«, fragte sie.

»Was?«

»Was für ein Mensch er ist?!«, fauchte sie und schlug die Tür zu.

Ezra stand auf dem Treppenabsatz und wusste nicht, wie ihm widerfuhr. Er zögerte eine Weile, unsicher, ob er noch einmal klopfen sollte. Die Arbeit wartete auf ihn, er durfte sich nicht zu lange hier aufhalten. Und bald würden auch die Leute in den umliegenden Häusern wach werden. Er trat ein paar Mal von einem Fuß auf den anderen und stapfte dann die Böschung hinunter. Unterwegs hielt er einige Male inne und blickte zurück zum Haus, doch die Tür öffnete sich nicht wieder, und nichts geschah. Er hatte Matthildur noch nie so erregt gesehen, und es bedrückte ihn, dass sie ganz allein war.

Als Ezra abends vom Fischen zurückkehrte, blickte er wieder zum Haus, das jetzt dunkel und verlassen wirkte. Tief in Gedanken ging er nach Hause und öffnete die Tür, die wie bei allen anderen Häusern am Ort immer unverschlossen war. Er stellte seinen Seesack ab und erschrak, als er im Dämmerlicht sah, dass Matthildur allein an seinem Küchentisch saß. Er streckte seine Hand nach dem Lichtschalter aus.

»Würde es dir etwas ausmachen, kein Licht zu machen?«, fragte sie.

»Nein, das ist in Ordnung.«

»Entschuldige, wie ich mich heute Morgen benommen habe«, sagte sie. »Es hat mir den ganzen Tag zu schaffen gemacht.«

»Deswegen brauchst du dir keine Gedanken zu machen«, sagte er und blickte sich forschend um, ob Jakob bei ihr war. »Hoffentlich fühlst du dich inzwischen etwas besser.«

»Es geht mir besser«, sagte sie.

»Bist du allein?«

»Ja, ich bin allein. Ich hatte einfach das Bedürfnis, mit dir zu sprechen. Darf ich das?«

»Natürlich«, sagte Ezra. »Selbstverständlich. Bist du hungrig? Möchtest du einen Kaffee?«

»Nein, vielen Dank«, sagte sie. »Bloß keine Umstände meinetwegen. Deswegen bin ich nicht gekommen.«

»Weswegen bist du gekommen?«

Matthildur antwortete nicht gleich auf diese Frage. Er setzte sich zu ihr an den Tisch. Er freute sich, dass sie bei ihm war, dass sie in seinem Haus auf ihn gewartet hatte, auch wenn er keine Ahnung hatte, weshalb sie das Bedürfnis dazu verspürt hatte.

»Ist Jakob wieder zurück?«, fragte er.

»Ja, er ist heute gekommen.«

»Und er ist nicht bei dir?«

»Mach dir keine Sorgen, niemand hat mich kommen sehen«, sagte Matthildur. »Und im Grunde genommen ist es mir auch egal, wenn es jemand gesehen hat. Es ist mir völlig egal.«

»Was ... Was ist denn los, Matthildur?«, fragte er. »Was war heute Morgen los?«

»Ich habe gestern einen Brief von meiner Schwester Ingunn bekommen«, erklärte Matthildur und holte den Brief aus ihrer Tasche. »Sie ist nach Reykjavík gezogen. Wir haben nicht viel Verbindung zueinander, aber trotzdem wusste ich, dass sie gegen meine Ehe mit Jakob war. Ich hatte keine Ahnung, weshalb, und in diesem Brief hat sie es mir geschrieben. Wenn du magst, kannst du ihn lesen.«

Sie reichte ihm den Brief, den er einmal las und noch einmal, und dann legte er ihn auf den Tisch.

»Was sagt Jakob dazu?«, fragte er.

»Nichts«, antwortete Matthildur. »Er erinnert sich an eine Ingunn in Djúpivogur, so viel gibt er zu. Er sagt, es sei ausgeschlossen, dass das Kind von ihm ist. Genau das habe er auch Ingunn gesagt, aber sie sei anscheinend immer noch von dieser fixen Idee besessen. Er sagt, dass sie übergeschnappt ist.«

»Hast du davon gewusst?«

»Ingunn hat nie mit mir darüber gesprochen, erst jetzt. Ich wusste natürlich, dass sie in Reykjavík ein Kind zur Welt gebracht hatte, aber ich habe das nie mit Jakob in Verbindung gebracht. Niemals.«

»Als ihr euch kennenlerntet, hat er da gewusst, dass sie deine Schwester war?«

»Ja. Und ich wusste auch, dass sie sich irgendwie kannten«, sagte Matthildur, »aber weiter nichts. Ich wusste nichts über das Kind oder über ihr Verhältnis in Djúpivogur. Er hat nie darüber geredet, und erst recht nicht über dieses Kind. Das tut er immer noch nicht. Er will nicht darüber reden, er sagt, ich soll meinen Mund halten. Er hat mich geschlagen, und dann ist er aus dem Haus gelaufen. Ich weiß nicht, wo er ist.«

»Er hat dich geschlagen?«

»Ja. Am Kopf.«

»Ist alles in Ordnung mit dir?«

»Ja. Es kam nur so überraschend.«

»Du glaubst deiner Schwester?«

»Ja.«

»Was wirst du machen?«

»Ich weiß es nicht«, sagte Matthildur. »Ich weiß nicht, was ich machen soll. Ich wollte mit dir sprechen, ich wollte wissen, ob du davon wusstest. Hast du gewusst, dass er ein Kind mit meiner Schwester Ingunn hat?«

»Davon hatte ich wirklich keine Ahnung«, sagte Ezra.

»Hat er nie mit dir darüber gesprochen?«

»Nein, nie.«

»Vielleicht gibt es ja überall Kinder von ihm. Wahrscheinlich hat er sich da in Djúpivogur an alle möglichen Frauen herangemacht!«

Sie streckte ihre Hand nach dem Brief aus, und im nächsten Moment hatte er seine Hand vorsichtig auf ihre gelegt, eine beinahe instinktive Reaktion. Sie zog ihre Hand nicht zurück und blickte ihn an.

»Entschuldige«, sagte er und ließ ihre Hand frei. »Ich ... Das ist kein ... Entschuldige, du bist erregt.«

»Das ist ganz in Ordnung«, sagte sie.

»Ich weiß gar nicht, wie mir zumute ist, so etwas ist noch nie vorgekommen«, flüsterte er.

»Du musst dich dafür nicht schämen«, sagte sie. »Ich fühle mich wohl bei dir.«

Er blickte hoch und sah ihr in die Augen.

»Ich weiß, dass du ein guter Mensch bist, Ezra«, sagte sie.

»Du weißt nicht, wie ich mich gefühlt habe. Wie ich mich fühle.«

»Vielleicht weiß ich es ein wenig«, sagte sie. »Frauen haben ein Gespür für so etwas.«

»Und du hast nichts dagegen?«

Im Dämmerlicht sah er, dass sie den Kopf schüttelte.

»Und was ist mit Jakob?«, flüsterte er.

»Der kann mir gestohlen bleiben«, erklärte Matthildur.

Dreiundzwanzig

Der Arzt kam zur Visite, kontrollierte den Tropf, fragte Hrund nach ihrem Befinden und warf Erlendur verwunderte Blicke zu, doch der schwieg. Der Arzt verließ mit einem knappen Gruß das Zimmer. Hrund bat Erlendur darum, ihre Kissen zurechtzurücken und ihr etwas mehr Wasser zu geben. Er füllte ihr Glas aus der Wasserkanne, die die Krankenschwester gebracht hatte. Hrund trank einen Schluck und stellte das Glas wieder zurück.

»Diese Geschichte hat meine Mutter viele Jahre später aus Ezra herausgeholt«, sagte sie. »Das war nach Jakobs Tod. Ezra hatte nie vorgehabt, irgendjemandem davon zu erzählen, und er hätte es ganz sicher auch nie getan, wenn meine Mutter ihm nicht so zugesetzt hätte. Und ich bin mir ziemlich sicher, dass auch sie nur einen Teil der Geschichte zu hören bekommen hat. Ezra ist ein sehr verschlossener und unnahbarer Mensch, aber ich habe ihn immer gemocht.«

»Ich habe ihn nur ein einziges Mal besucht«, sagte Erlendur. »Aber das hat er natürlich mit keinem Wort erwähnt.«

»Nein. Ich glaube, aus dem bekommst du wahrscheinlich nichts heraus«, entgegnete Hrund.

Erlendur glaubte zu sehen, dass sie müde wurde. Er

fragte, ob er nicht lieber später wiederkommen solle, damit sie sich etwas ausruhen könne.

»Ausruhen?«, sagte Hrund. »Ich liege doch im Krankenbett, wo kann man sich mehr ausruhen?«

»Ich will dir nicht zur Last fallen.«

»Das tust du gar nicht. Ich habe nicht oft die Gelegenheit, an diese Dinge zu rühren. Ganz zu schweigen davon, dass du etwas Neues herausfinden könntest. Du hast mein Herz etwas höher schlagen lassen.«

Erlendur konnte nicht leugnen, dass Hrund besser aussah, sie wirkte munterer und war sehr viel gesprächiger. Er wusste nicht, inwieweit der wieder eingestellte Zucker oder die Antibiotika der Grund dafür waren. Er selbst war nie krank gewesen und hatte keinen einzigen Tag seines Lebens im Krankenhaus verbracht.

»Jetzt frage ich wie ein kleines Kind – und was passierte dann?«, sagte Erlendur.

»In den nächsten Monaten passierte nicht viel, außer dass die Beziehung zwischen Ezra und Matthildur immer enger wurde. Er und Jakob fuhren weiter zum Fang aus, doch nun mehrten sich die Tage, an denen Ezra sich krankmeldete. Obwohl hier eigentlich jeder jeden kennt, konnten die beiden ihre Beziehung erstaunlich lange geheim halten. Sie wussten natürlich, dass sie Jakob früher oder später die Wahrheit sagen mussten, denn es war besser und richtiger, wenn er es von ihnen erfuhr, als dass es ihm von irgendjemandem zugetragen würde. Matthildur war der Meinung, dass er Schwierigkeiten machen würde, deswegen zögerte sie. Beide fürchteten sie sich vor Jakob, vor seiner Reaktion.

»Glaubst du, dass Matthildur sich mit Ezra eingelassen hat, um sich an Jakob zu rächen?«

»Die Frage liegt natürlich auf der Hand. Sie bekommt diesen Brief, ist zutiefst verletzt und wendet sich einem anderen Mann zu.«

»Was meinte deine Mutter dazu?«

»Sie konnte nicht viel dazu sagen«, erklärte Hrund. »Sie wusste nur, dass Matthildur in allem, was sie tat, aufrichtig war. Sie hatte sich in Ezra verliebt, wie auch immer es dazu gekommen war, sie hat ihn nicht getäuscht. Das wusste niemand besser als Ezra, er hat es meiner Mutter gesagt.«

Das Schwierigste war, sich heimlich zu treffen, denn allzu oft konnte Ezra nicht von der Arbeit wegbleiben. Er wollte Matthildur auch nicht zu sehr unter Druck setzen, Jakob zu verlassen. Zwar glaubte sie, ausreichend Gründe dafür zu haben, sich von ihm zu trennen, denn er stritt immer noch ab, mit ihrer Schwester ein Kind gezeugt zu haben, doch sie hatte Angst vor ihm, vor seiner Reaktion, wenn sie ihn verlassen würde. Ezra suchte die ganze Zeit nach einem stichhaltigen Grund, um nicht mehr gemeinsam mit Jakob zum Fischen fahren zu müssen, denn es fiel ihm immer schwerer, mit ihm zusammen zu sein. Betrug, Versteckspiel und Heimlichtuerei waren ihm zuwider. Es durfte nicht bekannt werden, dass er und Matthildur etwas miteinander hatten, aber früher oder später musste es herauskommen.

Eines Nachts wälzte er sich schlaflos in seinem Bett und dachte an Matthildur und die unerträgliche Situation, in der sie sich befanden, als er ein leises Klopfen vernahm. Er öffnete die Tür, und als Matthildur hereingehuscht war, schloss er sie rasch wieder.

»Ich habe dich so vermisst«, flüsterte sie und umarmte ihn.

Er nahm sie in die Arme, küsste sie und trug sie in die Küche, wo sie sich lange küssten, da plötzlich riss sie sich los.

»Lass uns wegziehen«, sagte Ezra. »Lass uns zusammen weggehen. Am besten noch heute Nacht. Jetzt gleich.«

»Wir können aber nicht einfach so weggehen«, sagte Matthildur. »Ich muss zuerst mit ihm reden. Wir müssen mit ihm reden. Du bist sein Freund. Ich will, dass er zugibt, wie schlecht er meine Schwester behandelt hat.«

Ezra starrte Matthildur an, die ihm über die Stirn strich. Jakob war nach Reyðarfjörður gefahren und wollte über Nacht bleiben.

»In Ordnung«, sagte er. »Wir sagen ihm die Wahrheit, das ist immer das Beste. Wenn du das möchtest, ich habe nichts dagegen. Wir machen es gemeinsam. Du sagst ihm nichts, wir sagen es ihm gemeinsam.«

»Du weißt, wie entsetzlich eifersüchtig er ist.«

»Das kann ich gut verstehen, wenn es um dich geht.«

Am nächsten Tag kam sie nicht, doch spät am Abend wurde an seine Tür geklopft. Im Verlauf des Tages war ein Unwetter hereingebrochen, deshalb hatte er sich im Haus aufgehalten. Als er öffnete, stand Jakob vor ihm, er war sehr erregt. Ezra machte sich auf das Schlimmste gefasst, doch es sollte ganz anders kommen.

»Matthildur ist in diesem Unwetter unterwegs«, erklärte Jakob. »Ich wollte wissen, ob du mir helfen kannst. Helfen kannst, sie zu finden.«

Ezra traute seinen Ohren nicht. Er hatte daran denken müssen, wie gefährlich es war, bei einem solchen Wetter unterwegs zu sein, und hoffte, dass die Leute vernünftig genug sein würden, zu Hause zu bleiben. Ein solches Unwetter hatte er nicht mehr erlebt, seit er in die Ostfjorde gekommen war. In den schlimmsten Orkanböen hatte er das Gefühl, dass im nächsten Moment das Dach von seinem Haus gerissen würde.

»Sie wollte zu ihrer Mutter gehen!«, sagte Jakob aufgeregt. »Sie wollte zu Fuß über die Berge! Ich bin dabei, eine Suchmannschaft zusammenzutrommeln. Kommst du mit?«

»Natürlich«, sagte Ezra. »Ist sie wirklich bei diesem Sturm und Regen unterwegs?«

»Du hast sie nicht gesehen oder getroffen?«, fragte Jakob.

»Nein«, sagte Ezra.

»Sie wollte nämlich vielleicht noch mal bei dir vorbeischauen.«

»Tatsächlich?«, sagte Ezra. Beinahe wäre ihm die Zunge durchgegangen und er hätte hinzugefügt, dass er nichts von einem geplanten Besuch in Reyðarfjörður wusste, aber in letzter Minute besann er sich.

»Sie wollte dich wegen irgendetwas sprechen«, sagte Jakob.

»Keine Ahnung, was das gewesen sein könnte«, antwortete Ezra. Er starrte Jakob an und versuchte, es so aussehen zu lassen, als fiele er aus allen Wolken, als wäre er völlig überrascht, dass Matthildur etwas von ihm gewollt haben könnte, als wäre sie kein ständiger Gast in seinem Haus, als sei nichts zwischen ihnen, als sei sie nicht entschlossen gewesen, Jakob zu verlassen, als hätten sie nicht vorgehabt, anderswo ein gemeinsames Leben zu beginnen, als hätten sie sich nicht in dieser Küche geliebt, genau dort, wo jetzt Jakob stand.

Er zwang sich zu einer Art von Lächeln, das Raum für alle diese Lügen bot.

»Nun ja, das wird sich vielleicht herausstellen«, entgegnete Jakob.

Ezra schlüpfte in Windeseile in seine wetterfeste Kleidung und folgte Jakob. Es war ihm nicht anzumerken gewesen, ob er etwas über die heimliche Beziehung zwischen Ezra und Matthildur wusste. Möglicherweise hatte er einen Verdacht, zog es aber vor, nichts darüber zu sagen. Ezra jedenfalls hatte den Eindruck, als mache sich Jakob wegen des Unwetters große Sorgen um Matthildur. Sie gingen von Haus zu Haus, um eine Suchmannschaft zusammenzustellen, und dabei erfuhren sie, dass bereits viele Leute unterwegs waren, um nach den britischen Besatzungssoldaten aus Reyðarfjörður zu suchen, die nicht in Eskifjörður angekommen waren. Der Bauer von Veturhús hatte sie alarmiert und schon einige der Männer retten können.

Ezra und Jakob schlossen sich dieser Suchmannschaft an, denn Jakob ging davon aus, dass seine Frau ebenfalls vorgehabt hatte, den kürzesten Weg nach Reyðarfjörður über die Berge zu nehmen, über die Irrlichtscharte. Vermutlich hatte sie es schon bis dort hinauf geschafft, als der Orkan in voller Stärke hereinbrach. Das Wetter tobte immer noch so wild, dass eine

Suchaktion wahrscheinlich hoffnungslos war, doch weder Ezra noch Jakob ließen sich davon abhalten.

»Warum bist du denn nicht eher zu mir gekommen?«, schrie Ezra, als sie sich auf den Weg zur Irrlichtscharte gemacht hatten. Sie kamen kaum vorwärts.

»Ich bin eingeschlafen, ich hab den ganzen Tag geschlafen, und als ich aufwachte, war das Unwetter bereits hereingebrochen«, sagte Jakob. »Ich hätte sie niemals losziehen lassen, wenn ich gewusst hätte, was für ein Wetter im Anmarsch war.«

»Bist du sicher, dass sie nicht schon drüben in Reyðarfjörður angekommen ist?«

»Ja. Ich habe mit denen in Reyðarfjörður telefoniert, sie stellen auch eine Suchmannschaft zusammen.«

»Wir müssen sie finden.«

»Sie wird es schon schaffen«, schrie Jakob.

Sie kämpften gegen Sturm und peitschenden Regen an, doch ihre Rufe wurden vom Toben des Sturms erstickt. Nach kurzer Zeit waren sie gezwungen, aufzugeben, und das Gleiche galt für die Leute, die von Reyðarfjörður aus losgezogen waren, um nach Matthildur zu suchen. Schon nach ein paar Hundert Metern wurde ihnen klar, dass sie abwarten mussten, bis der Sturm sich gelegt hatte, wenn sie sich nicht selbst in Lebensgefahr bringen wollten.

Am nächsten Tag hatte das Unwetter endlich nachgelassen. Die Suchmannschaften trafen bei der Irrlichtscharte aufeinander, ohne dass sie auf Matthildur gestoßen waren. Die Suche wurde an den folgenden Tagen fortgesetzt, aber ohne Erfolg.

– – –

Hrund bat Erlendur, ihr behilflich zu sein, sich etwas aufzurichten.

»Das ist in groben Zügen das, was Ezra seinerzeit meiner Mutter gesagt hat. Von ihr habe ich diese Geschichte, und ich glaube, sie ist einigermaßen korrekt«, erklärte Hrund. »Sie hat mir gesagt, wie entsetzlich das Verschwinden von Matthildur für Ezra war, wie furchtbar es war, nichts tun, nichts sagen zu können – mit niemandem über Matthildur und das, was die beiden verbunden hatte, sprechen zu können.«

»Ezra wusste, dass Matthildur Jakob verlassen wollte, und auf einmal verschwand sie«, sagte Erlendur. »Wusste noch jemand anderes von ihrer Beziehung?«

»Nein, niemand. Sie hatten sie vollkommen geheim halten können.«

»Und er hat niemals zu jemandem darüber gesprochen?«

»Nein. Das, was er meiner Mutter erzählt hat, ist nie jemand anderem zu Ohren gekommen. Er wollte nicht, dass Matthildur in Verruf käme, wenn alle von ihrer Beziehung erführen. Er befürchtete, sie würde zu einer Person abgestempelt werden, die sie nicht war. Er war der Ansicht, dass ihre Liebe angesichts dieses tragischen Endes niemanden etwas anging. Es ist natürlich nicht ganz auszuschließen, dass trotzdem irgendwer mitbekommen hat, was sich zwischen den beiden abspielte oder dass vielleicht irgendjemand von Ingunns Sohn wusste, denn mit der Zeit wurde Jakobs Ruf immer schlechter. Und er war ohnehin schon nicht der beste gewesen.«

»Und dann hat irgendjemand das Gerücht in die

Welt gesetzt, dass sie ihn noch nach ihrem Tod verfolgt habe und dafür verantwortlich sei, dass er ertrunken ist?«

»Ja.«

»Und Ezra? Was hielt er von diesem Gerede?«

»Er war sich sicher, dass Matthildur bei dem Unwetter ums Leben gekommen war. Etwas anderes hat er nie behauptet. Für ihn gab es keine andere Erklärung.«

»Deine Mutter hat ihm geglaubt?«

»Ja. Sie hatte keinen Grund, seine Worte anzuzweifeln.«

»Matthildur hat zu Ezra gesagt, dass Jakob ein sehr eifersüchtiger Mensch war. Hat Ezra denn nicht geargwöhnt, dass Matthildur ihm von ihrer Beziehung erzählt hatte und dass das irgendwelche Folgen gehabt haben könnte?«

»Das kann schon sein, meiner Mutter gegenüber hat er nichts dergleichen erwähnt. Aus irgendeinem Grund war er wohl überzeugt, dass Jakob nicht imstande gewesen wäre, ihr etwas anzutun. Er hatte sich mit den Tatsachen abgefunden, er trauerte um Matthildur, und das tut er wohl immer noch.«

»Wieso war er davon überzeugt, dass Jakob ihr nichts antun würde?«

»Ich weiß es nicht. Jedenfalls war Jakob wohl der Einzige, der mehr über das Schicksal von Matthildur hätte sagen können. Und als er gestorben war, gab es vermutlich keine Chance mehr, der Sache jemals auf den Grund zu kommen.«

»Aber du hast dich nie mit dieser Lösung zufriedengegeben.«

»Nein. Nie.«

Vierundzwanzig

Seine Mutter kommt vollkommen erschöpft wieder ins Tal. Ein neuer Sturm ist mit gleicher Wut hereingebrochen, und bei dem wilden Schneetreiben ist jegliche Suche aussichtslos. Alle Teilnehmer an der Suche kehren schließlich nach Bakkasel zurück und warten ab, bis das Schlimmste vorüber ist.

Zwar lässt die Wirkung der Medikamente nach, die ihm der Arzt gegeben hat, aber er ist ruhiger als zuvor, er liegt im Bett, im gemeinsamen Zimmer der beiden Brüder. Immer noch durchzucken ihn Kälteschauer, so als würde er eine Grippe bekommen. Der Arzt kommt noch einmal zu ihm herein, nimmt seine Hand, sieht sich die Erfrierungen an und befühlt seine Stirn. Nickt und scheint zufrieden zu sein, sagt, er würde bald wieder auf den Beinen sein.

Dann kommt seine Mutter herein und setzt sich zu ihm auf die Bettkante. Sie hat die Überziehhosen, die dicke Winterjacke und die hochgeschnürten Stiefel noch nicht ausgezogen und ist wie von einem Eispanzer eingehüllt. Das schmelzende Eis tropft auf den Boden. Sie ist bereit, sofort wieder in die Berge zu gehen, sobald das Wetter es zulässt. Sie gönnt sich keine Ruhe, will nur einmal kurz bei ihm hereinschauen, bevor sie sich daranmacht, für die Suchmannschaft zu sorgen. Sie muss den Leuten zu essen geben und mit den Organisatoren der Suche sprechen. Sie kennt sich in den Bergen oberhalb von Bakkasel aus und kann ihnen viele Ratschläge geben.

»Wie geht es dir, mein Junge?«, fragt sie, und er spürt ihren eisernen Willen, ihre Kraft und Entschlossenheit und Zähigkeit, obwohl sie versucht, es so aussehen zu lassen, als stünde nichts auf dem Spiel, damit er sich nicht wieder aufregt.

»Wie läuft es?«, fragt er.

»Bis jetzt ist alles gut gelaufen, aber wir brauchen eine Ruhepause«, antwortet sie rasch. »Danach geht es mit gestärkten Kräften weiter. Hast du mit deinem Vater gesprochen?«

Er nickt. Er ist eine ganze Weile bei ihm geblieben, ohne dass sie etwas gesagt hätten. Er bemerkt, dass seine Eltern nicht miteinander reden. Seine Mutter unternimmt kaum etwas, um den Vater aus der dumpfen Teilnahmslosigkeit zu holen, die ihn befallen hat.

»Glaubst du, dass ihr Beggi finden werdet?«, fragt er.

»Natürlich finden wir ihn«, antwortet seine Mutter. »Es ist nur eine Frage der Zeit. Wir finden ihn, darauf kannst du dich verlassen.«

»Ihm muss doch kalt sein.«

»Daran wollen wir lieber nicht denken. Ich weiß, dass wir dich schon oft danach gefragt haben, aber erinnerst du dich an etwas, was uns vielleicht helfen könnte? Hast du etwas von den Bergen sehen können? Weißt du, in welche Richtung du gegangen bist?«

Er schüttelt den Kopf.

»Als wir Papa aus den Augen verloren haben, konnte ich überhaupt nichts mehr sehen, nur noch Schnee. Ich konnte kaum die Augen offen halten. Ich weiß nicht, ob es nach unten oder bergauf ging. Manchmal konnte ich nur noch kriechen. Ich habe keine Berge gesehen. Ich habe gar nichts gesehen.«

»Sie sagen, sie hätten dich so aufgefunden, als wärst du in eine Richtung gegangen, die noch weiter wegführte. Darauf deutet auch der Ort hin, wo sie dich gefunden haben. Und die Windrichtung. Der Sturm hat euch weiter weggetrieben, als wir uns vorstellen konnten. Du warst so hoch oben, dass es das reinste Wunder ist, dass wir dich gefunden haben. Seitdem suchen wir dort und auch noch höher oben. Meinst du nicht, dass auch Beggi so weit oben gewesen sein könnte?«

»Er hätte bei mir sein sollen. Ich habe ihn die ganze Zeit an der Hand gehalten, und dann war er auf einmal nicht mehr bei mir. Ich habe nach ihm gerufen und geschrien, aber ich konnte mich selber kaum hören, so laut war der Wind.«

Er kämpft mit den Tränen.

»Ich weiß, mein Junge, ich weiß es. Dem Himmel sei Dank, dass wir dich gefunden haben«, sagt sie und drückt ihn an sich.

»Beggi hat das kleine Auto mitgenommen«, sagt er.

»Was für ein Auto?«

»Das Auto, das Papa ihm geschenkt hat.«

»Das kleine rote?«

»Ja.«

»Das du so gerne gehabt hättest?«

»Ich wollte das Auto gar nicht«, beeilt er sich zu sagen.

»Ihr habt euch aber ein bisschen darüber gestritten.«

»Ich habe ihn bloß gefragt, ob er es gegen den Zinnsoldaten eintauschen wollte.«

»Aber das wollte er nicht?«

»Nein.«

»Und er hatte das Auto bei sich, als ihr losgezogen seid?«

»Ja.«

Er steht kurz davor, seiner Mutter zu erzählen, was er zu seinem Vater gesagt hatte, bevor sie zu diesem verhängnisvollen Gang aufgebrochen waren. Er hat das Auto nur erwähnt, weil er mit seiner Mutter darüber reden und sich das Herz erleichtern möchte, aber dann kann er sich nicht dazu durchringen. Er weiß nicht, warum. Vielleicht weil immer noch Hoffnung besteht, dass alles gut ausgeht. Dass Beggi gefunden wird – und dann spielt es keine Rolle mehr.

»Wir finden ihn«, sagt seine Mutter tröstend. »Mach dir keine Sorgen. Wir finden ihn, sobald das Wetter sich beruhigt hat. Sie sagen, dass es bald besser wird. Dann sind wir bereit, und wir werden Beggi finden. Es kommen noch mehr Leute, die uns bei der Suche helfen. Dann können wir alles besser organisieren. Wir finden ihn, da kannst du sicher sein.«

Er nickt.

»Jetzt versuch, dich auszuruhen, mein Junge. Versuch, so viel wie möglich zu schlafen. Du hast es nötig.«

Dann geht sie, und er bleibt allein mit seinen Gedanken zurück und hört draußen das Toben des Sturms. Er rüttelt am Haus, als wolle er es aus den Grundfesten heben, alle Türen aufreißen und es wegfegen. Er wälzt sich unablässig in seinem Bett und dämmert irgendwo zwischen Schlaf und Wachen, bis die Müdigkeit ihn übermannt, doch da bedrängen ihn schlimme Träume.

– – –

Er ist ganz allein im Haus, das einsam auf weiter Flur steht und schutzlos Wind und Wetter ausgesetzt ist. Türen hängen lose in den Angeln, Fenster sind zerbrochen, alles Leben ist daraus verschwunden, Möbel und Lampen, Licht und Farben. Das Haus ist dunkel und gespenstisch, tot. Die Wände sind kahl und abweisend, Wasser rinnt an ihnen herunter, als würden sie weinen.

Er blickt nach unten und sieht einen Mann im Schlafsack, der auf dem Boden liegt und eine Decke über sich gebreitet hat. Er beugt sich über ihn und will ihn berühren, da dreht sich der Mann auf einmal um, aber er blickt ihn nicht an, sondern wie durch ihn hindurch. Er fährt erschrocken hoch, er hat diesen Mann nie zuvor gesehen. Entsetzen packt ihn.

Er erwacht von seinen eigenen Schreien. Er schreit aus allen Leibes- und Seelenkräften, schreit, was die Lungen hergeben, schreit, bis sein Gesicht rot anschwillt. Er schreit und schreit und schreit, als gehe es um sein Leben, bis seine Mutter zurückkehrt, und mit ihr der Arzt. Es gelingt ihnen, ihm eine Spritze zu geben.

Fünfundzwanzig

Erlendur hatte in Neskaupstaður problemlos eine Mitfahrgelegenheit nach Reyðarfjörður finden können. Er holte sein Auto vor Hrunds Haus ab und fuhr abends zum verlassenen Hof nach Bakkasel. Er nahm noch eine Decke aus dem Auto mit ins Haus und stellte erleichtert fest, dass sein Schlafplatz im ehemaligen Wohnzimmer trocken geblieben war. Er zündete die Gaslampe an, und bald wurde es ein wenig wärmer um ihn. Nach zwei Zigaretten mit starkem Kaffee öffnete er die Warmhaltepackung mit dem Fertiggericht, das er unterwegs gekauft hatte, es war immer noch lauwarm. Er war sehr hungrig und aß den größten Teil der Mahlzeit, Fleisch in dicker brauner Sauce mit Kartoffelpüree, dazu ein Klacks Marmelade. Erlendur spülte den letzten Happen mit Kaffee hinunter, und nach dem Essen rauchte er zwei weitere Zigaretten. Dann griff er zu dem Buch, das er gerade las, Erlebnisse isländischer Studenten im Kopenhagen des 19. Jahrhunderts. Manchmal schmunzelte er unwillkürlich über das, was er las, und einmal musste er laut auflachen.

Doch auch während des Lesens schweiften seine Gedanken immer wieder zu Hrund und zu all den anderen ab, die zurückblieben, wenn plötzlich Angehörige spurlos aus ihrem Leben verschwanden. Sie litten ihr ganzes Leben unter dem Verlust, und nicht selten kämpften sie mit Schuldgefühlen. Wenn Menschen als vermisst gemeldet wurden, richtete sich die ganze Aufmerksamkeit auf den Verschollenen, seine Lebensumstände und die möglichen Gründe für sein Verschwinden. Früher hatte er manchmal bei der Arbeit mit Marian Briem darüber sprechen können, Marian konnte zuhören und wusste vermutlich besser als andere, was Verlust bedeutete. Erlendur hatte das Gefühl gehabt, dass es mit Schwindsucht und langen Aufenthalten in Tuberkulosekliniken in Island und Dänemark zu tun hatte. Marian hatte kaum darüber gesprochen, wie es war, in jungen Jahren an Tuberkulose zu erkranken, nur manchmal mit Erlendur, wenn er darauf drängte, um einen kleinen Einblick zu erhalten, wie es in einer Lungenheilanstalt zuging: Menschen in Liegehallen, Keuchen, Husten und Blutspucken. Aus diesen Schilderungen glaubte Erlendur eine tragische Liebesgeschichte herauszuhören, was Marian aber niemals direkt sagte.

»Und an was denkst du da präzise?«, hatte Marian ihn einmal gefragt.

»Wenn Menschen spurlos verschwinden«, hatte Erlendur geantwortet. »Ich versuche dir zu sagen, dass ich als Experte, als Kriminalbeamter, in erster Linie feststellen muss, was passiert ist, wer, wie und weshalb er verschwand.«

»Ja«, entgegnete Marian. »Natürlich.«

»Aber was ist mit all den anderen?«

»Den anderen?«

»Denen, die zurückbleiben.«

»Was ist mit ihnen?«

»Ich habe Mitleid mit denen, die zurückbleiben. Die mit diesem Ereignis fertig werden und damit leben müssen. Mit Verlust und Trauer kämpfen, die ihnen bis zu ihrem Lebensende folgen. Diesen Menschen gilt mein größeres Interesse.«

»Kriminalbeamte sind keine Seelsorger, Erlendur«, hatte Marian gesagt. »Dazu sind Priester da.«

»Aber ich muss einfach immer daran denken.«

»Und willst helfen.«

»Wenn möglich, ja. Aber man kann so wenig tun.«

Erlendur starrte lange in die Finsternis und lauschte dem Heulen des Windes. Dann legte er das Buch zur Seite und fiel bei dem schwachen Schein der Gaslampe in einen traumlosen Schlaf.

Als Erlendur sich am nächsten Tag gegen Mittag auf den Weg machte, war der Weg durch das Fagridalur bereits geräumt. Er fuhr noch einmal zum Seniorenheim in Egilsstaðir und dachte an all diese Leute, die die Geschichte von Matthildur und Jakob kannten. Die meisten waren schon alt, manche sehr alt, wie Ninna und Ezra. Bald würde diese Geschichte in Vergessenheit geraten, das Schicksal und das Leben von Menschen mit traurigen und schönen Momenten. Alles würde am Ende dem ewigen Schweigen anheimfallen und unter einer kleinen Erhebung auf dem Friedhof begraben liegen, wo zuallerletzt auch niemand mehr zu Besuch kam, höchstens der Wind im Gras.

Kjartan saß allein im Aufenthaltsraum. Trotz seiner Sehbehinderung erkannte er Erlendur gleich wieder und fragte, ob er etwas von Bedeutung in der Kiste seiner Mutter gefunden habe. Erlendur nickte, er habe einen Brief von Matthildurs Schwester gefunden, der ihm sehr weitergeholfen habe.

»Na denn«, sagte Kjartan. »Aber wieso bist du jetzt schon wieder hier? Ich weiß nicht, was ich noch für dich tun kann. Wirst du das in einem Buch veröffentlichen?«

»Das weiß ich nicht, es geht eher darum, meine Wissbegierde zu befriedigen. Ich habe mit einigen Leuten hier in der Gegend gesprochen, alle waren sehr liebenswürdig und konnten sich erstaunlich gut an die Vorfälle erinnern.«

»Ja, hier lebt ein guter Menschenschlag«, sagte Kjartan. »Ich habe nie etwas anderes feststellen können.«

Erlendur nickte zustimmend. Auf der Fahrt durch das verschneite Fagridalur hatte er intensiv darüber nachgedacht, wie er die Rede auf Kjartans Vater bringen konnte, um herauszufinden, ob Kjartan wusste, wer sein leiblicher Vater war. Seinem Namen nach zu urteilen war jemand anderes als Vater angegeben worden, und den Darstellungen anderer Leute nach zu urteilen war Jakob so etwas wie ein heikles Gesprächsthema. Das galt wohl erst recht für den nicht anerkannten Sohn. Erlendur hatte im Grunde genommen kein Recht, sich hier umzuhören und die Leute über längst vergangene Zeiten zu befragen, er war ein Fremder, er hatte keine verwandtschaftlichen Beziehungen zu diesen Menschen. Er wusste, dass es nicht richtig war, sie unter falschen Vorzeichen auszufragen. Also zog er es vor, offen und ehrlich zu sein, denn Geheimniskrämerei und Lügen waren ihm zuwider, wenn er es mit ehrlichen und unbescholtenen Menschen zu tun hatte.

»Ich glaube, dass ich mein Interesse am Tod oder besser am Verschwinden von Matthildur nicht gut genug erklärt habe«, sagte er nach einigem Schweigen. »Ich sprach kürzlich mit einem Mann namens Bóas über die Geschichte von Matthildur und Jakob und den Menschen, die sie kannten, aber eigentlich interessiere ich mich bereits seit Langem dafür.«

Kjartan sah ihn mit leerem Blick an, anscheinend war er sich nicht sicher, worauf Erlendur hinauswollte.

»Ich bin bei der Kriminalpolizei in Reykjavík, ich mache nur Urlaub in den Ostfjorden. Zufälligerweise stamme ich aber aus dieser Gegend, und deswegen habe ich schon als ganz junger Mensch von Matthildur gehört. Ihre Geschichte macht mich neugierig. Ich habe nicht vor, hier irgendetwas aufzudecken, das hier hat nichts mit einer polizeilichen Ermittlung zu tun.«

»Warum hast du mir das nicht gleich gesagt?«, fragte Kjartan. »Oder hattest du das erwähnt? Ich kann mich nicht erinnern. Ich dachte immer, du seist Historiker.«

»Nein«, antwortete Erlendur. »Ich bin kein Historiker. Ich hielt es für richtig, dir das zu sagen, bevor wir uns weiter unterhalten. Falls du das überhaupt noch möchtest.«

Kjartan sah ihn lange an, Erlendur wartete ruhig ab. Er konnte nicht abschätzen, wie er reagieren würde.

»Ich habe wegen meiner Familiengeschichte viel über mich ergehen lassen müssen«, erklärte Kjartan schließlich. »Und ich bin der Meinung, dass nichts davon die Polizei etwas angeht. Ich wäre froh, wenn du jetzt gehen würdest.«

»Dann wünsche ich dir alles Gute«, sagte Erlendur

und stand auf. »Ich könnte aber möglicherweise herausfinden, was aus Matthildur geworden ist«, beeilte Erlendur sich dennoch hinzuzufügen. »Mit deiner Hilfe.«

»Auf Wiedersehen«, sagte Kjartan und machte sich auf den Weg zu seinem Zimmer.

Erlendur seufzte. Er schaute Kjartan nach, der in seinem Zimmer verschwand. Kjartan hat vollkommen recht, dachte er, sein Leben ging Erlendur nichts an. Trotzdem war er mit dieser Wendung der Dinge nicht zufrieden. Nicht auszuschließen, dass Kjartan über irgendwelche Informationen verfügte, die helfen konnten, mehr über Matthildurs Schicksal herauszufinden, er war ein wichtiger Faktor in dieser Geschichte.

Erlendur konnte sich nicht entschließen, zu gehen. Eine Angestellte kam zu ihm und fragte, ob sie etwas für ihn tun könne, aber er sagte, er sei im Begriff, das Haus zu verlassen. Langsam ging er den Flur entlang, an dem Kjartans Zimmer lag. Der alte Mann hatte die Tür nicht ganz zugemacht. Erlendur blieb vor der Tür stehen. Er überlegte einen Moment lang, ob er sie aufschieben und Kjartans Geduld auf eine weitere Probe stellen sollte, verwarf aber den Gedanken und ging langsam weiter.

»Bist du immer noch da?«, hörte er Kjartan von drinnen fragen.

Erlendur schob die Tür auf. Kjartan saß auf seinem Bett und starrte auf den Fußboden.

»Man hat hier kaum eine andere Abwechslung, als den Schritten auf dem Flur zu lauschen«, sagte er.

»Ich war auf dem Weg zur Tür«, sagte Erlendur. »Ich möchte aber, dass du eines weißt – ich bin nicht aus purer Neugierde hier, und auch nicht in meiner Eigenschaft als Kriminalbeamter. Ich suche nur nach Antworten. Ich habe mit deiner Tante Hrund gesprochen.«

»Ach ja? Die kenne ich gar nicht.«

»Nein, das weiß ich.«

Erlendur stand immer noch in der Tür.

»Was glaubst du, was mit Matthildur passiert ist?«, fragte Kjartan.

»Ich weiß es nicht«, sagte Erlendur und trat einen Schritt ins Zimmer. »Aller Wahrscheinlichkeit nach ist sie bei einem Unwetter auf dem Weg nach Reyðarfjörður ums Leben gekommen.«

»Meine Mutter und ich sind nicht sehr gut miteinander ausgekommen«, sagte Kjartan. »Ich bin schon früh von zu Hause ausgezogen. Ich weiß, dass es hart klingt, aber anders kann ich es nicht ausdrücken.«

»Du wusstest also, wer dein Vater war?«

»Ja.«

»Wann hast du herausgefunden, dass Jakob dein Vater war?«

»Hilft es dir weiter, wenn ich dir das sage?«

»Ich möchte mir ein umfassendes Bild verschaffen«, sagte Erlendur, der sich so vorsichtig wie möglich auszudrücken versuchte. »Alles spielt eine Rolle, vor allem das, was keine Rolle zu spielen scheint.«

»Sobald ich groß genug war, um selbst darüber nachdenken zu können, habe ich es herausgefunden«, erklärte Kjartan. »Ich habe es immer gewusst. Als ich in die Ostfjorde kam, war er schon lange tot. Ich habe ihn nie gesehen und hatte als Kind natürlich keinerlei Verbindung zu ihm. Wahrscheinlich ist das der Grund, warum ich in die Ostfjorde ging, beide Elternteile stammten von hier, und meine Mutter hat immer sehr gut über die Menschen hier gesprochen.«

»Sie hat dir von Jakob erzählt?«

Kjartan nickte.

»Jakob hat wohl immer abgestritten, dass er mein Vater war«, erklärte er. »Warum, weiß ich nicht, vielleicht hatte es etwas mit seiner eigenen Vergangenheit zu tun, aber die kenne ich natürlich nicht. Ich habe viel darüber nachgedacht. Ich glaube nicht, dass meine Mutter gelogen hat. Sie wusste im Grunde genommen wenig über ihn, und sein Name kam ihr kaum je über die Lippen, so groß war die Abneigung, der Hass. Du siehst, es ist ziemlich unerfreulich für mich, über diese Dinge zu reden.«

»Das verstehe ich sehr gut«, sagte Erlendur. »Du bist nach deinem Stiefvater als Halldórsson gemeldet.«

»Meine Mutter hat Glück gehabt, in Reykjavík einen so guten Mann kennenzulernen. Er ist immer nett zu mir gewesen.«

»Hat deine Mutter vielleicht später noch mal Verbindung zu Jakob aufgenommen?«

»Nein, auf gar keinen Fall«, erklärte Kjartan. »Das wäre undenkbar gewesen. Er hat sie von sich gewiesen, hat sich nie zu seinem Sohn bekannt. Ich verstehe sie gut, und ich trage ihr deswegen nichts nach.«

»Und was war mit Matthildur? Sie standen doch in Briefkontakt.«

»Davon wusste ich nichts. Sie ist ja auch sehr früh gestorben.«

»Matthildur erfuhr erst von der Beziehung zwischen deiner Mutter und Jakob, als deine Mutter ihr einen Brief geschrieben hat. Und da waren Jakob und Matthildur schon verheiratet. Dieser Brief hat verständlicherweise die Beziehung zwischen ihnen zerstört. Wie hat deine Mutter auf das Verschwinden von Matthildur reagiert? Was war ihrer Meinung nach passiert?«

»Hast du etwas Neues herausgefunden?«

»Nein«, sagte Erlendur. »Nichts.«

»Sie wusste nicht mehr als andere«, sagte Kjartan mit gesenktem Kopf und starrte auf seine abgewetzten Filzpantoffeln. »Es war natürlich ein schwerer Schlag für sie. Ich war noch ein Kind, aber daran kann ich mich erinnern. Aber so etwas gehört nun einmal dazu, wenn man auf Island lebt. Das war nichts Unbegreifliches für die Menschen, zumindest damals nicht. Und wahrscheinlich ist es immer noch so.«

»Es waren verschiedene Geschichten in Umlauf.«

»Ja, ja, einiges davon habe ich gehört, als ich hier in den Osten zog. Gehört das nicht auch dazu? All diese Klatschgeschichten. Meine Mutter hat nie daran geglaubt, und ihre Schwester auch nicht. Soweit ich weiß, war Jakob ... wie soll man das sagen? Jakob war wohl kein sehr umgänglicher Mensch. Der Familie ist es sehr nahegegangen, dass sie sie nicht zu Grabe tragen konnten, weil ihre sterblichen Überreste nie gefunden wurden. Einmal hat meine Mutter gesagt, dass es schlimm sei, sie nicht wenigstens in geweihte Erde bringen zu können.«

»Wie hat deine Mutter darauf reagiert, als Jakob starb?«

»Kein Verlust für die Menschheit, hat sie gesagt, und danach verlor sie nie wieder ein Wort über ihn.«

Kjartan hatte die ganze Zeit auf seine Filzpantoffeln gestarrt, aber jetzt blickte er auf und sah Erlendur an.

»Du hast nach Reaktionen gefragt.«

»Ja?«

»Ich habe einmal diese Tante aufgesucht, die ihr ganzes Leben lang hier gelebt hat. Ich hätte meine Verwandten hier gerne kennengelernt.«

»Du meinst Hrund?«

»Ja. Du kennst sie? Es war das erste und einzige Mal, dass ich sie getroffen habe.«

»Tatsächlich?«

»Sie war nicht gerade erfreut darüber, mich zu sehen. Sie fand, dass ich vom Aussehen her auf meinen Vater käme, und das sprach wohl nicht gerade für mich. Sie erklärte, sie könne keine Ähnlichkeit zwischen mir und ihrer Familie feststellen, und dann bat sie mich, sie nicht mehr zu belästigen. Ich vermute, dass all diese Gerüchte, diese Gespenstergeschichten und dieser Aberglaube rund um Matthildurs Verschwinden Einfluss auf sie gehabt haben.«

»Das ist natürlich gut möglich.«

»Ich weiß, es ist kindisch von mir, aber ... so etwas kann einen tief verletzen.«

Erlendur überlegte einen Augenblick.

»In der Kiste habe ich einen Nachruf auf deinen Vater gefunden. Ein Freund von ihm hat da über etliche positive Seiten an ihm geschrieben.«

»Der Artikel, über den jemand *Scheusal* geschrieben hat.«

»Ja, genau der.«

Kjartan lächelte kalt.

»Das war die Wegzehrung, die mir mit auf den Lebensweg gegeben wurde.«

Er sah Erlendur an.

»Ich möchte dich bitten, jetzt zu gehen«, sagte er. »Und dich nie wieder bei mir blicken zu lassen.«

Sechsundzwanzig

Am späten Nachmittag verließ Erlendur Egilsstaðir. Es war wohl zu spät, um noch einen Besuch bei Ezra zu machen, und er beschloss, ihn auf den nächsten Morgen zu verschieben. Ihm lag daran, den alten Mann damit zu konfrontieren, was Hrund über das Verhältnis zwischen ihm und Matthildur gesagt hatte. Erlendur brannte die Frage auf der Zunge, ob Jakob von ihren Heimlichkeiten erfahren hatte, und wenn das der Fall gewesen war, wie er darauf reagiert hatte. Hatte er es herausgefunden, bevor Matthildur verschwand, oder hatte er es nicht gewusst? Ezra hatte viele Jahre später Hrunds Mutter von ihrer Liebe erzählt, aber nur, nachdem sie ihn gedrängt hatte. Hatte er auch anderen etwas darüber gesagt? Wussten andere von seiner Beziehung zu Matthildur? Er ging nicht davon aus, dass Ezra kooperativ sein würde, und deswegen kämpfte er etwas dagegen an, noch einmal mit ihm sprechen zu müssen. Doch wie unangenehm es auch sein mochte, er wusste ganz genau, dass sein Wissensdrang die Oberhand behalten würde.

Er hielt an der Tankstelle in Eskifjörður, kaufte ein Sandwich und Zigaretten und füllte die Thermoskanne mit Kaffee auf. Den Wagen ließ er dort stehen und ging zu Fuß zum Friedhof, den er bei seinen früheren Reisen schon oft besucht hatte. Jedes Mal war er aufs Neue überrascht, wie außerordentlich gepflegt und harmonisch er wirkte. Er lag an einem Hang am Rande des Orts, umgeben von einer schön aufgeschichteten Steinmauer, ruhig und erfüllt vom Geist der Verstorbenen.

Es war schon dämmrig geworden, als er den Friedhof betrat. Die Schneedecke hier war nicht besonders hoch und hinderte ihn nicht daran, die Grabinschriften zu entziffern.

Es vergingen etliche Jahre, nachdem sie den Sarg seines Vaters in die Ostfjorde gebracht hatten, bevor seine Mutter nach kurzem Krankenhausaufenthalt starb. Er konnte in ihrer letzten Stunde bei ihr sein. Es war nicht mehr möglich gewesen, viel mit ihr zu reden, aber als es zu Ende ging, wusste sie, dass er bei ihr war, und das war ihr genug. Er war kaum je von ihrer Seite gewichen, nachdem sie ins Krankenhaus eingeliefert worden war. Sie hatte immer davon gesprochen, an der Seite von Sveinn zur Ruhe gebettet zu werden, und die Grabstätte dort war für sie reserviert. Der Sarg wurde im Flugzeug nach Egilsstaðir gebracht, und genau wie bei seinem Vater wurde er das letzte Stück mit einem Lastwagen nach Eskifjörður befördert. Die Straßen waren kaum besser geworden. Ein seltsamer Zufall wollte es, dass der Fahrer derselbe war, der auch den Sarg von Sveinn transportiert hatte. Und er war immer noch so redselig wie früher.

»War nicht deine Mutter bei dir, als du das letzte Mal mit mir gefahren bist?«, fragte der Fahrer taktlos in seiner lauten und poltrigen Art. Sie hatten gerade den Sarg auf die Ladefläche gehievt.

»Ja«, entgegnete Erlendur. »Und sie ist auch diesmal dabei.«

»Wie bitte?«

Erlendur sagte keinen Ton, und auf einmal schien der Mann zu begreifen.

»Willst du damit sagen, dass …?«, sagte er und war so peinlich berührt, dass er den Satz nicht zu Ende bringen konnte. Diesmal fuhr er sehr viel vorsichtiger auf der harten Schotterstraße, und sie schwiegen die meiste Zeit.

Erlendur kannte den Pfarrer nicht, der die Beerdigung vornahm, aber er wirkte warmherzig. Sie hatten sich am Telefon über die wichtigsten Ereignisse im Leben seiner Mutter unterhalten, auf die er in seiner Rede eingehen wollte. Nur wenige wohnten der Zeremonie bei. Einige hatten seine Eltern gekannt, andere waren entfernte Verwandte, von denen Erlendur kaum etwas wusste.

Schließlich wurde der Sarg langsam in die Erde gesenkt.

»Du musst gut auf dich achtgeben«, hatte seine Mutter im Krankenhaus zu ihm gesagt. Als er kam, hatte sie im Fieberwahn gelegen und ihn nicht erkannt, doch dann war sie für einen Augenblick zu sich gekommen.

Erlendur nickte.

»Du denkst zu wenig an dich.«

»Mach dir keine Sorgen meinetwegen«, hatte er gesagt.

»Mein … mein lieber Junge …«

Mit diesen Worten auf den Lippen war seine Mutter eingeschlummert, aber kurze Zeit später wieder aufgewacht. Sie sah Erlendur neben ihrem Bett und versuchte zu lächeln. Sie fragte, ob er seinen Bruder gefunden hätte.

»Bring ihn zu uns ... wenn du ihn findest ...«

Im nächsten Augenblick war sie tot.

Er näherte sich langsam dem Grab seiner Eltern auf dem kleinen Friedhof und hinterließ Spuren im Schnee. Er hatte einen isländischen Basaltstein für das Grab zuhauen lassen, auf dem die Namen seiner Eltern mit den Geburts- und Todestagen standen und darunter ein schlichtes Gebet oder eine Bitte um Gnade, je nachdem, aus welcher Perspektive man es betrachtete. Ruhet in Frieden. Das Kreuz, das auf dem Grab seines Vaters gestanden hatte, bewahrte Erlendur bei sich zu Hause auf. Er hatte keine Ahnung, wie er es entsorgen konnte, denn auch nach all den Jahren hatte er sich noch immer nicht dazu aufraffen können. Auf dem Grabstein hatten sich Flechten angesiedelt, Vögel hatten sich auf ihm niedergelassen, scharfe Nordwinde und laue Südwinde hatten zum Verwitterungsprozess beigetragen. Die Zeit verschont nichts, dachte Erlendur und strich über den kalten Basalt. Er wusste, dass dieser Stein ihn für immer an diesen Ort binden würde.

Er hatte ihn selbst im Auto von Reykjavík nach Eskifjörður transportiert, damals noch über endlose holperige Schotterstraßen. Zwei Tage hatte er für die Strecke in den Osten gebraucht, mit Übernachtung in Akureyri. Da er immer einen gemeinsamen Stein für seine Eltern vorgesehen hatte, war auf der Grabstätte seiner Mutter nie ein provisorisches Kreuz aufgestellt worden. Er hatte die Sache viel zu lange vor sich hergeschoben, sich dann aber endlich einen Ruck gegeben und mit einem Steinmetz gesprochen. Etwas in seinem Inneren sträubte sich dagegen, in die Ostfjorde zu fahren. Die Erinnerungen an den Ort waren einfach zu schlimm. Aber nachdem er sich schließlich aufgerafft und auf den Weg gemacht hatte, schien der Bann gebrochen zu sein, und seitdem besuchte er seine alte Heimat regelmäßig und hielt sich dort kürzer oder länger auf. Er wusste, dass er nicht die geringste Chance hatte, vor seiner Vergangenheit zu fliehen.

Über viele Jahre hinweg hatte er versucht, sich das Leben zu der Zeit in Erinnerung zu rufen, bevor das Unheil über sie hereingebrochen war. Je mehr Zeit verstrich, desto besser gelang es ihm. Das meiste war zunächst ausgelöscht worden, nachdem Bergur verschollen war, so als hätte ihr Leben erst danach begonnen, doch im Laufe der Zeit kehrten die Erinnerungen an die Zeit vor dem Unglück zurück. Zum Teil waren es nur kleine Bruchstücke, die er weder zeitlich zuordnen noch in Zusammenhänge einfügen konnte, anderes war klarer, beispielsweise Feiertage wie Weihnachten, wenn sein Vater sich eine Weihnachtsmannmütze auf den Kopf setzte. Und der Weihnachtsbaum, den sie gemeinsam schmückten. Lange Winterabende vor dem Rundfunkgerät. Erinnerungen tauchten vor seinem inneren Auge auf wie flackernde Kerzenlichter. Eine Fahrt nach Akureyri. Eine Bootsfahrt auf die Insel Papey, er hatte Angst vor dem Wasser gehabt. Er auf dem Rücken eines Pferdes, das seine Mutter am Zügel führte. Heuernte. Männer vor dem Haus, Kaffee trinkend und rauchend. Er und Bergur, sich im frischen, duftenden Heu in der Scheune balgend.

Einige Erinnerungen riefen eine tiefe Sehnsucht in ihm hervor und gaben ihm keine Ruhe. Er stand am Grab, und er hörte aus der Ferne Klänge, eine traurige Melodie, die einst dem Instrument seines Vaters entströmt war. Er sah seine Mutter vor sich, die mit halb geschlossenen Augen in der Wohnzimmertür stand und lauschte. Ein langer Sommertag ging zur Neige, alle waren braun gebrannt, er und Bergur lagen auf dem Sofa. Sein Vater spielte eine leise, melancholische Weise auf seinem Instrument. Die Mutter legte den Kopf schief, lauschte und sah ihren Mann an.

»Spiel doch einmal etwas Fröhlicheres«, sagte sie.

»Die Jungen sind schon eingeschlafen«, antwortete er.

»Du brauchst ja nicht laut zu spielen.«

Er wechselte die Tonart und stimmte einen munteren Walzer an, den er aber sehr leise spielte. Sie stand immer noch an der Tür und hörte ihm lächelnd zu, ging dann zu ihm hinüber und zog ihn hoch. Er legte die Geige zur Seite und sie tanzten in der Stille.

Bergur an seiner Seite war eingeschlafen, aber Erlendur weckte ihn, und sie beobachteten heimlich ihre Eltern, die einander umarmt hielten und langsam tanzten. Sie flüsterten, um die Jungen nicht aufzuwecken, und seine Mutter unterdrückte ein Lachen. Sie lachte so gern. Bergur hatte das von ihr geerbt. Sie waren sich so ähnlich, die gleichen Gesichtszüge und das gleiche offene Lächeln. Bergur war immer guter Dinge gewesen, ganz anders als sein Bruder, der immer an allem etwas auszusetzen hatte, keinen Widerspruch duldete und Ansprüche stellte. Und er tat sich auch schwer damit, zu lächeln, er ähnelte seinem

Vater, sowohl im Aussehen als auch vom Charakter her.

Mit dieser Erinnerung war eine Ahnung von Sommer verbunden, von frisch gemähtem Gras und sommerlicher Wärme. Tagsüber hatten er und Bergur am Fluss gespielt, waren flussaufwärts gelaufen, hatten die Hände ins Wasser getaucht und sich die Stirn gekühlt.

Das war der letzte Sommer, in dem sie noch zu viert gewesen waren.

Erlendur ließ seine Hand ein weiteres Mal über den verwitterten Basalt gleiten. Ein eisiger Wind strich vom Hang herunter und drang ihm bis unter seinen dicken Anorak. Er schaute zu den Bergen hinauf, zog die Jacke enger um sich und ging dann zurück in Richtung Tankstelle. Laut Wettervorhersage sollte es einen Kälteeinbruch in Ostisland geben. Der Wind bestätigte das. Er hatte auf ihn gewartet, und jetzt blies er in den Bergen wie ein kalter Todesbote.

Siebenundzwanzig

»Weshalb liegst du dort?«

Die Frage erschreckt ihn, er starrt in die Dunkelheit, aus der die Frage des Reisenden kommt.

»Bist du immer noch hier?«, fragt er.

»Ich bin immer noch hier«, hört er den Mann sagen.

»Weshalb? Was willst du von mir?«

»Ich gehe, wenn du gehst.«

»Woher kommst du?«, fragt er.

»Von weit her«, sagt der Fremde »Und ich gehe heute Abend zurück.«

Achtundzwanzig

Erlendur schreckte aus einem tiefen Schlaf hoch, aufgeweckt vom Geräusch eines Autos. Draußen war es bereits hell. Er hatte Probleme mit dem Einschlafen gehabt, er war erst gegen Morgen zur Ruhe gekommen, und nun hatte er einige Mühe damit, sich zurechtzufinden. Eine Autotür wurde zugeschlagen, und er hörte, wie der Schnee unter den Schuhen eines Mannes knirschte, der sich dem Haus näherte. Der Mann war allein gekommen. Erlendur stand auf. In einer Ecke des Hauses hatte sich Schnee gesammelt.

»Hallo!«, hörte er jemanden rufen und erkannte die Stimme gleich. Hinter einer zerbrochenen Scheibe kam Bóas' Gesicht zum Vorschein.

»Stör ich?«, fragte er.

»Nein«, sagte Erlendur.

»Ich habe Kaffee und Gebäck für dich mitgebracht«, erklärte Bóas lächelnd. »Ich hatte das Gefühl, dass dir auf deinem verlassenen Hof ein bisschen Gesellschaft vielleicht guttun würde.«

»Hereinspaziert«, sagte Erlendur.

»In diese glanzvolle Hütte«, ergänzte Bóas und betrat das türlose Haus. Er hielt eine Thermoskanne und eine Tüte in der Hand. Erlendur roch sofort den Duft von frischen Plunderteilchen. »Ich hab vorsichtshalber zwei Kaffeebecher mitgebracht«, sagte Bóas. »Ich war mir nicht sicher, wie gut du ausgestattet bist.«

»Mir geht es hier nicht schlecht«, sagte Erlendur und nahm seinen Kaffeebecher entgegen.

Bóas betrachtete den Schlafplatz mit den Decken, dem Schlafsack und der Gaslampe. Alles sah so weit ordentlich aus, auch wenn es nicht gerade eine Hotelsuite war. Erlendurs Aschenbecher war überdimensional, er hatte eine alte Melkkanne beim Haus gefunden und zweckentfremdet. Sie stand in einer Ecke, der Boden war mit Wasser bedeckt, und da hinein wanderten Erlendurs Kippen. Neben dem Eimer stand ein simpler Klappstuhl, wie ihn die Leute beim Camping verwenden, und dort, wo der Boden trocken war, lagen ein paar Bücher.

»Hier ist es ja wirklich urgemütlich«, entgegnete Bóas. »Könnte es sein, dass du eine besondere Vorliebe für Landstreicher hast? Wärst du vielleicht gern einer von denen?«

Erlendur grinste und biss in das Teilchen. Der Kaffee war stark und kochend heiß, deswegen nippte er nur vorsichtig daran.

»So schlimm ist es doch nun auch wieder nicht«, sagte er. »Danke für den Kaffee.«

»Wohl bekomm's. Sind dir irgendwelche Gespenster über den Weg gelaufen?«

»Irgendwo gibt's immer welche«, sagte Erlendur.

»Für die Kinder war das hier ein Gespensterhaus«, sagte Bóas. »Das war, als Kinder noch draußen spielen wollten und wussten, was ein Gespensterhaus war. Sie kamen zum Spielen hierher, machten ein Feuerchen und erzählten sich Spukgeschichten. Das ist schon

Jahre her. Wahrscheinlich haben sie auch hier rumgeknutscht oder sich hin und wieder Schnaps organisiert.«

»An den Wänden sind ein paar Kritzeleien«, sagte Erlendur.

»Ja, immer ist irgendwer in irgendwen verschossen. Jetzt kommt meines Wissens niemand mehr hierher. Abgesehen von dir natürlich.«

»Und das ist nicht oft«, sagte Erlendur.

»Ein schöner Ort. Wirst du noch länger bleiben?«

»Ich weiß es nicht«, sagte Erlendur.

»Ist dir hier nicht kalt?«

»Nein, es geht.«

»Du verzeihst einem alten Kerl wie mir diese Fragerei – ich will mich nicht in deine Angelegenheiten einmischen«, sagte Bóas. »Aber ich habe mit anderen Fuchsjägern hier in der Gegend über das gesprochen, worüber wir uns unterhalten haben, ob Fuchsbaue und Rabennester etwas über den Verbleib deines Bruders verraten könnten. Es ist nichts dabei herausgekommen.«

»Nein«, sagte Erlendur. »Damit hatte ich auch nicht gerechnet. Trotzdem vielen Dank.«

»Und dein Fall? Wie geht es damit vorwärts?«, fragte Bóas.

»Mein Fall? Meinst du Matthildur?«

Bóas nickte.

»Das ist wohl kaum ein Fall. Ich weiß nicht, was ich sagen soll. Es kommt mir allerdings so vor, als ob dein Ezra vielleicht das Bild vervollständigen könnte.«

»Inwiefern?«, fragte Bóas, neugierig wie immer.

»Ich hatte so das Gefühl, als ich mich noch einmal

mit Hrund unterhalten habe«, sagte Erlendur, der nicht vorhatte, Bóas mehr als das Notwendigste zu erzählen. Auf die Beziehung zwischen Ezra und Matthildur wollte er nicht eingehen, und deswegen spielte es keine Rolle, ob Bóas etwas davon wusste oder nicht. Das war die Privatsache der Beteiligten, und er wollte um keinen Preis irgendwelche Gerüchte in die Welt setzen. »Aber das ist nur so ein Gefühl«, beeilte er sich hinzuzufügen, um die Bedeutung seiner Worte noch mehr abzuschwächen.

»Meinst du, dass sich da irgendetwas abgespielt hat, was nicht astrein war?«

»Es kommt mir so vor, als würdest du das glauben«, sagte Erlendur, um den Spieß umzukehren. »Sonst wärst du wohl nicht so bereitwillig auf meine Fragen nach Matthildur eingegangen. Soweit ich weiß, hast du mir seinerzeit gesagt, ich solle mit Hrund sprechen. Nachdem ich dir erzählt hatte, dass ich bei der Polizei bin.«

»Ich weiß auch nicht mehr«, sagte Bóas, der jetzt einen Rückzieher machte. »Ich habe dir nur die Sache aus meiner Sicht erzählt. Ich weiß nicht, was damals geschehen oder nicht geschehen ist.«

»Eine interessante Geschichte und nichts weiter?«, fragte Erlendur.

»Meiner Meinung nach nichts weiter«, antwortete Bóas. »Du willst noch mal mit Ezra sprechen?«

»Ich weiß es nicht«, sagte Erlendur, der sich ziemlich sicher war, dass Bóas nicht nur mit Kaffee und Gebäck vorbeigekommen war, um seinem neuen Bekannten aus Reykjavík eine Freude zu machen. Insgeheim machte es ihm Spaß, dass Bóas so tat, als hätte er nicht das geringste Interesse an dem Fall, aber gleichzeitig vor Neugier platzte.

»Wenn du möchtest, komme ich gerne mit«, schlug Bóas vor.

»Nein, aber vielen Dank für das Angebot«, sagte Erlendur. »Ich möchte dich auf keinen Fall noch länger aufhalten.«

»Ach was, das ist doch gar keine Sache«, beeilte Bóas sich zu sagen. »Ich kenne den Alten, ich könnte vielleicht etwas aus ihm herauslocken, was er dir nicht sagen würde.«

»Nichts für ungut, aber daran habe ich seit meiner Begegnung mit ihm irgendwie meine Zweifel«, sagte Erlendur. »Außerdem weiß ich noch gar nicht so richtig, ob ich noch einmal mit ihm sprechen soll.«

»Du sagst mir einfach Bescheid, wenn ich dir irgendwie helfen kann«, sagte Bóas und schickte sich an, zu gehen. Es war klar, dass er bei Erlendur nicht weiterkam.

»Vielen Dank für den Kaffee und das Gebäck«, sagte Erlendur und begleitete ihn zur Tür, so als sei Bakkasel wieder sein Zuhause und nie verlassen worden.

Neunundzwanzig

Diesmal hörte Erlendur keine Hammerschläge von unten aus dem Schuppen, und es kam niemand zur Tür, als er klopfte. Er klopfte dreimal und hielt sein Ohr an die Tür. Ezras Auto stand auf dem Hof, er hatte es nicht bewegt und es nicht vom Schnee befreit. Die Spuren im Schnee, die vom Haus auf den Hof und zum Schuppen führten, waren schon etwas älter, soweit Erlendur sehen konnte. Er stapfte zum Schuppen hinunter, wo Ezra bei seinem ersten Besuch den Trockenfisch weich geklopft hatte. Er drehte den Holzriegel zur Seite und schob die Tür auf, die abweisend knarrte. Drinnen war alles unverändert, der Stein, der Hocker und die getrockneten Fische. Außerdem bewahrte Ezra dort alles Mögliche auf, was sich in einem langen Menschenleben angesammelt hatte: Werkzeug und Gartengeräte, eine Sense, das Motorgehäuse eines Traktors, Radkappen und die verrostete Stoßstange eines Autos, das sehr alt gewesen sein musste. In einer Ecke war ein Holzstoß aufgeschichtet, und an zwei Nägeln hingen verschlissene Winteroveralls, die nach Erlendurs Einschätzung zu nichts mehr zu gebrauchen waren.

Er ging zu dem Fisch, der zum Trocknen hing, riss sich ein Stück ab, schob es in den Mund und kaute darauf herum. Unterdessen sah er sich in dem Schuppen um und überlegte. Es gab keine Anzeichen dafür, dass Ezra das Haus vor Kurzem verlassen hätte. Und er hatte auch keine frischen Autospuren bemerkt, als er zum Haus gefahren war. Er griff nach dem Hammer, den Ezra beim letzten Mal für den Fisch verwendet hatte, und wog ihn in der Hand.

Erlendur nahm den Hammer mit, als er wieder hinauf zum Wohnhaus ging. Er klopfte noch ein weiteres Mal kräftig an die Tür, ohne Erfolg, und als er die Klinke hinunterdrückte, war die Tür verschlossen. Er erinnerte sich, dass das bei seinem ersten Besuch nicht der Fall gewesen war. Er rüttelte einige Male heftig an der Klinke, denn er war überzeugt, dass Ezra im Haus sein musste.

Als Nächstes versuchte er, durch die Fenster ins Haus zu spähen, er rief Ezras Namen, erhielt jedoch keine Antwort. Rings ums Haus herrschten Stille und Schweigen, nur ein paar Vögel schwebten über ihm am Himmel. Er kehrte zur Haustür zurück, deren oberer Teil aus einem viergeteilten Fenster bestand, vor dem ein Vorhang hing. Erlendur wollte gerade eine der Scheiben mit dem Hammer einschlagen, als die Tür aufgerissen wurde und Ezra erschien.

»Was machst du da mit meinem Hammer?«, stieß er hervor und starrte Erlendur wütend an.

»Ich …«

Weiter kam Erlendur nicht. Im Vergleich zu ihrer ersten Begegnung legte Ezra jetzt ein anderes, geradezu feindseliges Verhalten an den Tag.

»Was willst du von mir?«, stieß er hervor.

»Ich würde gern mit dir sprechen«, sagte Erlendur.

»Wolltest du dir hier mit Gewalt Zutritt verschaffen? Was machst du mit meinem Hammer?«

»Ich dachte, dass dir vielleicht etwas zugestoßen wäre«, sagte Erlendur. »Es kam mir so vor, als müsstest du zu Hause sein. Ist alles in Ordnung mit dir?«

»Vielen Dank für deine Besorgnis«, sagte Ezra. »Lass mich gefälligst in Ruhe!«

»Weshalb willst du ...«

Ezra knallte ihm die Tür so heftig vor der Nase zu, dass die kleinen Scheiben erzitterten. Erlendur blieb noch eine Weile vor der Tür stehen, dann drehte er sich um und ging wieder hinunter zum Schuppen, um den Hammer an seinen Platz zu legen. Er hatte Ezra keine Besorgnis vorgetäuscht. Als erfahrener Polizist wusste er, in welch gefährliche Situationen ältere, alleinstehende Menschen geraten konnten, und häufig genug waren sie dann nicht mehr imstande, irgendjemanden zu verständigen.

Er sah sich noch einmal in dem Schuppen um und bemerkte ein Paar vorsintflutliche Holzski mit Lederbindungen und große Bambusskistöcke. So etwas hatte er lange nicht mehr gesehen, und er strich mit der Hand über die alten Skier.

Auf einmal hörte er ein Knirschen im Schnee vor dem Schuppen, und ein grimmig aussehender Ezra tauchte in der Tür auf. Er hielt eine Schrotflinte in der Hand, die aber nicht auf Erlendur gerichtet war, sondern auf den Boden. Er war genauso gekleidet wie vorhin an der Tür, in Pantoffeln, Unterhemd und einer Hose, die von schmalen Hosenträgern gehalten wurde.

»Mach, dass du hier wegkommst«, sagte er.

»Mach keine Dummheiten«, sagte Erlendur.

»Verschwinde«, sagte Ezra und hob die Schrotflinte.

»Was ist passiert? Wovor hast du Angst?«

»Mach, dass du fortkommst«, sagte Ezra. »Du befindest dich unbefugt auf meinem Grund und Boden.«

»Mit wem hast du gesprochen?«, fragte Erlendur. »Was ist auf einmal so anders? Ich dachte, wir könnten uns ein wenig unterhalten.«

»Ninna hat mich angerufen und mich vor deiner Schnüffelei gewarnt«, erklärte Ezra. »Ich will nicht, dass du hinter mir herspionierst.«

»In Ordnung«, sagte Erlendur. »Das verstehe ich.«

»Gut. Dann sieh zu, dass du wieder nach Reykjavík kommst.«

»Verspürst du nicht den Wunsch, sie zu finden? Möchtest du nicht wissen, was aus ihr geworden ist? Was damals tatsächlich geschehen ist? Möchtest du das nicht wissen?«

»Lass mich in Frieden«, sagte Ezra. »Misch dich nicht in meine Sachen ein. Mach, dass du wegkommst!«

»Wusste Jakob von euch beiden?«

»Zum Teufel noch mal«, schrie Ezra, »hör auf damit und verschwinde!«

Er legte die Schrotflinte an und zielte nun auf Erlendur.

»In Ordnung«, sagte Erlendur. »Mach es nicht noch schlimmer, als es schon ist. Ich geh ja schon. Aber du weißt, dass ich das melden muss. Du kannst nicht einfach hier rumlaufen und mit deiner Flinte auf Menschen zielen, so als sei das völlig normal. Ich muss das bei der Polizei in Eskifjörður melden. Sie werden kommen und dir die Waffe wegnehmen. Möglicherweise verständigen sie auch das SEK in Reykjavík, und die schicken dann ein paar Leute hierher. Und dann erfahren die Medien davon, und dann wird dein Name in den Siebenuhrnachrichten fallen. Heute Abend noch.«

»Wer bist du?«, fragte Ezra. Er hatte die Stimme gesenkt, die sowohl Zweifel als euch Verwunderung über den Mann verriet, der einen seiner Skistöcke in der Hand hielt und ihn herausforderte. »Wer zum Teufel bist du?!«

Erlendur gab ihm keine Antwort.

»Ich habe keine Angst, sie zu benutzen«, sagte Ezra und schüttelte die Schrotflinte. »Glaub nicht, dass ich davor zurückschrecke!«

Erlendur stand schweigend da und rührte sich nicht. Er sah dem alten Mann ins Gesicht.

»Ist es dir egal, ob du lebst oder stirbst?«, schrie Ezra.

»Wenn du mich wirklich erschießen willst, Ezra, wenn du wirklich glauben würdest, dass das eine Lösung ist, dann hättest du es schon längst getan. Du solltest wieder ins Haus gehen, bevor du dir hier etwas holst. Es ist ungesund, in Hausklamotten hier draußen im Schnee zu stehen.«

»Was bildest du dir ein, über mich zu wissen?«, entgegnete Ezra. »Was bildest du dir ein zu wissen? Du weißt überhaupt nichts! Du begreifst überhaupt nichts. Ich will, dass du gehst. Ich will nicht mit dir reden. Begreifst du das?«

»Erzähl mir von Matthildur.«

»Da gibt es nichts zu erzählen, Ninna hat da irgendeinen Blödsinn geredet. Nimm bloß nicht ernst, was sie sagt.«

»Ich habe mit Hrund gesprochen. Sie hat mir erzählt, was du seinerzeit ihrer Mutter gestanden hast. Ich weiß von der Beziehung zwischen dir und Matthildur. Ich weiß, dass ihr Jakob hintergangen habt.«

»Hintergangen«, erklärte Ezra in verächtlichem Ton. Die Schrotflinte sank herab. »Jakob hintergangen«, wiederholte er. »Willst du etwa behaupten, dass er ein anständiger Mensch war?«

»Mir ist nichts anderes bekannt.«

»Du weißt überhaupt nichts, das ist die Sache! Rein gar nichts!«

»Dann rede mit mir. Sprich über Jakob.«

»Ich habe nichts zu sagen. Ich habe nichts mit dir zu bereden!«

»Du hast Matthildurs Mutter alles über eure Beziehung gesagt.«

»Ich bat sie, das für sich zu behalten«, sagte Ezra. »Sie beschwor mich unter Tränen, mit ihr zu reden. Sie ließ mir keine Ruhe. Ich habe nicht damit gerechnet, dass auf einmal jeder davon weiß. Sie hatte mir versprochen, zu niemandem darüber zu sprechen.«

»Wieso wusste sie von dir?«

»Von mir?«

»Von dir und Matthildur?«

»Matthildur hatte ihr gesagt, dass wir gut befreundet waren, und sie hat anscheinend etwas mehr hineingedeutet.«

»Ich glaube, sie hat nur ihrer Tochter Hrund davon erzählt«, sagte Erlendur. »Meines Erachtens weiß niemand anderes etwas darüber, was du ihr anvertraut hast.«

»Das ist auch gut so.«

»Bist du sicher? Es ist doch alles schon so lange her.«

»Verdammte Klatschweiber!«, erklärte Ezra plötzlich. »Was haben sie über Jakob erzählt?«

»Nichts Besonderes.«

»Klatschweiber!«

»Und was war mit Jakob?«, fragte Erlendur, der das Gefühl hatte, jetzt einen Zugang zu Ezra finden zu können. »Wer war er? Und was war zwischen euch? Matthildurs Mutter hat dir geglaubt. Hast du ihr die Wahrheit gesagt?«

»Die Wahrheit?«, stieß Ezra wütend hervor. »Selbstverständlich! Willst du das jetzt so verdrehen? Willst du etwa einen Lügner aus mir machen?«

»Ich weiß es nicht. Sag mir, was geschehen ist.«

»Willst du etwa behaupten, dass ich Matthildurs Mutter etwas vorgelogen habe?«

»Ich frage dich: Hast du etwas mit dem Verschwinden von Matthildur zu tun?«

»Ich?!«

»Findest du diese Frage erstaunlich? Du hattest ein heimliches Verhältnis mit ihr. Sie war mit deinem Freund verheiratet.«

»Jetzt hör aber mal …«

»Sag mir, was damals geschehen ist, Ezra.«

»Willst du hören, wie wir Jakob betrogen haben?«, sagte Ezra und geriet wieder in Wut. »Willst du wirklich hören, wie wir ihn hintergangen haben, das Schwein? Dann komm. Ich werde dir sagen, was für ein Betrug das war. Und dann kannst du dich gefälligst aus dem Staub machen und mich in Ruhe lassen!«

Dreißig

Ezra legte die Schrotflinte nicht beiseite, sondern behielt sie auf den Knien. Er und Erlendur saßen einander in der Küche gegenüber. Er hatte den Finger am Abzug und strich manchmal mit der anderen Hand über den Lauf, während er mit leiser Stimme seine Geschichte erzählte. Es fiel ihm nicht leicht, von dem zu berichten, was vorgefallen war. Zum Teil lag es daran, dass er jahrzehntelang zu niemandem darüber gesprochen hatte und sich schwer damit tat, aber es rührte auch daher, dass ihm diese Ereignisse in gewisser Weise immer noch Qualen verursachten, auch wenn seitdem ein ganzes Menschenleben verstrichen war. Alles stand ihm noch ganz lebendig vor Augen, jedes Detail, jedes Ereignis, jedes Gespräch, als sei alles erst kürzlich geschehen. Zwischendurch machte er immer wieder lange Schweigepausen, die Erlendur nicht unterbrach. Ezra sprach sehr langsam und ließ sich nicht drängen, und Erlendur gestattete ihm, das Tempo zu bestimmen.

Ezra bestätigte das meiste von dem, was Hrunds Mutter ihrer Tochter über die Beziehung zwischen Matthildur und Ezra gesagt hatte. Der Brief von Ingunn hatte schicksalhafte Wirkung gehabt, doch auch schon vor seinem Eintreffen hatte es in Matthildurs Ehe gekriselt.

»Jakob war so etwas wie ein Freund«, sagte Ezra. »Ich weiß nicht, ob ich dir das bereits gesagt habe, ich weiß auch nicht, wie viel du weißt. Ich habe ihn in Djúpivogur kennengelernt, kurz nachdem ich in die Ostfjorde gekommen bin. Es war meine erste Fangsaison, und er hat mir in vieler Hinsicht geholfen. Ich war ein unerfahrener Bursche in einer fremden Umgebung, und ich mochte ihn. Und ich hatte das Gefühl, dass auch alle anderen ihn mochten. Er unterschied sich eigentlich kaum von den anderen, aber er war trotzdem ... ihm liefen die Frauen nach. Ich weiß gar nicht, wie man das ausdrücken soll, aber er verstand sich irgendwie auf Frauen.«

»Vielleicht ist das der Grund für den schlechten Ruf, den er hatte?«

»Und es spielte keine Rolle, ob sie verheiratet waren. Einmal habe ich gesehen, wie er deswegen in eine Schlägerei verwickelt wurde.«

»Aber galt denn nicht dasselbe für dich, als du dich mit Matthildur eingelassen hast?«

»Ich war nicht wie er!«, erklärte Ezra prompt. »Überhaupt nicht!«

»Kannst du dich aus der Zeit in Djúpivogur an Matthildurs Schwester Ingunn erinnern?«

»Nein, überhaupt nicht«, sagte Ezra. »Danach hat mich Matthildur auch gefragt und mir ein Foto von Ingunn gezeigt. Ich konnte ihr nichts anderes sagen, als dass Jakob bei Frauen gute Karten hatte. Wer diese Frauen im Einzelnen waren, wusste ich nicht. Ich bin lange vor ihm nach Eskifjörður gezogen. Als er hierherkam, bahnte sich die Beziehung zu Matthildur an. Ich habe sie erst kennengelernt, als Jakob und ich zusammen zum Fischen ausfuhren, da waren sie aber schon ein Paar. Ich holte Jakob meist frühmorgens ab, und dabei trafen wir uns immer.«

»Über diesen Jakob weiß ich so gut wie gar nichts«, erklärte Erlendur. »Die Leute haben versucht, ihn zu beschreiben, und irgendjemand hat gesagt, dass er unter Klaustrophobie gelitten hat. Hast du davon gewusst?«

»Ich weiß nur, was Matthildur mir sagte, dass die Tür in ihrem Schlafzimmer unter gar keinen Umständen geschlossen sein durfte. Sie musste immer weit aufstehen, und er schlief praktisch direkt neben der Tür.«

»Es muss Matthildur tief getroffen haben, als sie von der Verbindung zwischen Ingunn und Jakob erfuhr.«

Ezra hatte sich zwar inzwischen sichtlich beruhigt, ließ aber die Schrotflinte immer noch nicht los. Er legte sich aber jetzt nicht mehr quer, ihm schien klar geworden zu sein, dass Erlendur eine von den Plagen war, die man nicht loswerden konnte.

»Die arme Matthildur«, stöhnte Ezra.

»Man kann gut verstehen, in was für einer schwierigen Lage sie sich befand.«

»Verstehen?«, echote Ezra leise flüsternd wie zu sich selbst. »Du glaubst, das verstehen zu können? Du weißt überhaupt nicht, wovon du redest.«

Erlendur schwieg.

»Du hast keine Ahnung, wovon du redest«, wiederholte Ezra. »Nicht die allergeringste.«

Mehr als zwei Monate waren seit dem Verschwinden von Matthildur vergangen, ohne dass die Suche nach ihr irgendetwas ans Licht gebracht hatte. In diesen Tagen, Wochen und Monaten, seit Jakob ihn mit der Nachricht konfrontiert hatte, dass Matthildur bei dem Unwetter unterwegs nach Reyðarfjörður gewesen war, hatte Ezra beinahe den Verstand verloren. Er trauerte maßlos um sie, und er war mit seiner Trauer völlig allein und isoliert. Er konnte niemandem von seinem Geheimnis erzählen. Er war sogar auf den Gedanken gekommen, mit dem Pastor zu sprechen, hatte sich aber dann nicht getraut. Er kannte den Priester nicht und war auch nie religiös gewesen. Er schloss sich in seinem Haus ein und weinte im Stillen. Die Trauer kam in Wellen, er schwankte zwischen Angst und Zorn, Ohnmacht und Ratlosigkeit. Am schlimmsten aber waren die Selbstvorwürfe, die ständig wieder hochkamen, denn es gab niemand anderen, dem er etwas vorwerfen konnte. Er hätte sie besser beschützen müssen, er hätte bei ihr sein müssen, er hätte sie vor diesem plötzlichen Tod bewahren müssen. Welche Schuld trug er an ihrem Tod? Hatte er sie nicht von ihrem Mann weggelockt? War das vielleicht der Grund dafür gewesen, dass sie sich auf den Weg nach Reyðarfjörður gemacht hatte? Diese Fragen machten ihm das Leben zur Hölle, sie waren Anklage und Schuldspruch zugleich. Zwischendurch versuchte er sich immer wieder einzureden, dass er sie vor nichts hätte bewahren können, sie wäre so oder so diesen Weg gegangen. Vielleicht war es ihr vom Schicksal vorherbestimmt gewesen, auf diese Weise zu sterben. Aber nein! Ihr letzter Gang über die Berge musste in irgendeinem Zusammenhang mit ihrer Beziehung stehen, ihrer verbotenen Liebe, der Heimlichtuerei, dem Betrug. Warum hatten sie nicht von Anfang an für Klarheit gesorgt, warum war sie nicht zu ihm gezogen? Warum? Weshalb?

Jakob war der einzige Mensch, der möglicherweise irgendwelche Fragen beantworten konnte, aber er wagte nicht, ihn darauf anzusprechen, er traute es sich einfach nicht zu, mit ihm zu reden. Vielleicht fürchtete er sich vor den Antworten, die er erhalten würde.

Es war bereits März. Die Tage wurden wieder länger, und der Frühling stand vor der Tür, als sie sich ganz zufällig begegneten. Ezra hatte seither jeglichen Kontakt zu Jakob vermieden. Er vermisste Matthildur unsäglich, dachte an sie von früh bis spät und an ihre heimlichen Treffen, die viel zu selten gewesen waren. Sie hatten doch schon begonnen, über eine gemeinsame Zukunft zu sprechen. Sie wollten wegziehen. Es war undenkbar, in Jakobs Nähe zu bleiben.

»Wir können nach Reykjavík gehen«, hatte sie an dem Abend gesagt, als sie sich zu ihm geschlichen hatte.

»Das könnten wir tun«, hatte er geantwortet. »Aber es wird doch immer wieder gesagt, dass es so schwierig ist, dort eine Wohnung zu bekommen. Alle ziehen nach Reykjavík und wollen für das Militär arbeiten. Hast du ihm gesagt, dass du ihn verlassen willst?«

»Ich ...«

»Möchtest du, dass ich dabei bin?«

»Nein«, sagte Matthildur.

»Für das, was du ihm sagen willst, wird es nie einen

richtigen Augenblick geben«, erklärte er. »Am besten ist es, ehrlich zu sein und es ihm so schnell wie möglich zu sagen. Ich würde das gerne tun, wenn du es mir gestattest.«

»Es ist besser, wenn ich es ihm sage.«

»Hat er denn noch keinen Verdacht geschöpft?«

»Ich weiß es nicht. Ich glaube nicht.«

»Wovor hast du am meisten Angst? Dass er Hand an dich legen wird?«

»Nein, nicht an mich«, sagte Matthildur. »Ich habe eher Angst um dich.«

»Mir kann er nichts anhaben«, sagte Ezra. »Er kann mir überhaupt nichts tun. Ich habe keine Angst vor ihm, Matthildur.«

»Ich weiß.«

»Ich fühle mich nicht wohl in dieser Situation. Er ist ... Er hat sich nie schlecht mir gegenüber verhalten, er war doch so etwas wie ein Freund für mich. Wir haben zusammen gearbeitet. Dieser Zustand ... also, das ist alles schrecklich schwierig für mich. Ich glaube, wir haben gar nichts zu befürchten, wir müssen ihm einfach nur reinen Wein einschenken. Wir müssen mit ihm reden und ihn dazu bringen, dass er versteht, was geschehen ist. So etwas geschieht doch nicht zum ersten Mal auf der Welt, so etwas passiert doch dauernd.«

»Ich weiß«, sagte Matthildur wieder.

Sie lagen lange nebeneinander unter seiner Bettdecke und wärmten sich gegenseitig. Sie war kurz vor Mitternacht zu ihm gekommen und hatte vorsichtig bei ihm angeklopft. Er hatte nicht mit ihr gerechnet und sich über ihren Besuch gefreut. Sie küssten sich, er streichelte ihr über das Gesicht, dann küssten sie sich wieder und inniger, bis sie vor Begierde brannten. Er trug sie ins Schlafzimmer. Sie liebten sich halb nackt, halb bekleidet, Matthildur entfesselte eine zügellose Leidenschaft in ihm, die ihm sämtliche Hemmungen nahm. Er musste ihr die Hand vor den Mund halten, um die Schreie zu dämpfen, die sich über ihre Lippen drängen wollten, denn eine Lust wie diese hatte ihr Ehemann nie in ihr entfachen können.

»Wir müssen es Jakob sagen, bevor er es selber herausfindet, wir müssen vorher mit ihm sprechen«, sagte Ezra, als er wieder ruhig neben ihr lag. »Er darf es nicht von jemand anderem erfahren. Wir müssen ihm die Wahrheit sagen, bevor er etwas von anderen hört.«

»Ich werde mit ihm reden«, sagte Matthildur. »Ich verspreche es.«

»Bitte, lass mich dabei sein. Er ist doch angeblich mein Freund.«

»Nein, das tu ich am besten allein«, erklärte Matthildur. »Ich glaube, es ist besser so. Ich spreche mit ihm und sage ihm, dass ich zu dir ziehen will. Ich sage ihm, dass ich nicht mehr mit ihm leben kann, wegen seiner Vergangenheit, weil die Nachricht von seinem Verhältnis zu meiner Schwester wie ein Schlag ins Gesicht für mich war. Und ich sage ihm auch, dass ich einen anderen liebe.«

»In Ordnung. Ich möchte aber trotzdem bei dir sein.«

»Mach dir nicht so viele Gedanken wegen Jakob, denk lieber an uns. An uns beide.«

Und mit diesen Worten war sie gegangen.

An diesem sonnigen Märztag also, als das alles schon einige Monate zurücklag und der Frühling gleich hinter der nächsten Ecke lauerte, begegnete er Jakob. Ezra kam am Friedhof vorbei und hörte, dass jemand seinen Namen rief. Als er sich umblickte, sah er Jakob auf dem Friedhof, der in Hemdsärmeln arbeitete. Ezra wusste, dass am nächsten Tag eine Beerdigung stattfinden würde, ein Mann war im besten Alter nach kurzer Krankheit gestorben, eine große Trauerfeier stand bevor. Ezra betrat den Friedhof und ging zu Jakob hinüber.

»Wohin des Wegs, mein Lieber?«, fragte Jakob und unterbrach sein Schaufeln. Er übernahm Arbeiten im Auftrag der Kirche, hielt den Friedhof instand und hob Gräber aus.

Ezra antwortete ausweichend und sagte, er habe es eilig. Die Begegnung mit Jakob war ihm unangenehm. Er hatte es bewusst vermieden, ihm über den Weg zu laufen, denn er wusste nicht, ob Matthildur ihm gesagt hatte, dass sie sich liebten, oder ob er womöglich auf anderen Wegen davon erfahren hatte. Sie waren zwar mehr als vorsichtig gewesen, aber man konnte nie wissen.

»Wir sehen uns ja praktisch überhaupt nicht mehr«, sagte Jakob.

»Ja, ich hab sehr viel zu tun«, entgegnete Ezra.

»Natürlich, du hast viel zu tun«, sagte Jakob. »Die Demütigen werden das Land erben, so viel steht fest. Und das sind wir, Ezra, wir, die wir uns krumm schuften.«

Einunddreißig

Ezra hörte Erlendurs Frage nicht. Er ließ seine von schwerer Arbeit gezeichnete Hand über den Lauf der Schrotflinte gleiten, starrte in eine Ecke der Küche, schien aber eher tief in sich selbst hineinzublicken, in die Erinnerung an das Zusammentreffen zwischen ihm und Jakob auf dem Friedhof und das, was im Anschluss daran geschehen war. Früher oder später hatte es zu einem solchen Treffen kommen müssen, ein purer Zufall hatte Ort und Stunde bestimmt. Das hatte ständig wie eine Bedrohung über ihm geschwebt, genauso unausweichlich wie der Tod.

Ezra war mitten in seinem Bericht verstummt. Die Katze war unterdessen in die Küche gekommen und hatte Erlendur misstrauisch angestarrt, bevor sie es für unbedenklich befunden hatte, sich auf ihren Platz zu legen.

Zum dritten Mal wiederholte Erlendur seine Frage, dann reagierte der alte Mann endlich, Ezra tauchte aus der Welt seiner Gedanken auf.

»Was hast du gesagt?«

»Und was geschah dann?«, fragte Erlendur.

»Er hat gesagt, ich solle zu ihm nach Hause kommen.«

»Bist du gegangen?«

Ezra gab ihm keine Antwort.

»Bist du zu ihm nach Hause gegangen?«, fragte Erlendur wieder.

»Da schwang so ein Unterton mit in dem, was er sagte«, antwortete Ezra schließlich. »Ein widerwärtiger Unterton. Jakob war ein widerwärtiger Mensch. Und trotzdem ... Trotzdem waren wir doch irgendwann einmal befreundet gewesen.«

Jakob hatte eine Schachtel Zigaretten hervorgeholt und Ezra eine angeboten, er hatte dankend abgelehnt.

»Immer noch Nichtraucher?«, fragte er.

»Ich habe es mir nie angewöhnen können«, sagte Ezra und versuchte zu lächeln.

»Ich kaufe sie bei den Briten. Pall Mall, erstklassiger Tabak. Der Stjáni ist abgekratzt, davon hast du vielleicht gehört.«

»Ja, natürlich habe ich davon gehört. Ist nicht morgen die Beerdigung?«

»Ja. Ich muss das Grab bis morgen fertig haben. Was für ein Glück mit dem Wetter.«

»Ja«, sagte Ezra und sah mit zusammengekniffenen Augen zur Sonne hoch. »Also, ich muss mich beeilen.« Er wandte sich um und wollte weitergehen.

»Ich habe mehr Glück, als Matthildur hatte«, sagte Jakob.

Ezra hielt inne.

»Was hast du gesagt?«

»Nett, dich getroffen zu haben«, sagte Jakob, so als wolle er sich verabschieden, aber Ezra rührte sich nicht vom Fleck.

»Was hast du da über Matthildur gesagt?«

Ezra war nicht wegen der Worte zögernd stehen geblieben. Das waren doch nur ganz alltägliche Floskeln ohne große Bedeutung. Es war Jakobs gutes Recht, das zu sagen, und es war auch völlig normal, dass er das sagte. Doch der Unterton, der in seinen Worten mitschwang, ließ Ezra aufhorchen. Denn er spürte sofort, was er zu bedeuten hatte. Wahrscheinlich hätte ihn auch jede andere Bemerkung über Matthildur an einer besonders empfindlichen Stelle getroffen, vor allem, wenn sie von Jakob kam. Doch der Unterton war nicht misszuverstehen, denn er enthielt eine Anschuldigung.

»Ich hätte dir sehr viel über Matthildur zu sagen«, erklärte Jakob, immer noch in demselben anklagenden Ton. »Und darüber hätte ich gern mit dir gesprochen, aber es kommt mir fast so vor, als ob du mir aus dem Weg gehst.«

»Ich gehe dir nicht aus dem Weg«, erklärte Ezra rasch. Vielleicht etwas zu rasch. Er überlegte, ob Jakob die Unruhe spürte, die ihn ergriffen hatte. Ob er sein Herzklopfen hören konnte.

»Mir kommt es aber so vor. Eine Zeit lang warst du dauernd krank. Und dann war Schluss mit dem gemeinsamen Fischen, du hast dir Arbeit an Land gesucht. Man könnte meinen, ich hätte dir etwas getan. Man könnte meinen, wir wären keine Freunde mehr.«

»Du hast mir nichts getan«, sagte Ezra. »Natürlich sind wir Freunde.«

Versuchte Jakob, den Spieß umzudrehen? Schließlich war Ezra es, der Jakob etwas angetan hatte. Er und Matthildur hatten Jakob hintergangen, hatten Freundschaft und Treue gebrochen. Wahrscheinlich war es verdächtig, dass er sich so zurückgezogen hatte. Jedes Mal, wenn er Jakob von ferne sah, hatte er eine andere Richtung eingeschlagen. Er hatte sich nach dem Verschwinden von Matthildur nicht mehr um seinen angeblichen Freund gekümmert, hatte ihm nicht beigestanden. Er war genau wie Matthildur einfach aus seinem Leben verschwunden. Das musste Argwohn erweckt haben, und genau das schien sich jetzt herauszustellen.

»Dann ist es ja gut«, erklärte Jakob.

»Was wolltest du mir über Matthildur sagen?«, fragte Ezra.

»Was meinst du damit?«

»Du hast gesagt, du hättest mir sehr viel über Matthildur zu sagen.«

»Das stimmt«, sagte Jakob. »Ich habe da an eine Gedenkfeier gedacht, oder ... Na ja, eine Beerdigung kann man es wohl kaum nennen. Aber zuerst muss sie für tot erklärt werden, und das kann viel Zeit in Anspruch nehmen. Bei so etwas darf nichts überstürzt werden. Bei solchen Fällen, verstehst du? Sie wird nicht mehr gefunden werden. Nicht nach all dieser Zeit.«

»Das kann man nicht ausschließen«, sagte Ezra. »Jetzt hat die Schneeschmelze eingesetzt.«

»Und dann ...« Jakob zögerte.

»Ja?«

»Und dann ist da noch etwas anderes, was ich niemandem gegenüber erwähnt habe, und ich weiß auch nicht, ob und wie ich es dir sagen soll. Es ist mir peinlich ... sehr peinlich, darüber zu reden. Ich weiß eigentlich nicht, wie ich es ausdrücken oder an wen ich mich wenden soll. Es gibt nur so wenige, denen man

Vertrauen schenken kann, wenn es um eine solche ... um so eine heikle Angelegenheit geht.«

»Was meinst du?«

»Es geht um Matthildur«, sagte Jakob. »Sie hatte sich bereits sehr von mir entfernt, bevor sie ... Bevor sie dann im wahrsten Sinne des Wortes verschwand.«

»Sich von dir entfernt?«

»Ja. Einiges davon drehte sich um ganz persönliche Dinge zwischen uns beiden, verstehst du, so ist das in jeder Ehe. Du wirst ... Eines Tages wirst du vielleicht verstehen, was ich meine. Wenn du irgendwann einmal deine eigene Frau findest, Ezra.«

Wieder hörte Ezra diesen Unterton heraus. Und auch die Wortwahl entging ihm nicht. Deine eigene Frau.

»Da war aber auch noch etwas anderes«, fuhr Jakob fort.

Diesen Worten folgte längeres Schweigen.

»Was meinst du mit etwas anderes?«, fragte Ezra, als Jakob keine Anstalten machte, fortzufahren.

»Ich habe sozusagen nichts in der Hand. Nichts Konkretes, so gesehen. Das ist aber wohl bei Männern in meiner Situation ja meistens auch erst der Fall, wenn die Tatsachen nicht mehr zu übersehen sind. Wenn sie einem sozusagen ins Gesicht springen, verstehst du?«

»Männer in deiner Situation?«

»Ich rede von Ehemännern, die zum Hahnrei gemacht werden. Du weißt, was das bedeutet, wenn man zum Hahnrei gemacht wird?«

»Ich ...«

Jakob warf den Zigarettenstummel weg.

»Das sagt man, wenn die Ehefrau mit einem anderem schläft und man selbst völlig ahnungslos ist. Vielleicht wissen sogar andere davon, aber man selbst, man hat nicht den geringsten Schimmer. Und dann will die Frau einen eines Tages verlassen, einfach so, als ginge einen das einen Scheißdreck an.«

Ezra versuchte, sich nichts anmerken zu lassen, war aber nicht imstande, zu beurteilen, ob ihm das gelang. Am liebsten hätte er sich sofort davongemacht, doch er wusste nicht, ob seine Beine ihm gehorchen würden. Er hatte das Gefühl, als sei alle Kraft von ihm gewichen. Er hatte keine Ahnung, wie er darauf reagieren sollte. Auf ein solches Gespräch mit Jakob über Matthildur war er völlig unvorbereitet gewesen.

»Willst du damit sagen, dass Matthildur …« Ezra wusste nicht, wie er den Satz zu Ende bringen sollte.

»Ich habe einen bestimmten Verdacht, mehr nicht. Und der quält mich von früh bis spät, doch die Wahrheit werde ich vermutlich nie mehr erfahren. So wie die Dinge liegen. Jetzt nicht mehr.«

Jakob zertrat den Zigarettenstummel am Boden.

»Nein, man wird sie nicht mehr finden«, sagte er und sah Ezra lange an. Ezra entgingen weder die Anschuldigung in Jakobs Blick noch die Anklagen, die in seinen Worten, ja in seinem ganzen Auftreten mitschwangen. Er konnte an nichts anderes denken. Jakobs Blick hatte eher Gewissheit als Verdacht signalisiert, und hinter seinen Worten steckte mehr, als sie besagten.

»Komm doch mal bei mir vorbei, damit wir miteinander reden können«, sagte Jakob. »Ich habe dir vielleicht etwas zu sagen, was du wissen solltest.«

»Und was sollte das sein?«

»Schau doch einfach mal bei mir vorbei«, sagte Jakob. »Ich muss jetzt erst das hier zu Ende bringen, und danach können wir miteinander reden. Abends bin ich meist allein zu Hause.«

Ezra wiegte sich auf seinem Stuhl vor und zurück, so erregt war er. Noch nach all diesen Jahren stand ihm die Erinnerung ganz lebendig vor Augen. Er konnte sich an jedes einzelne Wort von Jakob erinnern.

»Ich wusste nicht, was ich sagen sollte. Natürlich stand mir absolut nicht der Sinn danach, ihn zu besuchen, aber das konnte ich natürlich nicht sagen. Irgendwie habe ich mich wohl beschämt davongeschlichen, ich war am Boden zerstört.«

Erlendur hatte dem alten Mann schweigend zugehört. Er sah, wie nahe ihm all das ging, wie schwer es ihm fiel, über diese längst vergangene Zeit und die Erlebnisse zu sprechen, die ganz offensichtlich sein Leben stärker beeinflusst hatten, als ihm selbst bewusst war. Nur ein Fremder, ein Außenstehender, konnte wahrscheinlich nachvollziehen, welch lähmenden Einfluss diese Ereignisse auf ihn gehabt hatten, die doch schon so lange hinter ihm lagen.

»Fandest du dieses Gespräch nicht etwas seltsam?«, fragte Erlendur nach einiger Zeit.

»Zunächst ja«, antwortete Ezra. »Ich war völlig verwirrt. Aber allmählich drang zu mir durch, dass er etwas wusste, dass er von mir und Matthildur wusste. Er hat zwar nur Andeutungen gemacht, aber die zeigten, dass er alles wusste. Weil Matthildur es ihm gesagt hatte!«

»Und bist du zu ihm gegangen?«

»Ja«, sagte Ezra so leise, dass Erlendur es kaum vernahm. »Ich habe es zum Schluss getan. Ich bin zu ihm gegangen und habe die ganze Wahrheit über Matthildur herausgefunden.«

Zweiunddreißig

Zweifel und Ängste hatten Ezra nach dem Verschwinden von Matthildur ständig heimgesucht, und nach diesem Gespräch mit Jakob bedrängten sie ihn noch heftiger. Ihm war klar, dass er früher oder später zu ihm gehen und mit ihm reden musste. Zwischen ihnen lag etwas in der Luft, etwas Unausgesprochenes und Unreines, und dem musste er sich stellen. Er hatte Angst davor. Die Ungewissheit darüber, ob Jakob etwas wusste oder nicht, hatte ihn seit Matthildurs Verschwinden im Januar geplagt. Um herauszufinden, was sie ihm gesagt hatte, war er gezwungen, zu ihm zu gehen. Vielleicht wusste Jakob nichts, vielleicht wusste er alles. Am meisten fürchtete er sich davor, zu hören, dass Matthildurs Beziehung zu ihm vielleicht der Grund für ihren verhängnisvollen Gang über die Berge gewesen war. Dass sich die Eheleute deswegen gestritten hatten. Diesen Gedanken hatte er in den Monaten, seit Matthildur verschollen war, nicht von sich abschütteln können.

Drei Mal machte er sich auf den Weg zu Jakobs Haus und gab jedes Mal auf. Da war etwas an dessen Benehmen auf dem Friedhof gewesen, was ihn beunruhigte und ihm so etwas wie Furcht einflößte. Er tigerte ständig unruhig durch sein Haus und zerbrach sich den

Kopf über diesen Unterton, der in Jakobs Worten über Matthildur mitgeschwungen hatte, und darüber, wieso Jakob sich als Hahnrei bezeichnet und ihm das Wort so ausführlich erklärt hatte. Es hatte ganz den Anschein, als hätte sich Jakob über ihn lustig machen wollen.

Eines Abends setzte er dann doch sein Vorhaben in die Tat um, er machte nicht kehrt und klopfte bei Jakob an. Er nahm denselben Weg die kleine Böschung hinunter, den er früher jeden Morgen genommen hatte, wenn er Jakob zur Arbeit abholte. Als er sich in Matthildur verliebte, zaghaft und schüchtern, wie er war. Er war so glücklich und erstaunt über ihre Reaktion gewesen. Sein unsicheres Vortasten hatte sie vollkommen gelassen hingenommen, und es hatte von Anfang an den Anschein gehabt, als sei ihre Liebe natürlich, selbstverständlich und vor allem wahr gewesen. Seit ihrem Verschwinden war kein einziger Tag vergangen, an dem ihm nicht ihr Lächeln vor Augen gestanden hatte, oder eine kleine Handbewegung, ihr Blick, ihr Gang, ihr Lachen. Er vermisste sie schmerzlich, und abends beweinte er in seiner Einsamkeit ihr Schicksal, ihrer beider Schicksal.

Ezra sah Licht in Jakobs Haus und klopfte an. Der Wind hatte sich gedreht, nun strich er rau, kalt und trocken durch den Ort. Er klopfte noch einmal, und dann erschien Jakob in der Tür.

»Hallo, lieber Freund«, sagte er und ließ Ezra ins Haus. »Ich habe schon auf dich gewartet.«

Die Anrede *lieber Freund* klang falsch in Ezras Ohren. Jakob ging mit ihm ins Wohnzimmer, öffnete eine Flasche isländischen Brennivin und füllte zwei Schnapsgläser. Er leerte seines in einem Zug und goss gleich wieder nach. Er hatte eindeutig schon einiges getrunken, und Ezra erinnerte sich, wie unangenehm er in betrunkenem Zustand immer gewesen war, wie penetrant und aggressiv. Ezra nippte an seinem Glas und bereute bereits, gekommen zu sein. Er hätte zu einer anderen Tageszeit kommen sollen, wenn Jakob noch nicht zur Flasche gegriffen hätte. Im Gegensatz zu früher war das Haus völlig verwahrlost, dreckige Klamotten und schmutziges Geschirr mit Essensresten darauf lagen und standen im Wohnzimmer herum.

»Nett, dich zu sehen«, sagte Jakob.

»Wie geht es dir?«, fragte Ezra.

»Beschissen«, sagte Jakob. »Mir geht es wirklich beschissen, das kann ich dir sagen, Ezra. Irgendwie hat man an nichts mehr Freude.«

»Ja, es ist sicher eine sehr schwierige Zeit für dich gewesen.«

»Schwierige Zeit? Du kannst dir einfach nicht vorstellen, wie schwierig, Ezra. Wie schwierig diese Zeit für mich gewesen ist. Ich sag's dir, Ezra, ich kann es dir wirklich sagen, es nimmt einen schon verdammt mit, eine geliebte Frau wie Matthildur zu verlieren.«

»Ich möchte dich nicht stören. Ich sollte vielleicht lieber ein anderes Mal wiederkommen, ich muss ...«

»Was denn, willst du gleich wieder weg? Trink deinen Schnaps, Mann, immer mit der Ruhe. Ich hab nichts Besonderes gemacht, hab nur hier gesessen und Radio gehört. Du störst mich gar nicht.«

Ezra schwieg.

»Ich bin nicht betrunken«, sagte Jakob. »Ich fühl mich nur irgendwie einsam.«

»Natürlich«, sagte Ezra.

Jakob riss sich zusammen, richtete sich im Sessel auf und wählte seine Worte sehr sorgfältig,

»Im Grunde genommen bin ich richtig erstaunt, dass du es tatsächlich über dich gebracht hast, zu mir zu kommen«, sagte er.

»Dass ich es über mich gebracht habe? Ich wollte dir mein Beileid aussprechen ...«

»Wie schön von dir.«

»Und ich wollte wissen, wie es dir geht.«

»Aber vielleicht wolltest du auch noch etwas anderes wissen?«

»Ich ...«

»Möchtest du nicht auch etwas über Matthildur erfahren?«

»Über Matthildur?«

»Nun tu bloß nicht so begriffsstutzig.«

»Nein, ich würde nie ...«

»Glaubst du vielleicht, dass ich es nicht gewusst habe?«

»Gewusst?«

»Glaubst du wirklich, Ezra, dass ich nicht von dir und Matthildur gewusst habe?«

Plötzlich schien Jakob wieder vollkommen nüchtern zu sein. Seine Miene wurde hart und anklagend. Ezras Verdacht war bestätigt worden, unerwartet und erstaunlich direkt nach dieser langen Zeit. Er hatte sich lange vor diesem Augenblick gefürchtet, doch jetzt, nachdem endlich die Wahrheit ans Licht gekommen war, spürte er so etwas wie Erleichterung.

»Ich ... Darüber wollte ich mit dir reden«, sagte Ezra. »Deswegen bin ich hier. Wir wollten dir nicht übel mitspielen ... Es ging nicht darum, wir wollten dich nicht hintergehen. Es ist einfach so gekommen.«

»Ihr wolltet mir nicht übel mitspielen?«, echote Jakob. »Ihr wolltet mich nicht hintergehen?«

»Wir hatten immer vor, mit dir zu reden.«

»Das habt ihr aber nie getan.«

»Nein, das haben wir nicht. Matthildur wollte es dir sagen.«

Ezra merkte sofort, wie blödsinnig er sich ausgedrückt hatte. Es musste sich anhören, als wolle er die ganze Verantwortung auf Matthildur schieben.

»Sie wollte allein mit dir reden«, korrigierte er sich. »Sie wollte nicht, dass ich dabei war.«

»Weißt du, wie ich es herausgefunden habe?«, fragte Jakob. »Weißt du, wie ich herausgefunden habe, dass ich ein Hahnrei bin?«

»Nein«, antwortete Ezra.

»Was glaubst du, was für ein Gefühl das ist? Was glaubst du, wie es ist, wenn die eigene Frau es mit jemand anderem treibt. Mit dem Freund! Was zum Teufel glaubst du, wie das ist?!«

Ezra antwortete ihm nicht.

»Bist du nicht mein Freund?«

Ezra schwieg immer noch.

»Warst du nicht mein Freund?«, sagte Jakob.

Ezra nickte.

»Es ist mir nicht entgangen, wie ihr euch da morgens immer aufgeführt habt«, fuhr Jakob fort, »wenn du mich abgeholt hast. Glaubst du, ich hätte nicht bemerkt, wie du sie angeglotzt hast? Ich hab ganz genau gesehen, wie du sie angeschaut hast, und ich hab auch gesehen, dass ihr das gefiel.«

»Sie hat mir von ihrer Schwester und dem Kind erzählt«, sage Ezra. »Sie war sehr betroffen ...«

»Das war nichts als eine bösartige Verleumdung«, schrie Jakob. »Mit dem Balg hatte ich nichts zu tun! Ihre Schwester hat sich das alles zusammengelogen. Ich habe sie bestiegen, das stimmt, das war damals in Djúpivogur, ein oder zwei Mal. Aber mit dem Kind habe ich nichts zu schaffen. Und ich hatte keine Ahnung, dass sie Schwestern sind.«

»Matthildur war am Boden zerstört«, sagte Ezra. »Das ist eine Erklärung dafür, weshalb sie zu mir kam. Sie war zutiefst empört.«

Jakob starrte auf den Boden. Er sah abgerissen aus, ungekämmt und unrasiert, das karierte Hemd hing ihm halb zur Hose heraus, und er hatte nur eine Socke an. Ezra sah, dass Jakob wie von Sinnen war, und hielt es nicht für ratsam, das Gespräch mit ihm in diesem Zustand fortzuführen. Er war zwar froh, nun endlich zu wissen, dass sich die Positionen zwischen ihm und Jakob geklärt hatten, aber dessen Zustand machte die Sache sehr schwierig. Also stand er auf.

»Wir sollten vielleicht über diese Dinge reden, wenn wir besser dazu aufgelegt sind«, sagte er.

Jakob sah zu ihm hoch.

»Du gehst nicht, bevor du dir angehört hast, was ich zu sagen habe«, zischte er.

»Ich bin nicht sicher, ob das der richtige ...«

»Schnauze!«, schrie Jakob. »Halt die Schnauze und setz dich!«

Sie sahen sich lange in die Augen, dann gab Ezra nach und setzte sich Jakob gegenüber auf den Sessel.

»Weißt du, wie ich die Bestätigung für euer dreckiges Techtelmechtel bekommen habe?«, fragte Jakob. »Hab ich dir das schon gesagt?«

»Nein, das hast du mir nicht gesagt.«

»Ich hatte euch schon längere Zeit im Verdacht. Matthildur und ich hatten uns gestritten, wegen ihrer Schwester und diesem verdammten Balg. Das will ich gar nicht leugnen. Dadurch änderte sich etwas in unserer Beziehung, aber ich glaubte, wir würden darüber hinwegkommen. Bis sie dann auf einmal irgendwelche Vorzüge in dir gesehen hat. Ausgerechnet in dir! Ich habe so lange gebraucht, um zu kapieren, was da ablief, weil du es warst. Du, Ezra! Von dir hatte doch noch nie irgendein Weibsbild etwas wissen wollen! Was hat sie in dir gesehen?!«

Ezra schwieg. Wahrscheinlich hatte er all das verdient, was Jakob in seiner Wut zu ihm sagte. Deswegen war er zu Jakob gegangen. Um die Anschuldigungen zu hören, um seinen Zorn und seine Schmähungen über sich ergehen zu lassen.

»Jedes verdammte Schwein hätte es sein dürfen, aber nicht du. Alle anderen, nur nicht du, Ezra. Was würden die Leute von mir denken, wenn sie gewusst hätten, dass sie mit einem so grundhässlichen Mann wie dir ins Bett gehüpft ist, einem Kerl, der noch nie eine Frau angerührt hat? Was würden die Leute über mich denken, über *mich*?!«

Ezra antwortete nicht darauf.

»Ich bin nach Reyðarfjörður gefahren und hab vorgegeben, dort über Nacht bleiben zu wollen. Kannst du dich erinnern? Ninnas Sohn Viggi hat mich mitgenommen.«

Ezra schwieg immer noch.

»Erinnerst du dich daran, du Arschloch?«, brüllte Jakob.

Ezra nickte.

»Und ich bin auch gefahren«, sagte Jakob. »Aber ich bin noch am gleichen Abend zurückgekommen und habe gesehen, wie sie im Schutz der Dunkelheit zu dir geschlichen ist. Ich habe euch zusammen gesehen, Ezra. Ich stand draußen vor dem Haus und hab alles gesehen. Alles!«

»Weswegen bist du nicht dazwischengetreten? Weshalb hast du uns nicht zur Rede gestellt?«

Jakob senkte den Kopf wie in Resignation.

»Ezra ... Du glaubst, dass alles so einfach ist«, sagte er zunächst ganz leise, doch dann wurde er wieder lauter. »Alles so simpel und einfach. Weswegen bist du nicht dazwischengetreten? Weshalb hast du uns nicht zur Rede gestellt? Was sollen denn diese Fragen? Was hätte ich denn zu euch sagen sollen? Was hätte ich zu dir sagen sollen? Hör auf, meine Frau zu vögeln?«

Jakob hatte wieder angefangen zu brüllen.

»War das etwas, worüber man reden sollte? Worüber ich mit dir reden sollte, Ezra?! Mit dir?«

»Ich verstehe deine Wut.«

»Wut?«, flüsterte Jakob, nun wieder etwas ruhiger. »Du hast ja keine Ahnung. Meine Wut habe ich mir nämlich aufgespart, bis ich sie wirklich brauchte. Ich bin einfach nach Hause gegangen und habe der Wut gestattet, in mir zu brodeln und zu kochen, bis ich glaubte, ich müsste daran ersticken.«

Ezra schwieg.

»Ich lasse mich nicht so behandeln«, sagte Jakob. »Das lasse ich nicht zu. Und das habe ich ihr auch gesagt. Ich habe ihr klipp und klar gesagt, dass ich mich nicht so behandeln lasse.«

»Wollte sie deswegen nach Reyðarfjörður gehen?«, fragte Ezra zögernd. Er war sich nicht sicher, ob er die Antwort hören wollte. »War es unsertwegen?«

»So war es, Ezra, sie musste gehen«, sagte Jakob und setzte die Flasche an den Hals. »Deswegen musste sie diese lange Reise antreten.«

Dreiunddreißig

Ezra hatte die Schrotflinte zur Seite gelegt, während er erzählte. Erlendur wusste nicht, ob ihm das bewusst war, so tief wie Ezra in der Erinnerung an das Zusammentreffen mit Jakob vor mehr als sechzig Jahren versunken war. Erlendur hatte ihm schweigend gelauscht, und darüber war es dunkel im Zimmer geworden. Er fragte sich, ob dem alten Mann nicht kalt war, denn er saß immer noch in Unterhemd und Pantoffeln da, die im Schnee nass geworden waren. Es war nicht allzu warm im Haus, also fragte er Ezra, ob er sich nicht eine Strickjacke anziehen oder eine Decke über die Schultern legen wollte. Ezra ging nicht darauf ein. Erlendur stand auf, suchte nach einer Decke und legte sie ihm über die Schultern. Bei der Gelegenheit brachte er auch die Schrotflinte in Sicherheit. Sie enthielt eine Patrone, die er herausholte. Ezra erhob keine Einwände.

Daraufhin herrschte lange Zeit Schweigen im Wohnzimmer, das nur hin und wieder von dankbaren Vogellauten durchbrochen wurde. Ezra hatte hinter dem Haus Vogelfutter gestreut, und Schneeammern waren aus allen Richtungen herbeigeflogen. Erlendur bot ihm an, Kaffee zu kochen, aber Ezra antwortete nicht darauf.

Also schwiegen sie weiter.

»Ich weiß nicht, ob ich überhaupt fortfahren soll«, sagte Ezra schließlich und seufzte schwer. »Ich weiß nicht einmal, weshalb ich das alles wieder aufrolle.«

In seiner Stimme lag eine Art von tieftrauriger Gewissheit, dass niemand dem vorherbestimmten Schicksal entgehen kann, das ihm vorherbestimmt ist. Erlendur war im Begriff, zu sagen, dass es ihm sicher guttun würde, sich über diese längst in Vergessenheit geratenen Ereignisse auszusprechen, doch im letzten Augenblick überlegte er es sich anders. Er war sich nicht sicher, ob er die Lage wirklich richtig einzuschätzen vermochte.

»Tust du es nicht wegen Matthildur?«, fragte er stattdessen.

Ezra hatte aus dem Fenster in die Berge oberhalb von Eskifjörður gestarrt, aber jetzt blickte er Erlendur wieder an.

»Glaubst du?«, fragte er.

»Du hast die ganzen Jahre nicht aufgehört, an sie zu denken.«

»Nein. Das stimmt. Und dafür gibt es auch einen Grund.«

»Sie verschwand.«

»Ja, sie verschwand. Aber wie und auf welche Weise, darüber werde ich nie und nimmer hinwegkommen.«

»Es verschwinden immer wieder Menschen«, sagte Erlendur.

»Menschen verschwinden, ja«, bestätigte Ezra. »Wenn es bloß so einfach gewesen wäre.«

Er blickte Erlendur unverwandt an. Es hatte den Anschein, als würde er wieder zu sich selbst finden. Er bemerkte, dass Erlendur ihm die Schrotflinte weggenommen und eine Decke über seine Schultern gebreitet hatte.

»Es kann gut sein, dass Jakob mir lauter Lügen erzählt hat«, sagte Ezra. »Das weiß ich nicht. Es ist mir auch gar nicht mehr möglich, das zu beurteilen. Matthildur wurde nie gefunden, mit der Tatsache musste ich mich abfinden. Trotzdem frage ich mich seitdem ständig, ob er mich vielleicht nur quälen wollte? Hat er es genossen, wie ich mich in Qualen vor ihm wand? War das seine Rache? Er hat mir alles Mögliche angedroht, falls ich nicht die Schnauze halten würde, und ich habe ihm geglaubt. Ich habe getan, was er mir sagte. Ich habe die Schnauze gehalten.«

Jakob stellte die Flasche ab, starrte Ezra an und wischte sich mit dem Handrücken über den Mund.

»Willst du wissen, was passiert ist?«, fragte er.

»Ja.«

»Du hast schließlich ein Recht darauf.«

»Was ist passiert? Wovon sprichst du?«

»Ich spreche von Matthildur. Meiner Matthildur, Ezra. Bist du nicht deswegen hierhergekommen? Um über Matthildur zu sprechen? Wohl kaum, um mir Beileid zu wünschen. Ich werde dir von ihr erzählen, warte es ab. Ich werde dir ganz genau sagen, was passiert ist. Ich will, dass du es weißt, du hast dasselbe Recht darauf wie ich. Vielleicht sogar noch ein größeres. Ich war ja bloß ihr Ehemann, aber du durftest mit ihr schlafen! Du durftest sie vö…«

»Hör auf mit diesen ordinären Ausdrücken!«, sagte Ezra. »Sprich nicht so über sie.«

»Ordinäre Ausdrücke?«, wiederholte Jakob.

Er trank wieder einen Schluck aus der Flasche, stellte sie auf den Tisch und begann stockend zu erzählen, wie ihre Ehe langsam, aber sicher vor die Hunde gegangen war, nachdem Matthildur den Brief von ihrer Schwester Ingunn erhalten hatte. Es war ihm nicht gelungen, ihr beizubringen, dass er nicht der Vater des Kindes war und nicht gewusst hatte, dass sie Schwestern waren. Jakob hatte seinerzeit dafür gesorgt, dass keine Umstände bei der Hochzeit gemacht wurden, keine Hochzeit in der Kirche und keine Feier. Sie hatten sich im Haus des Pfarrers von Eskifjörður trauen lassen und niemanden eingeladen. Und im Nachhinein deutete sie das als Beweis dafür, dass er wegen Ingunn jeden Kontakt zu ihrer Familie vermeiden wollte. Er wollte einfach nichts mit ihren Verwandten zu tun haben. Und sie hatte ihm vorgeworfen, dass er ihr nicht treu sei, und deswegen könne sie es ja ihrerseits genauso halten, hatte sie gesagt.

»Ja, und dann stellte sich heraus, dass sie mir tatsächlich untreu geworden war«, sagte Jakob.

»Du wusstest also, dass Ingunn ihre Schwester war, als du dich mit Matthildur eingelassen hast?«, fragte Ezra.

Jakob kicherte.

»Ich habe versucht, es ihr zu sagen.«

»Was?«

»Dass ihre Schwester es mit jeder babylonischen Hure aufnehmen konnte. Aber dieses Balg ist nicht von mir! Das werde ich niemals zugeben!«

Vierunddreißig

Jakob war in der Nacht, die er angeblich in Reyðarfjörður verbringen wollte, wach geblieben und hatte ein Auge auf Matthildur gehabt.

Er war noch am gleichen Abend zurückgekehrt und hatte sich in der Nähe seines Hauses versteckt. Da Licht in der Küche war, ging er davon aus, dass Matthildur noch auf war. Er hegte den starken Verdacht, dass sie fremdging, sein Argwohn war bereits vor einiger Zeit geweckt worden. Sie verhielt sich kälter und unnahbarer als früher, zeigte keinerlei Interesse mehr an ihm und reagierte kaum, wenn er sie ansprach.

Er hatte lange Zeit versucht, Matthildur davon zu überzeugen, dass er sich nichts hatte zuschulden kommen lassen, dass er ihre Schwester kaum gekannt, nichts über ihre familiäre Verbindung gewusst hatte und dass das Kind, von dem ihre Schwester behauptete, es sei seins, nicht von ihm sei. Schließlich schien sie sich mit seinen Erklärungen zufriedenzugeben, wenn auch nur widerstrebend. Dabei kam es ihm zugute, dass das Verhältnis zwischen den Schwestern nicht sehr eng war. Er hütete sich davor, irgendein unvorsichtiges Wort über Ingunn fallen zu lassen, an die er sich aus seiner Zeit in Djúpivogur noch gut erinnern konnte. Er hatte mit ihr geschlafen, aber sie hatte mehr von ihm gewollt, sie war ihm nachgelaufen. Schließlich hatte er ihr klipp und klar gesagt, sie solle ihn in Ruhe lassen, er habe nicht das geringste Interesse an ihr. Und das Kind sei nicht von ihm, das würde er nie zugeben.

Er sah, wie das Licht in der Küche ausging, und überlegte, ob seine Frau in diese simple Falle tappen würde, die er ihr gestellt hatte. Er war schon kurz davor, zu kapitulieren und den Plan aufzugeben, als er sah, dass sich die Hintertür öffnete. Matthildur trat hinaus in den Garten und verschwand im Dunkeln. Er heftete sich an ihre Fersen, folgte ihr zu Ezras Haus und sah, wie sie anklopfte. Ezra öffnete, und Matthildur huschte zur Tür hinein. Das Haus lag im Dunkeln. Jakob war ein paar Mal dort gewesen und wusste, wie die Zimmer im Haus verteilt waren. Er wartete eine Weile, schlich dann zum Haus und spähte vorsichtig durch ein Fenster nach dem anderen hinein, bis er zum Schlafzimmerfenster kam. Dort sah er zwei menschliche Körper, die sich im Bett umeinander wälzten.

In diesem Augenblick hatte er noch gar keine besondere Wut verspürt. Er hatte nur eine eiskalte Bestätigung für seinen Verdacht bekommen. Matthildur war ihm untreu. Es konnte im Grunde genommen auch keine Überraschung für ihn sein, dass sie es mit Ezra trieb. Er war oft bei ihnen zu Hause gewesen, war sein Freund, arbeitete mit ihm zusammen, er war unverheiratet und kinderlos. Jakob war überzeugt, dass er noch nie etwas mit einer Frau gehabt hatte. Er hatte ihn gefragt, aber nur ausweichende Antworten erhalten. Wenn ihnen die Tage auf See lang wurden, weil der Fang ausblieb, hatte er manchmal versucht, ihn damit aufzuziehen, aber Ezra war nie darauf eingegangen. Jakob betrachtete ihn als einen guten Freund, einen Mann, von dem auf See sein Leben abhing.

Nein, es stieg kein plötzlicher Zorn in ihm auf, ganz im Gegenteil. Er ging langsam zurück zu seinem eigenen Haus, keineswegs wutentbrannt, sondern eher in tiefe Gedanken versunken. Es wäre ihm nicht eingefallen, in Ezras Haus einzudringen, Matthildur aus dem Bett zu zerren oder über Ezra herzufallen. Auf irgendeine merkwürdige Weise fand er, dass so etwas unter seiner Würde war. Er hatte es nicht nötig, um etwas zu betteln, die beiden brauchten ihm keinen Gefallen zu tun. Er wollte auch keine Erklärungen oder Entschuldigungen, kein reuiges Gewinsel von diesem hinterhältigen Pack.

Und dann legte er sich auf die Lauer. Er setzte sich ins Wohnzimmer und wartete darauf, dass Matthildur wieder nach Hause kam. Die Nacht verstrich, und je länger sie fortblieb, je länger er sie sich in Ezras Umarmung vorstellen musste, desto mehr steigerte er sich in seine Wut hinein – bis er nicht mehr ruhig auf seinem Stuhl sitzen konnte und aufsprang. Im Geist ging er hundert verschiedene Möglichkeiten durch, was er sagen würde. Jetzt erfuhr er wie nie zuvor am eigenen Leibe, wie es ist, wenn die Wut in einem Menschen kocht. Das Blut in seinen Adern schien zu brodeln, er rannte hektisch durchs Haus, setzte sich wieder und versuchte, sich abzureagieren, doch im nächsten Moment stiegen wieder Wut und Hass in ihm hoch – auf Matthildur, die ihm abtrünnig geworden war, die ihre Ehe, ihr Zusammenleben verraten hatte. Wieder sprang er auf und tigerte hin und her. Und ausgerechnet mit Ezra. Er wusste noch nicht, wie, aber er würde auf irgendeine Art und Weise dafür sorgen, dass Ezra diesen Verrat zeit seines Lebens in Erinnerung behalten würde.

Er war so in Aufruhr, dass er nicht hörte, wie sie gegen Morgen leise das Haus betrat und die Tür hinter sich schloss. Sie sah ihn sofort und war zu Tode erschrocken, weil sie davon ausgegangen war, dass er erst am nächsten Tag zurückkommen würde. Als er sie erblickte, sahen sie sich einen Augenblick lang in die Augen, und sie wusste, dass er der Wahrheit auf die Spur gekommen war. Blitzschnell versuchte sie, kehrtzumachen, die Tür zu öffnen und nach draußen zu gelangen, um zu Ezra zu laufen und sich in Sicherheit zu bringen, aber da hatte er sie bereits gepackt und zu Boden geworfen.

»Wohin so eilig?«, flüsterte er heiser vor Wut und schlug die Tür zu.

Matthildur versuchte, auf die Beine zu kommen, aber das ließ er nicht zu. Er setzte sich rittlings auf ihren Bauch und umschloss ihren Hals mit seinen kräftigen Pranken, er drückte zu und schüttelte sie so heftig, dass ihr Kopf immer wieder auf den Fußboden prallte.

»Zu ihm?«, fauchte Jakob. »Willst du zu ihm laufen? Glaubst du etwa, dass er dir jetzt helfen kann?«

Matthildur konnte kein Wort herausbringen, so unkontrollierbar waren seine Wut und sein Griff. Er packte noch fester zu und stieß Verwünschungen aus, bis er auf einmal spürte, dass ihr Körper schlaff wurde. Der Kopf schlackerte seltsam schwer und leblos und schlug mit einem harten Geräusch auf den Boden, als er seinen Griff lockerte. Er starrte auf den reglosen

Körper hinunter. Nach und nach verebbte seine Wut. Nach einiger Zeit stand er auf und starrte auf Matthildur hinunter, so heftig keuchend, als hätte er an einem Langstreckenlauf teilgenommen. Zuerst war ihm überhaupt nicht klar, was er getan hatte. Er rief ihren Namen und stieß sie mit dem Fuß an. Langsam, aber sicher ging ihm auf, dass sie tot sein musste. Ihr Kopf hing so seltsam schief am Rumpf. Er wusste nicht, ob er sie erdrosselt oder ihr das Genick gebrochen hatte. Er wusste nur, dass sie nicht mehr am Leben war.

Völlig benommen setzte er sich auf einen Stuhl und rang nach Atem. Irgendwann hörte er, wie der Wind am Dach rüttelte, das ganze Haus schien zu knarren und zu schwanken. Er wusste nicht, wie viel Zeit verstrichen war, als er aus seinem Dämmerzustand aufschreckte. Er sah, dass es schon fast Mittag war, als er zum Fenster ging, zu den Bergen hinaufschaute und überlegte, was zu tun war.

»Mörder!«, stöhnte Ezra, sprang auf und wich voller Abscheu vor Jakob zurück. »Ich habe es nicht glauben wollen. Ich habe nicht wahrhaben wollen, dass du so etwas tun könntest! Dass du zu so etwas imstande wärst!«

Jakob sah ihn lange an.

»Es ist deine eigene Schuld, Ezra«, sagte er ganz ruhig, so als sei gar nichts vorgefallen. »Wenn du sie mir nicht genommen hättest, wäre sie noch am Leben.«

»Verfluchter Schwachsinn!«, sagte Ezra. Er marschierte zur Tür und öffnete sie.

»Mach keinen Blödsinn, Ezra«, rief Jakob hinter ihm her. »Damit schadest du nur dir selbst, Ezra ...«

Ezra schlug die Tür hinter sich zu. Jakob blieb ruhig in seinem Sessel sitzen und trank einen Schluck aus der Flasche. Im Geiste sah er Matthildurs leblosen Körper auf dem Boden liegen, erinnerte sich, wie schwer sie gewesen war, als er sie hochhob. Er blickte zur Tür und wartete. Geraume Zeit verging, bis sie sich wieder öffnete. Ezra erschien, betrat das Haus und schloss sie hinter sich.

»Weshalb erzählst du mir das alles?«, fragte er und ging auf Jakob zu. »Warum gestehst du mir das? Womit sollte ich mir selber schaden? Wie kannst du so ruhig sein?«

Ein Grinsen umspielte Jakobs Lippen.

»Du bist wirklich ein Armleuchter.«

»Was hast du gemacht?«

»Es ist kein Problem, dir das Ganze in die Schuhe zu schieben, Ezra.«

»Wovon redest du eigentlich?«

»Dass du dir selbst am meisten schaden würdest, wenn du irgendjemandem davon erzählst«, sagte Jakob. »Ich werde dir den Mord anhängen und ihnen von eurem kleinen Abenteuer erzählen. Ich werde sagen, dass Matthildur vorhatte, dieser absurden Beziehung zwischen euch ein Ende zu setzen. Sie fühlte sich elend, weil sie wusste, dass du Schwierigkeiten machen würdest. Und sie wollte dir das sagen, sobald sie aus Reyðarfjörður zurückgekehrt wäre. Doch irgendwann wären mir Zweifel daran gekommen, ob sie den Gang über die Berge überhaupt jemals angetreten hätte, weil du ihr wahrscheinlich aufgelauert hättest. Und bei dieser Gelegenheit hätte sie dich vermutlich vor vollendete Tatsachen gestellt, und dann wärst du wohl in deiner Wut über sie hergefallen und hättest sie umgebracht.«

Ezra starrte Jakob lange schweigend an.

»Niemand würde dir glauben«, sagte er leise.

»Und dir, Ezra? Würde dir jemand glauben?«

Ezra schwieg.

»Wo ist Matthildur?«, fragte er schließlich.

»Das geht dich nichts an«, sagte Jakob.

»Wie konntest du ihr das antun?«

»Nein, Ezra, wie konntest du ihr das antun?«, sagte Jakob. »Es ist einzig und allein deine Schuld, Ezra. Daran solltest du dich erinnern, wenn du das nächste Mal versuchst, anderen Männern die Frau wegzunehmen!«

»Wo ist sie?«

»Raus mit dir!«

»Sag mir, was du mit ihr gemacht hast!«

»Mach, dass du rauskommst! Ich habe alles gesagt, was ich sagen wollte.«

»Sag mir, wo sie ist, du brutaler Teufel!«, schrie Ezra.

»Raus!«, brüllte Jakob und stand auf. Die Beherrschung, die er bis zu diesem Zeitpunkt an den Tag gelegt hatte, war wie weggeblasen. »Mach, dass du aus meinem Haus kommst, und lass dich mit deiner hässlichen Visage bloß nie wieder bei mir blicken!«, schrie er.

Ezra fiel über Jakob her, und sie gingen zu Boden. Ezra schlug mit aller Kraft zu, Jakob wehrte sich mit seinen Krallen. Sie wälzten sich kämpfend am Boden, bis Jakob die Oberhand gewann.

»Denk daran, du armseliges Arschloch«, zischte er

kurzatmig, »es ist alles deine Schuld, denk daran! Das sollst du nie vergessen, du Drecksack.«

Er versetzte Ezra einen schweren Hieb ins Gesicht.

»Dass du es ja nie vergisst!«, brüllte er.

Als er aufgestanden war, kam Ezra wieder auf die Beine. Er wischte sich das Blut von der Lippe und strich sich vorsichtig über sein Kinn. Jede Berührung schmerzte.

»Damit kommst du nicht durch«, sagte er.

»Du bist eine totale Flasche«, sagte Jakob. »Mach, dass du rauskommst! Verpiss dich!«

»Damit kommst du nicht durch«, flüsterte Ezra und bewegte sich rückwärts in Richtung Tür. »Du wirst niemals damit durchkommen.«

Fünfunddreißig

Tiefes Schweigen trat ein. Die Vögel im Garten waren verstummt, und die Dämmerung senkte sich über die beiden Männer in der Küche. Die Katze hatte sich gemütlich auf ihrer Decke zusammengerollt. Ezras Stimme war zum Schluss nur noch ein Flüstern gewesen. Mit der schwindenden Helligkeit draußen schienen auch seine Kräfte nachzulassen. Er saß zusammengesunken auf seinem Stuhl und sprach so leise, dass Erlendur ihn kaum noch verstehen konnte.

»Und du hast dich also entschlossen zu schweigen«, sagte er.

»Ja«, sagte Ezra. »Ich habe nie zu irgendjemandem darüber gesprochen. Ich hatte nicht den Mut. Von Rückgrat keine Spur.«

»Über solche Dinge sollte man nicht schweigen, gleichgültig, wie sehr man selbst davon betroffen ist. Schweigen ist keines Menschen Freund.«

»Das brauchst du mir nicht zu sagen.«

»Und so gingen die Jahre ins Land?«

»Ja, so gingen sie ins Land.«

Erlendur wusste, wie schwer es dem alten Mann fallen musste, über dieses Geheimnis zu sprechen, das er jahrzehntelang mit sich herumgetragen hatte. All die Jahre hatte er über Jakobs Untat Schweigen bewahrt, auch noch nach dessen Tod, aus Angst davor, selbst mit dem Verschwinden von Matthildur in Verbindung gebracht werden zu können. Er hatte den einfachsten Weg gewählt, um seine eigene Haut zu retten. Erlendur konnte sein Verhalten in gewisser Weise verstehen. Jakobs Drohung war so real gewesen, dass Ezra in eine sehr üble Lage geraten wäre, wenn Jakob sie wahr gemacht hätte. Ezra war tatsächlich in einer schwachen Position, er hatte seinen Freund hintergangen und ihm die Frau ausgespannt. Jakob brannte vor Rachedurst, und er hatte es offensichtlich in der Hand gehabt, Ezra der Tat zu bezichtigen und in eine Lage bringen zu können, in der er sich gegen diese schwere Beschuldigung zur Wehr setzen musste.

»Ich habe klein beigegeben«, sagte Ezra. »Ich hatte Angst. Nein, besser gesagt, ich war vor Entsetzen außer mir. Der Gedanke war mir unerträglich, dass die Beziehung zwischen Matthildur und mir ans Licht der Öffentlichkeit gezerrt würde und dass sie in den Augen der Leute hässlich und schmutzig sein würde. Ich hatte Angst davor, dass Jakob Gerüchte über mich in die Welt setzen, mich anschuldigen und mich einen Mörder nennen würde. Es ist ihm gelungen, mein Schweigen zu erzwingen. Er hat mir die Wahrheit gesagt, aber es gleichzeitig darauf angelegt, dass ich mich schuldig genug fühlen würde, um zu schweigen. Er hat erreicht, was er wollte.«

Ezra verstummte.

»Er hat gesiegt«, sagte er schließlich. »Er hat über mich und Matthildur triumphiert.«

»Was hat er mit der Leiche gemacht?«

»Das hat er mir nicht gesagt. Aber er ließ mich wissen, dass er etwas bei ihr hinterlassen hätte, was mich direkt mit der Tat in Verbindung brächte, was er jederzeit gegen mich einsetzen könne. Ich hatte natürlich keine Ahnung, was das war. Und bis heute weiß ich nicht, ob es vielleicht nur eine leere Drohung war. Aber gesagt hat er es, und in dem Zustand, in dem ich mich befand, habe ich ihm alles geglaubt.«

»Du weißt also nicht, wo sie ist?«

»Ich weiß es nicht, ich habe es nie gewusst.«

»Es ist nicht einfach für dich gewesen«, sagte Erlendur. »Erst Matthildur zu verlieren und dann so etwas ins Gesicht geschleudert zu bekommen.«

»Jakob ... Jakob war ein Teufel in Menschengestalt.«

»War es nicht schwierig, hier ganz in seiner Nähe zu leben?«

»Es war oft schwierig. Ich hatte natürlich keinerlei Umgang mit ihm, oder so wenig wie möglich. Er zog auch eine Zeit lang woandershin. Vielleicht hat er genauso viel Angst gehabt, dass ich zur Polizei gehen würde, wie ich, dass er unwahre Geschichten über mich in Umlauf setzen könnte. Zwischen uns herrschte so eine Art kalter Krieg. Er sagte ...«

Ezra zögerte.

»Ja?«

»Er sagte, dass ich dafür büßen müsste, dass er es mir heimzahlen würde. Und das ist ihm wahrlich gelungen.«

»Du hast aber nicht von hier wegziehen wollen, beispielsweise dorthin, wo du herkamst, oder nach Reykjavík? Im Krieg sind die Menschen in Scharen nach Reykjavík geströmt, und du wärst in der Menge verschwunden. Wenn das hier in Island überhaupt möglich ist, dann in Reykjavík.«

»Ich konnte mir nicht vorstellen, von hier wegzuziehen«, sagte Ezra mit kaum vernehmbarer Stimme. »Weil ich wusste, dass Matthildur hier irgendwo sein musste. Ich wollte nicht von ihr fort, das konnte ich mir nicht vorstellen. Weil sie nie gefunden wurde, ist sie auch nie voll und ganz verschwunden. Verstehst du, was ich meine? Mir ist klar, dass es sich völlig verrückt anhört, aber für mich ist es, als wäre sie immer noch bei mir. Ich spüre sie, wenn ich durch die Straßen gehe, wenn ich aufs Meer schaue oder hoch in die Berge. Sie ist überall. Matthildur ist in allen Dingen um mich herum.«

Ezra machte eine Pause.

»Im Übrigen werde ich ja auch bald sterben. Dann ist das Ganze ausgestanden.«

»Du hast wirklich keine Vorstellung, wo sie sein könnte?«, fragte Erlendur wieder.

Ezra schüttelte den Kopf.

»Ganz sicher nicht?«

»Glaubst du, dass ich dich anlüge?«

»Nein«, sagte Erlendur. »Ich glaube, dass du mir die Wahrheit sagst. Aber in Anbetracht deiner eigenen Aussage und Jakobs Drohung, dir den Mord anzuhängen, könnte jemand auf die Idee kommen, dass du selbst einen Vorteil hattest, wenn sie nicht gefunden wurde.«

»So seid ihr Bullen!«, sagte Ezra. »Auf so eine Denkweise seid ihr gepolt. Alle verdächtigen, alles in Zweifel ziehen. Ich nehme an, du gehst davon aus, dass ich dir lauter Lügen erzählt habe, dass ich … dass ich selbst

Matthildur umgebracht habe und Jakob zum Sündenbock mache. Ziehst du nicht diese Möglichkeit in Erwägung? Dass ich den Spieß einfach umgedreht habe?«

»Deine Reaktion …«, begann Erlendur, kam aber nicht weiter.

»Ich konnte nichts machen«, sagte Ezra. »Bis Jakob starb, schwebte das alles über mir wie ein Henkersbeil. Außerdem war das, was er getan hatte, nicht rückgängig zu machen. Matthildur war tot. Verschollen. Eine polizeiliche Ermittlung hätte nichts daran geändert.«

»Du hast alles geglaubt, was Jakob dir gesagt hat?«

»Ja, das habe ich.«

»Man hat mir gesagt, du wärst davon überzeugt gewesen, dass Jakob Matthildur niemals etwas hätte antun können. Gehörte das zu deinem Täuschungsmanöver?«

Ezra nickte.

»Du hast nie an seiner Darstellung gezweifelt?«

»Gezweifelt? An was sollte ich denn zweifeln?! Dass er Matthildur umgebracht hatte? Nein, das habe ich nie bezweifelt, niemals. Da zumindest hat er die Wahrheit gesagt.«

»Aber du hast nie eine Bestätigung dafür bekommen. Sie könnte auch tatsächlich bei diesem Unwetter umgekommen sein, und er hat sich das zunutze gemacht, um dich zu quälen, weil er von eurer Beziehung wusste. Hast du jemals darüber nachgedacht?«

»Ich weiß, dass er die Wahrheit gesagt hat«, wiederholte Ezra starrsinnig und sah Erlendur an.

»Du hast Gewissensbisse gehabt. Hattest du bereits ein Auge auf Matthildur geworfen, bevor sie zu dir gekommen war?«

»Ein Auge? Was? Ich …«

»Hast du ihr das gezeigt?«

»Was meinst du damit?«

»Hast du ihr Avancen gemacht? Hast du ihr zu verstehen gegeben, dass du Interesse hattest?«

»Nein. Ganz und gar nicht.«

»Du hast wirklich nichts in dieser Art unternommen?«

»Nein«, erklärte Ezra nach langem Schweigen. »Ob sie aber vielleicht etwas gespürt hat …«

»Du hattest also gar nichts dagegen, als sie Rat und Hilfe bei dir suchte?«

»Nein, wohl kaum.«

»Verhielt es sich vielleicht so, dass du deswegen ein schlechtes Gewissen hattest und dass Jakob das ausgenutzt hat? Du hast zu niemandem über die Beziehung zwischen dir und Matthildur sprechen wollen.«

Darauf gab ihm Ezra keine Antwort.

»Es muss eine große Erleichterung für dich gewesen sein, als er umkam«, sagte Erlendur.

Ezra schwieg immer noch.

»Oder vielleicht auch nicht, weil er der Einzige war, der von Matthildurs Verbleib wusste.«

»Ja.«

»Und das Geheimnis nahm er mit ins Grab.«

»Ja.«

»Warst du hier, als es passierte? Als Jakob ertrank?«

»Ja, ich kann mich gut daran erinnern.«

»Die Leiche wurde ins alte Eishaus gebracht.«

»Ja, und dann wurde er nach Djúpivogur überführt und dort begraben. Damit war das Ganze vorbei.«

»Hast du die Leiche gesehen?«

»Ja, ich habe damals im Eishaus gearbeitet.«

»Und du hast niemals in Erfahrung gebracht, wo die Leiche von Matthildur liegt?«

»Das habe ich nicht aus ihm herausbekommen. Es ist das Einzige, was ich gerne gewusst hätte, und jetzt ist es wohl nicht mehr sehr wahrscheinlich, dass ich noch eine Antwort bekomme.«

Erlendur blickte zum Fenster hinaus in Richtung der Berge, die nun im Dunkeln lagen.

»Wenn man es genau betrachtet, trage ich letzten Endes wohl tatsächlich die Schuld an ihrem Tod«, flüsterte Ezra. »Die Schuld lag bei mir. Mit diesem Wissen habe ich seitdem alle Tage meines Lebens leben müssen.«

Sechsunddreißig

Am Tag, an dem der Umzug nach Reykjavík stattfinden soll, kommt er ein letztes Mal von den Bergen herunter und hilft seinem Vater mit dem Gepäck. Diesmal hatte er nicht nach Spuren gesucht wie so oft zuvor, sondern sich von einer Welt verabschiedet, die das Andenken an seine glücklichsten und schmerzlichsten Erfahrungen bewahrt. Er ist in aller Herrgottsfrühe losgezogen und hat darauf geachtet, seine Eltern nicht zu wecken. Auch wenn es ein schöner Sommertag ist, möchte seine Mutter nicht, dass er allein in den Bergen herumkraxelt, wie sie sich ausdrückt. Es ist erst zwei Jahre her, seit sie dort oben ihren jüngsten Sohn verlor, und der ältere darf nicht dasselbe Schicksal erleiden. Aber nicht nur deswegen ziehen sie jetzt weg, es sind auch noch andere Gründe hinzugekommen.

Sein Vater ist schweigsam wie immer. Er trägt ihre Besitztümer zu einem Lieferwagen mit Ladefläche. Der Wagen ist ziemlich neu, er ist nach Reykjavík verkauft worden, und sein Vater hat es übernommen, ihn dort hinzubringen. Dafür dürfen sie ihr Umzugsgut darauf transportieren. Nur das Notwendigste wird mitgenommen, Betten und Tische und Stühle und Familienerbstücke, die nicht verloren gehen dürfen. Sie haben vor, die übrige Einrichtung in der Hauptstadt zu kaufen. Ihre Tiere sind verkauft worden, ebenso die Mähmaschine und der Heuwagen. Seine Mutter nimmt ihre fußbetriebene Nähmaschine mit, weil sie der Ansicht ist, dass sie überall auf der Welt gut zu gebrauchen ist. Immer ist sie es, die versucht, die Atmosphäre etwas zu lockern. Er weiß, dass es sie manchmal große Anstrengung kostet, und oft genug ist sie auch gar nicht dazu imstande. Beispielsweise, als das Bett von Bergur abgeholt wird. Sie haben es einer bedürftigen Familie überlassen, und als die jungen, schüchternen Leute eintreffen, um es abzuholen, beschäftigt sich meine Mutter in der Küche. Es wäre absurd, es mitzunehmen, hatte sie gesagt. Und diese Leute können es gut brauchen. Doch andere Habseligkeiten von Bergur gibt sie zeit ihres Lebens nicht her.

Erlendur weiß nicht genau, wann sie sich entschlossen haben, nach Reykjavík zu ziehen. Erst vor etwa einem halben Jahr hat er das erste Mal gehört, dass seine Eltern darüber redeten. Die Idee stammt von seiner Mutter, sie will hier weg. Und es reicht ihr nicht, in eine andere Landgemeinde oder einen anderen Landesteil zu ziehen. Alles in der Natur erinnert sie an den Sohn, den sie verloren hatte. Sie will so weit wie möglich weg, an einen Ort, wo sie aus ihrem Dämmerzustand erwachen und sich erneut dem Leben stellen kann, einen fremden Ort, der sie fordert und vollkommen anders ist als alles, was sie kennen. Das ist Reykjavík.

Sein Vater hat nicht viel dazu zu sagen, er kann sich nur einverstanden erklären. Er ist nicht mehr derselbe, seit er mehr tot als lebendig aus den Bergen zurückkam. Nicht nur, weil er seinen Sohn verloren hat. Er hatte auch selbst dem Tod ins Auge geschaut. Er weiß, dass seine Tage gezählt sind. Diese Nähe zum Tod hat ihn nicht weniger beeinflusst als der Verlust des Sohnes. Allem Anschein nach hatte er sich damit abgefunden zu sterben, diesen Schachzug des Herrn zu akzeptieren. Er stimmt dem Umzug zu, größtenteils durch Schweigen.

Sie sprechen mit Erlendur, der sich zunächst gegen dieses Vorhaben sträubt. Ihm kommt es so vor, als würden sie Bergur verraten, als würden sie ihn hier allein zurücklassen. Seine Mutter sagt, dass der Gedanke vollkommen abwegig ist. Er werde immer bei ihnen sein und nie aus ihren Herzen verschwinden. Sie sagt ihm, dass es eine Änderung in ihrem Leben geben muss, dass sie etwas anderes in Angriff nehmen müssen, um weiter zusammenleben zu können. Der Verlust darf nicht ihr täglicher Begleiter sein.

Er hat im Grunde genommen keine Wahl. Was weiß ein zwölfjähriger Junge über Reykjavík? Dort gibt es mehr Autos und größere Geschäfte, als er sich vorstellen kann, und riesengroße Häuser, die Wohnblocks heißen, wo die Menschen etagenweise übereinanderwohnen. Dort gibt es mehr Häuser, als er zählen kann, und Viertel mit Nissenhütten und Ratten, breite Straßen und Polizisten, die den Verkehr regeln. Kinos und Theater. Und es gibt unheimlich viele Menschen und etwas, was seine Mutter Modegeschäfte nennt. Und Schulen mit hundert Kindern, wo den ganzen Winter unterrichtet wird. Eine bedrohliche Vorstellung. Die Stadt fasziniert ihn nicht. Er hat gehört, dass manche Menschen davon träumen, dorthin zu gehen. Zu denen gehört er nicht.

Und dann ist der Sommertag da, an dem sie zum letzten Mal die Tür schließen. Seine Mutter schlägt zum Abschied ein Kreuzzeichen an der Tür, dann setzen sie sich in den Lieferwagen und fahren die Auffahrt hinunter. Er sitzt zwischen den Eltern, kein Wort wird gesprochen, während Bakkasel in der Ferne verschwindet. Das Schweigen reist mit ihnen bis Egilsstaðir, wo sein Vater bei einer Tankstelle hält und laut verkündet: Ich muss Diesel tanken. Seine Mutter will sich in der Zwischenzeit ein wenig die Beine vertreten. Erlendur geht hinter ihr, er ist zu alt, um sich noch an der Hand halten zu lassen, hier vor allen Leuten. Sie bleibt am Straßenrand stehen und betrachtet den Lagarfljót, den See, dessen Abfluss schon seit Tausenden von Jahren zum Meer strömt. Und dort beginnt sie endlich zu weinen, so leise, dass er es kaum hört.

Er greift verstohlen nach ihrer Hand.

»Nicht weinen«, sagt er.

»Nein, es ist nichts«, flüstert seine Mutter.

Er bleibt bei ihr stehen und rührt sich nicht. Das wird ihr letzter gemeinsamer Augenblick in der alten Heimat sein, dann werden sie für immer fort sein. Das ist der Moment, es zu sagen, denkt er.

»Ich glaube, wir tun das Richtige«, sagt sie und zieht ein kleines Tuch aus ihrer Tasche. »Aber man weiß ja nie. Ich weiß nicht, in was ich euch da hineinziehe.«

»Wir hören nie auf, an ihn zu denken«, sagt er.

»Nein, natürlich nicht«, sagt sie. »Selbstverständlich nicht.«

Sie bleiben noch eine Weile am Ufer des Sees stehen, und er muss ein weiteres Mal an das denken, was er zu seinem Vater gesagt hat, bevor sie in die Berge gingen. Alles wegen dieses verflixten Spielzeugs und der Streitigkeiten mit Bergur, die angefangen hatten, als er das kleine rote Auto bekommen hatte. Er hat seiner Mutter immer noch nicht erzählt, was er gesagt hat, und auch nicht, wie sehr ihn seitdem sein Gewissen plagt, so als wäre all das andere nicht schon schrecklich genug für ihn. Und doch ist inzwischen schon so viel Zeit vergangen, zwei Jahre eines kurzen Lebens. Sein Vater scheint vergessen zu haben, was Erlendur an diesem Tag zu ihm gesagt hat. Vielleicht erinnert er sich, will aber nicht darüber reden. Er ist kein gesprächiger Mann und spricht nie über Vergangenes.

Erlendurs Blicke wandern über den See. Jenseits davon, viel weiter, als das Auge reicht, weiter als seine Fantasie sich ausmalen kann, liegt seine Zukunft.

Er sieht seine Mutter an und denkt an Zuhause. Erinnert sich an alle Einzelheiten. Aus dem Radio in der Küche erklang Musik. Sein Vater war dabei, sich für den Fußmarsch durch die Berge warme, wetterfeste Sachen anzuziehen, als er an diesem Morgen zu ihm kam. Er hatte am Abend zuvor darüber gesprochen, dass er die Schafe in den Bergen finden müsste, bevor sie erfrieren würden, anscheinend hatten sie nicht vor, aus eigenem Antrieb ins Tal zu kommen. Sein Vater stand in der Tür zum Flur, zog sich gerade die dicke Jacke an und sagte Erlendur, er solle mit ihm in die Berge gehen. Er müsse sich aber warm anziehen, es sei kalt draußen.

»Dann muss Bergur aber auch mit«, war Erlendurs prompte und völlig unüberlegte Reaktion gewesen.

Sein Vater sah ihn an. Es war klar, dass er nicht vorgehabt hatte, den jüngeren Sohn ebenfalls mitzunehmen. Er hatte an so vieles andere zu denken.

»Na schön, dann kommt er auch mit.«

Die Sache war abgemacht, mehr Worte fielen nicht. Ihre Mutter hatte Bedenken gehabt, aber sie konnte nichts ausrichten. Beide Jungen begleiteten ihren Vater. Erlendur triumphierte.

Doch der Triumph sollte nur kurz währen.

Denn dieser Satz ging ihm nicht mehr aus dem Kopf, als er gerettet wurde und erfuhr, dass man Bergur nicht gefunden hatte. Er kann kaum glauben, dass er das wirklich gesagt hat. Trägt er die Verantwortung? Ein überwältigendes Schuldgefühl ergreift Besitz von ihm und mischt sich mit einem anderen Gefühl, das ihn beschlich und mit der Zeit immer intensiver wurde. Wenn Bergur nicht gerettet werden konnte, dann hat er es auch nicht verdient. Er verkrampft sich am ganzen Körper und begann haltlos zu zittern. Er steht unter Schock. Der Arzt wird geholt.

Dann muss Bergur auch mitkommen!

Sein Vater ruft nach ihnen, sie stehen immer noch am Straßenrand. Er ist bereit, loszufahren. Seine Mutter winkt ihm, dass sie kommen. Sie will kehrtmachen, aber Erlendur hält ihre Hand fest und hindert sie daran.

»Was ist los?«, fragt sie.

Er blickt ihr ins Gesicht. Das Herz hämmert in seiner Brust. Er hat schreckliche Angst davor, es zu sagen. Was für Folgen wird das haben? Darüber hat er sich an dunklen Wintertagen und in schlaflosen Nächten wieder und wieder den Kopf zerbrochen. Er kann sich nicht vorstellen, wie sie darauf reagieren wird. Es übersteigt seine jungen Kräfte.

»Komm«, sagt sie. »Wir müssen los.«

Immer noch umklammert er die Hand seiner Mutter. Sie weiß nicht, dass er die Schuld daran trägt, dass Bergur mit ihnen ging. Die Worte sind ihm schon auf den Lippen, er muss sie nur noch aussprechen. Seine Augen füllen sich mit Tränen. Seine Mutter spürt, dass etwas nicht stimmt. Sie streicht ihm die Haare aus der Stirn.

»Was ist denn los, mein Junge?«, fragt sie.

Er weiß nicht, was er darauf antworten soll.

»Willst du nicht von hier fort?«

Sein Vater sitzt bereits wieder im Wagen und hat den Motor angelassen. Durch die Windschutzscheibe beobachtet er sie. Der Mann von der Tankstelle, der ihn bedient hat, sieht ebenfalls zu ihnen herüber. Die ganze Welt scheint sie anzustarren.

»Erlendur?«

Er sieht die besorgte Miene seiner Mutter. Auf keinen Fall will er ihr noch mehr Sorgen machen. Auf gar keinen Fall. In ihr Leben ist wieder Ruhe eingekehrt und eine Art Aussöhnung.

Sein Vater betätigt die Hupe.

Der Augenblick ist vorbei. Er reißt sich zusammen, wischt sich über die Augen.

»Es ist schon in Ordnung«, sagt er. »Ich hab was ins Auge bekommen.«

Sie gehen zurück zum Lieferwagen. Der Mann an der Pumpe ist verschwunden. Sein Vater starrt geradeaus, beide Hände auf dem Lenkrad. Auf sie wartet eine lange Fahrt auf schlechten Straßen.

Erlendur sitzt stumm zwischen seinen Eltern, als sie die Brücke, die über den See führt, überqueren.

Von nun an wird er sich seiner Verantwortung schweigend stellen.

Siebenunddreißig

Ezra hatte ihm einen Fuchsjäger genannt, den Bóas nicht erwähnt hatte, als Erlendur ihn nach Leuten in der Gegend fragte, die sich mit Fuchsbauen auskannten. Dafür konnte es nach Ezras Ansicht nur eine Erklärung geben, nämlich dass Bóas eine solche Abneigung gegen diesen Bauern hatte, dass er ihn nicht einmal beim Namen nennen wollte. Grund dafür war ein alter Streit über ein Stück Land, das Bóas geerbt hatte. Es grenzte an das Land dieses Mannes, und der Streit um den genauen Verlauf der Grenzen war bis vor Gericht gegangen. Bóas hatte mit Glanz und Gloria verloren und hoch und heilig geschworen, nie mehr ein Wort mit diesem Mann zu reden, und daran hatte er sich auch mindestens ein Vierteljahrhundert gehalten.

Der Bauer hieß Lúðvík und hatte eine Stinklaune, ob das nun an dem längst verjährten Streit mit Bóas lag oder an der Tatsache, dass Erlendur ihn bei der Arbeit störte, war nicht auszumachen. Er war im gleichen Alter wie Erlendur und hatte in seiner Scheune den Mähbinder auseinandergenommen. Er musste ein Teil einbauen, das im Sommer kaputtgegangen war. Das Ersatzteil war aber erst vor ein paar Tagen gekommen. Was für ein Service! Die Frau des Bauern hatte Erlendur in die Scheune geschickt und ihn darum gebeten, ihren Mann daran zu erinnern, dass heute Abend Chorprobe wäre. Erlendur richtete das aus.

»Chorprobe!«, knurrte ihr Mann. »Die können mich mal mit ihren Chorproben!«

Darauf wusste Erlendur nichts zu sagen, und er war sich nicht sicher, ob der Mann erwartete, dass er dieses Statement an die Ehefrau weitergab. Lúðvík ließ eine wütende Litanei über Chöre vom Stapel, wobei Erlendur den Eindruck gewann, dass es dabei vor allem um Männerchöre ging. Sie stahlen einem unheimlich viel Zeit, ewig diese Proben, und dann die Rumfahrerei wegen irgendwelcher Auftritte. Die meisten Mitglieder seien irgendwelche älteren Heinis, die nichts Besseres mit ihrer Zeit anzufangen wüssten, als sich zu allen möglichen und unmöglichen Zeiten zu treffen.

»Singst du vielleicht auch im Chor?«, fragte er Erlendur. »Du scheinst im passenden Alter zu sein.«

»Das habe ich noch nie gemacht«, sagte Erlendur.

»Willst du vielleicht hier in der Gegend jagen?«, fragte Lúðvík in direkter Fortsetzung seiner Ausführungen über Männerchöre.

»Nein«, sagte Erlendur. »Ganz und gar nicht. Aber ... ich würde gern von dir etwas über Füchse erfahren. Soweit ich gehört habe, bist du ein erfahrener Fuchsjäger.«

»Füchse? Da solltest du dich lieber an jemanden wenden, der Bóas heißt. Kennst du den?«

»Ja, mit dem habe ich schon gesprochen.«

»Findest du nicht, dass er ein verdammt komischer Kauz ist?«

»Na ja, geht so«, sagte Erlendur, um etwas zu sagen. »Er ist mir behilflich gewesen«, fügte er hinzu, in der Hoffnung, dass Lúðvík dadurch davon abgehalten würde, eine Tirade über Bóas loszulassen.

»Bóas ist ein Depp«, erklärte Lúðvík.

»So ist er mir eigentlich nicht vorgekommen«, entgegnete Erlendur.

»Und was willst du über Füchse wissen?«, fragte Lúðvík. Er legte das kaputte Teil zur Seite, das er gerade ausgebaut hatte, und wischte sich die Finger an schmieriger Putzwolle ab. »Du bist nicht von hier, nicht wahr? Bist du aus Reykjavík?«

Erlendur nickte. Er hatte lange darüber nachgedacht, wie er seine Frage formulieren sollte, ohne allzu unbedarft zu wirken oder zu viel über sich selbst zu verraten, war aber zu keinem Ergebnis gekommen.

»Füchse sind da wohl eher Mangelware«, sagte Lúðvík.

»Ja, und ich weiß nur sehr wenig über sie. Ezra hat gesagt, ich solle mit dir reden.«

»Ezra?« Auf den Namen reagierte Lúðvík sofort. »Kennst du ihn?«

»Ganz gut«, sagte Erlendur und fand, dass er sich nicht zu weit von der Wahrheit entfernte, denn er kannte wohl die Geschichte von Ezra besser als irgendjemand anderes in den Ostfjorden.

»Na, da schau her, hat der Alte dich an mich verwiesen?«, sagte Lúðvík und seine Miene wurde etwas freundlicher. »Wie geht es ihm denn?«

»Ganz gut, glaube ich«, sagte Erlendur.

»Ein Mensch, wie man ihn selten findet, ein Prachtkerl. Immer bereit, einem einen Gefallen zu tun, in großen wie in kleinen Dingen. Also, was möchtest du über Füchse wissen?«

»Ich würde gerne wissen, ob du mal davon gehört hast, dass ... oder vielleicht hast du selbst mal etwas bei einem Fuchsbau gefunden. Irgendwelche Dinge, die ... die Füchse mit zu ihrem Bau geschleppt haben. Dinge, die sie auf Höfen oder in Ortschaften oder irgendwo in den Bergen gefunden haben?«

Lúðvík sah ihn lange nachdenklich an.

»In einem Fuchsbau kann man vieles finden«, sagte er. »*Der Fuchs in seinem Baue, der naget an altem Gebein*, das kennst du sicher.«

Erlendur nickte.

»Denkst du da an etwas Bestimmtes?«, fragte Lúðvík.

»Ich denke an Dinge, die von Menschen stammen. Kleiderreste, Schuhe oder Stiefel möglicherweise, irgendetwas von dem Krempel, den wir so herumliegen lassen.«

»Das kann vorkommen«, sagte Lúðvík. »Aber Füchse sind keineswegs so diebisch wie Raben.«

»Hast du mal einen Stiefel oder dergleichen bei einem Bau gefunden?«

»Stiefel? Was für eine Art von Stiefel?«

»Muss auch kein Stiefel sein«, sagte Erlendur. »Vielleicht etwas anderes.«

»Suchst du nach etwas Bestimmtem?«

»Nein, es geht nicht um etwas Bestimmtes. Nur nach etwas, was Menschen irgendwo liegen lassen und Füchse sich schnappen können. Ich wollte mich einfach mal umhören, ob du selbst so etwas gefunden oder von anderen Fuchsjägern davon gehört hast. In letzter Zeit interessiere ich mich einfach für Füchse. Wenn du dich an etwas in der Art erinnerst, könnte das hilfreich sein. Vielleicht schwebt mir sogar auch so etwas wie ungewöhnliche Knochen vor.«

»Also in den letzten Jahren kann ich mich da an nichts erinnern«, sagte Lúðvík.

»Aber wenn du weiter zurückdenkst?«

»Mir fällt nichts ein. Du solltest vielleicht mal mit Daníel Kristmunds sprechen. Er lebt in Seyðisfjörður, ein ausgefuchster alter Kerl, wenn man sich so ausdrücken darf, der schon viele Jäger in die Berge begleitet hat.«

»Daníel?«

»Er könnte dir vielleicht weiterhelfen, denk ich mir. Falls er nicht schon tot ist, der Alte.«

»Na schön, mehr wollte ich gar nicht wissen.«

Erlendur bedankte sich und sagte, er wolle ihn nicht weiter stören, er habe ja offensichtlich alle Hände voll zu tun. Irgendwie war er froh, das Gespräch beenden zu können, und machte sich auf den Weg zum Scheunentor. Ihm war es plötzlich unangenehm, mit einem Wildfremden über solche Dinge zu reden.

»Da ist etwas, was die meisten nicht über den Fuchs wissen«, erklärte Lúðvík nachdenklich. Er schien auf einmal Interesse an der Sache bekommen zu haben. »Ich weiß nicht, ob du das in deine Überlegungen einbezogen hast.«

»Und was ist das?«, fragte Erlendur und blieb stehen.

»Füchse sind Aasfresser«, antwortete Lúðvík.

»Das wusste ich nicht.«

»Im Notfall fressen sie auch Kadaver. Teile davon können sie dann auch mit bis zum Bau schleppen. Falls du an so was denkst. Und die können die Schnauze ganz schön voll nehmen, ich hab mal einen beobachtet, der mit dem Vorderteil von einem Lamm davongerannt ist.«

»Du meinst also Lämmer oder Schafe oder ...?«

»Was auch immer. Vögel. Füchse sind allerdings nicht in erster Linie Aasfresser, sie lassen nicht andere für sich jagen und töten. Das tun sie selber, und sie haben einen unheimlich sicheren Jagdinstinkt. Aber trotzdem sind sie auch Aasfresser. Man findet oft Knochen von Lämmern und sogar von größeren Schafen, die sie in den Bau geschleppt haben. Ich weiß nicht so richtig, was du mit ungewöhnlichen Knochen meinst«, sagte Lúðvík. »Meinst du solche Knochen? Oder vielleicht Menschenknochen?«

Erlendur schüttelte den Kopf.

»Das war alles«, sagte er und wollte wieder gehen.

Er hatte genug gehört. Der Besuch hatte lange genug gedauert. Mehr wollte er gar nicht hören, der Gedanke an Aasfresser war einfach zu schauerlich.

»Ich habe nie einen Arm oder ein Bein gefunden, falls du das wissen willst«, fuhr Lúðvík fort. »Aber undenkbar ist das nicht. Es ist durchaus möglich, dass Füchse unter Umständen auch so etwas zu schätzen wissen. Wenn beispielsweise jemand oben in den Bergen umgekommen ist, was ja früher gar nicht so selten vorkam. Da habe ich Geschichten gehört ...«

Erlendur machte, dass er zum Scheunentor hinauskam, und Lúðvík starrte ihm verständnislos nach. Erlendur beeilte sich zu seinem kleinen Jeep. Der Fuchsjäger hatte mit nur wenigen Worten ein Bild heraufbeschworen, über das Erlendur auf gar keinen Fall weiter nachdenken wollte.

Achtunddreißig

Abends saß er im Schein der Gaslampe auf dem verlassenen Hof, aß ein Sandwich mit Räucherlamm und schlürfte heißen Kaffee dazu, den er sich vom Kiosk geholt hatte. Sein Appetit hielt sich in Grenzen, er aß nur das halbe Brot und zündete sich eine Zigarette an. Er vermied den Gedanken an das Gespräch mit Lúðvík, weil er keinen Sinn mehr darin sah, sich weiter mit Theorien über die Lebensweise von Füchsen zu beschäftigen.

Ezras Geschichte ging ihm sehr nahe, seine Liebesbeziehung zu Matthildur, Jakobs Reaktion, Matthildurs Tod und Jakobs Drohung, den Mord Ezra in die Schuhe zu schieben. Erlendur tendierte dazu, Ezras Darstellung Glauben zu schenken. Er hatte ihm nicht lange zuhören müssen, um die Qualen zu verstehen, die ungeheuerliche Ungewissheit, mit der Ezra bereits seit so langer Zeit lebte, und das schwere Schuldgefühl, das ihm praktisch sein ganzes Leben zugesetzt hatte. Aller Wahrscheinlichkeit nach hatte Jakob Matthildur umgebracht und das Wissen über ihre sterblichen Überreste mit ins Grab genommen. Doch für Ezra hatte die Geschichte dadurch kein Ende gefunden, denn auch nach sechzig Jahren konnte man ihm anhören und ansehen, wie nahe ihm die Ereignisse immer noch gingen. Er war alt geworden und betonte ständig, dass er bald sterben würde. Er ging offensichtlich nicht mehr davon aus, das Ende der Geschichte noch zu erleben, falls Matthildur überhaupt je gefunden werden würde. Und Ezra hatte gesagt, dass er schon seit Jahrzehnten nicht mehr nach ihr suchte.

Erlendur goss sich Kaffee nach und trank ihn mit vorsichtigen Schlucken. Jakob war nicht nur mit einem Mord durchgekommen, er hatte es sogar so eingefädelt, dass er die Tat Ezra gegenüber ganz offen hatte zugeben können, nur um ihm das Leben zur Hölle zu machen. Ezra waren die Hände gebunden gewesen. Jakob hatte von den Umständen profitiert, die der Zufall ihm beschert hatte – das tobende Unwetter und das Schicksal der britischen Soldaten. Mit unglaublicher Kaltschnäuzigkeit hatte er sich die Geschichte von Matthildurs Wanderung über die Irrlichtscharte ausgedacht. Und er hatte sich Ezras Schwächen zunutze gemacht, seine Liebe zu Matthildur und seine Schuldgefühle wegen des Verrats an Jakob.

Es gab nur einen auffälligen Schwachpunkt an Ezras Geschichte – niemand konnte sie bestätigen. Es gab keine Zeugen, er hatte mit niemandem über die Ereignisse gesprochen, nur er wusste, was geschehen war. Man konnte wohl davon ausgehen, dass seine Darstellung der Wahrheit entsprach, aber das beruhte einzig und allein auf seiner eigenen Glaubwürdigkeit.

Erlendur überlegte, ob er es nicht einfach dabei belassen sollte. Seine Nachforschungen hatten einiges zutage gefördert, auch wenn er gar nicht offiziell ermittelte. Es ging ihm darum, den eigenen Wissensdrang zu befriedigen, denn ihm war klar, dass hier niemand mehr zur Rechenschaft gezogen werden konnte, da über diesen Fall bereits ein ganzes Menschenleben lang der Mantel des Schweigens gebreitet worden war.

Da war etwas an der Geschichte mit Matthildur, was Erlendur anrührte. Es war ein Schicksal, das ihm naheging und ihm das Gefühl gab, er sei irgendwie involviert. Er wusste nicht ganz genau, was das war. Möglicherweise Ezras trauriges Leben, diese Traurigkeit, die jedem auffallen musste, der ein wenig genauer hinsah. Sein Leben war nur noch ein Scherbenhaufen, nachdem die geliebte Frau aus ihm verschwunden war. Auch wenn sich seine Geschichte als wahr erwies, würde Erlendur nie mehr als die Hälfte davon erfahren. Kaum jemand anderes wusste so gut wie er, wie entsetzlich es war, mit einer Geschichte leben zu müssen, die kein Ende gefunden hatte.

Er dachte an Jakobs Rache. Er hatte Ezra in eine Falle gelockt und ihm das Gefühl gegeben, er sei mitschuldig, auch wenn Ezra sich nichts hatte zuschulden kommen lassen. Jakobs Verbrechen war im Affekt geschehen, ein Eifersuchtsdelikt. Bei derartigen Affekthandlungen gab es meist keine durchdachte Planung, es handelte sich um Kurzschlusshandlungen in der Hitze des Augenblicks. Doch alles, was sich danach abgespielt hatte, war eiskalt kalkulierte Rache gewesen. Jakob hatte dafür gesorgt, dass derjenige, der seiner Ansicht nach die Schuld an allem trug, nie wieder einen frohen Tag erleben würde.

Vielleicht war es diese Liebesgeschichte, die Erlendur wachhielt. Die Liebe zwischen Matthildur und Ezra hatte nie eine Chance gehabt, sie war aus heiterem Himmel heraus buchstäblich erstickt worden.

Am Nachmittag hatte der Wind aufgedreht, und nun pfiff er heulend durchs Dachgebälk. Erlendur trank einen Schluck Kaffee und versuchte, all das zu rekapitulieren, was er in den Gesprächen mit den Leuten herausgefunden hatte, mit denen er über Matthildur, Ezra und Jakob gesprochen hatte. Seine Gedanken reihten sich aber nicht systematisch oder methodisch aneinander, ganz im Gegenteil – die Menschen, die er kennengelernt hatte, deren eigene Hintergründe und Lebensumstände, alles schmolz zusammen mit dem berüchtigten Nebel der Ostfjorde und dem blütenweißen Niederschlag, mit seinem Aufenthalt auf dem verlassenen Hof, mit Wanderungen und Autofahrten, mit den riesigen Frachtern, die in den Fjord einliefen, und dem unübersehbaren Aufschwung, der ein ständiger Anlass zur Verwunderung war. All das ging ihm im Kopf herum, bis seine Gedanken schließlich immer wieder an drei relativ unbedeutenden Details hängen blieben, denen er bislang keine Beachtung geschenkt hatte, die aber im Gesamtzusammenhang vielleicht doch einmal untersucht werden sollten. Eines dieser Details war Ezras früherer Arbeitsplatz, ein anderes eine unbedeutende Bemerkung, die in einem Gespräch gefallen war, ohne dass Erlendur sich daran gestoßen hätte. Wahrscheinlich hätte er sie auch wieder vergessen, wenn da nicht der Wind gewesen wäre, der unentwegt um das Haus pfiff. Er hatte dem Heulen eine ganze Weile gelauscht und überlegt, an was es ihn erinnerte, als plötzlich dieser Satz wieder in seiner Erinnerung auftauchte: Jemand hatte ein Geräusch aus Jakobs Sarg gehört. Und das dritte Detail betraf eine Äußerung von Ezra, als sie über Jakobs Tod und die

Aufbewahrung der Leiche im Eishaus gesprochen hatten, wo Ezra gearbeitet hatte. Eine unschuldige Antwort auf die Frage nach dem Verbleib von Matthildur, der ganz bedeutungslos klang: *Ich habe es nicht aus ihm herausbekommen.*

»Kann das sein?«, flüsterte Erlendur in die Dunkelheit hinein.

Er sprang von seinem Campinghocker auf.

»Hat er damit gemeint, als Jakob im Eishaus lag? War es wirklich im Eishaus?«, fragte er laut.

Der Abend verstrich, und je mehr Erlendur über diese drei unbedeutenden Details nachdachte und sie miteinander in Verbindung zu bringen versuchte, desto ratloser wurde er. Schließlich entsorgte er die letzte Zigarette in den Melkeimer und kam zu dem Ergebnis, dass er Hrund wohl noch ein weiteres Mal belästigen musste.

Neununddreißig

Mitten in der Nacht schreckt er jäh aus einem Traum auf und starrt auf die schwache Helligkeit, die vom Gasbrenner ausgeht. Das Dunkel dahinter ist undurchdringlich, aber irgendwie spürt er immer noch die Nähe des Jungen aus dem Traum. Zunächst weiß er überhaupt nicht, ob er wirklich eingeschlafen ist, ob es tatsächlich ein Traum war oder etwas anderes. Einen kurzen Moment lang ist er verstört, aber dann überkommt ihn eine seltsame Ruhe, als ihm klar wird, dass es sich um eine Traumerscheinung gehandelt hat. Merkwürdigerweise ist sie wie das Spiegelbild oder die Wiederholung eines Traums aus den schwersten Tagen seiner Kindheit, den er niemals hat vergessen können.

In dem Traum, aus dem er gerade so heftig aufschreckte, liegt er auf der Seite in seinem Schlafsack und hat eine Decke über sich gebreitet. Er ist allein im Haus, das Wind und Wetter schutzlos ausgesetzt ist. Es ist dunkel und unheimlich, und die Wände sind nackt und kalt, an ihnen rinnt Wasser herunter, als würden sie weinen. Plötzlich spürt er hinter sich die Nähe eines Menschen. Er dreht sich langsam um und starrt in die Finsternis, kann aber nichts erkennen. Bis sich vor ihm die Gestalt eines Jungen abzeichnet, der ihm in die Augen blickt.

Dann verschwindet die Gestalt wieder.

Erlendur liegt wach im Finsteren und denkt über den Traum nach, der ihn schon einmal vor langer Zeit aufschrecken ließ. Er kennt den Jungen, der im Traum zu ihm kam, er weiß, dass er es selbst ist.

Vierzig

Hrund lag schlafend in ihrem Zimmer, als er sie gegen Mittag im Krankenhaus in Neskaupstaður besuchte. Er wollte sie nicht wecken, deswegen setzte er sich auf einen Stuhl am Bett und wartete darauf, dass sie aufwachte. Ihm war immer noch nicht wieder richtig warm geworden, nachdem er in aller Herrgottsfrühe aufgewacht war und kalten Kaffee getrunken hatte. Kurze Zeit später hatte er versucht, sich in seinem Jeep aufzuwärmen, bevor er in den Ort fuhr und den Eintritt für das Schwimmbad bezahlte. Das hatte er praktisch jeden Morgen gemacht, seit er in die Ostfjorde gekommen war, aber er ging immer nur unter die Dusche, er hatte nie auch nur einen Zeh in das Schwimmbecken getaucht. Die Angestellten kümmerten sich nicht weiter um ihn, sie grüßten ihn höchstens, legten aber keinerlei Neugierde an den Tag oder versuchten, ihn in ein Gespräch zu verwickeln. Diesmal hatte er sich länger als gewöhnlich unter der heißen Dusche aufgehalten, um wieder warm zu werden, und nach dem Anziehen war er zur Tankstelle gefahren, hatte dort eine Kleinigkeit gefrühstückt, seine Thermosflasche mit Kaffee gefüllt und war anschließend auf dem direkten Weg nach Neskaupstaður gefahren.

Seine Gedanken kreisten die ganze Zeit um die

Schlussfolgerungen, die sich am Abend vorher bei seinen Überlegungen herauskristallisiert hatten. Zunächst war einige Spannung in ihm aufgekommen, doch dann ließ sein Interesse nach. Je mehr er darüber nachdachte, desto unwahrscheinlicher kam es ihm vor, dass seine Überlegungen richtig waren. Sollten sie wirklich stimmen, würde er einige Annahmen, die er bisher gemacht hatte, überdenken müssen, vor allem im Hinblick auf seine Einschätzung von Ezra. Seit seinem letzten Fall wusste er allerdings sehr viel mehr über Kälte und ihren Einfluss auf den menschlichen Körper, vor allem auf das Herz und den Blutkreislauf. Er wusste, wie man die Körperfunktionen verlangsamen und praktisch zum Stillstand bringen konnte, ohne dass es den Tod zur Folge hatte oder nachhaltige Schäden entstanden, wenn rechtzeitig eingegriffen wurde.

Hrund öffnete die Augen und sah, dass sie Besuch hatte. Sie richtete sich im Bett auf.

»Du schon wieder?«, fragte sie.

»Ich werde dich nicht lange stören«, sagte Erlendur.

Hrund streckte ihre Hand nach dem Wasserglas aus.

»Das ist schon in Ordnung«, sagte sie. »Mich kommen hier nicht viele besuchen.«

»Vielleicht komme ich aber nicht nur aus purer Nächstenliebe«, gestand Erlendur.

»Das war mir auch schon eingefallen, ich bin noch ziemlich klar im Kopf. Um was geht es diesmal?«

»Das ein oder andere, worüber ich mir den Kopf zerbreche«, sagte Erlendur.

»Damit wirst du wohl nie aufhören.«

»Ich bin noch einmal zu Ezra gegangen, und wir haben lange miteinander gesprochen. Ihm geht es nicht gut, und das bereits seit sehr langer Zeit.«

»Ja, das kann ich mir vorstellen.«

»Wir haben viel über Jakob gesprochen, seinen Freund.«

»Hat er dir etwas mehr über Matthildur sagen können?«

Erlendur überlegte. Das Vertrauen, das Ezra ihm und niemand anderem geschenkt hatte, durfte er unter gar keinen Umständen missbrauchen. In solchen Fällen musste man entweder die Wahrheit ein wenig zurechtbiegen oder irgendwelche Ausflüchte machen, egal, mit wem man es zu tun hatte.

»Er hat sehr viel über Matthildur gesprochen. Wie sehr er sie sein ganzes Leben lang vermisst hat. Er hat sie sehr geliebt. Hat es nach Matthildur jemals eine andere Frau in seinem Leben gegeben?«

»Nein, nie«, sagte Hrund. »Ezra hat immer allein gelebt. Weiß er mehr über das Schicksal meiner Schwester?«

»Nichts Konkretes«, sagte Erlendur. »Vielleicht wird sich aber mit der Zeit doch noch eine Erklärung finden.«

»Wenn du mir nichts zu sagen hast, weshalb bist du dann gekommen?«

»Wegen Ezra«, sagte Erlendur. »Hast du mir nicht gesagt, dass er im Eishaus in Eskifjörður gearbeitet hat, nachdem er nicht mehr zur See fuhr? Nachdem er nicht mehr mit Jakob zum Fischen hinausfuhr?«

Hrund dachte nach.

»Kann gut sein, dass ich dir das gesagt habe. Ich weiß, dass er in den Jahren nach dem Krieg dort Aufseher war, wenn du das meinst.«

»Er hat also dort gearbeitet, als Jakob und sein Kumpel Schiffbruch erlitten haben? Als das Boot gekentert ist? Damals sind doch zwei ums Leben gekommen?«

»Ja, das war 1949. Sie sind ertrunken, als sie bei einem furchtbaren Sturm den Hafen anzusteuern versuchten. Beide.«

»Und die Leichen wurden ins Eishaus gebracht?«

»Ja, irgendwie meine ich, mich daran erinnern zu können.«

»Wo Ezra arbeitete?«

»Ja. Aber das kannst du doch auch in den Zeitungen von damals nachlesen, wenn du es so genau wissen willst. Die Bibliothek hier ist ganz gut. Was ist in dich gefahren?«

»Nichts.«

»Was meinst du damit, wo Ezra arbeitete?«

»Da ist aber noch etwas anderes«, sagte Erlendur.

»Was?«

»Jakob wurde in Djúpivogur beigesetzt.«

»Ja, das stimmt.«

»Wie kann ich die Namen der Sargträger herausbekommen?«

»Was soll das denn jetzt?«

»Ich brauche ihre Namen.«

»Wieso?«

Erlendur antwortete nicht.

»Wieso willst du ihre Namen wissen?«

Erlendur sah Hrund immer noch schweigend an.

»Du willst es mir also nicht sagen?«, fragte sie.

»Vielleicht später«, antwortete Erlendur. »Im Augenblick weiß ich selber kaum, was ich tue.«

Kurze Zeit später saß er in der Bibliothek von Neskaupstaður und blätterte in alten Zeitungen, die die junge und hilfsbereite Bibliothekarin für ihn anschleppte. Erlendur ging sowohl die Zeitungen durch, die landesweit herauskamen, als auch die lokalen Blätter aus der Zeit, als der Unfall stattgefunden hatte. Er fand zwei relativ ausführliche Schilderungen des Schiffbruchs, die zwar bestätigten, was er gehört hatte, aber keine neuen Erkenntnisse brachten. Von den beiden Männern, die ums Leben gekommen waren, hieß es, sie seien alleinstehend gewesen, der eine stammte ursprünglich aus Grindavík, der andere aus Reykjavík, hatte aber Verwandtschaft in den Ostfjorden. Seine Beerdigung hatte zwei Tage nach dem Unfall stattgefunden.

Bei einer der Zeitungsmeldungen war auch ein relativ undeutliches Foto abgedruckt, auf dem Jakobs Sarg in die Erde gesenkt wurde. In der Bildunterschrift wurden die Namen der vier Männer, die den Sarg getragen hatten, aufgeführt. Erlendur konnte die Gesichtszüge der Männer kaum erkennen, aber das spielte keine Rolle, denn Hrund hatte sich ganz genau an den Namen des Mannes erinnert, der wichtig für ihn war. Die Bibliothekarin half ihm dabei, nach näheren Angaben in den biografischen Nachschlagewerken zu suchen, und bald hatte sie die einschlägigen Informationen über den Mann und seine Familie herausgesucht.

»Seine Tochter lebt in Djúpivogur«, sagte sie nach kurzer Suche im Internet zu Erlendur.

Erlendur machte sich zwar unverzüglich auf den Weg, hatte aber keine Eile. Die Straßenverhältnisse waren gut. Zwei Stunden später traf er in Djúpivogur ein und fand problemlos das Haus, in dem die Tochter lebte, ein altes, aber gut instand gehaltenes Einfamilienhaus. Über dem Eingang brannte Licht, und in einem Fenster, das er für das Küchenfenster hielt, war ebenfalls Licht, aber er sah keine Menschenseele.

In den letzten Tagen hatte er mehr als gewöhnlich geraucht. Unterwegs hatte er sich zweimal eine Zigarette angezündet, und jetzt genehmigte er sich noch eine, bevor er die Frau belästigte.

Er stieg aus seinem Jeep aus, erklomm ein paar Stufen und klopfte an die Tür. Er wusste nicht genau, wie er sich vorstellen und wie er sein Anliegen vortragen sollte. Nach kurzem Nachdenken hielt er es für das Beste, sich weiterhin für jemanden auszugeben, der mündliche Überlieferungen und Berichte aus der Region erforschte. Damit war er bislang ja auch ganz gut gefahren.

Niemand reagierte auf sein Klopfen, deswegen drückte er auf die Schelle neben der Tür, und er hörte, wie es drinnen klingelte. Irgendwo im Haus lief ein Fernseher. Er klingelte noch einmal, und dann hörte er, wie der Fernseher leiser gestellt wurde. Kurz darauf öffnete sich die Tür, und ein Mann in rot kariertem Hemd starrte Erlendur an.

»Ist Ásta vielleicht zu Hause?«, fragte Erlendur, der davon ausging, dass es sich um ihren Mann handeln müsste.

Der Mann betrachtete ihn noch eine Weile wortlos, er war augenscheinlich überrascht über diesen Besuch.

So spät war es doch noch gar nicht, dachte Erlendur, der heimlich auf seine Armbanduhr schielte.

»Einen Augenblick bitte«, sagte der Mann und verschwand wieder im Haus. Erlendur hörte, dass der Fernseher wieder lauter gestellt wurde, und kurze Zeit später kam eine kleine, etwas mollige Frau an die Tür, die einen sportlichen, bequemen Hosenanzug trug. Erlendur stellte sich vor, dass sie vielleicht vor dem Fernseher eingeschlafen war. Ihre etwas schlaffen Gesichtszüge gaben deutlich zum Ausdruck, wie verwundert sie über diesen abendlichen Besuch eines Unbekannten war.

»Du bist Ásta?«, fragte Erlendur.

»Ja«, sagte die Frau und nickte.

»Die Tochter von Ármann Friðriksson?«

»Ja?«, sagte sie wieder, diesmal zögerlicher. »Mein Vater hieß Ármann.«

»Dürfte ich vielleicht einen Moment hereinkommen?«, fragte Erlendur. »Ich würde gerne wissen, ob er jemals mit dir über einen Schiffbruch gesprochen hat, der sich 1949 in Eskifjörður ereignet hat.«

»Einen Schiffbruch?«

»Einer der Seeleute wurde hier in Djúpivogur beerdigt. Soweit ich weiß, war dein Vater einer der Sargträger. Es war der Sarg von Jakob Ragnarsson.«

Einundvierzig

Ásta Ármannsdóttir zögerte zunächst, ließ ihn aber dann doch ins Haus, vermutlich in erster Linie aus Neugier. Sie wollte mit ihm ins Wohnzimmer gehen, aber Erlendur bestand darauf, in der Küche zu bleiben. Sie setzten sich an den Küchentisch, von wo aus der bläuliche Schein des Fernsehers im Wohnzimmer zu sehen war, wo Ástas Mann auf dem Sofa saß. Er hieß Eiríkur Hjörleifsson, wenn man dem Schild an der Haustür Glauben schenken durfte, und verfolgte gespannt eine britische Krimiserie. Ásta kochte einen starken Kaffee für den Gast und stellte einen Rosinenkuchen auf den Tisch. Aus Höflichkeit nahm Erlendur ein Stück, auch wenn er nicht viel für Kuchen übrig hatte.

Er entschuldigte sich wegen des überraschenden und unangekündigten Besuchs und erklärte, dass er ein ganz spezielles Interesse an Unfällen auf See in diesem Landesteil hätte, darunter auch an einem Schiffbruch im Jahre 1949, als die Sigurlína aus Eskifjörður mit Mann und Maus gekentert war. Erlendur sagte, er habe Berichte über den Unfall in den Zeitungen gelesen und entdeckt, dass Ástas Vater Ármann einen der Fischer, Jakob Ragnarsson, gekannt habe, und bei seiner Beerdigung einer der Sargträger gewesen sei. Ásta konnte sich an den Namen erinnern.

»Hat er jemals mit dir über die Ereignisse von damals gesprochen?«, fragte Erlendur. »Oder mit deinen Geschwistern?« Er wusste, dass Ásta zwei Brüder hatte.

»Meine Brüder wohnen beide in Reykjavík«, erklärte Ásta. »Du kannst gerne mit ihnen telefonieren, wenn du möchtest, aber ich weiß nicht, ob das etwas bringen wird. Ich kann mich nicht erinnern, dass Papa viel über diesen Schiffbruch gesprochen hat, zumindest nicht im Familienkreis. Ich war noch gar nicht geboren, als er passierte. Er hat vielleicht mit seinen Freunden darüber geredet, aber er war kein sonderlich gesprächiger Mensch.«

»Woher kannten sich dein Vater und Jakob, weißt du das?«

»Sie sind von Djúpivogur aus einige Jahre zum Fischen ausgefahren. Dann zog Jakob weg, aber sie hatten immer noch Kontakt, allerdings nur sporadisch.«

»Weißt du, ob es ihm sehr viel bedeutet hat, als Jakob auf See umkam?«

Ásta zuckte mit den Achseln.

»Hier wird oft unter ganz schwierigen Bedingungen gefischt, und dabei kommen immer wieder Menschen ums Leben. So ist einfach der Gang des Lebens in diesen Fischerdörfern. Ich glaube nicht, dass mein Vater diesbezüglich irgendwelche unnötigen Sentimentalitäten an den Tag gelegt hat. Das war vollkommen unüblich. Er hat nicht viel über diesen Unfall gesprochen, zumindest nicht, nachdem ich erwachsen war. Geht es dir dabei vor allem um meinen Vater?«

»Nein, überhaupt nicht«, sagte Erlendur. »Kannst du dich erinnern, ob er der Meinung gewesen war, dass bei diesem Schiffbruch etwas nicht gestimmt hat, etwas, was ihm seltsam vorkam?«

»Nein, davon weiß ich nichts.«

»Oder etwas im Zusammenhang mit der Beerdigung?«

»Nein, ich weiß nicht ... Woran denkst du?«

»Ich habe mit Leuten in Eskifjörður über die damaligen Ereignisse gesprochen. Darunter war eine Frau, die sich daran erinnern konnte, dass dein Vater angeblich irgendwelche Geräusche aus dem Sarg gehört haben soll, als er in die Erde gesenkt wurde.«

Die Frau sah Erlendur lange Zeit an, ohne ein Wort zu sagen.

»Davon habe ich nie etwas gehört«, sagte sie dann. »Wirklich nie.«

»Nein, das kann ich gut verstehen. Das ist vielleicht auch nur eins von den Gerüchten, die wegen gewisser Umstände in Jakobs Leben die Runde machten«, sagte Erlendur. »Er hatte seine Frau verloren, und da gab es irgendwelche Geschichten, dass sie ihm keine Ruhe gelassen haben soll. Wahrscheinlich ist dieses Gerücht deswegen entstanden.«

»Ich habe aber nie davon gehört. Ich wusste, dass dieser Jakob seine Frau verloren hatte, aber mein Vater hat sich nie dazu geäußert. Ich kann mich jedenfalls nicht daran erinnern. Soll Papa das wirklich gesagt haben?«

»Das, was ich gehört habe, muss nicht unbedingt korrekt sein. Möglicherweise hat auch jemand ganz anderes das gesagt, oder vielleicht ist das Ganze eine pure Erfindung.«

»Aber das glaubst du nicht, oder?«

»Doch«, beeilte Erlendur sich zu sagen. »Es ist nur

ein Detail von vielen, die ich mir im Zusammenhang mit dem Unfall ein bisschen genauer ansehe. Deswegen kam ich auf die Idee, dich zu fragen, ob du diese Geschichte kennst.«

»Nein, ich kenne sie nicht.«

»Hat er jemals über Jakob und seine Frau Matthildur gesprochen?«

»Nein, oder jedenfalls nicht viel.«

»Sind vielleicht noch irgendwelche Freunde deines Vaters am Leben?«

»Ich glaube nicht. Oder doch, der alte Þórður.«

Þórður lebte bei seinem Sohn und seiner Schwiegertochter. Von Ásta waren es zwar nur zwei Minuten zu Fuß zu dem Haus, aber Erlendur fuhr dorthin. Nachdem sie ihm erklärt hatte, wo Þórður wohnte, verabschiedete er sich so rasch wie möglich von ihr, versuchte aber, nicht unhöflich zu wirken, um keinen Argwohn zu wecken. Er sagte, er wolle sie nicht länger stören, und stand auf. Ihr Mann hockte immer noch vor dem englischen Krimi, aus dem Fernseher hörte man Schüsse und irgendjemand schrie. Erlendur merkte, dass er seine Rolle nicht sonderlich gut spielte, Ásta hatte sich im Laufe des Gesprächs immer verwunderter über diesen seltsamen Besuch und die nicht minder seltsame Anfrage gezeigt. Sie war neugierig geworden, und er war gezwungen gewesen, die Fragen, die über ihn hereinbrachen, entweder zu beantworten oder ihnen auszuweichen; Fragen über ihren Vater, über Jakob und Matthildur, über den Schiffbruch und Erlendurs Interesse an den Beteiligten und vor allem an ihrem Vater. Er spürte, dass sie misstrauisch war, und ehe er sich's versah, richtete sich ihr Argwohn auf eine mögliche Verbindung zwischen ihrem Vater und Matthildur. Er hatte keine Ahnung, wie sie darauf gekommen war, und versuchte nach Kräften, das Missverständnis auszuräumen, während er bereits in der Diele stand. Aber es gelang ihm nicht sonderlich gut, und als er losfuhr, stand Ásta immer noch an der Haustür, ihr Gesicht ein einziges Fragezeichen.

Þórður war fünfundachtzig, und in seiner Welt herrschte ewiges Schweigen. Gegen seine Gehörlosigkeit halfen keine Geräte mehr. Er hörte nur noch seine eigene innere Stimme, und er zögerte nicht, sich anderen lautstark mitzuteilen, wie um sicherzustellen, dass er, auch wenn er nicht hören konnte, was andere sagten, selbst gut verstanden würde. Er lebte in einer kleinen Wohnung im Keller, die sein Sohn für ihn eingerichtet hatte. Der Sohn brachte Erlendur nach unten zu seinem Vater und ließ die beiden allein. Erlendur hatte auch dem Sohn die Geschichte mit seinem speziellen Interesse an Schiffbrüchen in den Ostfjorden aufgetischt, und auch Þórður gegenüber hielt er sich daran. Der alte Mann schien sich über diesen unerwarteten Besuch zu freuen. Die Wohnung war sehr klein und bestand im Grunde genommen nur aus einem großen Raum mit einem bequemen Bett, Fernseher, Schreibtisch und Waschbecken. Das Zimmer war vollgestopft mit Büchern.

Die Methode, um mit dem gehörlosen Mann zu kommunizieren, war denkbar einfach. Auf dem Schreibtisch lagen Papier und Bleistift, und Erlendur konnte das, was er sagen oder fragen wollte, auf ein Blatt schreiben, und Þórður antwortete prompt.

»Ich sehe, dass du ein Bücherwurm bist«, war das Erste, was Erlendur aufschrieb, nachdem er kurz zu Papier gebracht hatte, wer er war und weshalb er gekommen war, dass es um den Schiffbruch der Sigurlína ging.

Þórður lächelte. Er schien bei guter Gesundheit und geistig völlig auf der Höhe zu sein. Er hatte kein einziges Haar mehr auf dem Kopf, die Nasenlöcher waren schwarz von Schnupftabak, und er hatte eine kehlige Stimme.

»Ganz richtig«, sagte er mit dröhnender Stimme. »Die haben sich bei mir im Laufe der Jahre so angesammelt. Ich bezweifle stark, dass irgendjemand nach meinem Tod Interesse daran haben wird. Wahrscheinlich landen die alle auf der Müllkippe.«

»Das ist nicht gut«, schrieb Erlendur.

Þórður stimmte ihm zu. »Ich erinnere mich gut an den Schiffbruch der Sigurlína, nach dem du fragst. Aber auch an andere und schrecklichere, die noch nicht so lange her sind und bei denen Menschen in grauenvollen Unwettern ums Leben kamen.«

»Erinnerst du dich an Jakobs Beerdigung?«, schrieb Erlendur auf ein neues Blatt, das er Þórður reichte.

»Nein«, erklärte Þórður. »Damals war ich nicht hier am Ort, ich wohnte zeitweilig in Höfn und bin von dort aus ausgefahren. Aber natürlich habe ich davon gehört. Das Wetter war wohl abscheulich, Nordsturm und Frost. Sie waren mit ihrem Boot so nah am Ufer, dass man ihre entsetzten Gesichter sehen konnte. Diese Nussschale, auf der sie da unterwegs waren, hatte wohl im denkbar ungünstigsten Moment Maschinenschaden, wenn ich mich recht erinnere. Die beiden gingen über Bord, und das Boot zerschellte an den Felsen. Wahrscheinlich konnten sie nicht schwimmen, aber das hätte ihnen auch wohl kaum etwas genutzt. Man hat ihre Verzweiflungsschreie an Land hören können. Die Leute haben zwar versucht, sie mit Leinen vom Ufer aus zu erreichen, aber das Wetter war derart schlimm, dass sie nichts ausrichten konnten. Und dann verstummten die Rufe.«

Þórður griff zu seiner Schnupftabakdose und hielt sie Erlendur hin, der sich eine kleine Prise nahm. Þórður hingegen gab eine ordentliche Portion auf seinen Handrücken und sog sie genüsslich auf.

»Es muss ein schrecklicher Anblick gewesen sein«, sagte er daraufhin und drehte die Dose zwischen den Fingern, als wolle er sie nicht allzu weit weg legen. »Ja, das war sicher entsetzlich. Ich meine, dass man nichts tun konnte.«

Erlendur nickte.

»Tja, und dann wurden die Leichen an Land getrieben, wie immer bei Schiffbrüchen«, sagte Þórður. »Sie wurden ins Eishaus am Ort gebracht und auf irgendwelche Bretter gelegt, die als Leichenbahre dienten, glaube ich. Sie mussten ganz gerade hingelegt werden, bevor die Leichenstarre eintrat. So war das wohl gedacht, glaube ich.«

»Und für beide wurde ein Totenschein ausgestellt?«, schrieb Erlendur.

»Ja. Soweit ich weiß, war da ein Vertretungsarzt am Ort, der brauchte eigentlich bloß einen Blick auf sie zu werfen. Dann kamen sie in den Sarg, und der eine von ihnen wurde hier auf dem Friedhof beerdigt.«

Wer hat dir davon erzählt?

»Er hieß Ármann und lebte hier in Djúpivogur. Ein guter Freund von mir, er ist aber schon lange tot. Lungenkrebs. Wir beide kannten einen der Ertrunkenen, das heißt Ármann kannte ihn wesentlich besser als ich. Er hieß Jakob.«

»Aber du kanntest dieses Jakob auch?«, schrieb Erlendur auf das nächste Blatt, das er Þórður reichte.

»Ich kann mich gut an ihn erinnern, als er hier am Ort lebte, damals war man noch jung. Ich kannte ihn aber nicht sehr gut, er hatte so eine Art, mit der ich mich nie anfreunden konnte. Er stammte aus Reykjavík, und darauf bildete er sich etwas ein. Er markierte hier den Frauenheld und war ein ziemlicher Angeber wie so viele junge Burschen. Hatte manchmal Schwierigkeiten wegen der jungen Mädchen, die er verführte, denn er wollte wenig mit ihnen zu tun haben, nachdem er das bekommen hatte, was er wollte. Aber wenn es darauf ankam, konnte er selber auch verdammt eifersüchtig sein, und dann gab es manchmal Probleme.«

»Ármann war einer von denen, die ihn zu Grabe trugen«, schrieb Erlendur.

»Ja, das ist richtig. Später haben sie ihm dann einen Grabstein gesetzt. Ein Freund von ihm, er hieß, glaube ich, Pétur, hat hier bei den Seeleuten und Bootsbesitzern dafür gesammelt.«

»Ármann hat geglaubt, Geräusche aus dem Sarg zu hören«, schrieb Erlendur.

»Ach, das ist dir also auch zu Ohren gekommen«, sagte Þórður und sprach auf einmal etwas leiser. »Man hat hier versucht, das herunterzuspielen, weil es irgendwie so peinlich war. Mit der Zeit sprach Ármann auch gar nicht mehr darüber, dass er etwas gehört hatte. Daraus entstanden nur alle möglichen Spukgeschichten, die mit Jakobs Frau zusammenhingen. Sie war ein paar Jahre vorher ums Leben gekommen. Es hieß, sie sei zu ihm in den Sarg gestiegen.«

»Sie soll ihn verfolgt haben.«

»Genau, und sogar den Schiffbruch verursacht haben. Ich weiß nicht, weshalb sie sich an ihm hätte rächen wollen. Das sind natürlich Hirngespinste wie so vieles andere.«

»Was genau hat Ármann gehört?«, schrieb Erlendur.

»Das weiß ich nicht so richtig«, sagte Þórður. »Er war sich auch selbst nicht so sicher. Das war er wirklich nicht.«

»Soweit ich verstanden habe, war es so etwas wie ein Jammerlaut.«

»Nein, das ist Unsinn. So etwas hat er auf keinen Fall gehört. Kurz bevor er starb, habe ich ihn noch einmal danach gefragt, aber er redete höchst ungern darüber. Ich glaube, er hat es sehr bereut, es jemals erwähnt zu haben. Es handelte sich eher um irgendwelche Bauchgeräusche.«

»Bauchgeräusche?«

»Als wäre noch Luft im Leib gewesen. Was wohl auch ganz gut möglich gewesen wäre, denn zwischen seinem Tod und der Beisetzung waren ja nur ganz wenige Tage vergangen. Das war das Geräusch, das Ármann glaubte gehört zu haben. Aber irgendwelche Jammerlaute hat er nie gehört. Das war so eine Spukgeschichte, die später aufkam. Andere behaupteten, dass die Leiche im Sarg verrutscht sei.«

Erlendur blickte den Alten nachdenklich an.

»Ármanns Tochter weiß angeblich nichts darüber.«

»Ármann hat nie zu jemandem darüber gesprochen, und mir hat er gesagt, dass es besser gewesen wäre, wenn er den Mund gehalten hätte. Natürlich will sie nichts davon wissen, sie will das Gerücht aus der Welt schaffen.«

»Kann sein«, schrieb Erlendur.

»Also von einem Jammerlaut weiß ich nichts«, erklärte Þórður. »Das wäre ja dann wirklich eine unglaubliche Zählebigkeit.«

»Ja«, sagte Erlendur laut.

»Es gibt aber tatsächlich Berichte darüber, dass Menschen über ein hohes Maß an Kälteresistenz verfügen und sich extrem ans Leben klammern können«, sagte Þórður. Diesmal senkte sich seine Stimme fast zu einem Flüstern herab. »Irgendwann habe ich mal von einem Schiffbruch in den Westfjorden gehört, wo drei Mann auf einem der alten Ruderboote ums Leben kamen. Die Leichen wurden im Lagerhaus aufgebahrt, das nachts zugeschlossen wurde. Das geschah in einem Winter mit bitterem Frost. Als man am nächsten Morgen nach den Leichen sah, hatten sich in der Nacht zwei von den Männern aus eigener Kraft von der Bahre erhoben und waren ein Stück über den Boden gekrochen, aber sie kamen nicht weit. Der dritte, der am längsten gelebt hatte, schaffte es bis zur verschlossenen Tür, wo sie ihn erfroren auffanden.«

Zweiundvierzig

Tief in Gedanken versunken machte sich Erlendur wieder auf den Weg nach Eskifjörður. Er war noch nicht weit gekommen, als er bremste und an den Straßenrand fuhr. Er überlegte lange, was zu tun war, rauchte und trank von dem Kaffee, den er sich am Morgen in die Thermoskanne gefüllt hatte. Etwas anderes hatte er an diesem Tag noch nicht zu sich genommen, doch er verspürte keinen Hunger, nur innere Unruhe und Spannung. Um sie loszuwerden, gab es im Grunde genommen nur eine Möglichkeit, doch dagegen sträubte sich alles in ihm. Sosehr er auch versuchte, nicht an diese Möglichkeit zu denken, er kam immer wieder zu dem gleichen Ergebnis. Er musste zwar die Interessen derjenigen im Auge behalten, die ihr Vertrauen in ihn gesetzt hatten, aber ihm ging es um klare Antworten. Auch wenn es in Ezras Darstellung um Erpressung und Mord gegangen war, gab es nicht den geringsten Grund, die örtlichen Behörden in seine Nachforschungen einzubeziehen. Wenn das Allgemeinwohl nicht gefährdet war, hatte Erlendur nie etwas dabei gefunden, gewisse Dinge auf sich beruhen zu lassen, auch wenn es sich um Verbrechen handelte. Und diesmal wollte er es unter allen Umständen vermeiden, seine Nachforschungen öffentlich zu machen, welche Konsequenzen das auch immer haben mochte. Schließlich handelte es sich ja auch nicht um eine offizielle Ermittlung. Aus purer Wissbegierde heraus und wegen seines speziellen Interesses an Vermisstenfällen hatte er mehr über die Vergangenheit gewisser Menschen in Erfahrung gebracht, als er je vorgehabt hatte. Er war nicht von sich aus einem Verbrechen auf die Spur gekommen, sondern das Verbrechen hatte ihn gefunden. Wäre er nicht sämtlichen Verdachtsmomenten und Gerüchten so hartnäckig nachgegangen, hätte sich nichts an der alten Geschichte von Matthildur, Jakob und Ezra geändert, und es hätte keine Unruhe gegeben – weder in seinem Inneren noch im Leben der anderen. Wenn Erlendur, um seinen Verdacht zu erhärten, das tun wollte, was er für unumgänglich hielt, würde er sämtliche Karten auf den Tisch legen und sich mit dem, was er wusste, an eine zuständige Behörde nach der anderen wenden müssen. Doch seine Erkenntnisse waren nur lückenhaft; sein Antrag würde Kommissionen und Richtern vorgelegt werden, er wäre gezwungen, ihn auf wer weiß wie vielen Sitzungen mit endlosem Hin und Her zu begründen, und das war etwas, wozu er nicht die geringste Lust verspürte. Es machte die Sache nicht besser, dass es seiner Meinung nach relativ unwahrscheinlich war, die Genehmigung für das zu erhalten, was er tun wollte, auch wenn er sich mit allem, was er wusste, an die Behörden wandte und der Antrag sämtliche Instanzen des Systems durchliefe.

So war er allmählich zu dem Ergebnis gekommen, dass er bei seinen Nachforschungen auf zwei Verbrechen gestoßen war, die sich zwar in zwei wesentlichen

Aspekten voneinander unterschieden, aber dennoch miteinander verknüpft waren. Es stand außer Zweifel, dass das eine Verbrechen die Folge des anderen war. Der eine Fall baute einzig und allein auf den Aussagen von Ezra auf, da war eine Beweisführung schwierig. Kein anderer Zeuge konnte seine Darstellung bestätigen, es gab keine konkreten Beweise, es gab keine Leiche, da niemand wusste, wo sie zu finden war. In dem anderen Fall lagen im Unterschied dazu nicht nur keine Zeugenaussagen vor, sondern auch keinerlei Indizien dafür, dass ein Verbrechen begangen worden war, es gab nur einen schwachen Verdacht. In diesem Fall glaubte Erlendur jedoch zu wissen, wo sich die Leiche befand.

Jetzt ging es darum, an sie heranzukommen.

Er wendete und fuhr wieder in Richtung Djúpivogur. Auf der Straße war keinerlei Verkehr. Erlendur erinnerte sich, von einer Frau in Polen gelesen zu haben, die für tot erklärt und in einen Leichensack gesteckt worden war, wo sie aber wieder zu sich gekommen war. Statt ins Leichenschauhaus wurde sie auf die Intensivstation gebracht. Er wusste von H. C. Andersen, der darauf bestanden hatte, dass ihm nach dem Tod die Pulsadern aufgeschnitten würden, aus Angst davor, lebendig in einem Sarg aufzuwachen. Die Furcht vor dem Lebendigbegrabenwerden wurde in der Medizin als Taphephobie bezeichnet. Man sprach vom Lazarus-Syndrom, wenn jemand wieder aufwachte, nachdem man ihn für tot erklärt hatte. Es gab Fälle, wo Menschen auf dem Seziertisch des Pathologen wieder zum Leben erwacht waren.

Erlendur stellte den Wagen vor dem Friedhof in

Djúpivogur ab und blickte eine Weile in Richtung des Dorfes, das friedlich in der Dunkelheit schlummerte. Er hatte seine Gaslampe mitgenommen, und eine Schaufel befand sich im Auto. Er war sich sicher, dass er auf dem kleinen Friedhof nicht lange brauchen würde, um Jakobs Grab zu finden. Er konnte sich keinen besseren Zeitpunkt vorstellen, dieses Vorhaben in Angriff zu nehmen, als ebendiese Nacht. Seine anfänglichen Zweifel, ob das, was er vorhatte, richtig war, machten ihm jetzt nicht mehr zu schaffen. Er war an einem Punkt angelangt, wo er sich nicht mehr von irgendwelchen Bedenken aufhalten lassen konnte.

In Djúpivogur hatte es noch kaum geschneit, im Südosten Islands war es fast den ganzen Herbst mild und trocken gewesen. Die Tatsache, dass noch kein Frost im Boden war, würde ihm die Arbeit sehr erleichtern. Er warf einen Blick auf seine Uhr. Je eher er begann, desto früher würde er es hinter sich gebracht haben. Er musste vor Tagesanbruch fertig sein und so wenig Spuren wie möglich hinterlassen.

Er stieg aus, holte die Gaslampe und die Schaufel hinten aus dem Auto und betrat den Friedhof. Der Friedhof befand sich oberhalb der Ringstraße und konnte vom Ort aus nicht gesehen werden. Es war schon nach Mitternacht, Erlendur bereitete sich auf eine lange Nacht vor.

In der Ferne bellte irgendwo ein Hund, Erlendur hielt inne und lauschte, dann ging er weiter. Der Friedhof war von einem Eisenzaun umgeben. Über dem Friedhofseingang hing eine Glocke. Rechts vom Friedhof befand sich ein kleines Haus mit den Geräten für die Instandhaltung. Hohe, schöne Nadelbäume hielten

Wache über den Gräbern. Nun zündete Erlendur die Gaslampe an. Die Grabstätten waren fast alle leicht erhöht und mit Kreuzen oder Grabsteinen gekennzeichnet. Die Jahreszahlen aus der Mitte des vergangenen Jahrhunderts, nach denen er suchte, befanden sich weiter hinten auf dem Friedhof.

Er ging an den Gräbern entlang, beleuchtete die Grabsteine einen nach dem anderen, und bald gelangte er zu einem, der auf dem Grab lag und Jakobs Namen trug. Er schraubte die Helligkeit der Lampe so weit herunter, dass er gerade noch genug sehen konnte. Sorgfältig blickte er sich nach allen Seiten um. Lauschte auf Hundegebell. Und dann trieb er den Spaten in die lockere Erde.

Er hatte schon einmal eine Leiche ausgegraben, aber auf ganz andere Weise. Damals hatte er den vorschriftsmäßigen Behördenweg eingehalten, und ein kleiner Schaufelbagger hatte ein Grab auf einem Friedhof am Meer geöffnet, in dem sich der Sarg eines kleinen Mädchens befand, das an einer seltenen Krankheit gestorben war. Er hatte im Laufe der Zeit manchmal an sie denken müssen, genauso wie an all die anderen Fälle, mit denen er sich befasst hatte und die ihn, jeder auf seine eigene Weise, beeinflusst hatten. Sie waren ebenso zahlreich wie unterschiedlich gewesen, doch keiner von ihnen hatte ihn bei Nacht und Nebel mit einer Schaufel in der Hand auf einen Friedhof getrieben.

Erlendur stach zunächst den Rasen ab und stapelte die Grassoden vorsichtig neben dem Grab auf, damit er zum Schluss, nachdem er sich bis zum Sarg hinuntergegraben hatte, alles wieder ordentlich hinterlassen konnte. Der Boden bot keinen Widerstand, die Erde war weich und feucht und entsprechend leicht zu schaufeln. Eine Stunde arbeitete er in gleichmäßigem Tempo, dann legte er eine Pause ein, zündete sich eine Zigarette an und setzte sich auf den Stein am Nachbargrab.

Dann grub er wieder eine ganze Weile, bevor er sich ein weiteres Mal ausruhte und die nächste Zigarette anzündete. Die Thermoskanne gab noch eine halbe Tasse her. Inzwischen machten sich auch Hungergefühle bei ihm bemerkbar. Er war froh, dass sich der Mond hinter tief hängenden Wolken verbarg. Er hatte nicht die geringste Ahnung, was er zu seiner Entschuldigung sagen könnte, falls ihn jemand in einem offenen Grab überraschte. Er schaufelte unablässig weiter, versuchte, es so einzurichten, dass das Loch nicht größer als unbedingt nötig wurde. Auf einmal stieß die Schaufel auf etwas Hölzernes, er hatte den Sarg erreicht. Das Grab war anscheinend sehr viel flacher, als er erwartet hatte. Nun verdoppelte er seine Anstrengungen, und nach kurzer Zeit stand er mit gespreizten Beinen über Jakobs Sarg und entfernte rasch die Erde vom Deckel. Der schlichte Sarg aus unlackiertem Holz sah im schwachen Schein der Gaslampe noch einigermaßen unversehrt aus.

Der Sargdeckel bestand aus vier breiten Holzplanken. Erlendur stach mit dem Spaten dazwischen und versuchte, ein Brett anzuheben. Das Holz gab sofort nach und zerbrach mit einem Ruck. Er schob den Spaten unter das nächste Brett und stemmte es ebenfalls hoch. Die Planken waren mit ein paar Nägeln befestigt worden, die sich sofort aus dem morschen Holz lösten.

Nach kurzer Zeit war die Öffnung groß genug, um in den Sarg hineinsehen zu können. Er griff nach der Gaslampe, die er an den Rand des Grabes gestellt hatte, und leuchtete in den Sarg. Jakobs Gebeine schienen schon auf den ersten Blick in einer merkwürdigen Stellung zu liegen. Es kam ihm so vor, als sei der Kopf nach hinten gebogen, und der Unterkiefer war so weit vom Schädel entfernt, dass es den Anschein hatte, als sei der Mann mit weit geöffnetem Mund gestorben. Beide Schneidezähne im vorstehenden Oberkiefer fehlten. Die Hände lagen beim Kopf, die Finger waren zu Krallen gekrümmt. Er griff zu seiner Lampe, um die Finger besser beleuchten zu können. Soweit er sehen konnte, war der Mittelfinger der rechten Hand gebrochen. Erlendur beleuchtete die Beine, sie waren gespreizt und lagen nicht gerade nebeneinander.

Erlendur bückte sich und betastete die Sargwände im Schein der Laterne. Er wusste nicht, ob er irgendwelche Anzeichen für das finden konnte, was seiner Meinung nach in diesem Sarg geschehen sein musste.

Er richtete sich wieder auf und beleuchtete Jakobs sterbliche Überreste mit seiner Lampe. Seine Blicke blieben an den gekrümmten Fingern und dem gebrochenen Mittelfinger hängen. Er erinnerte sich daran, dass Jakob unter Klaustrophobie gelitten hatte.

Erlendur nahm das Brett vom Sargdeckel zur Hand, das beim Aufstemmen zerbrochen war. Er drehte das Gas an der Lampe auf, um mehr Licht zu haben, und beleuchtete den Teil des Bretts, der sich direkt über Jakobs Gesicht befunden hatte. Als er mit dem Finger darüber strich, spürte er ungewöhnliche Vertiefungen. Ansonsten war das Holz unversehrt und relativ glatt.

Er besah sich diese Einkerbungen genauer und kam zu dem Schluss, dass einige davon von Zähnen stammen mussten.

Er beleuchtete noch einmal den gebrochenen Finger.

Erlendurs Gesicht verzerrte sich zu einer Grimasse, als er sich den grausamen Kampf vorstellte, der auf diesem kleinen Friedhof stattgefunden hatte. Das Kratzen, das völlig sinnlos gewesen war, die Schreie, die niemand gehört hatte, und die Luft, die nach und nach zur Neige gegangen war.

Dreiundvierzig

Knapp zwei Stunden später legte Erlendur die Schaufel zurück ins Auto und setzte sich verschwitzt und verdreckt hinters Steuer. Er hatte versucht, alle Spuren der Grabschändung so gut wie möglich zu tilgen, aber trotzdem war es unübersehbar, dass sich jemand an dem Grab zu schaffen gemacht hatte. Nachdem Erlendur es wieder zugeschaufelt hatte, war es etwas höher als die anderen, obwohl er nach besten Kräften versucht hatte, die Erde festzustampfen. Es würde eine Weile brauchen, bis sie sich wieder gesetzt hatte. Den kleinen Hügel bedeckte er mit den abgestochenen Grassoden. Er hoffte nur, dass sich in der nächsten Zeit niemand in diesen Teil des Friedhofs verirren würde, und wünschte den Dorfbewohnern Gesundheit und ein langes Leben. Er hoffte auch, dass es so bald wie möglich ordentlich schneien würde, damit Djúpivogur bis zum Frühjahr unter einer dicken Schneedecke begraben wäre. Er schämte sich zwar für das, was er getan hatte, und wollte um keinen Preis, dass irgendjemand davon erfuhr, doch er bereute es nicht.

Erlendur fuhr auf dem direkten Weg zurück nach Eskifjörður. So frühmorgens waren nur wenige Menschen unterwegs, und ihm waren auf der Strecke kaum Autos entgegengekommen. An einigen Stellen begannen sich Schneewehen auf der Straße zu bilden, aber sie behinderten den Verkehr nicht. Im Auto war ihm wieder wohlig warm geworden, und aus dem Radio erklang beruhigende Musik. Die grausige Geschichte, die er auf dem Friedhof ausgegraben hatte, ging ihm die ganze Zeit nicht aus dem Kopf.

Er traf auf dem verlassenen Hof ein, als es gerade wieder hell wurde, kroch in seinen Schlafsack, streckte sich erschöpft auf der Matratze aus und breitete zwei Decken über sich. Er ging nicht davon aus, dass er Probleme mit dem Einschlafen haben würde, denn nach der Schaufelei fühlte er sich ziemlich gerädert. Aus Angst davor, dass jemand ihn bei seiner Tätigkeit hätte entdecken können, hatte er sich keine Pause gegönnt, bis das letzte Rasenstück wieder auf dem Grab gelegen hatte. Ihm taten Arme und Beine weh, und an den Händen hatte er Schürfwunden vom Griff des Spatens. Es war sehr lange her, seit er sich zuletzt solchen körperlichen Anstrengungen ausgesetzt hatte.

Doch der Schlaf wollte sich nicht einstellen. Vielleicht weil der Gedanke an Ezra im Eishaus, in dem die Leichen aufbewahrt worden waren, ihm keine Ruhe ließ. Oder die Gedanken an Jakob in seinem Sarg und das Rätsel um Matthildur. Er wusste immer noch nicht, was er mit den Informationen machen sollte, die er sich auf diese schauerliche Weise beschafft hatte. Er würde mit Ezra sprechen müssen, wenn er wieder aufgewacht war, und möglicherweise würden sich daraus die nächsten Schritte ergeben. Er musste ihn fragen, was damals im Eishaus vorgefallen war.

Seiner Ansicht nach hatte Ezra gewusst, wie es

um Jakob stand, als der Deckel seines Sargs zugenagelt wurde.

In den Berichten über Menschen, die für tot erklärt worden waren, aber dennoch wieder zum Leben erwachten, wurde häufig erwähnt, dass dies auf medizinische Versäumnisse zurückzuführen war. Aber es war nicht ein Verdacht in diese Richtung gewesen, der Erlendur auf die richtige Spur gebracht hatte, sodass er sich dazu gezwungen gefühlt hatte, bis zu seinem Sarg vorzudringen. Ezras Bericht darüber, was zwischen ihm und Jakob vorgefallen war, hatte Erlendur aufhorchen lassen, und nicht zuletzt auch das, was Ármann über Geräusche aus dem Sarg gesagt hatte. Hinzu kamen Erlendurs Wissen über Kälte und ihre Einwirkung auf den Körper und die Tatsache, dass Ezra direkten Zugang zum Eishaus gehabt hatte, wo Jakobs Leiche aufbewahrt worden war. Das alles hatte bei Erlendur den Verdacht bestärkt, dass es dort nicht mit rechten Dingen zugegangen war. Auch die Geschichte des alten Þórður über die drei Fischer in den Westfjorden, die man für tot gehalten hatte, die aber trotzdem noch imstande gewesen waren, sich von der Bahre zu erheben, um auf sich aufmerksam zu machen, hatte ihre Wirkung auf ihn gehabt. Zum Schluss war Erlendurs Verdacht so stark gewesen, dass er hatte handeln müssen. Er musste Antworten bekommen, um jeden Preis, auch wenn es Grabschändung bedeutete. Es ging ihm nicht darum, sein Vorgehen zu entschuldigen, er wollte es nur rechtfertigen.

Welche Antworten hatte er bekommen? Was war bei seiner Schufterei auf dem Friedhof herausgekommen?

Er hatte die Antwort auf die Frage erhalten, die ihn am meisten bedrängt hatte: Jakob war lebendig begraben worden. Er war noch am Leben gewesen, als sein Sarg in die Erde gesenkt wurde. Erlendur hatte es geschaudert, als ihm klar geworden war, was sich im Sarg abgespielt hatte, als er die Spuren der grausigen Verzweiflung sah, von der sie Zeugnis ablegten. An der Position des Skeletts hatte er die Qualen ablesen können, an den erhobenen Händen, an der Lage des Kopfes, an den klaffenden Kiefern, dem gebrochenen Finger und den beiden Zähnen, die im Oberkiefer fehlten. Jakob war nach den Torturen im Meer und aufgrund der Kälte im Eishaus mehr tot als lebendig gewesen, trotzdem hatte er etliche Spuren im Holz hinterlassen. Sein Lebenswille war beispiellos gewesen, sein Tod eine unbeschreibliche Qual.

Was Erlendur aber den Tatsachen, die aus dem Sarg zu ihm sprachen, nicht entnehmen konnte, war die Antwort auf die Frage, weshalb Jakob lebendig begraben worden war. Diese Antwort konnte ihm nur jemand anderes geben. War es aus Fahrlässigkeit geschehen oder hatte Absicht dahintergesteckt?

Erlendur glaubte, solche Menschen wie Ezra zu kennen, auch wenn es ihm natürlich nie gelingen würde, seinen Charakter vollständig auszuloten. Ihm war klar, dass er nicht das Geringste mit den vielen anderen Verbrechern gemein hatte, denen er begegnet war. Ezra war weder gewissenlos noch gewalttätig. Er war wie viele andere unbescholtene Menschen, die Erlendur im Laufe seines Lebens kennengelernt hatte, die sich in ihrem ganzen Leben noch nicht einmal eine Parksünde hatten zuschulden kommen lassen. Konnte er trotzdem wissentlich und willentlich diese entsetzliche Tat begangen haben, die Erlendur durch das Ausgraben des Sargs aufgedeckt hatte?

Wenn all das, was Ezra ihm gesagt hatte, der Wahrheit entsprach, hatte er wahrhaftig allen Grund gehabt, sich zu rächen. Wenn es tatsächlich stimmte, dass Jakob Matthildur umgebracht, die Leiche verscharrt und sich konstant geweigert hatte, Ezra den Ort zu verraten. Sieben Jahre später wurde Jakobs Schicksal im wahrsten Sinne des Wortes besiegelt. Welchen Anteil hatte Ezra daran? Hatte er gewusst, dass Jakob noch am Leben war? Hatten sie noch miteinander gesprochen? Hatte Jakob Ezra gesagt, was er mit den sterblichen Überresten von Matthildur gemacht hatte?

Nur ein Mensch konnte Erlendurs Fragen beantworten, und den musste er so schnell wie möglich aufsuchen.

Vierundvierzig

Weshalb liegst du hier?

Ständig hört er diese Frage, vergisst sie aber gleich wieder, bis sie das nächste Mal wiederholt und so unerträglich beharrlich und fordernd wird, dass er es nicht mehr ignorieren kann. Er hat sich ein bestimmtes Bild von dem Fragenden gemacht und glaubt, dass es sich um einen verirrten Reisenden handeln muss, den ein merkwürdiger Zufall zu ihm an diese seltsamen Gestade verschlagen hat.

So wie Bóas am Urðarklettur.

Trotzdem weiß er, dass es nicht Bóas ist, sondern ein anderer, ein Unbekannter. Er kann keine Antworten geben, die der Reisende akzeptiert, und er ärgert sich über dessen Neugier. Und wieder spürt er eine Nähe, jemand folgt ihm, jemand, der in seinem Schatten steht und sich nicht zu erkennen gibt. Diese Nähe spürt er immer stärker, ohne sie verstandesmäßig analysieren oder zu einem Schluss kommen zu können, wer sich da in der Dunkelheit verbirgt.

Er weiß nur, dass diese Nähe ihm Angst macht.

»Solltest du hier liegen?«, hört er fragen.

»Weshalb nicht?«, antwortet er.

»Findest du, dass du hier liegen solltest?«

»Ja.«

»Warum?«, fragt der Mann.

»Weil es …«

»Was?«

»Wer ist bei dir?«, fragt er.

»Möchtest du ihn treffen?«

»Wer ist es?«

»Es hängt von dir ab. Wenn du ihn treffen möchtest, kannst du das selbstverständlich.«

»Wer ist es? Weswegen verbirgt er sich?«

»Er verbirgt sich nicht. Du selber hältst ihn von dir fern.«

Er spürt, dass der Reisende sich plötzlich entfernt, und in dem Augenblick kommt es ihm so vor, als erinnere er sich an ihn – wo er ihn gesehen hat und wer er war.

»Bist du das?«, fragt er vorsichtig.

»Du erinnerst dich also an mich?«, fragt der Mann.

»Geh nicht«, sagt er, auch wenn ihm der Mann nicht geheuer ist. »Geh nicht!«

»Ich gehe nicht weit«, hört er ihn sagen.

»Geh nicht! Sag mir, wer bei dir ist! Woher kommt er? Wer ist er?«

Er kommt langsam wieder zu Bewusstsein und spürt die beißende Kälte. Er hört das schwache Echo der Rufe in seinem Inneren. Er braucht lange, um sich über seine eigene Lage klar zu werden. Er ist nicht nur am ganzen Körper empfindungslos und kalt, auch seine Gedanken sind taub und kalt und nicht mehr logisch. Das verursacht ihm aber keine besonderen Besorgnisse. Er macht sich keine Sorgen mehr.

Die Kälte bewirkt, dass er an Wärme denken muss. Er versucht, sich an die herkömmlichen Methoden zu erinnern, mit denen man dem Körper Wärme zuführen kann. In seinen Büchern, die von den Strapazen von Menschen in Bergnot handeln, hat er gelesen, wie manche es schafften, in diesem kalten und unwirtlichen Land unter schwierigsten Umständen zu überleben. Die einfachste und effektivste Methode war, dem lebensgefährlich Unterkühlten mit dem eigenen Körper Wärme zu spenden, wenn nichts anderes zur Hand war. Ob es sich nun um Schiffbrüchige handelte, die aus dem eisigen Meer gefischt wurden, oder Menschen, die bei einem unerbittlichen Schneesturm zum nächsten Hof gebracht werden konnten. Die Retter zogen sich die Kleidung aus und legten sich zu dem Geretteten, mitunter zu zweit, und wärmten mit den eigenen Körpern den durch und durch Ausgekühlten.

Er denkt an Sonnentage.

An das Lächeln seiner Mutter.

An ihre warme Berührung.

Sein Sinn sucht nach Wärme.

Nach heißen Sommertagen am Fluss.

Er blickt zum Himmel hoch und lässt Mittsommersonne sein Gesicht umspielen.

Da plötzlich erinnert er sich wieder an den Reisenden und weiß, wo er ihn schon einmal gesehen hat. Vor seinem inneren Auge taucht der Tag in Bakkasel auf, als unerwarteter Besuch eintraf, ein Reisender, der nur kurz bei ihnen verweilte, bevor er weiterging. Der Frühling war damals so kalt gewesen, dass die Heuwiesen Schaden genommen hatten und die Schneewehen an den Hängen der Berge nicht schmelzen wollten. Er erinnert sich an die seltsamen Worte über Bergur, die der Reisende zu seiner Mutter gesagt hatte. Erinnert sich, wie sehr er erschrak, als er sie hörte.

Er hatte nie erfahren, woher der Mann gekommen war oder wohin er wollte, auch wenn er den Eltern bestimmt davon erzählt hatte. Möglicherweise wollte er über die Irrlichtscharte nach Reyðarfjörður oder über den alten Weg nördlich am Harðskafi vorbei hinüber nach Seyðisfjörður. Es tauchten hin und wieder solche unerwarteten Gäste in Bakkasel auf, Leute, die von weither gekommen waren und sich bei ihnen ausruhen wollten und die Gastfreundschaft seiner Eltern genießen durften. Einige waren wie dieser Gast allein unterwegs, manchmal kamen sie aber auch zu zweit oder gar zu dritt, und häufig genug brachten sie Fröhlichkeit ins Haus und zauberten ein Lächeln auf ihre Lippen, eine willkommene Abwechslung zur Freude aller. Es konnte auch vorkommen, dass jemand darum bat, übernachten zu dürfen, was ihm selbstverständlich gewährt wurde. Diesen Leuten wurde dann im Zimmer der Jungen ein schönes Bett bereitet. Manchmal standen auch Ausländer bei ihnen vor der Tür und versuchten, sich verständlich zu machen, baten um Wasser oder wollten auf ihrem Grund und Boden zelten.

Dieser Reisende hatte den Eindruck eines routinierten Wanderers gemacht. Erlendur sah das an seinen Bewegungen, seiner Kleidung und nicht zuletzt an dem beeindruckenden Wanderstock, den er bei der Haustür abstellte. Der Mann trug hochgeschnürte Stiefel mit dicken Sohlen, eine Kniebundhose und eine bis zum Hals zugeknöpfte Lederjacke. Seine wollenen Handschuhe hatten keine Spitzen, sodass man seine starken Finger sehen konnte, mit denen er sich über den Bart strich, während sie sich unterhielten.

Merkwürdig war, dass er sich benahm, als sei er bei ihnen zu Hause. Er setzte sich zu seinen Eltern in die Küche und ließ sich den Kaffee und die belegten Brote schmecken. Er sprach über das Wetter, vor allem über das kalte Frühjahr, über die Gegend und die Natur ringsum. Er erkundigte sich aber nach Orten und Ortsnamen, als sei er noch nie dort gewesen. Vielleicht kam er aus dem Süden, vielleicht sogar aus Reykjavík, der großen Stadt, die so fern schien wie sämtliche anderen Großstädte dieser Welt. Erlendur traute sich nicht, den Gast anzusprechen, er stand nur in der Küche und lauschte dem Gespräch. Bergur war bei ihm, hörte ebenfalls zu und sah, wie der Gast Kaffee trank und von den Broten aß, die ihre Mutter ihm vorgesetzt hatte.

Der Mann warf den Jungen hin und wieder Blicke zu und schenkte ihnen ein Lächeln. Bergur war nicht scheu und sah ihm direkt in die Augen, doch der schüchterne Erlendur wich seinem Blick aus. Schließlich verließ er die Küche und ging in ihr Zimmer. Er konnte sich genau an den gutmütigen Ausdruck im Gesicht des Mannes erinnern, den klaren Blick, die Klugheit, die sich hinter seiner hohen Stirn verbarg, die Weisheit, die aus seinen Worten sprach. Der Mann war in jeder Hinsicht außerordentlich sympathisch, und trotzdem hatte er etwas an sich, das ihm Angst machte. Deswegen hielt er es nicht mehr in der Küche aus, deswegen konnte er nicht im gleichen Raum bleiben. Er wollte, dass der Mann ging. Aus irgendwelchen ihm völlig unerfindlichen Gründen ging eine Bedrohung von dem Gast aus.

Als er sich wieder aus dem Zimmer heraustraute, war der Gast im Aufbruch. Er hatte sich für die gute Aufnahme und die Bewirtung bedankt und stand vor dem Haus, den Wanderstab in der Hand. Er hatte noch ein paar Worte mit Bergur gewechselt, der draußen in der Kälte bei seinen Eltern stand, und zum Abschied sagte er diese überaus seltsamen Worte, die er besonders an ihre Mutter richtete. Er lächelte, während er dieses schicksalsträchtige Urteil abgab.

»Euer Junge hat eine schöne Seele«, sagte er. »Ich weiß nicht, wie lange ihr ihn bei euch behalten dürft.«

Sie sahen den Mann nie wieder.

Er ist zu der Überzeugung gelangt, dass der Reisende, der in der Kälte zu ihm kommt, derselbe Mann ist, der sie in Bakkasel besucht hatte und diese unbegreiflichen Worte über Bergur fallen ließ, so wahr und so grausam. Während sein Bewusstsein langsam schwindet, wird ihm allmählich klar, wer da bei ihm ist, wer ihm da folgt wie ein Schatten und sich nicht zeigen will.

Fünfundvierzig

Erlendur hörte das Klopfen aus dem Schuppen, als er aus dem Auto stieg. Er näherte sich Ezras Haus, hatte aber keine Eile. Er hatte ungewöhnlich gut und lange geschlafen. Es war schon nach zwei gewesen, als er zum Schwimmbad gefahren war. Danach hatte er ein verspätetes Mittagessen in einem Restaurant genossen, fangfrischen Schellfisch mit Pellkartoffeln und dazu Roggenbrot. Er hatte ordentlich Butter über den Fisch und die Kartoffeln gegeben und auch das Brot dick mit Butter bestrichen, die Kalorien würden wärmen. Die Kälte der Nacht, die er an Jakobs Grab verbracht hatte, steckte ihm immer noch in den Knochen.

Er ging zum Schuppen hinunter. Die Tür stand weit auf, und drinnen saß Ezra mit dem Schlaghammer und hämmerte in stetigem Rhythmus auf den harten, getrockneten Fisch ein. Er schenkte Erlendur keine Beachtung, der ihn geraume Zeit beobachtete. Die Schrotflinte war nirgends zu sehen. Der alte Mann arbeitete ruhig und unbeirrbar, diese gleichmäßigen Bewegungen waren ihm in Fleisch und Blut übergegangen.

»Bist du schon wieder hier?«, fragte er, ohne von seiner Arbeit aufzublicken. Er hatte Erlendur also doch bemerkt, schien sich aber dadurch nicht aus der Ruhe bringen zu lassen. »Ich kann dir nichts mehr sagen«, fuhr er fort. »Mit irgendwelchen Tricks und Kniffen ist es dir gelungen, alles aus mir herauszuholen. Ich hätte dir nie etwas sagen sollen. Ich habe nichts mit dir zu schaffen, keine Ahnung, warum ich es dir gesagt habe.«

»Ich erst recht nicht«, entgegnete Erlendur. »Aber gesagt hast du es mir trotzdem.«

Ezra sah hoch.

»Willst du mich zum Narren halten?«, fragte er.

»Nein«, sagte Erlendur. »Es kommt mir eher so vor, als sei ich der Narr.«

Ezra hatte den Hammer bereits erhoben, um ihn auf den nächsten Fisch niedergehen zu lassen, den er aus einem Plastikkorb gefischt hatte, hielt aber mitten in dieser Bewegung inne. Er ließ die Hand sinken und blickte Erlendur an.

»Um was geht es eigentlich?«

»Es geht um deinen Freund Jakob.«

»Was ist mit ihm?«

»Ich weiß es nicht«, sagte Erlendur. »Ist da vielleicht etwas, was du deiner Geschichte von Jakob hinzufügen möchtest?«

»Nein.«

»Bist du sicher?«

»Natürlich bin ich sicher.«

»Ich fürchte, das reicht mir nicht.«

Ezra sah Erlendur lange an. Er legte den Hammer beiseite, ließ den Fisch wieder in den Korb fallen und stand auf.

»Ich habe dem, was ich gesagt habe, nichts hinzuzufügen«, sagte er. »Ich wäre dir dankbar, wenn du mich in Ruhe lassen würdest.«

Er stapfte langsam und mit hängenden Schultern an

Erlendur vorbei nach draußen und zum Haus hinauf. Er trug einen verschlissenen Anorak und die Mütze mit den hängenden Ohrenklappen. Erlendur zögerte einen Augenblick, denn er war sich nicht sicher, ob es richtig war, weitere Wunden im Leben des alten Mannes aufzureißen. War das wirklich seine Aufgabe? In der Nacht hatte er auf der Rückfahrt von Djúpivogur die ganze Zeit darüber nachgedacht, ob es ihm oder anderen irgendetwas nutzen würde, zu erfahren, was genau sich zwischen Ezra und Jakob abgespielt hatte. Erlendurs Wissensdrang war befriedigt, er hatte bekommen, wonach er gesucht hatte, die Antworten auf seine Fragen. Er war ein Unbeteiligter und ihn ging dieser Fall nichts an, auch wenn er bei der Polizei war. Das einzige Verbrechen, das seines Wissens begangen worden war, wenn man Ezra Glauben schenken durfte, war der Mord an Matthildur. Was der Mörder mit der Leiche gemacht hatte, war vermutlich ein Problem, das nie gelöst werden würde. Jakobs Tat hatte nie zu einer strafrechtlichen Ermittlung geführt, und dazu würde es wohl auch nicht mehr kommen. Ezra musste selbst entscheiden, ob er mit seinen Informationen über die damaligen Ereignisse an die Öffentlichkeit gehen wollte. Erlendur hatte nichts dergleichen vor und würde es auch nicht von ihm verlangen. Wem konnte es von Nutzen sein, dass die Wahrheit nach so vielen Jahren und Jahrzehnten ans Licht käme? Weshalb etwas ausgraben, was am besten begraben war? Wem wurde damit ein Gefallen getan?

Auf derartige Fragen hatte Erlendur im Laufe der Jahre oft eine Antwort finden müssen und war in den seltensten Fällen zu einem schlüssigen oder allgemeingültigen Ergebnis gekommen. So etwas musste sich jeweils nach der Sachlage richten. Er wünschte sich fast, nie in Ezras Angelegenheiten herumgekramt zu haben, aber dazu war es nun zu spät. Das, was er in Erfahrung gebracht hatte, ließ ihn einfach nicht mehr los, und er konnte nicht anders, als nach Erklärungen zu suchen. Es ging ihm nicht darum zu bestrafen, und er hatte es sich nicht zum Ziel gesetzt, die Gefängnisse mit beklagenswerten Menschen zu füllen. Ihm ging es einzig und allein darum, die Wahrheit herauszufinden. Für ihn hatte es immer nur diese eine Leitlinie gegeben, Antworten auf die Fragen zu finden, die ihn bedrängten. Das zu finden, was verloren und vergessen und nie gefunden worden war.

Deshalb waren seine Schritte schwer, als er Ezra folgte und hinter ihm das Haus betrat. Ezra hatte die Tür zugemacht, aber nicht abgeschlossen, was Erlendur ein wenig hoffnungsvoll stimmte. Er wusste, dass er nicht in der Lage war, dem alten Mann so etwas wie eine Absolution zu erteilen, er würde ihm nur zuhören und versuchen, ihn zu verstehen. Er hatte den Eindruck gehabt, dass es Ezra gutgetan hatte, über Matthildur zu sprechen. Ezra hatte sich das gestattet, vielleicht weil Erlendur ein völlig Unbekannter war, aber vielleicht auch, weil er spürte, dass Erlendur ihn nicht verurteilen würde.

»Weshalb verfolgst du mich in mein Haus?«, fragte Ezra, der am Waschbecken in der Küche stand. »Hatte ich dir nicht klar gesagt, dass du mich in Ruhe lassen sollst?«

Seine Stimme klang nicht sonderlich überzeugend. Ezra hatte ihm den Rücken zugewandt, lehnte sich an die Spüle und schaute zum Fenster hinaus, durch das er den Schuppen sehen konnte.

»Ich hätte gern noch einmal mit dir über Jakob gesprochen«, sagte Erlendur.

»Ich habe über diesen Mann nichts mehr zu sagen.«

»Ich frage noch einmal: Bist du sicher?«

Ezra drehte sich um und sah Erlendur lange in die Augen.

»Sei so gut und geh«, sagte er. »Ich bitte dich, geh. Ich habe dir nichts mehr zu sagen. Ich habe alles gesagt, was ich sagen wollte, sogar viel mehr als das.«

»Hatte Jakob vorstehende Zähne?«

»Was soll das denn?«

»Ich habe nie ein Foto von ihm gesehen. Irgendwie stelle ich mir vor, dass sein Oberkiefer etwas vorstand.«

»Man könnte es so ausdrücken«, sagte Ezra verwundert. »Willst du mit mir über zahnmedizinische Probleme reden?«

»Gut möglich«, sagte Erlendur. »Was passierte, als er starb?«

»Was meinst du damit?«

»War er tot, als er zu dir ins Eishaus gebracht wurde?«

Ezra starrte Erlendur an.

»Was soll denn der Blödsinn? Natürlich war er tot.«

»Bist du sicher?«

»Selbstverständlich«, entgegnete Ezra. »Der Totenschein war bereits ausgestellt worden, und zwar für beide Männer, die über Bord gegangen waren.«

»Der Arzt war nicht von hier«, sagte Erlendur.

»Nein, er war nicht von hier.«

»Er hatte eine Zeit lang die Vertretung für den hiesigen Arzt übernommen. Er hat sich nicht die Mühe gemacht, die Leichen genau zu untersuchen. War es so?«

»Ich bin kein Arzt«, sagte Ezra. »Aus irgendwelchen Gründen scheinst du mehr darüber zu wissen als ich. Ich wäre dir dankbar, wenn du jetzt gehen würdest. Ich weiß nicht, worüber du redest.«

»Ich will es dir gerne erklären«, sagte Erlendur. »Mir ist da plötzlich durch den Kopf gegangen, dass du im Eishaus gewesen bist, als Jakob dorthin gebracht wurde. Sie gingen davon aus, dass er genau wie der andere Mann ertrunken war. Vielleicht war es ein schlechter Arzt. Vielleicht fand er es ausreichend, den einen genau zu untersuchen, beide hatten ja dasselbe Schicksal erlitten. Möglicherweise hat er bei Jakob nicht sorgfältig genug auf den Herzschlag gehorcht. Du weißt es vielleicht nicht, aber bei großer Kälte verlangsamt sich der Herzschlag sehr, sämtliche Körperfunktionen sind erheblich reduziert. Die Atmung wird ganz flach. Einem schlechten Arzt könnte es durchaus entgangen sein, dass Jakob noch am Leben war.«

»Ich habe keine Ahnung, wovon du redest«, wiederholte Ezra.

»Deswegen bin ich gestern nach Djúpivogur gefahren, wo Jakob beerdigt wurde. Ich habe da mit einem interessanten alten Mann gesprochen, er heißt Þórður, du kennst ihn vielleicht. Þórður hat mir eine unglaubliche Geschichte über Kälteresistenz erzählt, von der ich fast annehme, dass sie dir auch zu Ohren gekommen ist. Du erinnerst dich vielleicht an die Geschichte von den drei Männern in einem Lagerhaus in den Westfjorden, die man aus dem Meer geholt hatte und die erfrieren mussten, weil man sie für tot gehalten hatte.«

Ezra blickte ihn schweigend an.

»Ich habe auch mit der Tochter des Mannes gesprochen, der Geräusche aus Jakobs Sarg gehört haben wollte, als er zu Grabe getragen wurde. Hast du davon gehört?«

Ezra antwortete nicht.

»Weißt du immer noch nicht, wovon ich rede?«, fragte Erlendur.

»Nein«, antwortete Ezra.

»Die Sache wurde verdammt problematisch für den Mann, und er bereute es später, jemals einen derartig verrückten Verdacht geäußert zu haben. Ich habe da aber Verschiedenes miteinander kombiniert, und daraufhin hatte ich das Gefühl, dem Friedhof und Jakobs Grab einen Besuch abstatten zu müssen. Da war irgendetwas in all diesen Geschichten, was mich dazu zwang, zum Friedhof zu fahren.«

Ezra zeigte keine Reaktion.

»Die Geschichte von dir und Matthildur hat mich sehr gerührt, Ezra. Das, was Jakob ihr angetan hat. Und was er dir angetan hat. Ich kann den Horror gut nachvollziehen, den du erlebt hast. Aber dann habe ich angefangen, über Rache nachzudenken, und über die Tatsache, dass die besten Menschen schreckliche Untaten begehen können, wenn sie das Gefühl haben, sich rächen zu müssen. Sogar solche Menschen können aus Rachsucht zu überaus schrecklichen Taten getrieben werden.«

Ezra wandte sich von Erlendur ab und sah wieder hinunter zum Schuppen. Die Tür stand offen und bewegte sich ein wenig im Wind. Man hörte das Quietschen in den Angeln.

»Ihre Rechtfertigung ist die Rache«, sagte Erlendur.

»Ich begreife nicht, weshalb du mich nicht in Ruhe lässt«, sagte Ezra leise.

»Ich habe es nicht aus ihm herausbekommen, hast du zu mir gesagt.«

»Was meinst du?«, sagte Ezra.

»Als ich dich gefragt habe, ob er dir verraten hat, was er mit Matthildur gemacht hat. Und nun rede ich über dich und Jakob im Eishaus. Du hast gesagt: *Ich habe es nicht aus ihm herausbekommen*. War das im Eishaus?«

»Ich weiß nicht, worauf du hinauswillst.«

»War er noch am Leben?«

Ezra schwieg.

»Ich habe mich bis zum Sarg von Jakob hinuntergegraben«, sagte Erlendur.

Ezra wandte sich langsam wieder um. Es hatte den Anschein, als könne er nicht glauben, was er gehört hatte.

»Ich habe den Sarg geöffnet«, sagte Erlendur.

Ezra starrte ihn an.

»Ich musste es herausfinden«, sagte Erlendur. »Ich musste wissen, was passiert war. Ich konnte nicht anders.«

»Bist du von Sinnen?«, stöhnte Ezra. »Du glaubst doch nicht, dass ich diesen Schwachsinn glaube? Mach dich gefälligst aus dem Staub und lass mich in Ruhe! Jetzt reicht es mir wirklich«, sagte er mit erhobener Stimme. »Ich dachte, man könnte dir vertrauen, aber das ist der reine Wahnsinn! Hör auf damit, Mensch!«

»Ich wusste, dass du mir nicht glauben würdest, deswegen habe ich zwei kleine Gegenstände dabei, die ich im Sarg gefunden habe«, sagte Erlendur und griff in seine Jackentasche. »Ich weiß nicht, ob sie dir bekannt vorkommen.«

Erlendur trat neben Ezra an die Spüle und legte das, was er in seiner Tasche aufbewahrte, neben ihn auf die Spüle.

Ezra blickte zunächst Erlendur scharf an, doch dann richtete er seine Blicke auf das, was Erlendur dort hingelegt hatte. Er konnte nicht erkennen, was es war.

»Was ... Was ist das?«, flüsterte er.

»Sieh es dir genau und aus der Nähe an«, sagte Erlendur.

Ezra beugte sich nieder und sah genauer hin, er sah zwei kleine, weißlich graue Objekte, ganz ähnlich in der Form. Er hatte keine Ahnung, was das war. Es konnten zwei kleine, etwas seltsam geformte Steine sein.

»Was ist das?«, fragte Ezra wieder.

»Er hat mit allem, was er hatte, am Sargdeckel geschabt«, sagte Erlendur.

»Worüber redest du?«

»Erkennst du sie nicht?«

»Nein«, sagte Ezra. »Ich erkenne sie nicht. Was ist das?«

»Die Zähne«, sagte Erlendur. »Das sind Jakobs Vorderzähne. Sie lagen neben ihm auf dem Boden des Sargs.«

Sechsundvierzig

Ezras Reaktion überraschte Erlendur nicht. Er machte einen Satz von der Spüle weg, als hätte er einen Geist gesehen. Dabei rutschte er aus, schlug mit einem Knie auf und riss den Küchentisch um. Erlendur wollte ihm aufhelfen, aber Ezra stieß ihn von sich.

»Mach, dass du wegkommst!«, schrie er.

Erlendur griff nach dem Tisch, stellte ihn wieder hin und bückte sich nach einem Glas und einem Teller, die auf den Boden gerollt waren.

»Raus aus meinem Haus!«, schrie Ezra.

Er vermied es, in Richtung der Zähne zu blicken, die nebeneinander auf der Spüle lagen.

Erlendur steckte sie wieder in seine Tasche. Er war sich im Klaren darüber gewesen, dass er Ezra nur durch handfeste Beweise davon überzeugen konnte, dass er sich tatsächlich zu Jakobs Sarg hinuntergeschaufelt hatte. Im schwachen Schein der Gaslampe hatte er die Zähne auf dem Boden des Sargs liegen sehen und sich entschlossen, sie mitzunehmen. Er war zwar nicht abergläubisch, aber trotzdem war ihm der Gedanke, sie mit zu seinem Schlafplatz auf dem verlassenen Hof zu nehmen, irgendwie unangenehm gewesen, er hatte sie im Auto gelassen.

»Was bist du eigentlich für ein Unmensch?«, schrie

Ezra Erlendur an, als er sich nach dem Schock etwas erholt hatte. »Was unterstehst du dich, Mensch!?«

»Ich habe mir das angeschaut, was noch von Jakob in seinem Sarg übrig war, und das war kein schöner Anblick«, sagte Erlendur. »Der Kopf war nach hinten gebogen, und die Kiefer klafften weit auseinander.«

Ezra hatte sich auf einen altersschwachen Korbstuhl in der Ecke der Küche fallen lassen und starrte auf den Boden. Es sah so aus, als sei er nicht imstande, Erlendur in die Augen zu blicken. Er war leichenblass geworden.

»Möchtest du meine Meinung darüber wissen, weshalb die Zähne neben ihm lagen?«, fragte Erlendur, zog einen Stuhl heran und setzte sich.

»Wer bist du?«, stöhnte Ezra und sah Erlendur jetzt offen und empört in die Augen. »Wer ... Wer bringt so etwas über sich? Du kannst nicht ganz bei Trost sein.«

»Das höre ich nicht zum ersten Mal«, sagte Erlendur. »Ich möchte unbedingt wissen, was im Eishaus passiert ist, als Jakob dort aufgebahrt wurde.«

Ezra gab ihm keine Antwort.

»Ich glaube, ich weiß, warum die Zähne nicht an ihrem Platz waren«, sagte Erlendur. »Das habe ich an den Spuren unter dem Deckel des Sargs gesehen. Weißt du, was meiner Ansicht nach passiert ist?«

Ezra saß schweigend auf seinem Stuhl. Er schlug die Hände vors Gesicht.

»Glaubst du, dass du die ganze Wahrheit ertragen kannst?«, fragte Erlendur.

»Die Zähne kannst du überall herhaben«, sagte Ezra ohne Überzeugung.

»Nein«, sagte Erlendur. »Und du weißt das.«

»Ich bitte dich«, sagte Ezra. »Weshalb lässt du mich nicht in Frieden? Verschwinde um Himmels willen von hier und komm nie wieder. Ich weiß nicht, weshalb du mich so hartnäckig verfolgst. Ich habe dir nicht das Geringste getan. Ich kenne dich überhaupt nicht, aber du hast mich dazu gebracht, dir von Matthildur und mir zu erzählen. Findest du nicht, dass es reicht? Geh doch und lass mich in Frieden sterben.«

»Hat Jakob dir verraten, was er mit ihr gemacht hat?«

»Nein, er hat es mir nie gesagt. Geh bitte, und lass mich in Ruhe.«

»Falls auch nur die geringste Chance besteht, möchte ich dir helfen, sie zu finden«, sagte Erlendur. »Du fragst, warum ich dich nicht in Ruhe lasse, und die Frage verstehe ich gut. Ich hoffe, dass es dir mit meiner Antwort ebenso geht.«

Ezra hielt immer noch die Hände vors Gesicht.

»Es ist ganz einfach«, sagte Erlendur. »Ich will dir helfen, Ezra. Das ist die einzige Antwort, die ich habe. Und ich glaube, ich helfe dir tatsächlich, selbst wenn es schwierig für dich ist, das einzusehen, geschweige denn, es zu begreifen. Ich weiß, dass es im Augenblick nicht den Anschein hat, aber es geht mir darum, Matthildur zu finden. Wenn du weißt, wo sie ist, möchte ich, dass du es mir sagst, Ezra. Wenn du es nicht weißt, will ich alles daransetzen, dass sie gefunden wird.«

»Ich weiß nicht, wo sie ist«, sagte Ezra. »Und du wirst sie nie finden.«

»Ich suche nicht nach Schuldigen«, fuhr Erlendur fort. »Ich bin nicht auf der Suche nach einem Verbrecher, und ich bin auch nicht an Bestrafung interessiert.

Das hier ist kein Fall für die Polizei. Du brauchst keine Angst zu haben, dass irgendwelche Außenstehende auch nur ein Wort von dem erfahren, worüber wir in dieser Küche gesprochen haben. Irgendwann wird man sehen, dass sich jemand an Jakobs Grab zu schaffen gemacht hat, vielleicht in ein paar Tagen oder Wochen, vielleicht auch erst nach Monaten. Ich habe zwei Ortsansässige nach Jakob gefragt. Sie könnten da unter Umständen eine Verbindung herstellen, aber sie wissen weder, wer ich bin, noch, woher ich komme. Sie kennen mich nur als jemanden, der sich für Geschichten über Schiffbrüche in den Ostfjorden interessiert. Und selbst wenn jemand feststellt, dass das Grab angerührt worden ist – niemand wird auf die Idee kommen, dass der Sarg geöffnet wurde. Es wird eher nach einem Anfall von Vandalismus aussehen. Das hoffe ich zumindest.«

Ezra hatte die ganze Zeit stumm dagesessen.

»Mein einziges Ziel ist es, Matthildur zu finden«, sagte Erlendur.

»Weshalb?«, fragte Ezra.

Jetzt blieb Erlendur ihm die Antwort schuldig.

»Du hast deinen Bruder nie gefunden«, sagte Ezra so leise, dass Erlendur es kaum hörte.

»Das stimmt.«

»Aber du glaubst, dass du meine Matthildur finden kannst?«

»Ich weiß es nicht«, sagte Erlendur. »Du musst mir von Jakob erzählen. Ich weiß, wie schwierig das für dich ist, auch nach all diesen Jahren. Aber du musst mir darüber berichten.«

»Da gibt es nichts zu berichten.«

»Ezra, hilf mir, Matthildur zu finden.«

Der alte Mann schwieg zwar, aber Erlendur gab nicht auf. Er erklärte Ezra, dass es für ihn keine andere Möglichkeit gegeben hatte, als sich zu Jakobs Sarg hinunterzuschaufeln, weil nach den Gesprächen mit ihm und Hrund ein bestimmter Verdacht bei ihm aufgekommen war. Und er sagte ihm, auf welche Weise das alles mit seinem speziellen Interesse für Kälteresistenz zusammenhing und mit seiner persönlichen Erfahrung, seinen Bruder verloren zu haben, dass aber auch seine Erfahrungen bei der Polizei eine Rolle bei alldem spielten. Erlendur erzählte ihm auch, dass der Spaten, den er auf dem Friedhof von Djúpivogur benutzt hatte, zur Ausstattung des Mietwagens gehörte; seine größte Angst sei gewesen, dass sich in dieser Nacht irgendjemand aus dem Ort in die Nähe des Friedhofs verirren und ihn bemerken könnte, um sofort Alarm zu schlagen. Erlendur schilderte Ezra die Szenerie in allen Einzelheiten, um sein Vertrauen wiederzugewinnen. Er beschrieb den Sarg, die Holzplanken, aus dem er zusammengezimmert worden war, wie unversehrt er nach all diesen Jahren noch gewesen war und wie leicht er sich hatte öffnen lassen.

»Ich will das nicht hören«, sagte Ezra.

»Ich denke, es wird dir nichts anderes übrig bleiben«, sagte Erlendur. »Und hör auf, mir gegenüber zu behaupten, du hättest nichts mehr zu sagen. Ich glaube, du hast ein schreckliches Verbrechen begangen, Ezra.«

»Ich wollte wissen, wo Matthildur war, ich habe an nichts anderes denken können. An nichts anderes, die ganze Zeit, seit sie spurlos verschwand. Ich wollte wissen, was er mit Matthildur gemacht hatte.«

»Das verstehe ich.«

»Ich konnte die ganze Zeit an nichts anderes denken als an Matthildur in seinen Händen.«

»Das ist verständlich.«

»Ich wollte mich an ihm rächen.«

»Ja.«

Ezra starrte zu Boden.

»Was waren das für Spuren unter dem Sargdeckel?«, fragte er dann mit kaum hörbarer Stimme.

Erlendur brauchte eine Weile, bis er begriff, wonach Ezra fragte.

»Du hast gesagt, du hättest Einkerbungen unten am Sargdeckel gefunden«, sagte Ezra.

»Ich kam zu dem Schluss, dass Jakob noch am Leben gewesen sein musste, als sein Sarg in die Erde gesenkt wurde. Er verfügte immer noch über irgendwelche Kräfte, um am Sargdeckel zu schaben und zu nagen, aber lange kann es nicht gedauert haben, denn ihm ist sicher bald die Luft ausgegangen. Sein Leben ist bald erloschen. Ich glaube, er wusste, dass er in einem Sarg eingeschlossen war, aber das ist nur eine Vermutung. Sein Tod muss entsetzlich gewesen sein. Unvorstellbar.«

Ezra richtete sich in seinem Sessel auf und sah Erlendur in die Augen. Er schien einen Entschluss gefasst zu haben.

»Er war noch am Leben«, sagte Ezra. »Der andere, der mit ihm auf dem Boot war, der ist bei dem Unfall ertrunken. Jakob überlebte. Und ...«

»Und was?«

»Ich habe es niemandem gesagt. Ich hielt es geheim, ich war der Einzige, der davon wusste.«

Wieder schlug Ezra die Hände vors Gesicht.

»Gott im Himmel«, stöhnte er, »ich habe immer noch Albträume wegen dem, was ich getan habe.«

Siebenundvierzig

Im Laufe des Morgens hatte sich das Wetter so sehr verschlechtert, dass die meisten Fischer, die ausgefahren waren, um die Mittagszeit wieder den sicheren Hafen ansteuerten. Laut Wettervorhersage hätte das Sturmtief eigentlich weiter südlich vorbeiziehen sollen, für diesen Teil der Ostfjorde waren höchstens eine steife Brise und geringfügige Niederschläge angesagt gewesen. Kurz nach Mittag wurde es immer schlimmer, ein Sturm brach los, der sich dann zu einem regelrechten Orkan entwickelte, und das Schneetreiben war so dicht, dass man nicht die Hand vor Augen sehen konnte. Das Unwetter fegte über die gesamten Ostfjorde hinweg bis nach Vopnafjörður, und in den schlimmsten Böen wurden Geschwindigkeiten bis Windstärke zwölf erreicht. Die Temperaturen fielen unter den Gefrierpunkt.

Ezra machte gerade die Kästen mit den Ködern fertig, als er erfuhr, dass eines der Boote, die am Morgen ausgefahren waren, vermisst wurde. An Bord waren Jakob und ein anderer Mann. Sie waren frühmorgens ausgefahren und nicht zurückgekehrt, und man war sehr besorgt. Man erkundigte sich telefonisch in anderen Fischerdörfern, ob sie vielleicht dort Schutz vor dem Unwetter gesucht hatten, aber ohne Erfolg. Der

Sturm wütete so extrem, dass man kaum von einem Haus zum anderen gelangen konnte. Ezra arbeitete bereits seit einigen Jahren im Eishaus, das aber seinem Namen kaum noch Ehre machte, seit zwei Jahre zuvor ein modernes Gefrierhaus in Betrieb genommen worden war. Eis gab es nicht mehr im Eishaus, aber es wurden dort immer noch Gerätschaften für den Fang und die Verarbeitung von Fisch aufbewahrt. Ezra hatte die Aufsicht.

Es waren einige Jahre ins Land gegangen, seit Jakob ihm von Matthildurs Schicksal erzählt hatte, sein Verbrechen zugegeben und Ezra gedroht hatte, alle Schuld auf ihn abzuschieben. Jakob war danach eine Zeit lang weggezogen und hatte sowohl in Höfn als auch in Egilsstaðir gelebt, soweit Ezra in Erfahrung bringen konnte, und verschiedene Tätigkeiten übernommen, sowohl auf dem Wasser als auch an Land. Er hatte sogar kurze Zeit beim Aufschwung in Reykjavík mitgemischt, dort vor allem profitierte die Nation von der Anwesenheit der Besatzungstruppen. Nun war Jakob aber vor zwei Jahren nach Eskifjörður zurückgekehrt und hatte das Haus gemietet, in dem er mit Matthildur gelebt hatte. Er heuerte wieder auf der Sigurlína an und fischte seitdem von Eskifjörður aus. Einige wenige Male war er ins Eishaus gekommen, ohne dass Worte zwischen ihnen fielen. Jakob hatte nicht wieder geheiratet, aber diverse Beziehungen gehabt. Ezra war alleinstehend gewesen, bevor er Matthildur kennenlernte, und war es immer noch.

Nach ihrem Kampf seinerzeit hatte er Jakob zweimal aufgesucht und ihn bedrängt, ihm zu sagen, wo Matthildur zu finden war. Beide Male war Jakob nicht bereit dazu gewesen, stattdessen hatte er Ezra mit Hohn und Spott überhäuft und den Weiberhelden, wie er Ezra nannte, gedemütigt. Ezra hatte nicht den Mut, sich an die Polizei zu wenden. Er dachte aber die ganze Zeit über Wege und Mittel nach, wie er Jakob das Geheimnis entlocken konnte, was er mit der Leiche gemacht hatte. Wie er ihn dazu zwingen konnte, ihm die Wahrheit zu sagen. Er war ein friedliebender Mensch und wusste, dass er niemals imstande sein würde, es unter Anwendung von Gewalt aus ihm herauszulocken. Und er verfügte auch nicht über Reichtümer, um für die Wahrheit zu bezahlen. Jakob ging es nur darum, die eigenen Interessen zu wahren, das stritt er auch gar nicht ab. Bei ihrem letzten Zusammentreffen drohte er ein weiteres Mal damit, Ezra wegen Mordes hinter Schloss und Riegel zu bringen, wenn er herausfände, wo Matthildur war. Solange es keine Leiche gab, gab es auch keinen Fall, es sei für sie beide am besten, wenn sie nie gefunden würde, hatte er gesagt. Es ist für uns beide das Beste, daran festzuhalten, dass sie oben in den Bergen umgekommen ist.

Ezra schloss das Eishaus ab und kämpfte sich die Strandgata entlang bis zu seinem Haus vor. Unterwegs wurde er von einem Mann überholt, der ihm zurief, dass im Nachbarfjord ein Boot gestrandet sei: Sie glauben, dass es die Sigurlína ist! Im nächsten Moment war der Mann im Schneetreiben verschwunden. Ezra zögerte. Er wusste nicht, wohin der Mann rannte, und einen Augenblick lang hatte er das Gefühl, ihm folgen zu müssen. Doch dann senkte er wieder den Kopf und stapfte gegen das wütende Schneetreiben an. Zu

Hause angekommen, schälte er sich aus der Schutzkleidung, die vor Eis und Schnee starrte, und hängte die Sachen zum Trocknen auf. Er warf den Kohleherd an, um sich einen Kaffee zu kochen. Es würde eine Weile dauern, bis das Haus so gut durchgeheizt war, dass ihm selbst wieder warm werden würde. Er setzte sich neben den Herd und stopfte sich ein Stück Trockenfisch nach dem anderen in den Mund, dachte an das Boot im Unwetter und daran, was wohl aus der Besatzung geworden war. War es tatsächlich die Sigurlína gewesen? Waren beide Männer umgekommen? War Jakob tot?

Als er satt und auch wieder einigermaßen warm geworden war, wurde plötzlich heftig geklopft. Er ging zur Tür und öffnete. Valdi, ein Junge, der im Gefrierhaus arbeitete, trat völlig von Schnee bedeckt ein. Ezra schloss die Tür hinter ihm.

»Du musst das Eishaus aufschließen«, sagte Valdi. »Die Leichen sollen dort aufbewahrt werden.«

»Die Leichen?«

»Die beiden auf der Sigurlína sind umgekommen«, sagte Valdi. »Ertrunken.«

»Ist Jakob tot?«

»Ja, er und Óskar. Sie hatten einen Maschinenschaden, da war überhaupt keine Chance für sie, wenn ich es richtig verstanden habe.«

Ezra zog sich wieder die wetterfeste Kleidung, Fäustlinge und Mütze an. Valdi berichtete ihm, was er wusste, und kurze Zeit später erfuhr Ezra die ganze Geschichte von zwei Augenzeugen, die beim Eishaus mit den Leichen auf ihn warteten. Sie waren zusammen mit zwei anderen im Auto auf der Straße von Eskifjörður nach Reyðarfjörður unterwegs gewesen, als sie auf dem Meer bei Skeleyri vor den Hólmaborgir-Felsen ein Licht zu sehen glaubten.

Sogar im Auto hatten sie wegen des Unwetters erhebliche Schwierigkeiten gehabt und waren im Begriff gewesen, kehrtzumachen und nach Eskifjörður zurückzufahren. Sie vermuteten gleich, dass es sich um die Positionslichter eines Bootes handeln musste, das den Klippen gefährlich nahe gekommen war, und durch das dichte Schneetreiben hindurch sahen sie, dass das Boot auf die Felsenschären bei Skeleyri zutrieb. Sie fuhren näher ans Ufer heran und konnten dann zwei Männer an Bord ausmachen, die kalt und erschöpft um ihr Leben kämpften. Das Boot musste wohl Maschinenschaden gehabt haben, zumindest konnten sie kein Motorengeräusch hören, doch bei dem brüllenden Sturm hörten sie auch ihre eigenen Rufe kaum. Das Boot trieb schnell Richtung Land und rammte die Schären. Die vier im Auto versuchten, den Männern auf dem Boot ein langes Seil zuzuwerfen, das sie dabeihatten, aber das misslang. Die Lage war sehr schwierig, der Sturm toste um die hohen Felsklippen, und die Gischt der anbrandenden Brecher ging über sie hinweg. Das Boot prallte immer wieder gegen die Felsen, doch dann wurde es plötzlich von einem schweren Brecher mitgerissen und vor den Augen der Männer hochgehoben, es kenterte, wurde gegen die Klippen geschleudert und zerschellte. Die beiden Männer auf dem Boot waren über Bord gegangen und im Sog der Wellen verschwunden. Nach einiger Zeit sahen sie aber, wie einer von ihnen auf die Felsen gespült wurde, wo das Wrack lag. Einer aus der Gruppe band sich mit dem Seil fest, kämpfte sich bis zu dem Mann vor und schleifte ihn zurück zu den Kameraden. Der Mann war völlig zerschunden, bei ihm konnte wohl kein einziger Knochen im Leib mehr heil sein. Sie waren überzeugt, dass er tot sein musste. Ihre Rufe nach seinem Kameraden blieben ohne Antwort. Sie wussten, dass er in der kalten See nicht lange überleben konnte. Die Brandung hatte Kleinholz aus der Sigurlína gemacht. Inzwischen waren die Männer auch selbst völlig durchnässt und kalt und machten sich keine Hoffnungen mehr, auch den anderen Fischer zu finden, als einer von ihnen plötzlich einen hellen Fleck am Fuße der dunklen Felsen zu sehen glaubte. Es stellte sich heraus, dass es der andere Seemann war. Er lag auf dem Bauch und war steif gefroren, und das Blut in seinem Gesicht stammte von einer großen Kopfwunde.

Als Ezra beim Eishaus eintraf, hatten sich dort trotz des Sturms, bei dem man kaum aufrecht stehen konnte, etliche Menschen eingefunden. Ein junger und recht nervöser Vertretungsarzt aus Reykjavík hatte bereits beide Männer für tot erklärt. Die vier Männer waren mit den Schiffbrüchigen direkt zu seinem Haus gefahren, er hatte sich ihren Bericht angehört und nicht lange gebraucht, um seine Diagnose zu stellen. Der Bootsbesitzer hatte angeordnet, dass die Leichen im Eishaus aufbewahrt werden sollten, bis man die Angehörigen erreicht und die weiteren Dinge in die Wege geleitet hatte. Man wusste, dass Jakob einen Verwandten in Djúpivogur hatte, der andere Mann stammte aus Grindavík. Er hatte als Saisonfischer in allen möglichen Orten angeheuert, zuletzt in

Eskifjörður, und zwar erst vor Kurzem. Der Bootsbesitzer wusste kaum etwas über ihn und hatte keine Ahnung, wie mit ihm zu verfahren war.

Ezra kümmerte sich unverzüglich um die Leichen. Er stellte Holzböcke auf und legte lange Bretter darüber, auf denen früher Fisch filetiert worden war. Die Leichen wurden auf diesen Brettern ausgestreckt. Sie waren starr vor Kälte, und einer von ihnen hatte viel Blut am Kopf. Ezra glaubte zu erkennen, dass es Jakob war.

Die anderen Leute zogen sich nach und nach zurück. Bald war Ezra allein mit den Leichen, und im Eishaus kam alles zur Ruhe. Ezra war müde nach einem langen Arbeitstag, und ihm war kalt. Sollte er wirklich Leichenwache halten, oder war es nicht besser, nach Hause zu gehen und zu versuchen, etwas Schlaf zu finden? Er hatte noch gar nicht richtig begriffen, dass Jakob tot war. Dass der Mann, den er abgrundtief hasste, an dem er sich so oft hatte rächen wollen für das, was er Matthildur angetan hatte, nicht mehr am Leben war. Er hatte noch gar nicht darüber nachgedacht, was für eine Bedeutung es für ihn haben würde, dass Jakob tot war, doch jetzt wurde ihm klar, dass es von nun an keine Möglichkeit mehr geben würde, ihre sterblichen Überreste zu finden. Nach und nach drang diese Tatsache zu Ezra durch, als er neben der blutverschmierten Leiche auf dem Filetierbrett stand. Seine Hoffnungen, dass Matthildur irgendwann einmal gefunden werden würde, konnte er begraben.

»Verdammt«, flüsterte er.

Der Orkan hatte sich inzwischen in einen Sturm abgeschwächt, der aber immer noch so heftig um das

Haus tobte, dass es im Gebälk heulte und knarrte. Die nackte Birne, die von der Decke herunterhing, schaukelte hin und her.

»Verdammt«, flüsterte Ezra wieder. »Ich hätte dich selber umbringen sollen.«

Er beschloss, nach Hause zu gehen, da er sich nicht zu einer Leichenwache verpflichtet fühlte; den einen Mann kannte er überhaupt nicht, und den anderen hasste er mehr, als Worte zum Ausdruck bringen konnten.

– – –

Als er am nächsten Morgen wieder zur Arbeit erschien, sah er, dass Jakob nicht mehr auf dem Filetierbrett lag, er war auf den Fußboden gefallen. Ezra erschrak heftig, ging sofort zu ihm, nahm ihn hoch und hievte ihn unter großen Mühen wieder auf den Tisch. Es war ihm vollkommen unbegreiflich, wieso er heruntergefallen war. Als er Jakob hinlegte, prallte der Kopf unsanft auf das Brett, und Ezra kam es vor, als käme ein leises Stöhnen von der Leiche. Er sah nach der Leiche des anderen, griff nach einem Bein und versuchte, es zu bewegen, aber es war vollkommen steif, die Totenstarre war am ganzen Körper eingetreten. Jakob hätte, soweit er wusste, ebenso steif sein müssen, aber das war er keineswegs. Er war zwar sehr kalt, aber von Starre konnte keine Rede sein.

Wieder kam es ihm so vor, als würde Jakob ein Stöhnen von sich geben. Er erschrak, glaubte dann aber, dass es der Wind gewesen sein müsse. Draußen war es immer noch sehr stürmisch. Er beugte sich über Jakob, konnte aber keine Atemzüge wahrnehmen. Er spürte auch keinen Herzschlag, als er ihm das Ohr auf die Brust legte.

Ezra richtete sich wieder auf und starrte die Leiche an.

Ihm kam es so vor, als würden sich die Gesichtsmuskeln bewegen. Er sah Jakob unverwandt an. Ein Auge war wegen eines Blutgerinnsels nicht zu sehen. Das Haar war blutverklebt. Jakob hatte eine offene Wunde an der Schläfe und einen tiefen Schnitt am Kinn. Ezra nahm an, dass diese Wunden von seinem Aufprall gegen die Felsen herrührten.

Er musste sich die Bewegung der Gesichtsmuskulatur eingebildet haben. Aber er war sich nicht sicher.

In dem Moment, als Ezra sich abwenden wollte, sah er wieder diese Bewegung, es war wie ein Zucken um die Mundwinkel herum. Jetzt konnte es sich nicht mehr um eine Täuschung handeln. Er starrte Jakob ins Gesicht und sah deutlich, dass er die Lippen bewegte.

Und er sah auch ganz genau, dass Jakob atmete.

Die Tür zum Eishaus öffnete sich.

Ezras Herz setzte einen Schlag aus. Er war wie gelähmt vor Angst.

Der Besitzer der Sigurlína war hereingekommen und starrte Ezra an.

»Verflucht und zugenäht«, sagte er und stampfte mit den Füßen auf, um sich den Schnee von den Gummistiefeln abzutreten.

Achtundvierzig

Ezra erhob sich aus seinem Korbsessel in der Küche. Die Erinnerungen waren zu viel für ihn. Er konnte nicht still sitzen und ging unruhig auf und ab. Erlendur hatte ihm zugehört und gesehen, wie es ihm immer schwerer fiel, die damaligen Vorfälle in allen Einzelheiten zu schildern. Die Schweigepausen wurden länger, die Stimme immer leiser. Er rieb seine Hände und vermied es, Erlendur anzusehen. All diese Dinge lagen schon so lange zurück, und dennoch konnte man den Eindruck gewinnen, als seien sie erst gestern geschehen. Erlendur fühlte mit ihm wie mit allen, die einem unseligen Schicksal hilflos ausgeliefert waren.

»Soll ich dir einen Kaffee kochen?«, fragte er und stand ebenfalls auf. »Ich glaube, du kannst einen gebrauchen.«

Ezra war wie in einer anderen Welt. Erlendur musste seine Frage zweimal wiederholen, bevor sie zu Ezra durchdrang. Dann endlich blieb er stehen und sah Erlendur an.

»Was hast du gesagt?«, fragte er.

»Kaffee«, sagte Erlendur. »Soll ich uns nicht einen kochen?«

»Ja, mach das«, sagte Ezra. »Tu das. Mach uns einen Kaffee.«

Und dann kehrte er zurück in seine eigene Gedankenwelt, in der klirrende Kälte und Winterstürme herrschten. Erlendur hatte nicht vor, ihn unter Druck zu setzen, er wusste, dass er seine Geschichte langsam, aber sicher zu Ende bringen würde. Er konnte auch immer besser verstehen, weshalb es so schwierig für Ezra war, über die Vergangenheit zu sprechen. Das hatte er noch nie getan, und nun war er darauf bedacht, alles so exakt wie möglich zu schildern. Er erinnerte sich bis ins kleinste Detail an alles, und seiner Schilderung war zu entnehmen, dass er nicht versucht hatte, die Ereignisse zu vergessen und zu verdrängen, sondern ganz im Gegenteil, er hatte sie sich präzise eingeprägt und im Gedächtnis bewahrt. Erlendur konnte ihm nicht ansehen, ob es eine Erleichterung für ihn war, darüber zu reden. Es war noch zu früh, um das zu beurteilen, aber aus langer Erfahrung heraus wusste er, dass es jedem guttat, sich das Herz zu erleichtern.

Sie schwiegen, während Erlendur einen starken Kaffee kochte. Er fand zwei einigermaßen saubere Tassen im Schrank und füllte sie mit dem heißen Kaffee. Eine Tasse reichte er Ezra, der vorsichtig daran nippte.

»Es ist nicht einfach für dich, über diese Dinge zu sprechen«, sagte Erlendur.

»Es ist auch alles andere als eine unterhaltsame Geschichte.«

»Das ist mit klar.«

Ezra zögerte.

»Habe ich dir jemals ein Bild von Matthildur gezeigt?«, fragte er.

»Nein. Daran würde ich mich erinnern«, antwortete Erlendur.

»Möchtest du das Foto von ihr sehen?«

»Das wäre ...«

»Es ist in meinem Zimmer«, sagte Ezra. »Einen Augenblick.«

Er verließ die Küche, und Erlendur ging zu dem Fenster, von dem aus man Aussicht auf die Berge hatte. Überall war die Erde weiß. Bakkasel war von da, wo er stand, nicht zu sehen. Er lehnte sich vor, um den verlassenen Hof ins Blickfeld zu bekommen, als Ezra zurückkam.

»Sie hat mir dieses Foto von sich gegeben«, sagte er. »Es ist das einzige, das ich von ihr besitze.«

Er reichte Erlendur das Foto, als sei es ein Kronjuwel. Erlendur nahm es vorsichtig entgegen. Es war sehr alt und auf der Rückseite vergilbt. Irgendwann einmal war es in der Mitte geknickt worden. Es war offenbar nur die eine Hälfte von einem größeren Foto, allem Anschein nach war es auseinandergeschnitten worden.

»Es wurde hier in Eskifjörður aufgenommen«, erklärte Ezra. »Irgendwann im Sommer. Da war ein Fotograf zu Besuch im Ort, und er hat ihnen dieses Bild geschenkt. Matthildur hat es auseinandergeschnitten, weil Jakob auf der anderen Hälfte war. Das Foto wurde vor ihrem Haus gemacht.«

Erlendur betrachtete das Bild. Matthildur stand vor ihrem Haus, sie blickte in die Sonne und kniff die Augen ein wenig zusammen, sie hatte ein schönes Lächeln, das dunkle Haar fiel auf ihre Schultern herunter. Sie stützte die Hände in die Seiten und legte den Kopf ein wenig schräg. Ihr Gesichtsausdruck war freundlich, aber entschlossen, ihr Schatten fiel auf die Tür hinter ihr.

»Wir waren noch nicht zusammen«, sagte Ezra. »Das war erst ein Jahr später. Aber ich habe auch damals schon oft an sie gedacht.«

»Was hast du zu dem Bootsbesitzer gesagt, als er ins Eishaus kam?«, fragte Erlendur und reichte ihm das Bild zurück.

»Ich weiß nicht, warum ich ihn angelogen habe«, sagte Ezra. »Zu dem Zeitpunkt war ich noch gar nicht auf irgendwelche Ideen gekommen, aber nach der ersten Lüge schien alles wesentlich einfacher zu werden. Zuerst ging es mir nur darum, aus Jakob herauszubekommen, was er mit Matthildur gemacht hatte. Falls er tatsächlich überlebt hatte. Ich wollte mir seinen Zustand zunutze machen, um aus ihm herauszupressen, wo er sie hingeschafft und wie er das bewerkstelligt hatte. Aber dann ...«

»Dann hast du beschlossen, dich zu rächen?«, vollendete Erlendur den Satz.

Ezra sah lange das Foto von Matthildur an.

»Dann wollte ich Gerechtigkeit«, sagte er.

Der Bootsbesitzer, eingemummt in einen dicken Wintermantel, mit Schal um den Hals und Mütze auf dem Kopf, war schon weit über siebzig. Er hatte das Eishaus zwar betreten, war aber am Eingang stehen geblieben. Vielleicht wollte er dem Tod nicht zu nahe sein. Bei einem schrecklichen Schiffbruch hatte er zwei Seeleute verloren und ein Boot. Es waren schwierige Zeiten für ihn, das konnte man ihm ansehen. Ezra kannte ihn als anständigen und aufrechten Menschen, er hatte für ihn gearbeitet und konnte nur Positives über ihn sagen. Er besaß noch zwei sehr viel größere Fangschiffe mit mehr Besatzung, und wenn seine Boote auf See waren, stand er nicht selten bei schlechtem Wetter unten auf dem Kai und wartete dort, bis sie wieder sicher in den Hafen gelangt waren. Er war selbst auch jahrelang zur See gefahren und hatte das Glück auf seiner Seite gehabt. Nur ein einziges Mal hatte er einen Mann verloren, beim Heringsfang; der Mann war über Bord gegangen und ertrunken.

»Du kümmerst dich gut um sie, mein lieber Ezra«, sagte er.

»Von Kümmern kann doch keine Rede sein«, entgegnete Ezra in dem Versuch, so zu tun, als sei alles in Ordnung. Es hatte sich nach dem Schock, als er zu sehen glaubte, dass Jakobs Lippen sich bewegten, noch nicht wieder ganz unter Kontrolle. Er versuchte, dem Bootsbesitzer gegenüber so unbefangen wie möglich aufzutreten, aber er spürte, dass ihm unter seiner Mütze die Schweißtropfen auf der Stirn standen.

»Mit den Angehörigen von Óskar in Grindavík habe ich noch keine Verbindung aufnehmen können«, fuhr der Bootsbesitzer fort und vermied es, in Richtung der Leichen zu blicken. »Ich weiß kaum etwas über ihn. Bei Jakob ist die Sache einfacher. Seine Eltern in Reykjavík sind beide tot, und er hatte keine Geschwister. Sein Onkel in Djúpivogur hat mich gebeten, einen Sarg für ihn zimmern zu lassen. Er wird am späten Nachmittag kommen, um seine Leiche abzuholen. Sie wollen das möglichst schnell hinter sich bringen, er sagt, es gäbe keine Zeit zu verlieren. Was natürlich vollkommen richtig ist. Sie müssen nämlich noch heute das Grab ausheben, bevor wir noch mehr Frost bekommen.«

»Das ... Ich ... Ja, da haben sie natürlich recht.«

»Es darf auch nicht viel kosten«, fuhr der Bootsbesitzer achselzuckend fort. »Das hat er klipp und klar gesagt. Ich bot ihm an, mich an den Kosten zu beteiligen, aber das wollte er nicht, davon wollte er überhaupt nichts hören.«

»Genau«, sagte Ezra, um irgendetwas zu sagen.

»Keiner von beiden hatte Familie«, sagte der Bootsbesitzer. »Das ist so etwas wie Glück im Unglück.«

Ezra überlegte angestrengt, was zu tun war. Ihm war gerade erst klar geworden, dass Jakob womöglich noch am Leben war. Unter normalen Umständen hätte er sofort Meldung gemacht, hätte ihn auf dem schnellsten Wege aus dem Eishaus an einen wärmeren Ort gebracht und versucht, ihn bis zum Eintreffen des Arztes nach besten Kräften zu pflegen. Es war seine Pflicht, Menschenleben zu retten, egal, um wen es ging. Das wusste er.

Aber hier ging es um Jakob.

Wenn es irgendjemanden gab, den er hasste, dann Jakob. Ezra war sich nicht sicher, wie er geantwortet hätte, falls ihn jemand einen Tag vorher gefragt hätte, ob er Jakob das Leben retten würde. Und nun lag dieses Leben in seiner Hand. Sein Gewissen befahl ihm, es schrie auf ihn ein, dem Bootsbesitzer zu sagen, was er festgestellt hatte, und Jakob zu Hilfe zu kommen. Ezra musste außerdem jeden Augenblick damit rechnen, dass sich Jakob auf dem Filetierbrett aufrichtete. Die Zeit verstrich. Er sagte nichts, er unternahm nichts. Er machte keinen Versuch, dem tödlich Verletzten zu helfen.

»Hölle, Tod und Teufel«, sagte der Bootsbesitzer.

»Du kannst doch sicher so eine einfache Kiste für den Mann zusammennageln, oder nicht? Das Holz dafür holst du dir bei der neuen Fischverarbeitungshalle. Und du machst das natürlich alles so, wie es sich gehört, lieber Freund.«

Ezra nickte zustimmend.

»Und dann wartest du hier, bis die aus Djúpivogur kommen. Dieser Onkel wollte nicht, dass wir irgendwelche Umstände machen, er transportiert den Sarg auf dem Seeweg. Er fand es völlig überflüssig, dass ich zu der Beerdigung komme. Manche Leute sind eben so komisch. Trotzdem werde ich hinfahren. Du hast ihn auch recht gut gekannt, nicht wahr?«

»Ein wenig«, stammelte Ezra. »Wir ... Vor ein paar Jahren waren wir zusammen auf der Sigurlína.«

»Ach ja«, sagte der Bootsbesitzer. »Entschuldige, daran hätte ich mich natürlich erinnern sollen. Und damals war er mit Matthildur verheiratet, sie war eine großartige Frau. Tja, aber das endete dann leider so, wie es endete.«

»Ja«, sagte Ezra.

Bei der Erwähnung von Matthildur begann eine Idee in ihm aufzukeimen. Er konnte sich noch etwas Zeit damit lassen, Meldung über Jakobs Zustand zu erstatten. Zuerst musste er ihn noch einmal genau in Augenschein nehmen und feststellen, ob er tatsächlich noch am Leben war. Und dann konnte er ihn nach Matthildur fragen, was er mit ihr gemacht hatte. Falls Jakob sich weigerte, würde er sich weigern, ihm zu helfen. Zumindest könnte er das androhen.

Der Bootsbesitzer verabschiedete sich. Ezra sah ihm nach, wie er zur Tür hinausging, er rührte sich nicht von der Stelle. So verstrich geraume Zeit, bevor er sich wieder Jakob zuwandte. Er ging zum Filetierbrett und starrte auf ihn hinunter. Keine Bewegung. Ezra blieb lange neben ihm stehen, ohne dass etwas geschah. Hatte er sich nicht doch getäuscht? Hatten sich die Lippen vielleicht gar nicht bewegt?

Ezra war schon fast sicher, dass alles nur ein Irrtum gewesen war, ein Trugbild seiner Fantasie. Es war ihm wohl nur so vorgekommen, dass sich Jakobs Lippen bewegt hatten, als wollte er etwas sagen. Schließlich waren die Bewegungen kaum wahrnehmbar gewesen.

Ezra beugte sich zu Jakob hinunter und legte das Ohr an dessen Mund. Er vernahm schwache Atemzüge und jedes Ausatmen schien sich wie eine Bitte anzuhören …

Hilfe
Hilfe

Neunundvierzig

Ezra hob Jakobs Kopf an und starrte ihm ins Gesicht. Die Lebenskraft dieses Mannes war unglaublich. Er hatte sowohl den Schiffbruch als auch das eiskalte Meer und den Transport ins Eishaus überlebt. Schwer verletzt und zerschunden, wie er war, hatte er auch die Nacht an diesem feuchten und kalten Ort überlebt.

»Jakob?«, flüsterte er, wobei er verstohlen zur Tür blickte. »Jakob!«, sagte er lauter. »Jakob?!«

Er sah, wie sich am nicht verletzten Auge ein kleiner Spalt bildete. Das andere Auge war unter dem geronnenen Blut von der Kopfwunde verschwunden.

»Weißt du, wo du bist?«

Ezra legte das Ohr an Jakobs Lippen.

»... Hilfe ...«, hörte er wieder, als Jakob ausatmete.

Es war also keine Einbildung. Jakob war noch am Leben. Er hatte den Schiffbruch überlebt.

»Hörst du mich?«, fragte Ezra, erhielt aber keine Reaktion. Er ging mit dem Mund dicht an Jakobs Ohr und wiederholte die Frage.

Der Spalt am Auge öffnete sich ein wenig mehr.

»Ich werde dir helfen, Jakob«, flüsterte Ezra ihm ins Ohr. »Ich bring dich hier raus, ich hol den Arzt, ich beschaff dir Decken, damit dir wieder warm wird. All das werde ich tun, Jakob.«

Der Spalt verkleinerte sich wieder.

»Jakob!«, zischte Ezra ihm ins Ohr.

Der Spalt öffnete sich wieder.

»Ich werde dich retten, Jakob, wenn du mir sagst, wo Matthildur ist. Wenn du mir sagst, was du mit ihr gemacht hast.«

Jakobs Lippen begannen sich zu bewegen, und Ezra hielt sein Ohr hin.

»... ka... kalt...«

»Ich werde dich retten, auf der Stelle, wenn du mir das sagst. Was hast du mit Matthildur gemacht?«

Sein Auge öffnete sich etwas weiter, und Ezra hatte das Gefühl, als würde Jakob ihn anstarren. Seine Haut war blau vor Kälte, die Lippen dunkelblau. Die Zähne im Oberkiefer standen vor. Seine Haare waren starr von gefrorener Gischt, sein schwarzer Wollpullover und die dicken Seemannshosen waren eisverklebt. Das Auge war jetzt halb offen, und Ezra glaubte eine Bewegung der Pupille zu sehen.

»Wo ist Matthildur?«, fragte Ezra.

»... kal...«

»Du hörst mich. Sag mir, wo Matthildur ist, und dann helfe ich dir.«

»... ka ... ni ...«

»Kann nicht? Kannst du das nicht? Kannst du mir nicht sagen, wo Matthildur ist? Ist es das, was du mir sagen willst?«

Das Auge schloss sich wieder, und die Lippen bewegten sich nicht mehr. Ezra überlegte, ob er den letzten Atemzug getan hatte. Einen Augenblick lang war er unschlüssig. War es zu spät, um sein Leben zu retten? Sollte er loslaufen und Hilfe holen? Sollte er alles in seiner Macht Stehende tun, um diesem Menschen das Leben zu retten? Jakob hatte die Frau getötet, die er liebte. Es hatte Matthildur erdrosselt und ihre Leiche irgendwo versteckt. Hatte er auch nur einen Funken Mitleid verdient?

Der alte Hass loderte in Ezra auf. Sein Gesicht begann zu glühen, er sah nur noch Matthildur in Jakobs Händen vor sich, sah sie um ihr Leben kämpfen, sah, wie sie keine Luft mehr bekam, sah ihre Augen, die um Schonung baten. Jakob hatte ihr keine Schonung gewährt. Er hatte kein Erbarmen mit ihr gehabt.

Ezra stand neben Jakob, der dort auf dem Filetierbrett lag, und sah ihn an.

Wenig später verließ er das Eishaus, um das Material für den Sarg zu besorgen.

Er verschloss die Tür und zog mit einer Schubkarre los, um das Holz damit zu transportieren. Unterwegs begegnete er niemandem, er brauchte mit niemandem zu sprechen. Der Bootsbesitzer hatte gesagt, Holz und Nägel würde er auf dem Baugelände bekommen. Das Werkzeug holte er von zu Hause, Hammer und Säge. Er versuchte, nicht an Jakob zu denken, während er vor dem Eishaus den Sarg zusammenzimmerte. Er dachte an Matthildur, an die Stunden, die ihnen zusammen vergönnt gewesen waren. An die Zukunft, die sie hätten haben können. Er hatte oft an eine gemeinsame Zukunft gedacht – wie ihr Leben geworden wäre, wenn sie hätte leben dürfen. Vielleicht wäre eine Familie aus ihnen geworden, mit Kindern, von denen er sich morgens verabschiedete und die ihn abends begrüßten, denen er etwas vorlas und Geschichten erzählte. Jakob hatte diese Zukunft zerstörte, als er Matthildur mit bloßen Händen erdrosselte.

Ezra legte die Planken längs nebeneinander, befestigte sie an Querbalken, und kurze Zeit später war der Kasten fertig. Das Wetter war immer noch schlecht, Schneetreiben und Kälte. Nur wenige Menschen waren unterwegs, aber ab und zu kam doch jemand vorbei und fragte, wie es weitergehen würde. Ezra sagte allen, dass Jakobs Leiche von einem Angehörigen aus Djúpivogur abgeholt würde, die Leiche des Mannes aus Grindavík würde erst einmal nach Reykjavík geschickt werden. Jakob hatte nicht viele Freunde am Ort.

Nur ein Mann fand sich ein, um Abschied von ihm zu nehmen. Er hieß Lárus und trat so überraschend aus dem Schneetreiben von hinten an Ezra heran, dass der erschrocken zusammenfuhr.

»Ich habe gehört, dass er noch heute nach Djúpivogur gebracht werden soll«, sagte Lárus, ein nicht sehr großer Mann um die fünfzig, der einige Male zusammen mit Jakob zum Fischen ausgefahren war. Sein Gesicht war zerfurcht, die Zähne gelb von Nikotin, und die Mühen des Daseins hatten seinen Rücken gekrümmt. Ezra kannte ihn nur flüchtig, wusste aber, dass sein Leben kein Tanz auf Rosen gewesen war.

»Das stimmt«, sagte Ezra und richtete sich auf, den Hammer in der Hand.

»Und du zimmerst da wohl den Sarg für ihn zusammen?«

»Ja.«

»Ich möchte noch einen letzten Blick auf ihn werfen«, sagte Lárus und nickte in Richtung des Eishauses.

Ezra zögerte.

»Er ist ganz blutig«, sagte er, um irgendetwas zu sagen. »Er sieht nicht gut aus.«

»Man hat vermutlich schon Schlimmeres gesehen«, entgegnete Lárus und drückte die Zigarette aus, die er verdeckt in der Hand gehalten hatte. Er schnippte die Glut von der Zigarette und steckte den Stummel in die Tasche.

»Dann komm«, sagte Ezra, der immer noch nicht wusste, was er tun sollte.

Sie betraten gemeinsam das Eishaus und gingen zu den Filetierbrettern, auf denen die Leichen lagen. Zu Ezras Erleichterung lag Jakob noch in derselben Stellung wie zuvor, ausgestreckt auf dem Brett, die Arme neben dem Körper, das Gesicht nach oben gewandt. Lárus trat dicht an ihn heran, schlug das Zeichen des Kreuzes über der Leiche und blieb dann eine Weile daneben stehen. Ezra kam es so vor, als würde er ein Gebet für den Toten sprechen. Seine Blicke irrten hin und her, zwischen Jakobs Auge, seinen Lippen und Lárus. Die Zeit schien stillzustehen.

»Er war ganz in Ordnung«, sagte Lárus plötzlich und drehte sich zu Ezra um. »Wir waren irgendwie befreundet.«

»Ja«, entgegnete Ezra. »Davon habe ich gehört.«

»Seine Stunde war gekommen«, erklärte Lárus. »Es war ihm vorherbestimmt zu sterben. Alles hat seine Zeit und seinen Ort.«

Ezra schielte zu Jakob hinunter, und es kam ihm so vor, als hätte er das Auge geöffnet. Lárus drehte ihm den Rücken zu und bemerkte es nicht.

»Ja, so viel steht fest«, hörte Ezra sich selber sagen.

Lárus drehte sich noch einmal zu Jakob um. Ezra starrte auf den Boden. Der Mann musste doch sehen, dass Jakobs Auge halb geöffnet war. Er machte sich auf verwunderte Ausrufe von Lárus gefasst, aber nichts geschah. Ezra sah langsam wieder hoch, Lárus betrachtete Jakob immer noch.

»Aber er konnte auch ein richtiges Ekel sein«, ließ Lárus sich lautstark vernehmen.

Ezra schwieg.

»Ein verdammtes Ekel«, wiederholte er und sah Ezra lange in die Augen, bevor er mit raschen Schritten das Eishaus verließ.

Als Ezra den Sarg fertig hatte, hob er ihn an einem Ende hoch und zog ihn hinter sich her ins Eishaus. Das Holz glitt knarrend über den unebenen Zementfußboden. Er setzte den Sarg geräuschvoll neben dem Filetierbrett ab und sah Jakob lange an, aber der rührte sich nicht. Ezra ging hinaus und kam mit dem Deckel zurück.

Dann holte er die Nägel.

Fünfzig

Ezra hatte den Entschluss zwar erst gefasst, als er das Holz holte und den Sarg zimmerte, doch gereift war er bereits in den Jahren, die ins Land gegangen waren, seit Matthildur aus seinem Leben verschwunden war. Jakob sollte und musste für seine Tat büßen. Ezra wollte Jakob dazu bringen, ihm zu sagen, was aus Matthildur geworden war. Wenn das gelang, war es gut, dann war das Rätsel gelöst, das ihn so lange gequält hatte. An Jakobs Schicksal konnte es allerdings nichts mehr ändern, seine Tage waren gezählt. Er hätte sterben sollen, als das Boot an den Klippen zerschellte. Ezra rechtfertigte sein Tun, indem er sich einredete, er vollende nur, was höhere Mächte bereits in die Wege geleitet hatten.

Später, als alles vorüber war, überraschte es Ezra, dass es ihn keinen inneren Kampf gekostet hatte, Jakob die Hilfe zu verweigern. Es erschien ihm einfach wie die logische Fortsetzung dessen, was vorausgegangen war. Es war für ihn auch kein Mord, kein Verbrechen, keine Straftat. Vielleicht verdrängte er diesen Gedanken ganz einfach, vermied es, die angemessene Bezeichnung für das zu verwenden, was er vorhatte, weil es schändlich, brutal und erbarmungslos war.

Als er zu Jakob zurückkehrte, hatte er das Auge geöffnet und blickte sich um. Es hatte den Anschein, als spürte er die drohende Gefahr. Die Hand, die vorher noch neben seinem Körper gelegen hatte, lag jetzt auf seiner Brust. Ein schwacher, kaum sichtbarer Atemhauch bildete sich vor seinem Mund. Jakob hatte lange mit dem Tod gerungen und anscheinend die Oberhand behalten. Seine Zähigkeit war unglaublich.

Ezra beugte sich über ihn und zischte: »Sag mir von Matthildur, sag mir, was du mit ihr gemacht hast!«

Das heile Auge glotzte ihn an, das andere hatte angefangen, sich unter der Blutkruste zu öffnen.

»Wo ist Matthildur?«

Jakob stierte ihn mit dem weit aufgerissenen Auge an. Die Lippen zitterten. Ezra hielt sein Ohr an Jakobs Mund.

Im gleichen Augenblick griff Jakobs leichenkalte Hand nach seinem Kopf und presste ihn mit seinen schwachen Kräften an sich, während er drei Worte hervorstöhnte:

Geh
zum
Teufel!

Ezra riss sich los. Jakobs Hand fiel kraftlos nieder, und er verlor wieder das Bewusstsein.

Ezra beschaffte sich zwei gleich hohe Kisten, auf die er den Sarg stellte. Er zog Jakob von seinem Brett herunter, der mit einem dumpfen Geräusch auf dem Boden des Sargs landete.

Als er den Deckel auf den Sarg gelegt hatte, zog er einen Nagel nach dem anderen aus der Tasche und schlug sie ein. Den Gedanken an das, was er hier tat, schob er von sich weg. Dass er im Begriff war, einen wehrlosen Menschen zu töten. Diesen Gedanken würde er für den Rest seines Lebens verdrängen müssen.

Ezra schlug gerade den letzten Nagel ein, als er hörte, dass sich die Tür öffnete. Jakobs Onkel war mit dem Bootsbesitzer gekommen, um die Leiche abzuholen. Der Bootsbesitzer machte Ezra Vorwürfe, weil er den Sarg zugenagelt hatte, bevor der Onkel Jakob noch einmal gesehen hatte, und befahl ihm, unverzüglich ein Brecheisen zu holen.

Ezra war wie vom Donner gerührt und unfähig, einen klaren Gedanken zu fassen.

»Los, nun mach schon, nimm den Deckel wieder ab«, sagte der Bootsbesitzer.

Ezra rührte sich nicht.

»Du möchtest ihn doch bestimmt noch einmal sehen?«, fragte der Bootsbesitzer den Onkel, einen älteren, ärmlich gekleideten Mann in einer abgenutzten gefütterten Lederjacke und Gummistiefeln. Ihm war keine sonderliche Trauer um seinen Neffen anzumerken.

Ezra starrte den Onkel entsetzt an. Er hatte nicht damit gerechnet, dass noch jemand die Leiche sehen wollte.

»Das ist nicht nötig«, sagte der Mann in der Lederjacke nach kurzem Überlegen, und Ezra atmete auf. »Er hat mir nicht besonders nahegestanden.«

Der Onkel war mit einem Mann aus Djúpivogur gekommen, der ein kleines Boot besaß. Zu dritt bugsierten sie den Sarg aufs Boot und bedeckten ihn mit einer Segelplane, die sie festzurrten.

Damit war es überstanden. Das Wetter hatte sich im Laufe des Tages erheblich gebessert. Das Boot tuckerte mit dem Sarg an Bord fjordauswärts. Der Bootsbesitzer schlug Ezra anerkennend auf die Schulter und dankte ihm dafür, sich so gut um Jakob gekümmert zu haben. Ezra murmelte etwas Unverständliches.

Dann verabschiedeten sie sich.

Einundfünfzig

Erlendur hatte erreicht, was er wollte, doch nun befielen ihn Zweifel, ob es richtig gewesen war, Ezra so hart anzugehen. Er war sich nicht mehr sicher, ob es tatsächlich notwendig gewesen war, die ganze Wahrheit zu hören. Er hatte den Ausführungen des alten Mannes schweigend gelauscht und gemerkt, dass Ezra nichts auslassen wollte, er wollte endlich die Wahrheit sagen und von allem berichten, was geschehen war, ohne Rücksicht darauf, wie schrecklich und schwierig das für ihn war. Doch sein ganzes Verhalten machte deutlich, dass er kaum je in eine schlimmere Situation geraten war, als endlich seine Tat einzugestehen.

Erlendur wartete darauf, dass Ezra fortfuhr, aber der saß schweigend in seinem Korbstuhl in der Ecke und schien nicht mehr in dieser Küche, in diesem Haus, in dieser Welt zu sein. Er hielt das Bild von Matthildur in der Hand und strich mit dem Finger darüber, wie um sie noch einmal zu berühren.

»Vielleicht spielt es keine Rolle mehr ...«

Ezra verstummte mitten im Satz.

»Ich weiß nicht, ob es noch eine Rolle spielt«, setzte er nach einer Weile wieder an, »aber ich habe es seitdem an jedem Tag meines Lebens bereut. Von Anfang an war dieser Zwiespalt in mir, ob ich Jakobs Zustand melden sollte. Ich hatte halbwegs gehofft, dass bis zur Beerdigung noch ein paar Tage verstreichen würden und er sich vielleicht selbst bemerkbar machen könnte. Aber ich habe nichts unternommen, um ihn zu retten. Ich habe ihm gewünscht, sterben zu können, ohne dass er sich quälen musste. Ich habe Gott darum gebeten, ihn ohne Qualen sterben zu lassen. Die Vorstellung, dass er sich lebend in seinem Sarg gekrümmt und gewunden hat, ist unerträglich für mich. Aber daran habe ich nicht gedacht, als ich ihn in den Sarg legte. Mit diesem Gedanken brauchte ich mich ja auch nicht auseinanderzusetzen, ich wusste ja nicht, wie es weitergegangen war, wusste nicht, was geschah, nachdem ich den Deckel auf den Sarg genagelt hatte. Im Lauf der langen Jahre glaubte ich, mich mit der Zeit irgendwie mit meinem Gott ausgesöhnt zu haben. Mir stand nur noch der Tod bevor. Doch dann kamst du und ...«

Ezra blickte von dem Foto hoch und sah Erlendur an.

»Du kommst hier in mein Haus und sagst mir, dass du dich bis zu seinem Sarg hinuntergegraben hast. Du erzählst mir von den Spuren unter dem Sargdeckel. Du legst mir seine Zähne auf den Tisch.«

»Verzeih mir, wenn ...« Erlendur konnte den Satz nicht zu Ende bringen.

»Jetzt erst begreife ich, was ich ihm angetan habe«, sagte Ezra. Er blickte wieder auf das Foto von Matthildur.

»Du verachtest mich bestimmt mehr, als mit Worten auszudrücken ist«, sagte er.

»Was ich denke, spielt überhaupt keine Rolle«, sagte Erlendur.

»Das sagst du jetzt. Hättest du mir nicht so wie ein

Spuk aus der Vorzeit zugesetzt, hätte ich mir das alles nie wieder in Erinnerung rufen müssen.«

»Ich kann mir …«

Wieder schnitt Ezra Erlendur das Wort ab.

»Du bist verdammt noch mal der verbohrteste Starrkopf, der mir in meinem Leben begegnet ist.«

Erlendur wusste nicht, was er darauf sagen sollte.

»Ich sterbe bald, und dann ist alles ausgestanden«, sagte Ezra.

»Ich kann mir vorstellen, dass es schwierig für dich gewesen ist, damit zu leben«, sagte Erlendur. »Für einen anständigen Menschen wie dich.«

»Hat sich was mit Anständigkeit«, entgegnete Ezra. »Ich habe versucht, mein Bestes zu tun, habe versucht, auf meine Weise etwas wiedergutzumachen. Du darfst nicht vergessen, was Jakob Matthildur angetan hat. Manchmal versuche ich, das Unrecht zu rechtfertigen, das ich Jakob angetan habe, indem ich die Verantwortung auf ihn abwälze. Dann geht es mir eine Weile besser, aber es währt nie lange.«

»Ich habe dir ja schon gesagt, dass ich nicht zum ersten Mal davon höre, dass Menschen sich zäh ans Leben klammern und die unglaublichsten Strapazen überleben«, sagte Erlendur. »Menschen, die nach menschlichem Ermessen bei unvorstellbarer Kälte hätten umkommen müssen und doch auf wundersame Weise wieder zum Leben zurückfanden. Weil die menschliche Kreatur manchmal über unerhörte Kraftreserven verfügt.«

»Ich habe oft gewünscht, dass er einfach bei dem Schiffbruch ums Leben gekommen wäre«, sagte Ezra. »Das wäre die einfachste Lösung gewesen.«

»Das Leben ist nie einfach«, sagte Erlendur. »Das ist das Erste, was wir lernen, es ist nie einfach.«

»Wirst du irgendetwas unternehmen?«, fragte Ezra und sah ihn an.

Sie sahen sich geraume Zeit in die Augen.

»Nur, wenn du es selber wünschst«, sagte Erlendur.

»Du überlässt es also mir?«

»Diese Sache geht mich im Grunde genommen gar nichts an. Ich wollte ihr nur auf den Grund gehen.«

»Aber du … Du bist bei der Polizei. Ist es nicht deine Pflicht?«

»Das mit den Pflichten kann kompliziert sein«, sagte Erlendur.

»Letzten Endes interessiert es mich auch gar nicht, was du machst. Es könnte natürlich sein, dass die Leute hier auf einmal anders über mich denken, aber das ist mir egal. Mir ist nur wichtig, dass nicht an der Geschichte über Matthildurs Schicksal gerührt wird. Dass sie so in Erinnerung bleibt wie bisher. So hat ihr Verschwinden etwas tragisch Schönes. Auch wenn es eine verdammte Lüge ist, so ist doch an dieser Geschichte von ihrem Gang über die Irrlichtscharte etwas, was in der Erinnerung der Leute weiterleben sollte. Falls nicht ohnehin schon alle tot sind, die sich an sie erinnern.«

»Ich gehe nicht davon aus, dass in all diesen Jahren irgendjemand nach Jakob gefragt hat?«

»Nein«, sagte Ezra. »Du bist der Erste und Einzige.«

»Er hat dir nicht gesagt, was er mit Matthildur gemacht hat?«

»Nein, das hat er nicht getan.«

»Und du hast nicht die geringste Idee?«

»Nicht die geringste.«

»Hättest du ihm nicht das Leben retten können, damit er es dir vielleicht später hätte sagen können?«

»Nein, das hätte nichts geändert«, erklärte Ezra. »Davon bin ich überzeugt. Auch wenn ich ihm zu Hilfe gekommen wäre, er hätte mir nie verraten, was er mit Matthildur gemacht hat.«

»Jakob schien es bereits besser zu gehen, als du ihn in den Sarg befördert hast«, sagte Erlendur behutsam.

»In den Augen aller anderen war er tot«, entgegnete Ezra. »Ich habe ihn nur in den Sarg gelegt.«

Es war, als hätte sich der alte Mann diese Rechtfertigung selbst immer und immer wieder vorgesagt. Er stand auf, schaute zum Fenster hinauf in die Berge, sie waren klar und ohne Falsch.

»Ich denke manchmal darüber nach«, sagte er, »ob ... Ich wollte nicht, dass er noch lebte, aber wenn ... Falls Jakob Reue gezeigt hätte, irgendein winziges Zeichen von Reue oder von Bedauern, ob es dann nicht vielleicht anders ausgegangen wäre. Ob ich ihm dann nicht das Leben gerettet hätte.«

Erlendur wusste nicht, was er darauf sagen sollte.

»Damit habe ich seither gelebt«, flüsterte Ezra nach einigem Schweigen am Fenster. »Mit dieser Schande, die sich in den schlimmsten Momenten bis ins Unerträgliche steigerte.«

Zweiundfünfzig

Hrund war aus dem Krankenhaus zurück. Erlendur fuhr gegen Abend zu ihrem Haus und sah sie wie früher am Fenster sitzen. Sie lächelte ihm zu, kam zur Tür und hieß ihn willkommen. Erlendur setzte sich mit ihr ins Wohnzimmer und fragte, wie es ihr ginge. Sie sagte, sie sei am Vormittag entlassen worden und könne sich nicht beklagen.

»Hast du etwas Neues herausgefunden?«, fragte sie, nachdem sie einen frisch gekochten Kaffee für ihn geholt hatte.

Erlendur wusste nicht so recht, wie viel er ihr über Matthildurs und Jakobs Schicksal und Ezras Rache nach dem Schiffbruch im Jahre 1949 erzählen konnte. Über seine Ausgrabung auf dem Friedhof von Djúpivogur wollte er jedenfalls möglichst Schweigen bewahren, und wenn er ohnehin schon etwas verschwieg, konnte er auch anderes für sich behalten. Deswegen war er vorsichtig und begann, Hrund von seinen Besuchen bei Ezra zu erzählen. Hrund lauschte seinem Bericht stumm, bis es zu dem Punkt kam, der für sie die meiste Bedeutung hatte.

»Ich hoffe, dass das alles unter uns bleibt«, sagte Erlendur. »Dass niemand anderes davon erfährt.«

»Selbstverständlich«, erklärte Hrund.

»Ezra ist davon überzeugt, dass Jakob Matthildur getötet hat.«

Hrund sah Erlendur mit ausdrucksloser Miene an.

»Ezra hat keine Beweise«, fuhr Erlendur fort. »Er hat mir gesagt, dass Jakob ihm gegenüber zugegeben hat, Matthildur umgebracht zu haben. Als Grund dafür hat er Eifersucht und Rachedurst angegeben. Manche würden so etwas als Verbrechen aus Leidenschaft bezeichnen. Ezra und Matthildur hatten eine Beziehung, und sie wollte Jakob verlassen. Der schöpfte Verdacht und folgte Matthildur zu Ezras Haus. Er hat die beiden zusammen gesehen und das nicht ertragen. Er hat es nicht ertragen, hintergangen zu werden.«

Immer noch sah Hrund ihn mit ausdrucksloser Miene an.

»Jakob hat dann das Märchen in die Welt gesetzt, dass Matthildur zu ihrer Mutter nach Reyðarfjörður wollte und bei dem Unwetter ums Leben kam. Sie hat sich nie auch nur auf den Weg gemacht.«

»Allmächtiger«, sagte Hrund schließlich.

»Ich sehe keinen Grund, Ezras Darstellung zu bezweifeln«, sagte Erlendur.

»Das elende Schwein«, flüsterte Hrund.

Erlendur erzählte ihr, wie er Ezra nach und nach dazu hatte bewegen können, ihm alles zu erzählen, über seine Liebe zu Matthildur zu sprechen und darüber, dass mit Matthildurs Verschwinden die Zeit in Ezras Leben zum Stillstand gekommen war. Er berichtete Hrund über die beiden Treffen von Ezra und Jakob nach Matthildurs Verschwinden, erst auf dem Friedhof und dann bei Jakob zu Hause, wo er zugegeben hatte, Matthildur getötet zu haben.

»Wie ... Wie hast du ihn dazu gebracht, dir das alles zu sagen?«, fragte Hrund.

Erlendur zuckte mit den Achseln. »Er schien bereit zu sein, über diese Dinge zu reden«, sagte er und fand, dass diese Aussage nicht allzu weit von der Wahrheit entfernt war.

Ihm wäre nie eingefallen, Hrund zu erzählen, wie sehr er Ezra bedrängt hatte, bis er Kooperationsbereitschaft zeigte, und dass er nachträglich, nachdem er alles in Erfahrung gebracht hatte, beinahe bereute. Er war der Wahrheit auf die Spur gekommen, aber um was für einen Preis. Erlendur war alles andere als stolz auf das, was er unternommen hatte, um der Sache auf den Grund zu gehen. Er machte sich Sorgen, weil er Jakobs Grab geöffnet hatte, aber noch mehr Sorgen bereitete ihm sein Verhalten Ezra gegenüber. Er hatte den alten Mann unter Druck gesetzt, die ganze Wahrheit preiszugeben, und jetzt hatte er Mitleid mit ihm. Er wurde von einem Gefühl vorangetrieben, das er nur schwer kontrollieren konnte, denn es war ständig präsent und fordernd. Das Bedürfnis, das ans Licht zu bringen, was verborgen oder vergessen war, ließ ihm keine Ruhe. Warum hatte Ezra sein Geheimnis nicht in Frieden mit ins Grab nehmen dürfen? Er war weder ein hartgesottener Verbrecher, noch stellte er eine Gefahr für andere dar. Als sie sich voneinander verabschiedeten, hatte Ezra zu Erlendur gesagt, dass es für ihn keine Rolle spiele, was Erlendur mit diesen Informationen machen würde, aber Erlendur wusste es besser.

Nach der Enthüllung kam der Zorn.

»Man kann sich kaum ein entsetzlicheres Sterben vorstellen«, hatte Erlendur über Jakobs Tod gesagt.

»Glaubst du, ich wüsste das nicht?«, hatte Ezra hervorgestoßen. »Glaub mir, ich habe seitdem an jedem Tag meines Lebens daran denken müssen. Du brauchst mir da nichts vorzupredigen.«

Ezra drehte sich vom Fenster weg und starrte Erlendur grimmig an.

»Du kannst jetzt gehen«, sagte er. »Geh und lass mich in Ruhe. Ich möchte dich nie wiedersehen, ich möchte dich in der kurzen Zeit, die ich noch zu leben habe, nicht mehr wiedersehen müssen.«

»Ich kann gut verstehen ...«

Erlendur konnte den Satz nicht zu Ende bringen.

»Raus mit dir!«, sagte Ezra mit erhobener Stimme. »Raus, sage ich! Tu endlich einmal, was ich sage. Verlass dieses Haus!«

Erlendur stand auf und ging zur Küchentür.

»Ich möchte nicht, dass wir im Streit auseinandergehen«, sagte er.

»Es interessiert mich nicht, was du möchtest«, sagte Ezra. »Lass mich in Ruhe!«

Das waren seine Abschiedsworte gewesen. Erlendur hatte sich zurückgezogen, auch wenn er ein ungutes Gefühl dabei hatte, den alten Mann in dieser Erregung zurückzulassen. Er wusste, dass er im Augenblick nichts für Ezra tun konnte. Er hatte vor, am nächsten Tag noch einmal bei ihm vorbeizufahren und nachzusehen, ob er sich wieder gefangen hatte.

Hrund brauchte eine ganze Weile, um das, was Erlendur ihr eröffnet hatte, voll und ganz zu begreifen.

»Und Jakob hat das vor Ezra zugegeben?«, fragte sie. »Dass er Matthildur umgebracht hat?«

Erlendur nickte.

»Wie?«

»Mit den bloßen Händen«, sagte Erlendur nach einigem Zögern. »Er hat Matthildur erwürgt.«

Hrund schlug instinktiv die Hände vor den Mund, als sie sich die Todesstunde ihrer Schwester vorstellte, so als wolle sie einen Schrei ersticken, der sich ihr über die Lippen drängte.

»Und warum hat der Mann das verschwiegen? Warum ist Ezra nicht zur Polizei gegangen?«

»Die Sache ist etwas komplizierter«, sagte Erlendur. »Jakob hatte Ezra in der Zange. Er hatte es wohl so eingefädelt, dass Ezra selber des Mordes verdächtigt werden würde, falls er mit Jakobs Geständnis an die Öffentlichkeit gegangen wäre. Zumindest hat er Ezra das gesagt. Dieses Risiko wollte Ezra nicht eingehen. Matthildur hätte er damit nicht zurückbekommen, und er war überzeugt, dass Jakob niemals jemandem verraten würde, wie er sich der Leiche entledigt hatte. Und das hat er auch bis zu seinem Ende nicht getan.«

»Was hat er mit der Leiche gemacht? Was hat Jakob mit Matthildurs Leiche gemacht?«, fragte Hrund.

»Er hat sich bis zum Ende geweigert, das zu verraten.«

»Niemand weiß es also?«

»Nein.«

»Ezra auch nicht?«

»Nein.«

»Du hast es nicht herausgefunden?«

»Nein.«

»Sie wird also nie gefunden werden?«

»Vermutlich nicht«, sagte Erlendur.

»Auf ewig verschollen?«

»Auf ewig verschollen.«

Hrund starrte lange auf ihren Schoß, während sie sich das, was Erlendur gesagt hatte, durch den Kopf gehen ließ. Sie war wie vor den Kopf geschlagen.

»Der arme Mann«, sagte sie schließlich.

»Ezra hat ein elendes Leben gehabt«, sagte Erlendur. »Er hat sein ganzes Leben mit dieser Ungewissheit leben müssen.«

»Ja.«

»Wer bringt denn so etwas über sich, was für ein Mensch bringt so etwas fertig?«, fragte sie und stand erregt auf. »Was für ein niederträchtiger Mensch war dieser Jakob!«

»Du hast selber gesagt, dass sein Ruf nicht allzu gut war.«

»Ja, aber so etwas! Wer bringt so etwas fertig?«

»Er hat seine Strafe erhalten«, sagte Erlendur.

»Aber nicht die, die er verdient hatte«, stieß Hrund hervor.

»Vielleicht hat er noch Zeit genug dazu gehabt, um über die Qualen nachzudenken, die er anderen zugefügt hat«, sagte Erlendur.

Hrund blickte ihn an.

»Was meinst du damit?«

»Das wäre eine verdiente Strafe gewesen«, sagte Erlendur.

Dreiundfünfzig

Am Ende dieses langen Tages hielt Erlendur bei einem kleinen, wellblechverkleideten Holzhaus in Seyðisfjörður. Nach dem Besuch bei Hrund war er direkt losgefahren, ein weiteres Mal durchs Fagridalur nach Egilsstaðir, wo er getankt und Zigaretten gekauft und die Thermoskanne aufgefüllt hatte. Ein Besuch stand noch aus, und den wollte er noch an diesem Tag hinter sich bringen. Die Adresse hatte er im Telefonbuch gefunden, Daníel Kristmundsson hieß der Mann, den er besuchen wollte. Den Namen hatte der Bauer und Fuchsjäger Lúðvík erwähnt, weil dieser Daníel in früheren Zeiten Jäger aus Reykjavík in die Berge geführt hatte. Ein ausgefuchster alter Kerl, hatte Lúðvík gesagt.

Aus einem Fenster des Hauses drang ein schwacher Lichtschimmer. Das Haus lag etwas außerhalb des Ortes, dort gab es keine Straßenbeleuchtung mehr. Erlendur tastete im Dunkeln nach einer Klingel, fand aber nichts dergleichen und klopfte an. Nichts geschah. Er versuchte es ein weiteres Mal mit Klopfen, und nach geraumer Zeit hörte er ein Geräusch von drinnen. Er wartete geduldig, bis sich die Tür öffnete und ein unrasierter Mann mit wirrem Haar erschien, der ihn anblinzelte. Er war um die fünfzig.

»Was willst du denn?«, fragte er.

Dieser Mann konnte wohl kaum als ausgefuchster alter Kerl bezeichnet werden, deswegen nahm Erlendur an, dass es sich nicht um Daníel handelte. Er fragte nach Daníel Kristmundsson und sagte, er sei davon ausgegangen, dass er in diesem Haus lebe.

»Ach, der Daníel«, sagte der Mann. »Tja, der ist tot.«

»Tatsächlich?«, sagte Erlendur. »Schon lange?«

»Nein«, sagte der Mann. »Es ist vor einem halben Jahr gestorben.«

»Na, dann war's das auch schon«, sagte Erlendur. »Im Telefonbuch steht er aber immer noch unter dieser Adresse.«

»Ja. Ich sollte vielleicht mal bei denen anrufen.«

Der Mann musterte Erlendur von Kopf bis Fuß. Neugierde flackerte in seinen Augen auf.

»Warum wolltest du zu ihm, wolltest du ihm etwas verkaufen?«, fragte er.

»Nein«, antwortete Erlendur. »Ich verkaufe nichts. Entschuldige bitte die Störung.«

Erlendur verabschiedete sich und war im Begriff, wieder zu seinem Wagen zu gehen, als der Mann zur Tür heraustrat.

»Was wolltest du denn von Daníel?«, fragte er.

»Spielt keine Rolle mehr«, sagte Erlendur. »Ich bin zu spät.«

»Bist du aus einem speziellen Grund gekommen?«, fragte der Mann.

»Hast du Daníel gekannt?«

»So einigermaßen«, sagte der Mann. »Er war mein Vater.«

Erlendur grinste. »Ich wollte mit ihm über seine alten Zeiten als Fuchsjäger sprechen«, sagte er. »Über

Fuchsbaue zum Beispiel und über das Verhalten dieser Tiere. Mehr war es gar nicht. Mir hatte irgendjemand gesagt, dass dein Vater sich da hervorragend auskannte.«

»Sammelst du Informationen über so etwas?«

»Ja, nur für mich selber.«

»Und was möchtest du wissen?«

Das schwache Licht aus dem Haus drang bis in die Dunkelheit hinaus, in der sie standen. Erlendur war etwas verlegen, weil sich herausgestellt hatte, dass der Mann, zu dem er wollte, gestorben war. Der Sohn hingegen, den er aus einem sanften Schlummer geweckt hatte, wurde aber anscheinend immer munterer und entsprechend neugieriger auf den überraschenden Gast.

»Nichts Besonderes«, sagte Erlendur. »Vielleicht etwas darüber, ob er jemals in den Bergen südlich von Seyðisfjörður irgendetwas Ungewöhnliches gefunden hat, oberhalb von Reyðarfjörður und Eskifjörður, beim Harðskafi beispielsweise. Aber darüber weißt du wohl nichts?«

»Arbeitest du da am Staudamm?«, fragte der Mann.

»Nein«, sagte Erlendur.

»Oder vielleicht auf der Baustelle des Aluminiumwerks?«

»Nein, ich kam hier bloß ganz zufällig vorbei. Ich arbeite nicht hier.«

»Mein Vater hat alle möglichen Sachen gefunden«, sagte der Mann. »Allen möglichen Krempel. Einiges davon hat er aufbewahrt.«

»Vielleicht etwas aus Nestern oder Fuchsbauen?«

»Ganz sicher. Und auch vom Strand. Er hat Muscheln und Steine gesammelt und Tierknochen. Es hätte dir bestimmt Spaß gemacht, ihn zu treffen.«

»Wirklich bedauerlich, dass er nicht mehr lebt.«

»Ach nein, er war doch schon steinalt und zum Schluss ans Bett gefesselt, und das war weiß Gott nicht sein Ding. Er war heilfroh, das Zeitliche zu segnen. Möchtest du vielleicht einen Blick auf das Zeug werfen, das er gesammelt hat? Der Schuppen ist voll davon. Ich hab mich noch nicht dazu aufraffen können, etwas von dem Kram wegzuschmeißen. Wahrscheinlich wär's am besten, das ganze Ding einfach anzuzünden.«

Erlendur zögerte. Es war ein langer und schwieriger Tag gewesen.

»Ja, du musst es natürlich selber wissen«, sagte der Mann und wartete auf eine Antwort.

»Es schadet vielleicht nicht, einen Blick darauf zu werfen«, sagte Erlendur. Der Mann zeigte sich hilfsbereit, und Erlendur fand es ungehörig, nicht darauf einzugehen.

»Übrigens heiße ich Daníel wie er«, sagte er und hielt Erlendur die Hand hin. »Daníel Daníelsson. So heißen nicht viele.«

Mit dieser Bemerkung konnte Erlendur nicht viel anfangen. Der Mann ging zu einem betonierten Schuppen hinter dem Haus, wo noch mehr Finsternis herrschte, und Erlendur folgte ihm schweigend. Aus diesem Schuppen hatte möglicherweise einmal eine Garage werden sollen. Daníel öffnete die Tür und schaltete eine Birne ein, die von der Decke herunterbaumelte.

Der ausgefuchste alte Kerl, wie Lúðvík ihn genannt

hatte, war leider nicht sehr organisiert gewesen und hatte seine Schätze völlig unsystematisch angehäuft. Der Schuppen war vollgestopft mit unversehrten und kaputten Gegenständen, die dieser Mann gesammelt und offensichtlich einfach da abgelegt hatte, wo er gerade stand. Erlendur war in der Tür stehen geblieben und zögerte. Er fand, dass er da drinnen nichts zu suchen hatte.

»Da siehst du, was ich meine«, sagte Daníel junior. »Meinst du nicht auch, es wär am einfachsten, hier ein Streichholz dranzuhalten?«

»Ich glaube nicht, dass mir das hier irgendetwas nützen wird«, sagte Erlendur höflich. »Tut mir leid, und ich möchte dich auch nicht länger belästigen. Am besten gehe ich wieder.«

»Du wolltest etwas über Fuchsbaue wissen«, sagte Daníel.

»Ja, ist schon in Ordnung. Ich habe nicht viel Zeit.«

»Hier drinnen sind ein paar Kisten, ich glaube drei, mit Kartons und Umschlägen, in denen er seine Tierknochen aufbewahrt hat. Früher hat er sie mir oft gezeigt und genau gesagt, wo er sie gefunden hat, und so etwas. Es ist eine ganz ansehnliche Sammlung. Auch Fuchsknochen, sogar ziemlich viele. Spekulierst du auf so etwas?«

Daníel junior brach sich Bahn durch das Chaos, indem er diverse Dinge wie Autoersatzteile, Reifen und ein Fahrradgestell aus dem Weg räumte. An den Wänden waren unterhalb der Decke etliche Klempnermaterialien aufgehängt, gerade und gekrümmte Rohrleitungen. Erlendur sah zwei alte Schrotflinten, die aber wohl zu nichts mehr zu gebrauchen waren. Bei der einen fehlte der Abzug, und bei der anderen passten Lauf und Schaft nicht zusammen. In einer Ecke sah er einen ausgestopften Raben und eine Tierhaut, die er nicht einordnen konnte. Daníel pflügte sich zum hinteren Bereich des Schuppens durch, und Erlendur bereute es sehr, ihn aus dem Schlaf geholt zu haben. Am liebsten hätte er sich sang- und klanglos aus dem Staub gemacht, und er fasste diese Möglichkeit ernsthaft ins Auge, als Daníel plötzlich von sich hören ließ.

»Hier ist was«, hörte er Daníel sagen und sah, wie er einen großen Pappkarton hochhielt. »Sieh dir das an, wenn du möchtest«, sagte er und überreichte ihm den Karton. »Ich schau mal nach, ob da nicht noch mehr ist.«

»Weißt du was, ich glaube, das ist nicht nötig«, sagte Erlendur, aber Daníel schien ihn entweder nicht zu hören oder nichts auf seine Worte zu geben.

Erlendur nahm den Karton an und stellte ihn auf einen Stapel alter Teppichfliesen. Der Karton war voller ausgebleichter Knochen, mit denen er sich nicht auskannte. Schädel von Vögeln und Katzen waren darunter, ein Fuchsschädel, Bein- und Rippenknochen von verschiedenen anderen Tieren und irgendwo dazwischen auch etwas, das wie ein Mäuseskelett aussah. Nichts davon war beschriftet, weder mit dem Namen der Art noch mit dem Fundort. Als Erlendur wieder hochblickte, sah er, dass Daníel den nächsten Kasten anschleppte, diesmal einen hölzernen, der ursprünglich für die Flaschen einer Sprudelmarke gedacht war, die schon lange nicht mehr produziert wurde, ein Getränk, das Erlendur nie über die Lippen gekommen war.

In diesem Kasten war der Inhalt besser geordnet als in dem anderen. Einige Knochen steckten in braunen Umschlägen, auf denen vermerkt war, um was für eine Tierart es sich handelte und wo Daníel senior sie gefunden hatte. Erlendur kam es so vor, als hätte Daníel irgendwann einmal einen Versuch gemacht, das, was sich bei ihm angesammelt hatte, systematisch zu ordnen, bis er es wieder aufgegeben hatte, weil sich die Objekte rascher vermehrten, als er sie sortieren konnte.

»Mit Knochen kannte er sich richtig gut aus«, hörte er Daníels Sohn weiter hinten im Schuppen sagen. »Vor allem mit Vogelknochen. In jungen Jahren hat er sogar mal gelernt, Tiere zu präparieren, aber er hat das nicht zu seinem Beruf gemacht, das war nur so ein Hobby von ihm. Drinnen im Haus ist ein weißer Fuchs, den er ausgestopft hat, und zwar sehr gut. Auch ein Falke, falls du dich für so was interessierst.«

»Dann hat er wohl auch diesen Raben hier ausgestopft?«, fragte Erlendur und wies auf den großen schwarzen Vogel, der auf einem Regal knapp unter der Decke stand.

»Passt«, sagte Daníel junior. »Den hat er auch ausgestopft. Du bist wohl aus Reykjavík«, erkundigte er sich dann.

»Ja, ich lebe in Reykjavík«, sagte Erlendur und besah sich die Umschläge in dem Karton. Sein Interesse war erwacht. Auf einem stand: Loðmundarfjörður, Küstenseeschwalbe. Er öffnete ihn, und ein komplettes Vogelskelett glitt ihm in die Hand.

»Er hat immer darüber geredet, seine Knochen in Glaskästen auszustellen, alles genau zu beschriften und das Ganze dem Gymnasium in Egilsstaðir zu vermachen. Einen solchen Kasten hat er vor langer Zeit anfertigen lassen, aber den kann ich nicht finden. Irgendwann mal habe ich ihn hier irgendwo gesehen. Keine Ahnung, wo der abgeblieben ist.«

Erlendur ließ das Vogelskelett zurück in den Umschlag gleiten. Daníel brachte ihm den nächsten Karton. Darin befanden sich kleinere Kästchen und Schachteln, die besser beschriftet waren als die Umschläge. Anscheinend war Daníel bei diesem Teil der Knochensammlung recht systematisch vorgegangen.

Erlendur nahm eine Schachtel in die Hand. Auf dem Deckel klebte ein weißer Zettel mit Informationen darüber, wo und wann er den Inhalt gefunden hatte und von welcher Tierart er stammte. Am Fuß des Snæfell, stand auf einem, *Goldregenpfeifer*. Erlendur entnahm dem Karton weitere Schachteln und sah sie sich genauer an. Auf einer befanden sich ein Fragezeichen und der Vermerk:

Nordseite des Harðskafi.

Die Worte waren mit Bleistift geschrieben. Das Fragezeichen erregte sein Interesse.

Er öffnete die Schachtel, und ihm war sofort klar, dass es sich um kleine, menschliche Knochen handelte. Er hatte einmal die sterblichen Überreste eines vierjährigen Mädchens ausgegraben. Er starrte in die Schachtel, und ein seltsamer Schauder durchfuhr ihn.

»Bist du auf was Interessantes gestoßen?«, fragte Daníel von irgendwo weiter hinten. Er hatte bemerkt, dass sein Gast wie zur Salzsäule erstarrt dastand und eine Schachtel mit Knochen in der Hand hielt.

»Hat dein Vater jemals über verschollene Menschen hier oben in den Bergen gesprochen?«, fragte Erlendur, der seine Augen nicht von den Knochen abwenden konnte.

»Verschollene Menschen? Nein.«

»Über ein Kind aus Eskifjörður, das vor etlichen Jahrzehnten in den Bergen ums Leben kam?«

»Nein, darüber hat er nie gesprochen«, sagte Daníel. »Nicht mit mir.«

»Ganz sicher?«

»Ja, daran würde ich mich erinnern.«

Erlendur starrte das Fragezeichen auf dem Deckel an. Daníel senior hatte nicht gewusst, was er da auf seinem Weg an der Nordseite des Harðskafi gefunden hatte, es aber trotzdem in die Tasche gesteckt, denn er interessierte sich für Tierknochen, die er auf seinen Streifzügen fand. Daníel war Amateur. Vielleicht hatte er sich vorgenommen, später einmal herauszufinden, was für Knochen das waren, hatte sie möglicherweise zu einem Spezialisten schicken wollen. Aber dazu war er nicht gekommen. Dabei hätte sich vermutlich herausgestellt, was für Knochen er gefunden hatte. Man hätte nachgefragt, und jemand hätte sich an den verschollenen Jungen erinnert.

Er suchte nach einer Jahreszahl auf der Schachtel, fand aber keine.

Es waren zwei Knochen. Er traute sich nicht, sie zu berühren, aber er war sich ganz sicher. Es waren ein Teil von einem Kieferknochen und ein Wangenknochen.

Sie waren nicht ausgewachsen.

Es waren die Knochen eines Kindes.

Vierundfünfzig

Erlendur stapft schweigend hinter seinem Vater her hinauf in die Berge. Er achtet kaum darauf, wo sie langgehen. Bergur kommt nicht so schnell mit, er bleibt zurück, holt sie dann aber im Laufschritt wieder ein. Doch bald vergrößert sich der Abstand erneut, und wieder muss Bergur rennen, um Schritt mit ihnen zu halten. Erlendur bleibt so dicht wie möglich bei seinem Vater, obwohl es nicht ganz einfach ist. Er versucht, in seine Fußstapfen zu treten, aber das ist schwierig, weil der Abstand zwischen ihnen so groß ist. Er muss manchmal schneller gehen, um nicht wie Beggi zurückzubleiben.

Nach einem langen Marsch beschließt ihr Vater, eine Pause einzulegen. Nicht seinetwegen, sondern wegen der Jungen, die verschnaufen müssen. Je höher sie nach oben kommen, desto tiefer wird der Schnee, und kleine Beine kommen hier nur schwer vorwärts. Er hat ein Fernglas dabei und sucht überall nach den Schafen.

»Warte, Lendi«, hört er Beggi hinter sich sagen. Er tut so, als hört er das nicht.

Beggi nennt ihn Lendi, seine Mutter nennt ihn ganz selten einmal Lillebob, doch das geht ihm unsäglich auf die Nerven. Es ist ein Kosename aus seiner frühesten Kindheit, den sie manchmal verwendet, um ihn zu necken. Sein Vater nennt ihn immer nur bei seinem richtigen Namen. Erlendur, sagt er, reich mir doch das Buch da drüben, oder: Erlendur, jetzt aber ab ins Bett.

Beggi hat ihn eingeholt. Sie haben sich mit Winterjacken, dicken Socken und Stiefeln, Schals und Mützen und Fäustlingen gut gegen die Kälte gewappnet. Er sieht, dass Beggi an seinem Handschuh fummelt. Er hat sein Spielzeugauto mitgenommen und zieht jetzt den Handschuh aus, holt das Auto aus der Jackentasche und betrachtet es, um sich zu vergewissern, dass es heil ist. Dann steckt er das kleine rote Auto in seinen Handschuh und streift ihn über. Jetzt kann er das Auto die ganze Zeit in der Hand halten.

»Ich sehe keine Schafe«, sagt der Vater. »Vielleicht müssen wir noch etwas höher hinaufsteigen und dort nach Spuren von ihnen suchen.«

Sie gehen in derselben Reihe weiter, der Vater voran, dann Erlendur und zuletzt Beggi, der das Spielzeug in der Hand hält und versucht, mit ihnen Schritt zu halten. Ihr Vater geht jetzt langsamer, er hält sich das Fernglas an die Augen, dann wechselt er die Richtung und kurz darauf schon wieder. Und dann sind sie auf einmal oben auf dem Hochplateau angelangt. Für Kinderaugen, die alles nur halb so schnell wahrnehmen und begreifen, geht alles rasend schnell. Die Ereignisse reihen sich wie Momentaufnahmen aneinander. Ihr Vater schaut zum Himmel. Beggi ist wieder zurückgeblieben. Es hat schon vor einiger Zeit angefangen leicht zu schneien, doch nun türmen sich mit rasanter Geschwindigkeit schwarze Unwetterwolken über den Bergen auf, der Himmel verdunkelt sich. Das

Vorwärtskommen im Schnee wird immer schwieriger. Erlendur hat bislang das Wetter überhaupt nicht beachtet, doch auf einmal merkt er den scharfen Wind im Gesicht. Der Schneefall ist schon so dicht, dass er nicht mehr hinunter zum Eskifjörður sehen kann. Bergur ist ziemlich weit hinter ihnen. Erlendur ruft nach ihm, Bergur hört ihn nicht. Erlendur macht kehrt und geht ihm entgegen, verliert aber dabei seinen Vater aus den Augen, denn im nächsten Augenblick bricht der Schneesturm urplötzlich mit voller Gewalt los. Er ruft nach Bergur, der im Schnee hingefallen ist. Er ruft nach seinem Vater, doch es kommt keine Antwort.

Beggi steht wieder auf, verliert dabei einen Handschuh, der sofort vom Sturm weggeweht wird. Er läuft hinter ihm her, und Erlendur folgt ihm. Der Handschuh ist im Handumdrehn im Schneetreiben verschwunden, aber sie geben nicht auf und laufen immer noch hinter ihm her. Beinahe verliert er auch Beggi aus den Augen. Der denkt nur an seinen Handschuh, ihre Mutter hat ihnen beigebracht, gut auf ihre Sachen zu achten und nichts zu verlieren. Er greift nach Beggis Jacke, um ihn aufzuhalten. Beggi hat das Spielzeugauto in der kalten Hand und steckt es in die Jackentasche.

»Ich will meinen Handschuh wiederhaben«, ruft er gegen den Wind.

»Den finden wir schon noch«, sagt Erlendur.

Er muss ebenfalls schreien, damit Beggi hört, was er sagt. Erlendur glaubt, in die Richtung zu gehen, die sein Vater eingeschlagen hat. Bei der Jagd nach Beggis Handschuh hat er die Orientierung verloren, doch er glaubt immer noch zu wissen, wo sein Vater sein muss. Das Waten durch den Schnee und gegen den Sturm ist furchtbar schwierig, der Wind peitscht ihnen mit beißenden Eisnadeln ins Gesicht. Und mit jedem Schritt scheint es schlimmer zu werden. Er kann kaum die Augen offen halten und hat das Gefühl, überhaupt nicht vorwärtszukommen. Vor sich sieht er nur wildes Schneetreiben. All das ist so plötzlich geschehen, dass er keine Zeit gehabt hat, Angst zu bekommen. Er tröstet sich damit, dass sein Vater in der Nähe sein muss. Er ruft laut nach ihm, auch Beggi ruft jetzt, doch die Antwort bleibt aus.

Er weiß nicht mehr, in welche Richtung er gehen soll, weiß nicht, ob sie auf dem Weg nach oben oder nach unten sind. Er hat aber das Gefühl, als ob sie bergan gehen, in die Richtung, wo er seinen Vater zuletzt gesehen hat. Vielleicht stimmt das gar nicht, denkt er. Vielleicht sollte er nicht nach seinem Vater suchen, sondern versuchen, ins Tal zu gelangen. Vielleicht sollte er alles daransetzen, sich und Beggi zu retten.

Und dann beschleicht ihn die Angst. Beggi scheint das zu spüren.

»Es wird doch alles wieder gut, Lendi?«, fragt er.

Beggi muss ihm ins Ohr schreien.

»Es ist alles in Ordnung«, schreit Erlendur in dem Versuch zurück, ihm Mut zu machen. »Wir gehen jetzt nach Hause. Wir sind bald wieder zu Hause.«

Er will Beggi einen Handschuh von sich überlassen, stellt sich aber so ungeschickt an, dass der ebenfalls vom Sturm weggerissen wird. Beggi greift nach seiner Hand und klammert sich an ihn.

Erlendur weiß überhaupt nicht mehr, wohin er geht. Er hofft, dass er auf dem Weg nach unten ist, aber er ist sich nicht sicher. Er redet sich ein, dass das Wetter besser wird, sobald sie wieder weiter unten sind. Beggi fällt ständig hin, und sie werden aufgehalten, doch Erlendur darf seinen Bruder nicht im Stich lassen. Ihrer beider Hände sind eiskalt, und Erlendur hat nur den einen Gedanken, dass er die Hand seines Bruders festhalten muss.

Der Sturm zerrt aus allen Richtungen an ihnen, schleudert sie hin und her, bringt sie zu Fall. Es wird immer schwieriger, wieder aufzustehen. Sie können die Hand nicht vor Augen sehen, ihnen ist durch und durch kalt, und sie sind müde. Erlendur macht sich immer noch Hoffnung, irgendwo auf den Vater zu stoßen, aber sie erfüllt sich nicht. Gleichzeitig merkt er, dass er es nicht geschafft hat, den Weg nach unten ins Tal zu finden.

Und da geschieht es. Auf einmal ist Beggis frostkalte kleine Hand nicht mehr in seiner. Es kann gar nicht lange her sein, er hat es nur nicht gemerkt, seine Hand ist immer noch in dem Griff erstarrt, mit dem er Beggis Hand umklammert hatte, aber sie ist nicht mehr da. Er dreht sich um und will loslaufen, stürzt aber dabei in eine tiefe Wehe. Er steht auf und brüllt Beggis Namen, immer wieder, fällt wieder hin, ruft und schreit. Er hat angefangen, zu weinen, und die Tränen frieren ihm im Gesicht fest.

Er weiß überhaupt nicht mehr, was er tun soll, verzweifelt vor Angst setzt er sich in den Schnee. Er hat Angst um sich selbst, um seinen Vater, aber am meisten um Beggi. Er hat das Gefühl, dass er dafür verantwortlich ist, dass Beggi mit ihnen gegangen ist. Er wird den Gedanken nicht los, dass Beggi zu Hause geblieben wäre, wenn er sich nicht eingemischt hätte.

Der Sturm ist noch stärker geworden, als Erlendur wieder aufsteht und sich mehr kriechend als gehend vorwärts kämpft. Er weiß weder, wo er ist, noch, welche Richtung er einschlagen soll. Er hat über Menschen gelesen und gehört, die von Schneestürmen überrascht wurden, und erinnert sich daran, dass man sich im Schnee vergraben und abwarten muss, bis das schlimmste Wetter vorüber ist. Auch, dass man nicht im Schnee einschlafen darf, weil man dann vielleicht nicht wieder aufwacht. Er muss aber weiter nach Beggi suchen, er darf nicht aufgeben. Er hofft heiß und innig, dass Beggi schon auf dem Weg hinunter ins Tal ist, auf dem Weg nach Hause, vielleicht hat ihn die Mutter schon in die Arme geschlossen. Er stellt sich vor, dass Beggi ihn in Empfang nehmen wird, und der Vater auch, wenn er selbst nach Hause kommt. Es wird alles wieder gut, wenn seine Mutter ihn in die Arme nimmt. Er macht sich Sorgen um die Mutter, denn er weiß, dass sie ihretwegen schreckliche Ängste aussteht.

Er hat keinen Sinn für Zeit mehr. Es kommt ihm so vor, als sei es schon lange her, seit die Dunkelheit hereinbrach. Seine Kräfte schwinden, aber er weigert sich, aufzugeben, er kämpft sich weiter auf allen vieren vor, in der schwachen Hoffnung, dass er auf dem richtigen Weg ist, der ihn am Ende nach Hause führt. Seine Kleidung bietet keinen Schutz mehr gegen die Kälte. Inzwischen klappern seine Zähne nicht mehr, und auch das Zittern hat aufgehört, zum Schluss fällt er vornüber und kann sich nicht mehr rühren.

Er sinkt in den Schnee und schläft auf der Stelle ein.

Sein letzter Gedanke gilt Beggi, er sieht ihn vor sich,

wie er versucht, dem Schneesturm zu trotzen, und sein ganzes Vertrauen auf den großen Bruder setzt.

»Verlier mich nicht«, hatte Beggi gerufen. »Du darfst mich nicht verlieren.«

»Es wird alles wieder gut«, hatte er gesagt.

Es wird alles wieder gut.

Fünfundfünfzig

Am letzten Morgen auf dem verlassenen Hof wachte Erlendur nach einer schlechten Nacht auf, ihm war kälter als je zuvor. Er beeilte sich, mit der Thermoskanne und seinen Zigaretten zum Auto zu kommen, und ließ die Heizung auf Hochtouren laufen. Als ihm etwas wärmer geworden war, schraubte er die Tasse ab, goss sich Kaffee ein und zündete sich eine Zigarette an. Die Schachtel mit den Knochen hatte er auch mitgenommen und auf den Beifahrersitz gelegt. Daníel hatte sie ihm mit den Worten überlassen, dass er sowieso nicht wüsste, was er mit dem ganzen Krempel seines Vaters anfangen sollte. Erlendur hatte sich bedankt und die Schachtel mit nach Bakkasel genommen.

Laut den Angaben auf der Schachtel hatte Daníel Kristmundsson sie auf einer Wanderung an der Nordseite des Harðskafi gefunden. Das war recht weit von der Stelle entfernt, wo Erlendur seinerzeit mehr tot als lebendig aufgefunden worden war. Bergur musste sich also viel weiter nach Norden verirrt haben, als man sich hatte vorstellen können. Falls es denn sterbliche Überreste von ihm waren. Es war aber keineswegs sicher, dass er an diesem Ort zu Tode gekommen war, die Knochen konnten auf verschiedene Weise dorthin gelangt sein. Beispielsweise durch einen Fuchs. So gesehen sagten diese Knochen in einer Pappschachtel aus einem Schuppen in Seyðisfjörður Erlendur nicht viel, aber doch genug. Er war überzeugt davon, dass es die Knochen eines Kindes waren, Kieferknochen und Wangenknochen, und ebenso konnte er sich des eindringlichen Gefühls nicht erwehren, dass es sich dabei um nichts anderes als um Überreste seines Bruder handeln konnte.

In der Nacht hatte er überlegt, ob er sie analysieren lassen sollte, um einen wissenschaftlichen Befund zu erhalten, wie alt sie waren, warum sie vom Schädel abgebrochen waren und wie lange sie Wind und Wetter ausgesetzt gewesen waren. Das würde viel Zeit in Anspruch nehmen, und es war völlig unklar, was dabei herauskommen würde. Er konnte auf eine wissenschaftliche Analyse verzichten, denn er war sich auch so vollkommen sicher, und sein Entschluss, was er mit den Knochen tun sollte und musste, stand bereits fest.

Nachdem Erlendur seinen Kaffee getrunken und zwei Zigaretten geraucht hatte, legte er den Gang ein und fuhr langsam die Auffahrt hinunter zur Hauptstraße Richtung Eskifjörður. Kurz vor dem Ort bog er zum Friedhof ab und parkte den Wagen beim Tor. Er blieb noch eine Weile bei laufendem Motor im Auto sitzen und genoss die Wärme. Er nahm die Schachtel zur Hand und betrachtete die Knochen. Wenn dort, wo Daníel sie gefunden hatte, noch mehr gewesen wären, hätte er sie dann nicht auch aufgesammelt? Fragen dieser Art hatten Erlendur die ganze Nacht im Kopf herumgespukt. Und er wusste, dass ihm eines noch bevorstand: zur Nordseite des Harðskafi hinaufsteigen. Nicht, um dort nach weiteren Knochen zu suchen, zumal er nicht die geringste Ahnung hatte, wo der genaue Fundort gewesen war und wie die Knochen dorthin gelangt waren. Nur er wusste den Grund dafür, warum er diesen Gang antreten musste.

Er stieg mit der Schachtel in der Hand aus dem Jeep und nahm die Schaufel mit, die er seit seinem Besuch in Djúpivogur nicht aus dem Wagen genommen hatte. Er würde auf keinen Fall so tief graben müssen wie dort auf dem Friedhof, ein Spatenstich unter die Rasendecke würde genügen.

Er stand lange am Grab seiner Eltern, wo ein kräftiger Wind blies. Er dachte an all die Zeit, die verstrichen war, seit sie alle zusammen noch hier lebten, bevor das Unheil hereinbrach. Als sie nach Reykjavík zogen, gewöhnte sich seine Mutter schnell an das städtische Leben und Treiben und den Verkehr. Sein Vater aber fühlte sich dort nie wohl, für ihn war die Stadt abweisend und voller Lärm. Damals entstanden dort etliche neue Viertel, die inzwischen längst integriert waren. Auch heute wurden neue Viertel hochgezogen, die für die Menschen gebaut wurden, die vom Land in die Stadt kamen und sich unterschiedlich schwer damit taten, sich in dieser neuen Welt zurechtzufinden. So vergingen die Jahre; aus der Vergangenheit, die in Vergessenheit geriet, schob sich die Zeit in eine Zukunft, die niemand kannte.

Er selbst hatte sich, genau wie sein Vater, an dem neuen Ort nie richtig wohlgefühlt. Er begriff nicht, was er in der Stadt sollte, und er bekam nie eine Verbindung zu den Zeiten, in denen er lebte. Er wusste nur eins, nämlich dass irgendwann auf seinem Lebensweg die Zeit zum Stillstand gekommen war und dass es ihm nicht gelungen war, sie wieder in Gang zu setzen. Er hatte keine freudige Erleichterung empfunden, als er die Knochen in der Hand hielt, Freude darüber, dass jetzt ein langer Leidensweg beendet war, weil er die Antwort auf die Fragen bekommen hatte, die ihn seit dem Verschwinden seines Bruders bedrängt hatten. Selbst die Hoffnung auf Freude war längst vergangen.

Erlendur sah zu den Bergen hoch, dort schneite es schon bis zu den Hängen hinunter.

Er blickte sich auf dem Friedhof mit all den Grabsteinen und Kreuzen um. Geboren. Gestorben. Begraben. Meine liebe Frau. In stillem Gedenken. Ruhe in Frieden. Ringsum nur Tod.

Der Tod in einer kleinen Schachtel.

Er betrachtete die Knochen, und zutiefst in seinem Inneren wusste er, dass er etwas von den sterblichen Überresten seines Bruders in der Hand hielt. Die ganzen Jahre hatte er versucht, sich vorzustellen, wie er reagieren würde, falls es jemals dazu kommen sollte. Jetzt kannte er die Antwort, nämlich Taubheit. Leere. Diese kleinen Knochen beantworteten nicht alle seine Fragen. Es blieb unmöglich zu sagen, wo genau sein Bruder gestorben war, und es war ebenfalls ein Rätsel, wie die Knochen an die Nordseite des Berges gelangt waren. Und das würde es auch bis in alle Zukunft bleiben. Nichts konnte etwas an der Tatsache ändern, dass er im Alter von acht Jahren bei einem Unwetter ums Leben gekommen war. Der Knochenfund brachte Erlendur keine neuen Erkenntnisse, er war nur eine Bestätigung für etwas, was er bereits wusste. Nach all diesen Jahren war damit aber doch endlich eine Art von Gewissheit geschaffen worden, der Schlusspunkt einer Geschichte, wenn auch ein armseliger. Zurück blieb das Gefühl der Leere, das ihm stärker als je zuvor bewusst war.

Seine Augen wanderten von einem Grabstein zum anderen, von einem Kreuz zum nächsten, und irgendwo in seinem Hinterkopf verband sich eine Jahreszahl mit einem Datum, das ihn aufmerken ließ. Er hatte das Gefühl, dass beide ihm etwas zu sagen hatten. In dem Versuch, dieses Gefühl zu konkretisieren, ließ er seine Blicke ein weiteres Mal über Grabsteine und Kreuze schweifen und hielt inne, als er auf die Jahreszahl 1942 stieß.

Er ging zu dem Grabstein, einem Granitblock, der einen Meter aus dem Schnee herausragte. Dort lag eine Frau, Þórhildur Vilhjálmsdóttir, die hochbetagt verstorben war, denn sie war 1850 geboren. Erlendur rechnete aus, dass sie mit einundneunzig Jahren gestorben war. Das Geburtsdatum war der 7. September 1850, und sie war am 14. Januar 1942, mitten im Zweiten Weltkrieg, verstorben.

Er sah noch einmal auf die Jahreszahl. Genau in dem Jahr war auch Matthildur verschollen. Das Datum des Todestags lag eine Woche vor dem Unwetter, in dem die britischen Soldaten umgekommen waren. Eine Woche bevor Matthildur verschwand.

Er starrte auf das Grab dieser Frau. Der Stein war sicher erst geraume Zeit nach der Beerdigung errichtet worden, vielleicht sogar erst Jahre später. Das ließ sich bestimmt nicht mehr feststellen. Man konnte aber davon ausgehen, dass zwischen ihrem Tod und der Bestattung wohl eine Woche verstrichen war, womöglich hatte das Unwetter zu einer Verzögerung beigetragen. Aber sie hätte auch noch vor dem Unwetter stattgefunden haben können.

Erlendur stand lange vor dem Grab und hing seinen Gedanken nach, wobei er sich auf die Jahreszahl konzentrierte. 1942. Er dachte an das Unwetter, an Matthildurs Tod, an Ezra. Vor allem aber auch an Jakob und die Möglichkeiten, die er gehabt hatte. Erlendur kam zu dem Schluss, dass er Einsicht in die Kirchenbücher der Gemeinde nehmen musste.

Bei der Tankstelle erfuhr er, wo der Pfarrer wohnte. Er parkte den Wagen vor dem Haus und betätigte die Klingel. Eine Frau mittleren Alters kam an die Tür, und er fragte nach dem Pfarrer. Die Frau sagte, er sei derzeit in Reykjavík, käme aber in zwei Tagen zurück.

»Weißt du, wo ich die Kirchenbücher der Gemeinde aus der Zeit des Zweiten Weltkriegs finden kann?«, fragte er.

»Die Kirchenbücher?«, sagte die Frau. »Tja, ich weiß nicht. So alte? Wahrscheinlich werden die im Regionalarchiv in Egilsstaðir aufbewahrt. Ja, das glaube ich eigentlich. Rúnar würde dir sicher behilflich sein können, wenn er zu Hause wäre.«

Erlendur bedankte sich, fuhr zurück zur Tankstelle, rief beim Archiv an und erhielt die Auskunft, dass die Kirchenbücher der Gemeinde Eskifjörður im Regionalarchiv aufbewahrt würden und dass er sie jederzeit einsehen könne. Er hatte sich am Grab die Daten von Þórhildur notiert. Nun setzte er sich wieder ins Auto und fuhr ein weiteres Mal durchs Fagridalur nach Egilsstaðir.

Ein Angestellter des Archivs war ihm sehr behilflich, als er um die Kirchenbücher der Gemeinde Eskifjörður aus der Zeit des Zweiten Weltkriegs bat. Es war derselbe, der ihm schon telefonisch Auskunft gegeben hatte. Der Mann führte ihn zu einem Tisch, wo er sich die Bücher in Ruhe ansehen konnte, und dann ging er, um das betreffende Kirchenbuch zu holen.

Erlendur blätterte zum Januar 1942 vor. Von der Jahreswende bis März hatte nur diese eine Beerdigung stattgefunden. Erlendur erinnerte sich daran, dass Ezra ihm gesagt hatte, er sei Jakob auf dem Friedhof begegnet, etwa zwei Monate nach Matthildurs Verschwinden, als er ein Grab auf dem Friedhof ausgehoben hatte.

Þórhildur war am 23. Januar beerdigt worden, zwei Tage nach dem Unwetter, neun Tage nachdem sie aus der Welt geschieden war.

Die knappe und etwas undeutliche Eintragung des Pfarrers am Rand überraschte Erlendur nicht.

Gr. ausg. v. Jak. R.

Grab ausgehoben von Jakob Ragnarsson.

Sechsundfünfzig

Zwei Stunden später stand er erneut am Grab von Þórhildur Vilhjálmsdóttir. Er hatte sich bereits einmal bis zu einem Sarg hinuntergeschaufelt und war sich nicht sicher, ob er das ein weiteres Mal auf sich nehmen wollte. Doch sein Verdacht würde nicht auf andere Weise bestätigt werden können. Auf dem Weg zurück von Egilsstaðir hatte er die ganze Zeit darüber nachgedacht, und er war sich seiner Sache so gut wie sicher.

Er war auch überzeugt, dass er diesmal nicht sehr tief graben musste, um die fehlende Bestätigung zu erhalten. Er ging nicht davon aus, dass er bis unter den Sarg von Þórhildur graben musste. Jakob hatte sich bestimmt die Arbeit so leicht wie möglich gemacht, zumal er auch nicht viel Zeit gehabt hatte. Es hatte schließlich keinerlei Gefahr bestanden, dass irgendjemand das Grab einer über Neunzigjährigen genauer unter die Lupe nehmen würde. Je länger Erlendur beim Grab stand, umso größer wurde seine Gewissheit, dass er wohl kaum mehr als einen Meter würde graben müssen.

Es dämmerte bereits, und Erlendur beschloss, bis zum Einbruch der Dunkelheit zu warten. Er setzte sich in den Jeep, ließ den Motor laufen und hörte Radio, modernen Jazz. Damit kannte er sich zwar nicht aus, aber die Musik gefiel ihm. Er versuchte, sich zu entspannen und weder an Ezra und Matthildur oder Jakob zu denken noch an seinen Bruder und die Schachtel mit den Knochen oder all das andere, was er in den Tagen, die er in den Ostfjorden verbracht hatte, herausgefunden hatte. Die ganze Zeit hatte er keinen einzigen Gedanken an sein Leben in Reykjavík verschwendet, so sehr hatten ihn die Nachforschungen über Matthildurs Verschwinden in Anspruch genommen. Dieser alte Fall hatte alte Wunden aufgebrochen. Er hatte schon früher überlegt, dieser Geschichte auf den Grund zu gehen, aber es erst bei diesem Besuch nach seiner Begegnung mit Bóas oben in den Bergen in die Tat umgesetzt. Im Grunde genommen hatte er es sich nicht zweimal überlegen müssen, Hrund einen Besuch abzustatten. Ihn trieb das Bedürfnis, Antworten zu finden. Er sehnte sich danach, mehr zu wissen, Ursachen auf den Grund zu kommen. Irgendjemand hatte einmal behauptet, so etwas spiele nach so vielen Jahren überhaupt keine Rolle mehr, die Zerstörungskraft der Zeit stelle den Sinn der Suche so sehr infrage, dass sie zum Schluss ganz einfach überflüssig war. Nichts würde sich dadurch ändern, und niemand profitierte davon. Das stimmte bis zu einem gewissen Grade. Es lag keine Bedrohung mehr vor, und es ging nur um die Interessen einiger weniger. Aber Erlendur wusste es besser. Seiner Ansicht nach hatte die Zeit keinen Einfluss auf einen Vermisstenfall. Zwar betäubte sie mit der Zeit den Schmerz, aber dafür machte sie ihn zum ständigen Begleiter der Lebenden, und sie vertiefte ihn gleichzeitig auch auf irgendeine Weise, für die er keine genaue Erklärung hatte, und umso verletzlicher wurden die Lebenden.

Er dachte an seine Tochter und ihr letztes Zusammentreffen, als sie ihm sagte, sie habe ihm die jahrelange Vernachlässigung nach der Scheidung von ihrer Mutter verziehen. Er dachte an seinen Sohn, der nie etwas von ihm erwartete, und an Valgerður, die versuchte, ihm das Leben leichter zu machen. An den einsamen Tod von Marian Briem. Er dachte auch an seine Mitarbeiter bei der Kriminalpolizei, Elínborg und Sigurður Óli, und die Fälle, die sie gemeinsam bearbeitet hatten, die Jahre der Zusammenarbeit.

Es wurde nun rasch dunkel, und als er befand, dass es finster genug war, um sich mit Lampe und Schaufel auf den Friedhof zu begeben, stieg er aus. Während er zum Grab von Þórhildur ging, war er froh, dass an diesem Ende des Ortes sehr wenig Verkehr war. Er stellte die Lampe auf den Boden und begann, den Schnee vom Grab zu schaufeln. Dann hob er ein großes Rasenstück ab und stach in die Erde.

Erlendur ging bedächtig vor. Er dachte eine Weile darüber nach, was er sagen könnte, falls er bei seiner Tätigkeit erwischt würde, aber eigentlich bereitete ihm das relativ wenig Kopfzerbrechen. Im Zweifelsfall würde er einen offiziellen dienstlichen Auftrag vorschützen. Es war zwar an höherer Stelle nicht gern gesehen, dass man auf eigene Faust Nachforschungen anstellte, aber seine Motive und Absichten waren vollkommen integer. Er hatte nichts anderes vor, als ein altes Verbrechen aufzuklären. Deswegen hatte er sich die Freiheit genommen, Jakobs Sarg aufzubrechen. Deswegen nahm er sich jetzt die Freiheit, Þórhildurs Grab anzutasten.

Er hatte die Gaslampe an den Rand des Lochs gestellt, das er vorsichtig aushob. Die Schaufel traf auf keinen Widerstand. Er nahm die Lampe und leuchtete das Loch aus, sah aber nichts Auffälliges. Die Lichter aus dem Dorf erhellten den Hafen und den Hang oberhalb der Häuser. Eskifjörður war wie viele andere Orte in den Ostfjorden wenig mehr als eine Ansammlung von Häusern um den Hafen, die Hauptstraße führte am Meer entlang. Aber dahinter verbarg sich eine lange Geschichte, die Erfahrung von Generationen, die große gesellschaftliche Umwälzungen erlebt hatten. Die größte und weitreichendste erlebten sie im Augenblick mit dem Bau des riesigen Staudamms mitten im unbewohnten Hochland und einer Aluminiumhütte im Nachbarfjord. Wieder einmal verabschiedete sich die alte Zeit auf unwiderrufliche Weise, und eine neue nahm ihren Anfang.

Er schaufelte weiter, blickte sich aber ab und zu um, ob sich irgendjemand in der Nähe des Friedhofs herumtrieb, der ihn bei der Arbeit stören und Erklärungen verlangen könnte. Aber niemand war unterwegs.

Wieder setzte er die Schaufel an. Das Loch war kaum mehr als einen halben Meter tief.

Schon beim nächsten Stich der Schaufel hatte er das Gefühl, dass sie auf etwas traf und abglitt, vielleicht an einem Stein. Doch das Geräusch hatte eher metallisch geklungen.

Er legte die Schaufel zur Seite, leuchtete in das Loch, sah aber nichts. Dann grub er weiter, und jetzt spürte er deutlich den Widerstand. Er schabte die Erde mit dem Schaufelblatt weg und griff wieder zur Laterne.

Den Gegenstand sah er sofort, konnte ihn aber nicht gleich zuordnen. Er schob die Schaufel darunter, holte ihn heraus und betrachtete ihn im Schein der Gaslampe, hatte aber immer noch keine Idee, um was es sich handelte. Doch als er die Erde mit der Hand abkratzte, wurde es ihm plötzlich klar. Er hielt ein Messer in der Hand. Das Blatt war verrostet und schartig, und das hölzerne Heft völlig vermodert. Erlendur erinnerte sich an Ezras Worte, dass Jakob etwas aus dessen Besitz bei der Leiche deponiert hatte. Das Messer musste Ezra gehören.

Er legte es zur Seite, nahm die Schaufel wieder zur Hand und grub weiter. Eine Schaufelbreite tiefer stieß er ein weiteres Mal auf Widerstand in der Erde.

Zuerst konnte er nichts erkennen, doch bei näherem Hinsehen fügte es sich wie ein Puzzle, das sich nach und nach dem Betrachter eröffnet, zu einer Form, bekannte Konturen kamen zum Vorschein. Er kniete nieder und wischte mit der Hand vorsichtig die Erde weg. Am Boden des Lochs hatte sich etwas Wasser angesammelt. Er sah weder Holzsplitter noch andere Hinweise auf einen Sarg.

Als er schließlich mit der Laterne das Loch ausleuchtete, sah er das, was sich über der letzten Ruhestätte von Þórhildur Vilhjálmsdóttir befand. Die alte Frau hatte ihr Grab mit jemandem teilen müssen. Bei Nacht und Nebel war ein ungebetener und unfreiwilliger Gast zu ihr gelegt und verscharrt worden.

Zuerst waren Schneidezähne deutlich zu erkennen, halb bedeckt von dem trüben Wasser. Dann kam ein Teil des Schädels zum Vorschein, Unterkiefer und Backenzähne. Erlendur wusste, dass er die sterblichen

Überreste von Matthildur Kjartansdóttir gefunden hatte, die angeblich im schlimmen Januarunwetter des Jahres 1942 auf dem Weg über die Irrlichtscharte ums Leben gekommen war.

Siebenundfünfzig

Er öffnet die Augen. Immer noch diese Frage.

»Ich weiß, wer du bist«, sagt er.

»Ja«, sagt der Reisende.

»Du kamst einmal zu uns und hast mit Bergur gesprochen.«

»Du erinnerst dich also daran.«

»Du hast gesagt, wir würden ihn nicht lange bei uns behalten dürfen.«

Der Reisende erwidert nichts.

»Weil seine Seele schön war. Du warst es. Ich kann mich gut an dich erinnern. Wer bist du? Weshalb bist du hier?«

Der Mann antwortet nicht.

»Wo sind wir?«

Er hat das Gefühl, als befände er sich auf seinem Lager in dem verlassenen Hof, als wäre der Mann gekommen, um ihn zu besuchen. Aber das konnte nicht stimmen, denn er weiß, dass er den Hof verlassen hat. Seine Sachen sind noch dort, auch sein Auto, aber er ist allein und ohne alles aufgestiegen, hoch zum Harðskafi, zur Nordseite. Das zumindest glaubt er mit Sicherheit zu wissen, auch wenn die Kälte ihm langsam, aber sicher den Garaus zu machen scheint, auch wenn er immer nur höchstens für einen Augenblick bei Bewusstsein ist und seine Gedanken verwirrt sind. Er kann gar nicht mit dem Mann auf dem verlassenen Hof sprechen, weil dort niemand ist, und er selbst auch nicht.

»Weißt du das nicht?«, fragt der Reisende.

»Woher kommst du?«, fragt er.

Der Mann antwortet nicht.

»Wo bin ich?«

Wieder merkt er, dass der Reisende, der einmal bei ihnen in Bakkasel zu Besuch war und von seinen Eltern bewirtet wurde, nicht allein unterwegs ist. Bei ihm ist ein verborgenes Wesen, das er nicht sehen kann, sondern nur spürt, diesmal so stark wie nie zuvor.

»Wer ist bei dir?«, fragt er.

»Wer?«

»Wer ist da bei dir? Wer ist das?«

»Du brauchst keine Angst vor ihm zu haben.«

Schweigen.

»Glaubst du, dass es an der Zeit ist, ihn zu treffen?«

»Wer ist das?«

»Du lässt ihn nicht an dich heran, aber du weißt, wer er ist. Im Innersten. Du weißt, wer mich zu dir begleitet hat. Er hat gesagt, dass du nichts zu befürchten hast. Glaubst du das? Glaubst du es, wenn er sagt, dass du nichts zu befürchten hast?«

Schweigen.

»Du weißt, wer es ist.«

»Es ist doch nicht ...«

»Du hältst ihn von dir fern.«

Als der Reisende verschwindet, glaubt er, eine Kinderstimme zu hören. Sie ist schwach und weit weg, und er kann keine Worte unterscheiden. Er weiß, wem sie gehört, und er weiß, wer in Begleitung dieses Mannes gekommen ist. Diese Stimme hat er lange nicht gehört, und er war davon ausgegangen, dass er sie nie wieder hören würde.

Einen Augenblick später kommt er wieder zu sich, aber nur um zu spüren, dass die Kälte ihn noch fester umkrallt.

Und dann verliert er wieder das Bewusstsein.

Achtundfünfzig

Er hatte die sterblichen Überreste von Matthildur gefunden. Aber er verspürte keine Genugtuung, keine Freude über das, was er erreicht hatte. Vielmehr Trauer und das dringende Bedürfnis, so schnell wie möglich zu Ezra zu fahren, um dessen Warten auf Antworten ein Ende zu machen. Erlendur schaufelte das Grab hastig wieder zu, legte die Grasdecke darüber, warf noch ein paar Schaufeln Schnee darauf und hoffte inständig, dass niemand so schnell auf sein Tun aufmerksam werden würde. Dann wickelte er das Messer in eine Plastiktüte, nahm Schaufel und Gaslampe zur Hand und beeilte sich, zum Auto zu kommen.

Ezras Haus lag völlig im Dunkeln, als er eintraf. Die Autoscheinwerfer erleuchteten es einen Moment, bevor er den Motor ausschaltete und ausstieg. Im Haus brannte kein Licht, und auch das Außenlicht war kaputt. Erlendur hatte das schon vor einigen Tagen bemerkt und Ezra sagen wollen, dass er die Beleuchtung an der Haustür wieder in Ordnung bringen müsste.

Als er anklopfte, geschah nichts. Er griff nach der Klinke, die Tür ging auf und er betrat das Haus.

»Ezra!«, rief er. »Bist du da?«

Als niemand antwortete, tastete er sich bis zur

Küche vor. Er fand den Lichtschalter, betätigte ihn, aber nichts geschah.

»Ezra!«, rief er wieder.

Vielleicht war Ezra kurz weggefahren, möglicherweise hatte es einen Kurzschluss gegeben, und er musste etwas besorgen, um das wieder in Ordnung zu bringen. Erlendur blieb in der Küche stehen, damit sich seine Augen an die Dunkelheit gewöhnten. Er konnte kaum etwas erkennen, nur die dunklen Umrisse des Küchentischs waren zu erkennen, und er wusste, dass dahinter die Spüle war.

»Ezra!«, rief er zum dritten Mal.

Dann hörte er ein Knarren in der Ecke.

Er blickte in die Ecke, wo der alte Korbstuhl stand. Eine dunkle Gestalt erhob sich aus dem Stuhl.

»Ezra?«, flüsterte Erlendur.

Die Gestalt hob sich jetzt gegen das Fenster ab, durch das man Aussicht auf die Berge hatte, und dann spürte Erlendur plötzlich, wie ihm etwas Kaltes unter das Kinn gedrückt wurde. Es fühlte sich kalt an und roch nach Schießpulver. Erlendur bog den Kopf zurück. Das, was ihm da unter das Kinn gehalten wurde, konnte nur der Lauf einer Schrotflinte sein.

»Bist du gekommen, um mich zu verhaften?«, hörte er es im Dunkeln flüstern.

»Nein«, sagte Erlendur.

»Mach, dass du rauskommst.«

»Ezra?«, flüsterte Erlendur.

»Ich will dich hier nicht mehr sehen. Geh, bevor ich etwas Verrücktes tue.«

»Ich kam, um dir ... Ezra, ich habe sie gefunden.«

»Was willst du von mir?«

»Das habe ich gerade gesagt.«

»Was soll das? Was hast du gefunden?«

»Ich habe sie gefunden, Ezra. Ich habe Matthildur gefunden. Ich weiß, wo sie ist.«

»Was meinst du damit?«

»Ich weiß, was Jakob mit ihr gemacht hat, Ezra. Ich weiß, wohin er die Leiche gebracht hat.«

Der Druck des Flintenlaufs zwang seinen Kopf immer noch in den Nacken. Jetzt konnte er Ezras Umrisse gegen das Fenster erkennen.

»Willst du deinen Spott mit mir treiben?«

»Ich glaube, ich kann es beweisen«, sagte Erlendur. »Kannst du vielleicht Licht machen?«

»Beweisen? Wie?«

»Ich habe etwas bei ihr gefunden, was wohl dir gehört.«

»Etwas gefunden? Was denn?«

»Dazu musst du Licht machen«, sagte Erlendur.

»Das ist nicht möglich«, erklärte Ezra.

»Hast du keine Taschenlampe?«

Ezra antwortete nicht.

»Ich kann es dir nicht im Dunkeln zeigen.«

»Die Taschenlampe steht hier auf dem Tisch.«

»Bring sie zum Waschbecken«, sagte Erlendur. »Ich muss es säubern.«

Ezra kam zum Waschbecken, doch der Lauf der Schrotflinte blieb an seinem Platz. Er schaltete die Taschenlampe ein und leuchtete Erlendur ins Gesicht, der für einen Augenblick geblendet wurde.

»Tu bitte nichts Verrücktes, Ezra«, sagte er.

»Ich habe dir gesagt, du sollst mich in Ruhe lassen«, hörte er Ezra murmeln.

Erlendur holte das Messer, das er bei den Gebeinen von Matthildur gefunden hatte, vorsichtig aus seiner Jackentasche, wickelte es aus, drehte den Hahn auf und hielt es unter den Wasserstrahl, um die Erde abzuspülen. Ezra hielt die Taschenlampe in Richtung des Waschbeckens, und nach und nach war deutlich zu sehen, dass es sich um ein Messer handelte.

»Du kennst es?«, fragte Erlendur.

Ezra antwortete nicht gleich.

»Kennst du dieses Messer?«

Schweigen.

»Es lag oben auf dem, was noch von dem Leichnam übrig war«, sagte Erlendur. »Jakob hat nicht gelogen. Er hat dein Messer bei ihr deponiert, damit man dich des Mordes verdächtigen würde. Möglicherweise hat er ihr sogar nach dem Tod noch ein paar Stichverletzungen zugefügt. War es nicht dein Messer?«

»Das ist mein Messer«, hörte er Ezra irgendwo in der Dunkelheit hinter der Taschenlampe sagen.

»Wahrscheinlich hat er es dir gestohlen, als er zu dir kam, um dir zu sagen, dass Matthildur bei dem Unwetter in den Bergen unterwegs war.«

»Wo ist sie?«, fragte Ezra.

»Auf dem Friedhof«, antwortete Erlendur. »Sie ist auf dem Friedhof. Als Totengräber hatte Jakob das Grab für eine alte Frau ausgehoben, die genau um die Zeit beerdigt wurde, als Matthildur verschwand. Er muss die tote Matthildur solange bei sich aufbewahrt haben, und als er das Grab der alten Frau schon halb zugeschaufelt hatte, holte er ihre Leiche und legte sie zu ihr in das Grab.«

»Auf dem Friedhof?«

»Ja.«

»Und woher weißt du das jetzt alles auf einmal?«

»Es war Zufall. Ich habe auf einem Grabstein das Todesdatum dieser Frau gesehen und dann zwei und zwei zusammengerechnet. Ich brauchte nur ein kleines Loch am Grab der alten Frau zu graben, Ezra, das hat genügt. Ich habe die sterblichen Überreste von Matthildur gefunden, Ezra. Ich habe sie gefunden. Die Ungewissheit ist vorbei.«

Der Griff um die Schrotflinte lockerte sich nicht.

»Sie wird nicht wiederkommen, Ezra, sie ist für immer und ewig fort«, sagte Erlendur. »Sie ist tot. Ich habe das gesehen, was von ihr übrig blieb.«

»Wieso bist du dir so sicher, dass sie es ist?«, hörte er Ezra fragen.

»Ezra, sie ist es.«

»Wieso bist du dir so sicher?«

»Glaube mir«, sagte Erlendur. »Ich habe Matthildur gefunden. Dein Messer war bei ihr, Ezra. Sie ist es.«

Ezras Reaktion überraschte ihn zunächst, doch dann begriff er das Zögern, das sich hinter Ezras Worten verbarg. Er hatte ganz ähnlich empfunden, als er die kleinen Knochen in Daníels Pappschachtel erblickt hatte. Er hatte gespürt, dass irgendein ungeschriebenes Gesetz des Unveränderlichen verletzt worden war. Er hatte es von seinen Banden befreit und das Uhrwerk des Daseins wieder in Gang gesetzt. Ihm war bewusst, dass Ezra etwas Zeit brauchte, um sich in diese neue, veränderte Situation hineinzufinden. Das konnte nicht so im Handumdrehen geschehen.

»Wäre es möglich, Licht zu machen?«, fragte Erlendur.

»Nein«, hörte er Ezra sagen.

»Was hast du mit der Schrotflinte vor, Ezra?«, war seine nächste Frage.

»Hast du wirklich Matthildur gefunden?«, war Ezras Gegenfrage.

»Jakob hat sie in ein offenes Grab auf dem Friedhof gelegt«, sagte Erlendur. »Es hätte nicht einfacher für ihn sein können. Und das Grab war auch noch ziemlich neu, als du ihm zwei Monate später auf dem Friedhof begegnet bist, als er dir gegenüber das eine oder andere angedeutet hat. Wahrscheinlich hat er sich dabei noch amüsiert, genau an diesem Ort, wo er sicher sein konnte, dass niemand sie finden würde. Das Grab hatte er vermutlich schon ausgehoben, als er Matthildur umgebracht hat. Und er machte sich das Unwetter zunutze, um die Lügengeschichte über ihre Wanderung nach Reyðarfjörður zu erfinden. Danach brauchte er nur noch den richtigen Moment abzupassen, um sie in das Grab zu legen. Es kann sich nur um Matthildur handeln. Ihr Grab brauchte ja auch nicht tief zu sein. Ich habe mich nur zwei Spatenstiche tief hinuntergraben müssen.«

Der Druck des Gewehrlaufs an Erlendurs Kinn ließ etwas nach.

»Das verfluchte Scheusal!«, hörte er Ezra flüstern.

»Jakob wusste ganz genau, was er tat.«

Erlendur griff nach dem Lauf der Flinte, und es gelang ihm mühelos, sie Ezra aus der Hand zu nehmen. Der alte Mann wich zurück und stolperte. Die Taschenlampe fiel zu Boden und erlosch. Erlendur legte die Schrotflinte auf den Boden.

»Warum ist hier kein Licht?«, fragte er.

»Es hat einen Kurzschluss gegeben.«

»Was wolltest du hier im Finsteren mit der Schrotflinte?«

»Erzählst du mir nicht einfach irgendwelche Lügen?«

»So wahr ich hier stehe – nein.«

»Und was hast du gesehen?«

»Genug. Du musst die Entscheidung über ihre letzte Ruhestätte treffen.«

»Er hat sie in das offene Grab geworfen«, flüsterte Ezra. »Der Totengräber auf dem Friedhof. Mein Gott, das hätte ich mir auch selber denken können. Das springt einem geradezu in die Augen, jetzt, wo man es weiß. Natürlich hat er den Friedhof gewählt. Ich war mir nur so sicher, dass er sie irgendwo auf dem Meer versenkt oder in eine tiefe Schlucht geworfen hatte. Ich bin einfach nicht auf den Friedhof gekommen, dass er sich den zunutze gemacht hat.«

Ezra schwieg lange.

»Sollte man sie noch einmal richtig beerdigen?«, fragte Ezra.

»Hast du etwa immer noch Angst, dass alles über dich ans Licht kommt?«, fragte Erlendur zurück. »Dass deine tragische Geschichte hier die Runde in der ganzen Gegend macht?«

»Ich denke nicht an mich selber«, sagte Ezra. »Wahrscheinlich sollte ich dir für all das danken, was du getan hast. Ich habe ... Ich bin noch nie einem so hartnäckigen Menschen wie dir begegnet.«

»Von mir erfährt niemand etwas, darauf kannst du dich verlassen«, sagte Erlendur. »Was du jetzt machst, ist ganz allein deine Sache. Nun weißt du, wo sie ist, du kennst die ganze Geschichte, weißt alles über ihr Schicksal, und nach all diesen Jahren kannst du Abschied von ihr nehmen, auf welche Weise auch immer du das tun möchtest.«

»Ich sollte ... Ich sollte mich wahrscheinlich trotz allem bei dir bedanken«, wiederholte Ezra.

»Mach dir darüber keine Gedanken.«

»Entschuldige bitte, dass ich dir hier jedes Mal so einen merkwürdigen Empfang bereite, ich ha...«

»Ich verstehe dich vollkommen«, unterbrach Erlendur ihn. »Es ist kein Vergnügen, solche Kerle wie mich zu Besuch zu bekommen. Das weiß ich selber am besten.«

Im Dunkel des Zimmers sah Erlendur, wie Ezra am Küchentisch stand und sich aufstützte.

»Möchtest du, dass ich jetzt mit dir dorthin fahre?«, fragte Erlendur. »Es ist allerdings schon ziemlich spät.«

»Gerne, ich nehme dein Angebot an. Natürlich war mir die ganze Zeit klar, dass sie tot war, ich habe nie der Versuchung nachgegeben, von etwas anderem zu träumen. Aber es ... Es ist gut zu wissen, wo sie sich befindet. Es ist gut, sie an diesem Ort zu wissen.«

Neunundfünfzig

Ohne jede Eile fuhr Erlendur im Dunkeln mit dem alten Mann zum Friedhof. Keiner von beiden sagte auf dem Weg dorthin ein Wort. Ezra saß zusammengesunken auf dem Beifahrersitz, und Erlendur überlegte, was er in dem finsteren Haus mit der Schrotflinte vorgehabt hatte. Er hatte ihn gefragt, ob er vielleicht jemanden anrufen sollte, der bei ihm bleiben könnte, falls Ezra nicht allein sein wollte. Ezra hatte das abgelehnt und ihm erklärt, er solle sich nicht in seine Angelegenheiten einmischen. Daraufhin hatte Erlendur kein Wort mehr darüber verloren. Er wusste nicht, wie Ezra reagieren würde, wenn er plötzlich Antwort auf Fragen erhielt, die ihn jahrzehntelang gequält hatten, eigentlich sein ganzes Leben lang. Einerseits war es sicher eine Erleichterung für ihn, aber andererseits würde nun wohl auch die tiefe Trauer über Matthildurs Schicksal mit neuer Heftigkeit über ihn hereinbrechen. Endlich lag die tragische Geschichte von Anfang bis Ende offen zutage, und sie war nicht weniger grausam, auch wenn seitdem viele Jahrzehnte vergangen waren.

Erlendur hielt beim Friedhof und stellte den Motor ab. Sie blieben noch eine ganze Zeit im Wagen sitzen, ohne etwas zu sagen, bis Erlendur das Schweigen brach.

»Also, wollen wir aussteigen?«, sagte er.

Es war, als sei Ezra wieder in einer anderen Welt.

»Ezra?«, fragte Erlendur.

»Ja.«

»Wollen wir los?«

Als Ezra ihn ansah, bemerkte Erlendur, dass der alte Mann mit den Tränen kämpfte.

»Ich … Ich weiß nicht, ob ich das schaffe«, sagte Ezra.

»Ja, das verstehe ich gut. Ich kann dich auch einfach wieder nach Hause bringen, und dann kommst du morgen wieder. Oder wann immer du möchtest. Und wie ich vorhin gesagt habe, all diese Informationen kannst du entweder für dich behalten oder darüber sprechen, mit wem auch immer du möchtest.«

Sie blieben weiter schweigend im Auto sitzen. Zwischen den dunklen Wolkenbänken hatte sich eine Lücke aufgetan, und der Friedhof lag im bleichen Schein des Mondes da. Das Mondlicht schien Ezra neue Kraft zu geben. Er blickte lange auf die Kreuze und Grabsteine von Menschen, die er im Laufe seines Lebens kennengelernt hatte. Bei einigen von ihnen hatte er am Grab gestanden, ohne zu ahnen, wie nahe ihm Matthildur gewesen war.

»Ja, gehen wir«, sagte er schließlich und öffnete die Tür.

Sie stiegen aus, und Erlendur ging ihm voraus auf den Friedhof zum Grab von Þórhildur.

»Hier unten liegt Matthildur«, sagte er. »Man sieht noch die Spuren meiner Arbeit.«

Ezra starrte auf den Grabstein und versuchte im Schein des Mondes, die Beschriftung zu entziffern,

Namen und Todestag von Þórhildur. Dann sah er hinunter auf das Grab und kniete nieder.

Erlendur wendete sich ab und ging zum Grab seiner Eltern, um den alten Mann nicht zu stören. Eine Sache war noch unerledigt, und die wollte er noch in dieser Nacht hinter sich bringen. Aus einiger Entfernung beobachtete er den alten Mann, der am Grab der Frau kniete, die er vor vielen Jahren geliebt hatte. Es war Erlendur gelungen, die beiden wieder zusammenzubringen, auch wenn der Tod sie schied. Es kam ihm fast so vor, als hätte er der Geschichte von Ezra und Matthildur ein Grabmal gesetzt.

Ezra stand auf und schlug ein Kreuzzeichen über dem Grab. Erlendur ging zu ihm.

»Würdest du mich jetzt wieder nach Hause bringen?«, fragte Ezra.

»Selbstverständlich. Ich kann mir vorstellen, dass es eine schwierige Stunde für dich ist.«

Ezra blickte ihn an.

»Ich habe es wahrscheinlich verdient für das, was ich Jakob angetan habe«, sagte er.

»Kannst du dich an Þórhildur erinnern?«, fragte Erlendur.

Ezra nickte.

»Doch, ich erinnere mich gut an die alte Frau, ich bin ihr häufig auf den Straßen hier im Ort begegnet. Aber ich kannte sie so gut wie gar nicht. Eine angesehene Frau. Matthildur ... Matthildur ist in guten Händen gewesen.«

»Willst du sie dann nicht einfach hier ruhen lassen?«, entgegnete Erlendur.

»Was meinst du?«

»Wenn sie in guten Händen ist ...«

»Es ist gut zu wissen, dass sie dort liegt«, sagte Ezra. »Es ist eine ziemliche ... eine große Erleichterung, endlich zu wissen, wo sie sich befindet.«

»Das kann ich mir vorstellen«, sagte Erlendur.

»Ich glaube, ich sollte hier nichts anrühren«, sagte Ezra. »Ich glaube, das nützt niemandem etwas.«

»Gut«, sagte Erlendur. »Sehr gut.«

»Ich glaube, es ist für alle das Beste, zu glauben, dass sie bei dem Unwetter verschollen ist«, sagte Ezra. »Dass sie irgendwo oben in den Bergen umgekommen ist.«

Sie fuhren schweigend zurück zu Ezras Haus. Der Mond war wieder hinter den Wolken verschwunden.

»Das war es also«, sagte Erlendur, als er vor dem Haus anhielt.

»Ja, es sieht so aus«, sagte Ezra.

»Wie fühlst du dich?«

»Ich komme schon zurecht«, sagte Ezra und streckte Erlendur die Hand hin.

Erlendur ergriff seine Hand.

»Was hast du da vorhin ganz allein im Dunkeln mit der Schrotflinte gewollt?«

»Möchtest du das wissen?«

»Wenn du es mir nicht sagen willst, dann will ich es nicht wissen«, sagte Erlendur. »Ich werde mich nicht mehr in deine Angelegenheiten einmischen.«

»Dann lass es uns so halten.«

»Gut.«

»Weißt du, was ich gedacht habe, als ich an dem Grab niederkniete?«, fragte Ezra. »Jetzt, wo ich sie endlich nach all diesen Jahren gefunden habe. Weißt du, was ich gedacht habe?«

Erlendur schüttelte den Kopf.

»Jetzt kann ich sterben, dachte ich. Nun hält mich hier nichts mehr. Nichts mehr hält mich von ihr fern.«

Erlendur dachte über Ezras Worte nach und sah die Schrotflinte vor sich, die auf dem Küchenfußboden lag. Er sah Ezra lange an. Der alte Mann sah ihn mit bittenden Augen an.

»Und was wird aus der Katze?«, fragte Erlendur.

»Die kommt schon klar.«

Erlendur sah lange hinaus in die Finsternis.

»Ich bin froh, dass ich dich kennengelernt habe«, sagte er schließlich.

»Ich ebenfalls«, sagte Ezra.

Erlendur blickte dem alten Mann nach, bis er im Haus verschwunden war. Er zündete sich eine Zigarette an. Dann wendete er und fuhr langsam die Auffahrt zum Haus hinunter.

Er hielt ein weiteres Mal beim Friedhof, nahm die Schaufel aus dem Wagen und die Schachtel mit den Knochen, die er in Daníels Schuppen gefunden hatte. Eigentlich hatte er sie bereits am Tag vorher der Erde anvertrauen wollen, doch dann war ihm die Jahreszahl auf Þórhildurs Grabstein aufgefallen. Dieser Augenblick durfte aber durch nichts gestört werden.

Erlendur nahm die Schaufel zur Hand und entfernte die Schneedecke über dem Grab seiner Mutter. Dann stach er ein kleines Rasenstück ab, legte es zur Seite und grub sich einen Fuß nach unten. Er legte die

Schaufel neben sich, nahm die Schachtel und stellte sie vorsichtig in das Loch.

Er bedeckte das kleine Grab wieder mit Erde, stampfte sie fest und legte die Grassode darüber. Man konnte kaum sehen, dass jemand das Grab angerührt hatte.

Damit war diese kleine Bestattung beendet.

Erlendur sah hinauf in die Berge, in die Richtung des Harðskafi, und dann hinüber nach Bakkasel, doch der verlassene Hof lag im Dunkeln.

Danach machte er sich zu Fuß auf den Weg zu den Hängen des Berges.

Sechzig

Er hört, wie sich die Kinderstimme aus der Ferne nähert. Der Reisende ist verschwunden, und mit ihm alles, was ihm gefolgt war, Angst und Schmerz und Kälte. Jetzt sind da nur noch diese Stimme und die Helligkeit, die von ihr ausgeht.

Sie gehen zusammen an einem sonnigen Morgen den Fluss entlang. Kein Lüftchen regt sich, keine Wolke ist am Himmel. Ihm wird ganz warm von der Sonne. Bergur geht voran, bleibt am Fluss stehen, taucht die Hand ins Wasser und trinkt einen Schluck. Als er die kühlende Wirkung des Wassers spürt, blickt er zu seinem Bruder hinüber. Der ist auch am Ufer niedergekniet. Ihm ist wunderbar leicht zumute.

»Bist du bereit?«, sagt sein Bruder und steht auf.

»Ja«, sagt er.

»Du brauchst nichts zu fürchten, ich bin bei dir.«

»Ich weiß.«

Hinter ihnen liegt das Haus, das in der sommerlichen Hitze strahlt. Die friedliche Bergwelt mit ihrer duftenden Vegetation liegt vor ihnen. Er blickt zum Urðarklettur und zur Irrlichtscharte, sie sind sommerlich milde gestimmt.

Er ergreift Bergurs Hand, sie halten einander fest und gehen am Fluss entlang, hinein in den klaren Morgen.

Ein grausiger Fund. Mitten in Reykjavík ...

Arnaldur Indriðason
WAND DES SCHWEIGENS
Island Krimi
Aus dem Isländischen
von Kristof Magnusson
400 Seiten
ISBN 978-3-7857-2824-6

Dieser Fund ist ein Schock für die Bewohner: Hinter der Kellerwand ihres Wohnhauses entdecken sie ein menschliches Skelett. Offenbar wurde hier vor Jahrzehnten ein Mordopfer eingemauert und vor der Welt verborgen. Die Kripo Reykjavík nimmt die Ermittlungen auf, eine Vermisstenmeldung, die passen würde, finden sie jedoch nicht. Als der pensionierte Kommissar Konráð sich einschaltet, blocken die ehemaligen Kollegen ab. Sie vermuten, dass Konráð ihnen wichtige Infos bei früheren Ermittlungen verschwiegen hat. Konráð forscht daraufhin auf eigene Faust weiter. Hat das lange zurückliegende Verbrechen tatsächlich etwas mit seiner eigenen Familiengeschichte zu tun – mit dem Mord an seinem Vater?

Lübbe